21世纪高职高专规划教材

市场营销系列

市场营销理论与实务

陈国霖 林剑花 主编
韦丽娜 李春虹 吴大峰 罗顺绸 副主编

清华大学出版社
北京

内容简介

本书针对高职高专院校学生的培养目标,坚持"定位准确,内容实用;面向实践,强调职教;资料前沿,案例丰富"的原则,注重理论与实际的结合,充分将学生的理解能力与社会现实进行有效的衔接,用市场营销的原理来解释企业营销过程中的各种现象,并提出解决问题的方法。全书共12章,分别为:市场营销导论、企业战略与市场营销管理、市场营销环境、市场购买者行为分析、市场营销调查与预测、目标市场营销战略、产品策略、定价策略、分销渠道策略、促销策略、国际市场营销、市场营销的新发展。为便于学生掌握和应用相关章节的理论知识,每章设有案例导入、本章小结、技能训练。

本书不仅适合高职高专院校市场营销专业、工商管理专业及经管类相关专业学生使用,也适用于企业管理人员的培训。

图书在版编目(CIP)数据

市场营销理论与实务/陈国霖,林剑花主编. —北京:清华大学出版社,2011.8
(21世纪高职高专规划教材. 市场营销系列)
ISBN 978-7-302-25889-6

Ⅰ.①市… Ⅱ.①陈… ②林… Ⅲ.①市场营销学—高等职业教育—教材
Ⅳ.①F713.50

中国版本图书馆 CIP 数据核字(2011)第 114963 号

责任编辑:孟毅新
责任校对:袁 芳
责任印制:何 芊

出版发行:	清华大学出版社	地 址:	北京清华大学学研大厦 A 座
	http://www.tup.com.cn	邮 编:	100084
	社 总 机:010-62770175	邮 购:	010-62786544
	投稿与读者服务:010-62776969,c-service@tup.tsinghua.edu.cn		
	质 量 反 馈:010-62772015,zhiliang@tup.tsinghua.edu.cn		

印 刷 者:北京市人民文学印刷厂
装 订 者:三河市金元印装有限公司
经 销:全国新华书店
开 本:185×260 印 张:17.25 字 数:395 千字
版 次:2011 年 8 月第 1 版 印 次:2011 年 8 月第 1 次印刷
印 数:1~3000
定 价:36.00 元

产品编号:042408-01

前　言

　　市场营销学是一门建立在经济学、管理学、行为科学和哲学基础上的、边缘交叉的应用学科。这一学科自 20 世纪诞生以来,在世界范围内,以最快的速度得到了传播。虽然在我国出现的时间不长,但以其对现实社会经济发展和企业经营的无可替代的指导意义,引起了社会各界的普遍关注。目前市场营销学已成为全国高校经济、管理类各专业学生的专业必修课。随着社会主义市场经济体制的建立和完善,以及全球化进程的加快、市场竞争的加剧,各行各业对营销人才的需求大量增加,有文化、有技能、有创新能力的高素质营销人才受到用人单位的青睐。因此,培养大批高素质应用技能型的高等职业营销人才成为一项紧迫的任务。

　　本教材就是为了适应高职高专强化学生动手能力或实际操作能力的培养需要而策划、编写的。在编写过程中坚持"定位准确,内容实用;面向实践,强调职教;资料前沿,案例丰富"的原则,注重理论与实际的结合,充分将学生的理解能力与社会现实进行有效的衔接,从而用市场营销的原理来解释企业营销过程中的各种现象,并提出解决问题的方法。本教材主要有以下特点。

　　(1) 在保持学科本身的基本原理和基本结构的同时,一方面,删除对高职高专学生不必要的理论;另一方面,结合市场营销学的发展与我国企业营销的实践,使之更基础、更实用。

　　(2) 遵循高职高专培养学生应用技能型的需要,在对基本原理与基本知识进行阐述时,着重引导学生掌握方法和技巧,培养学生分析问题、解决问题的能力。

　　(3) 在编写过程中,突破了传统模式,结合图表、案例、实训操作等形式,通过真实的事例,增强学生对市场营销原理的感性认识,将理论与实践融为一体,通俗易读。

　　本书共 12 章,分别为:市场营销导论、企业战略与市场营销管理、市场营销环境、市场购买者行为分析、市场营销调查与预测、目标市场营销战略、产品策略、定价策略、分销渠道策略、促销策略、国际市场营销、市场营销的新发展。为便于学生掌握和应用相关章节的理论知识,每章设有案例导入、本章小结、技能训练。

　　本书不仅适合高职高专院校市场营销专业、工商管理专业及经管类相关专业学生使用,也适用于企业管理人员的培训。

　　本书由闽南理工学院的一批多年从事市场营销学课程教学和从事高职高专教育的教师编写的。各章的撰写分工为:陈国霖编写第一章、第二章、第五章、第六章、第八章;林剑花编写第四章、第七章、第九章、第十章;韦丽娜编写第十一章、第十二章;李春虹与吴大峰共同编写第三章;罗顺绸制作教学课件。全书由陈国霖、林剑花任主编,韦丽娜、李春虹、吴大峰、罗顺绸任副主编。陈国霖策划与设计编写大纲及体例,并对全书进行统编定稿。

本书在编写过程中,直接或间接地参考了大量国内外学者的科研成果和科研资料,在此一并表示真挚的感谢。由于市场营销学是一门实践性较强的应用学科,研究的问题会随着时代发展而不断地更新,加之编者水平有限,本书难免有不足之处,敬请专家和读者批评、指正。

编 者

2011 年 5 月

目　录

市场营销导论

通过完成本章学习,应该能够:
(1) 体会市场营销学是一门应用科学;
(2) 识记市场营销的含义;
(3) 树立现代市场营销观念。

核心能力

(1) 把握市场营销的丰富内涵;
(2) 以现代市场营销观念指导经营活动。

案例导入

本田雅阁牌新车的产生

日本本田汽车公司要在美国推出一款雅阁牌新型汽车。在设计新型汽车前,它们派出工程技术人员专程到洛杉矶地区考察高速公路的情况,实地丈量路长、路宽,采集高速公路的柏油,拍摄进出口道路的设计。回到日本后,它们专门修了一条 9 英里(1 英里≈1.609km)长的高速公路,就连路标和告示牌都与美国公路上的一模一样。在设计行李箱时,设计人员意见有分歧,他们就到停车场看了一个下午,看人们如何放取行李。这样一来,意见马上就统一起来了。结果本田的雅阁牌汽车一到美国就备受欢迎,被称为是全世界都能接受的好车。

【案例思考】
1. 雅阁牌汽车为什么能在强手如云的美国市场取得成功?
2. 通过此案例,如何理解"市场营销"这个概念?

第一节　市场营销学的性质和研究对象

市场营销学译自英文"Marketing"一词,原意是指市场上的买卖交易活动,它作为一门学科,在我国被译为市场营销学、市场学和销售学等,是适应现代市场经济高度发展而产生和发展起来的一门关于企业经营管理决策的科学。

一、市场营销学的产生和发展

（一）市场营销学的产生和发展

市场营销学（Marketing）是适应市场经济高度发展而发展起来的一门多学科交叉渗透、实用性很强的新学科。市场营销学从产生至今,已经近百年了。它是在19世纪末20世纪初自由竞争资本主义向垄断资本主义过渡,资本主义基本矛盾日益尖锐化的基础上产生的,市场营销学的产生和发展大体可划分为以下5个阶段。

（1）萌芽时期（19世纪末到20世纪20年代）。19世纪末到20世纪初,随着垄断资本主义的出现,以及"科学管理"的实施,企业的生产效率大大提高,生产能力大大增强,一些产品的销售遇到了困难。为了解决产品的销售问题,一些经济学家和企业就根据企业销售活动的需要,开始研究销售的技巧及各种推销方法,1905年,美国宾夕法尼亚大学开设了名为"产品的市场营销"的课程,1912年,第一本以分销和广告为主要内容的《市场营销学》在美国哈佛大学问世,这是市场营销学从经济学中分离出来的起点。但这时的市场营销学主要研究有关推销术、分销及广告等方面的问题,而且仅限于某些大学的课堂中,并未引起社会的重视,也未应用于企业营销活动。

（2）形成时期（20世纪20～40年代）。20世纪30年代到第二次世界大战结束是市场营销学逐步应用于社会实践的阶段。在1929年至1933年,资本主义国家爆发了严重的经济危机,生产过剩、产品大量积压,因而,企业产品如何转移到消费者手中就很自然地成了企业和市场学家们认真思考与研究的课题,市场营销学也因此从课堂走向了社会实践,并初步形成体系。这期间,美国相继成立了全国市场营销学和广告学教师协会（1926年）、美国市场营销学学会（1936年）。理论与实践的结合促进了企业营销活动的发展,同时,也促进了市场营销学的发展。但这一阶段的市场营销仍局限于产品的推销、广告宣传、促销策略等,仅处于流通领域。

（3）变革时期（20世纪40～60年代）。这是从传统的市场营销学转变为现代市场营销学的阶段。20世纪50年代后,随着第三次科技革命的发展,劳动生产率空前提高,社会产品数量剧增,花色品种不断翻新,市场供过于求的矛盾进一步激化,原有只研究产品生产出来后如何推销的市场营销学,显然不能适应新形势的需求。许多市场学者纷纷提出了生产者的产品或劳务要满足消费者的需求与欲望,以及营销活动的实质就是企业对于动态环境的创造性的适应的观点,并通过他们的著作予以论述。从而,使市场营销学发生了一次变革,企业的经营观点从"以生产为中心"转为"以消费者为中心",市场也就成了生产过程的起点而不仅是终点,营销也就突破了流通领域,延伸到生产过程及售后过程;市场营销活动不仅仅是推销已经生产出来的产品,而是通过消费者的需要与欲望的调查、分析和判断,通过企业整体协调活动来满足消费者的需求。

（4）完善时期（20世纪60～80年代）。进入20世纪70年代,市场营销学更紧密地结合经济学、哲学、心理学、社会学、数学及统计学学科,而成为一门综合性的边缘应用科学,并且出现了许多分支,例如,消费心理学、工业企业市场营销学、商业企业市场营销学等。现在,市场营销学无论在国外还在国内都得到了广泛的应用。

（5）创新时期（20 世纪 80 年代至今）。经过上述 4 个时期的发展,市场营销学已成为一门较为成熟的学科,并建立了独立、系统、完整的理论体系。但是,作为一门科学的市场营销学并非是静止的,而是动态的。它随着科学技术的进步、社会的发展而不断发展和创新。这一时期以来,学术界为适应新的环境,保护环境、科学技术在市场营销领域的应用,不断创造了新理论,如 20 世纪 90 年代美国劳特明教授提出的 4C(Consumer/顾客、Cost/成本、Convenience/方便、Communication/沟通)理论;绿色市场营销理论;网络营销等。

（二）市场营销学在中国的形成与发展

从整个发展过程来看,市场营销学大致经历了以下 5 个阶段。

（1）引进时期(1978—1982 年)。在此期间,通过对国外市场营销学著作、杂志和国外学者讲课的内容进行翻译介绍,选派学者、专家到国外访问、考察、学习,邀请外国专家和学者来国内讲学等方式,系统介绍和引进国外市场营销理论。但是,当时该学科的研究还局限于部分大专院校和研究机构,从事该学科引进和研究工作的人数还很有限,对于西方市场营销理论的许多基本观点的认识也比较肤浅,大多数企业对于该学科还比较陌生。然而,这一时期的努力毕竟为我国市场营销学的进一步发展打下了基础。

（2）传播时期(1983—1985 年)。经过前一时期的努力,全国各地从事市场营销学研究、教学的专家和学者开始意识到要使市场营销学在中国得到进一步的应用和发展,必须成立各地的市场营销学研究团体,以便相互交流和切磋研究成果,并利用团体的力量扩大市场营销学的影响,促进市场营销学研究的进一步发展。1984 年 1 月,全国高等综合大学、财经院校市场学教学研究会成立。在以后的几年时间里,全国各地各种类型的市场营销学研究团体如雨后春笋般纷纷成立。各团体在做好学术研究和学术交流的同时,还做了大量的传播工作。例如,广东市场营销学会定期出版了会刊《营销管理》,全国高等综合大学、财经院校市场学教学研究会在每届年会后都向会员印发了各种类型的简报。各团体分别举办了各种类型的培训班、讲习班。有些还通过当地电视台、广播电台举办了市场营销学的电视讲座和广播讲座。通过这些活动,既推广、传播了市场营销学知识,又扩大了学术团体的影响。在此期间,市场营销学在学校教学中也开始受到重视,有关市场营销学的专著、教材、论文在数量上和质量上都有很大的提高。

（3）应用时期(1986—1988 年)。1985 年以后,我国经济体制改革的步伐进一步加快,市场环境的改善为企业应用现代市场营销原理指导经营管理实践提供了有利条件,但各地区、各行业的应用情况又不尽相同,具体表现为:以生产经营指导性计划产品或以市场调节为主的产品的企业应用得较多、较成功,而以生产经营指令性计划产品为主的企业应用得较少;以生产经营消费品为主的行业所属的企业应用得较多、较成功,而重工业、交通业、原材料工业等和以经营生产资料为主的行业所属的企业应用得较少;经营自主权较大、经营机制灵活的企业应用得较多、较成功,反之较少;经济发展较快的地区企业应用得也比较好。在此期间,多数企业应用市场营销原理时,偏重于分销渠道、促销、市场细分和市场营销调研部分。

（4）扩展时期(1988—1994 年)。在此期间,市场营销教学研究队伍,市场营销教学、研究和应用的内容,都有了极大的扩展。全国各地的市场营销学学术团体,改变了过去只有学术界、教育界人士参加的状况,开始吸收企业界人士参加。其研究重点也由过去的单纯教学研究,改为结合企业的市场营销实践进行研究。全国高等综合大学、财经院校市场学教学研究会也于 1987 年 8 月更名为"中国高等院校市场学研究会"。学者们已不满足于仅仅对市场营销一般原理的教学研究,而对其各分支学科的研究日益深入,并取得了一定的研究成果。1992 年春,邓小平南巡讲话以后,学者们还对市场经济体制的市场营销管理,中国市场营销的现状与未来,跨世纪中国市场营销面临的挑战、机遇与对策等重大理论课题展开了研究,这也有力地扩展了市场营销学的研究领域。

(5) 国际化时期(1995 年至今)。1995 年 6 月,由中国人民大学、加拿大麦吉尔大学和康克迪亚大学联合举办的第五届市场营销与社会发展国际会议在北京召开。中国高等院校市场学研究会等学术组织作为协办单位,为会议的召开做出了重要的贡献。来自 46 个国家和地区的 135 名外国学者与 142 名国内学者出席了会议。25 名国内学者的论文被收入《第五届市场营销与社会发展国际会议论文集》(英文版),6 名中国学者的论文荣获国际优秀论文奖。从此,中国市场营销学者开始全方位、大团队地登上国际舞台,与国际学术界、企业界的合作进一步加强。

二、市场营销学的性质

(一)市场营销学是一门科学

市场营销学是否是一门科学?对此,国内外学术界持有不同的见解。概括起来,大致分为 3 种观点。

第一种观点认为市场营销学不是一门科学,而是一门艺术。他们认为,工商管理(包括市场营销学在内)不是科学而是一种教会人们如何作营销决策的艺术。

第二种观点认为市场营销学既是一门科学,又是一种行为和艺术。这种观点认为,管理(包括市场营销学)不完全是科学,也不完全是艺术,有时偏向科学,有时偏向艺术。当收集资料时,尽量用科学方法收集和分析,这时科学成分比较大,当资料取得以后,要作最后决定时,这时艺术成分就大一点,由于主要是依据企业领导者的经验和主观判断,这时便是艺术。这种双重性观点,主要问题在于将市场营销同市场营销学混同起来了。市场营销是一种活动过程、一种策略,因而是一种艺术。市场营销学是对市场营销活动规律的概括,因而是一门科学。

第三种观点认为市场营销学是一门科学。这是因为,市场营销学是对现代化大生产及商品经济条件下工商企业营销活动经验的总结和概括,它阐明了一系列概念、原理和方法。市场营销理论与方法一直指导着国内外企业营销活动的发展。

(二)市场营销学是一门应用科学

市场营销学不仅是一门经济科学还是一门应用科学,学术界对此存在两种观点:一种是少数学者认为市场营销学是一门经济科学,是研究商品流通、供求关系及价值规律的科学。另一种观点认为市场营销学是一门应用科学。无疑,市场营销学是于 20 世纪初从经济学的"母体"中脱胎出来的,但经过几十年的演变,它已不是经济科学,而是建立在多种学科基础上的应用科学。

营销学家菲利普·科特勒指出:"市场营销学是一门建立在经济科学、行为科学、现代管理理论之上的应用科学。因为经济科学提醒我们,市场营销是用有限的资源通过仔细分配来满足竞争的需要;行为科学提醒我们,市场营销学是涉及谁购买、谁组织,因此,必须了解消费者的需求、动机、态度和行为;管理理论提醒我们,如何组织才能更好地管理其营销活动,以便为顾客、社会及自己创造效用。"

三、市场营销学的研究对象

(一)市场营销学的研究对象概述

市场营销学的研究对象是市场营销活动及其规律,即研究企业如何识别、分析评价、选择和利用市场机会,从满足目标市场顾客需求出发,有计划地组织企业的整体活动,通过交换,将产品从生产者手中转向消费者手中,以实现企业营销目标。

例 1-1　日本电视机打入中国市场。1979 年,我国放宽对家用电器的进口。当时,日本电视机厂商首先分析了中国市场需求特点,从市场营销角度将市场视为由人口、购买力及购买动机构成,认为中国有 10 亿人口,人均收入虽较低,但中国人有储蓄的习惯,已形成了一定的购买力,中国消费者有着对电视的需求。由此得出结论:中国存在一个很有潜力的黑白电视机市场。日本电视机厂在分析中国电视机市场需求特点的基础上,制订了相应的市场营销策略以满足中国消费者的需求。

(1)产品策略。中国电压系统与日本不同,必须将 110V 改为 220V;中国电力不足,电压不稳定,需配置稳压器;要适合中国住房面积小的特点,应以 12~14 英寸电视机为主;要提供质量保证及修理服务。

(2)定价策略。考虑当时中国尚无外国电视机的竞争,因此,价格比中国同类电视机的要高。日本电视机厂在有针对性地采取市场营销策略的基础上,将电视机源源不断地推向中国市场。

(3)分销策略。当时国内还未设立国营商店分销进口电视机的渠道,故由港澳国货公司和代理商、经销商推销;通过港澳同胞携带电视机进内地,由日本厂商用货柜直接运送到广州流花宾馆。

(4)促销策略。主要采用了广告策略,在香港特别行政区电视台发动宣传攻势;在香港特别行政区《大公报》、《文汇报》等报刊大量刊登广告;在香港特别行政区电视台介绍有关日本电视机的知识。

上述实例,无疑会加深我们对市场营销学研究对象的认识。

(二)市场营销学的研究内容

基于市场营销学是以市场营销及其规律性为研究对象的科学,根据市场营销活动的主要内容和目的,可将市场营销学大体归纳成 3 个部分:环境与市场分析;营销活动与营销策略研究;市场营销计划、组织与控制。

第一部分内容着重分析企业与市场的关系,分析影响和制约企业营销活动的各种环境因素,分析各类购买者的行为,进而提出企业进行市场细分和选择目标市场的理论与方法,并就市场调查和市场需求预测作了介绍。这部分内容具有市场营销基础的意义,阐述了市场营销的若干基本原理和基本思路。

第二部分内容是企业营销活动与营销策略研究,是市场营销学的核心内容。其任务在于论述企业如何运用各种市场营销手段以实现企业的预期目标,因而全部都是围绕企业经营决策展开的。市场营销活动中所包含的可控制的变数很多,美国学者麦卡锡把这些变数概括为4个基本变数,即产品(Product)、价格(Price)、渠道(Place)和促销(Promotion),简称为"4Ps",对4Ps策略的研究,构成了营销活动研究的四大支柱。这部分内容不仅就每个基本变数可供选择的营销策略进行了分析,而且提出了"市场营销组合"这一十分重要的概念,且强调4个基本变数不是彼此孤立的、分割的,必须依据外部环境的动向,进行产品、定价、分销及促销四大策略的最佳组合,以保证从整体上满足顾客的需求。

第三部分内容是关于市场营销计划、组织与控制的研究,主要阐述了企业为保证营销活动的成功而应在计划、组织、控制等方面采用的措施与方法。

第二节　市场和市场营销的含义

一、市场及类型

(一)市场概念与构成要素

市场是商品经济发展的产物,市场的概念也是随着商品经济的发展而发展的。最初的市场主要指商品交换的场所。随着生产和社会分工的发展,商品交换日益频繁,交换关系复杂化了,市场成为不同生产者通过买卖方式实现产品相互转让的商品交换关系的总和。市场的概念虽有多种含义,但通常可以归纳为3种。

(1)传统的市场是指商品交换的场所,这是进行商品交换的必要条件,没有一定的场所,交换就无法进行。这是对市场本意的解释,也是最传统的、狭义的概念。它强调买主和卖主发生交换关系的地点与区域,很显然,任何一个企业都要考虑其产品销向哪些地区,在何种场所出售。

(2)经济学的市场是指商品交换关系的总和,即市场是那些从事商品生产和交换的生产者、经营者、消费者之间交换行为和活动中体现的经济关系的总和,强调的是商品供求关系、竞争关系、利益关系等。通常说的"市场机制"、"市场调节"中的"市场"就是经济学意义上的市场,如图1-1所示。

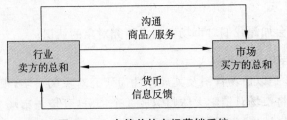

图 1-1　一个简单的市场营销系统

(3)营销学的市场是指某项产品或劳务现实或潜在购买者的总和,这是从企业或者卖方角度对市场的解释。营销学中的市场是建立在社会分工和商品生产基础上的交换关系;市场的形成包括:消费者;产品或服务;交易条件;买方需求是决定性的;市场的构成包

括人口、购买力、购买欲望三方面要素。即

$$市场＝人口＋购买力＋购买欲望$$

① 人口。需求是人的本能,对物质生活资料及精神产品的需求是人类维持生命的基本条件。因此,哪里有人,哪里就有需求,就会形成市场。人口的多少决定着市场容量的大小;人口的状况,影响着市场需求的内容和结构。构成市场的人口因素包括总人口、性别和年龄结构、家庭户数和家庭人口数、民族与宗教信仰、职业和文化程度、地理分布等多种具体因素。

② 购买力。购买力是指人们支付货币购买商品或劳务的能力。人们的消费需求是通过利用手中的货币购买商品实现的。因此,在人口状况既定的条件下,购买力就成为决定市场容量的重要因素之一。市场的大小直接取决于购买力的高低。一般情况下,购买力受到人均国民收入、个人收入、社会集团购买力、平均消费水平、消费结构等因素的影响。

③ 购买欲望。购买欲望是指消费者购买商品的愿望、要求和动机。它是把消费者的潜在购买力变为现实购买力的重要条件。倘若仅具备了一定的人口和购买力,而消费者缺乏强烈的购买欲望或动机,商品买卖仍然不能发生,市场也无法现实地存在。因此,购买欲望也是市场不可缺少的构成因素。

上述 3 个要素构成了企业的整个市场,缺少其中任何一个要素都不能称为企业的市场。这 3 个要素构成市场的矛盾运动,制约市场规模,即市场容量的大小,决定市场的基本状况及其发展趋向。

(二)市场的类型

对市场按照一定的标准进行分类是市场分析的一种主要方法,有利于帮助营销者认识和了解某一特定市场。市场分类的方法较多,从市场营销的角度剖析,根据不同的标准可将市场划分为不同的种类,如表 1-1 所示。

表 1-1　市场类型

依　据	类　型
1. 根据市场范围分	区域市场、国内市场、国际市场
2. 根据市场客体分	消费者市场、生产者市场、中间商市场、政府市场
3. 根据市场状况分	买方市场、卖方市场
4. 根据竞争程度分	完全竞争市场、完全垄断市场、寡头垄断市场、竞争垄断市场

二、市场营销的内涵

(一)市场营销的基本含义

随着研究的深入,对于市场营销的含义国内外学者曾下过上百种不同的定义。

麦卡锡把市场营销定义为一种社会经济活动过程,其目的在于满足社会或人类需要,实现社会目标。

美国市场营销协会于 1960 年对市场营销下的定义:市场营销是" 引导产品或劳务从生产者流向消费者的企业营销活动"。

科特勒于 1984 年对市场营销下了定义:市场营销是指企业的这种职能,"认识目前未满足的需要和欲望,估量和确定需求量大小,选择和决定企业能最好地为其服务的目标市场,并决定适当的产品、劳务和计划(或方案),以便为目标市场服务"。

美国市场营销协会(AMA)于1985年对市场营销下了更完整和全面的定义:市场营销是对思想、产品及劳务进行设计、定价、促销及分销的计划和实施的过程,从而产生个人和组织目标交换的需要。

美国企业管理学权威彼得·杜拉克指出:市场营销的目的在于使推销成为多余的。

而市场营销最新的定义是:市场营销既是一种组织职能,也是为了组织自身及利益相关者的利益而创造、传播、传递客户价值,管理客户关系的一系列过程。此定义于2004年8月在美国波士顿AMA(美国市场营销协会)夏季营销教学者研讨会上提出,并在美国的市场营销理论界、实践界引起了广泛的讨论。

本书将市场营销表述为:"市场营销是个人或群体通过创造、提供并同他人交换有价值的产品,以满足各自的需要和欲望的一种社会活动和管理过程。"

(二)市场营销的核心概念

市场营销不仅涉及其出发点,即满足顾客需求,还涉及以何种产品来满足顾客需求,如何才能满足消费者需求,即通过交换方式,产品在何时、何处交换,由谁实现产品与消费者的连接。可见,要理解市场营销的含义还得了解相关市场营销概念,市场营销主要包括需要、欲望和需求,产品及相关的效用、价值和满意,交换及相关的交易和关系,市场、市场营销及市场营销者,如图1-2所示。

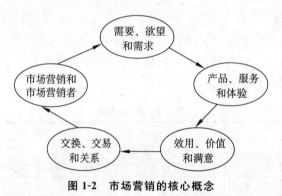

图 1-2　市场营销的核心概念

1. 需要、欲望和需求

(1)需要是指消费者生理及心理的需求,是指没有得到某些基本满足的感受状态。如人们为了生存,需要食物、衣服、房屋等生理需求及安全、归属感、尊重和自我实现等心理需求。市场营销者不能创造这种需求,而只能适应它。

马斯洛需要层次论对消费者的5个层次需要做出充分的说明,即生存需要(渴、饿)、安全需要、社交需要、自尊需要和自我实现需要。

(2)欲望是指想得到需要的具体满足物的愿望。不同背景下的消费者欲望不同,比如中国人需求食物则欲望米饭,法国人需求食物则欲望面包,美国人需求食物则欲望汉堡包。

影响人的欲望的因素众多,诸如职业、团体、家庭、教会、文化、营销者等。因而,欲望会随着社会条件的变化而变化。市场营销者能够影响消费者的欲望,如建议消费者购买某种产品。

（3）需求是指有能力和意愿购买某种物品的欲望。可见,消费者的欲望在有购买力作后盾时就变成为需求。因此,市场营销者不仅要了解有多少消费者欲望其产品,还要了解他们是否有能力购买。

例1-2 小李:月收入5 000元;老张:年薪300万元。如果他们都要解决交通工具,请问他们分别会购买什么车? 小李可能买价值4万元的汽车,老张可能买价值100万元的汽车? 两者功能上有何区别? 这两种车有什么区别?

综上所述,需要、欲望和需求三者关系如图1-3所示。

图1-3 三者关系

2.产品、服务和体验

产品是指用来满足顾客需求和欲望的东西。产品包括有形的和无形的、可触摸的与不可触摸的。有形产品是为顾客提供服务的载体。无形产品或服务是通过其他载体,诸如人、地、活动、组织和观念等来提供的。服务也可以通过有形物体和其他载体来传递。

3.效用、价值和满意

消费者如何选择所需的产品,主要是根据对满足其需要的每种产品的效用进行估价而决定的。效用是消费者对满足其需要的产品的全部效能的估价。产品全部效能(或理想产品)的标准如何确定? 每种产品都有不同的能力来满足其不同的需要,为此,将最能满足其需求到最不能满足其需求的产品进行排列,从中选择出最接近理想产品的产品。顾客选择所需的产品除效用因素外,产品价格高低也是因素之一,如果顾客追求效用最大化,他就不会简单地只看产品表面价格的高低,而会看每一元钱能产生的最大效用。即考虑顾客总价值与顾客总成本。顾客总价值是指购买某一产品与服务所期望获得的一组利益,包括产品价值、服务价值、人员价值和形象价值等。而顾客总成本是指顾客为购买某一产品所耗费的时间、精力、体力以及支付的货币资金等,包括货币成本、时间成本、精力成本和体力成本等。

4.交换、交易和关系

（1）交换是指通过提供某种东西作为回报,从别处取得所需物品的行为。而人们通过自给自足或自我生产方式,或通过偷抢方式,或通过乞讨方式获得产品都不是市场营销,只有通过等价交换,买卖双方彼此获得所需的产品,才产生市场营销。

引起交换必须满足的条件:①最少有两方或两方以上的当事人,特别要找准谁是你的另一方;②每方都拥有对方所感到有价值的东西;③每一方都能沟通信息和传递货物;④每一方都可以自由接受或拒绝对方的产品;⑤每一方与另一方进行交易是适当的或称心如意的。其中前三项为必备条件。

例 1-3 花坊与消费者之间如何发生交换？

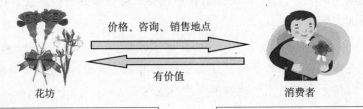

价格、咨询、销售地点

有价值

花坊　　　　　　　　　　　　消费者

花坊的需要/目标：	消费者的需要/目标：
(1) 为了永续经营与发展；	(1) 社会需要；
(2) 质量、价格、咨询、销售地点。	(2) 考虑金钱、忠诚、良好口碑。

(2) 交易。交换是一个过程，而不是一种时间。如果双方正在洽谈并逐步达成协议，称为在交换中。如果双方通过谈判并达成协议，交易便发生。交易是交换的基本组成部分。交易是指买卖双方价值的交换，它是以货币为媒介的，而交换不一定以货币为媒介，它可以是物物交换。交易涉及几个方面，即两件有价值的物品，双方同意的条件、地点、时间，还有用来维护和迫使交易双方执行承诺的法律制度。

(3) 关系。精明能干的市场营销者都会重视同顾客、分销商等建立长期、信任和互利的关系。而这些关系要靠不断承诺及为对方提供高质量产品、良好服务及公平价格来实现，靠双方加强经济、技术及社会联系来实现。

5. **市场、市场营销和市场营销者**

(1) 市场由一切有特定需求或欲望并且愿意和可能从事交换来使需求和欲望得到满足的潜在顾客所组成。一般来说，市场是买卖双方进行交换的场所。但从市场营销学角度看，卖方组成行业，买方组成市场。行业和市场构成了简单的市场营销系统。即生产商到资源市场购买资源，转换成商品和服务之后卖给中间商，再由中间商出售给消费者。消费者到资源市场上出售劳动力再用获得的货币购买产品和服务。政府则到各个资源市场、生产商及中间商购买产品，支付货币，再向这些市场征税及提供服务。

(2) 市场营销是指与市场有关的人类活动。也即为满足消费者需求和欲望而利用市场实现潜在交换的活动。它是一种社会的和管理的过程。

(3) 市场营销者则是从事市场营销活动的人。市场营销者既可以是卖方，也可以是买方。作为买方，他力图在市场上推销自己，以获取卖者的青睐，这样买方就是在进行市场营销。当买卖双方都在积极寻求交换时，他们都可称为市场营销者，并称这种营销为互惠的市场营销。

(三) 市场营销的任务

(1) 生产者与消费者在空间上的分离。这就需要某些市场营销机构，把产品从产地运往全国各地乃至世界各地，以便适时适地地将产品销售给广大用户。

(2) 生产者与消费者在时间上的分离。这就需要市场营销机构向工厂或农民收购产品，并对产品进行加工和储存，以保证广大消费者和工业用户的常年需要。

（3）生产者与消费者在信息上的分离。这种生产与消费信息的分离,需要营销者进行市场营销调研,通过广告媒体传递市场信息。

（4）生产者与消费者在产品估价上的差异或矛盾。因此,需要营销者通过提高产品质量,降低成本,广告及合理定价等市场营销活动,千方百计与顾客达成交易以解决这一矛盾。

（5）生产者与消费者在商品所有权上的分离。因此,需要营销机构组织商品交换活动,在帮助生产者把产品转移到消费者手中的同时,实现产品所有权的转移。

（6）生产者与消费者在产品供需数量上的差异或矛盾。这就需要批发企业向许多生产企业大批量采购,以较小批量转卖给众多零售企业,再由他们零售给广大消费者,以解决产品供需数量的矛盾。

（7）生产者与消费者在产品花色品种的供需上的差异或矛盾。这就需要营销者按照其顾客的需要,向许多生产企业采购各种花色品种、规格、型号的产品,然后转卖给广大消费者,以满足消费者多种多样的需要。

第三节　市场营销观念的演变

一、市场营销观念的含义

（一）市场营销观念的概念

所谓经营理念就是管理者追求企业绩效的根据,是顾客、竞争者以及职工价值观与正确经营行为的确认,然后在此基础上形成企业基本设想与科技优势、发展方向、共同信念和企业追求的经营目标。

市场营销观念也称营销导向、营销理念、营销管理哲学等,是企业制订营销战略、实施营销策略、组织开展营销活动所遵循的一系列指导思想的总称。企业的市场营销活动是在特定的经营观念(或称营销管理哲学)指导下进行的。一种经营观念一旦形成,就会成为全社会在一定时期经营活动的行为准则。市场营销观念作为企业的一种经营理念或指导思想基本上可以归结为以下 4 种因素。

（1）顾客导向,即组织的一切思考和行动的中心是消费者或用户。当今社会,企业为了生存就必须首先了解消费者想要什么,制造满足他们所需的产品;其次是以消费者能接受的价格和方法进行销售;最后要弄清消费者对产品和销售方法的反应,并将其结果反映在下一轮市场营销活动中。

（2）目标导向,即组织的一切职能都必须向着共同的目标进行调整和统一。如前述顾客导向,只凭企业的一部分人和一个部门是不可能实现的,必须把企业的全部门、全体从业人员的意识和行为调整、统一到实现目标上来,为此企业需要建立起能进行严格管理调整的管理系统。

（3）利益导向,并非以最大的销量获得利益,而是通过给顾客最大的满足来取得利益。企业通过自己的经营努力获取收益,从其收益中支付各种费用以及用于再投资等,可以说,利益的获取是企业生存和发展的必要条件。同时论述顾客导向和利益导向似乎很矛盾,而市场营销的任务就是要追求两者各自极限的妥协点,以免矛盾的产生。企业追求的这种利益,称为"适当利润"。市场营销观念中所说的利益是指社会能认可的这种适当利润。

(4)社会导向。所谓社会导向就是要求企业追求最大限度地满足顾客、获取适当利润的同时,也必须重视社会利益,履行其社会责任,并提出了 3 C 理论,即顾客满意(Consumer satisfaction)、企业利益(Company profits)、社会利益(Community welfare)。

(二)市场营销观念的种类

市场营销观念发展至今,主要有传统市场营销观念和现代市场营销观念,大致分为5 个阶段:生产观念、产品观念、推销观念、市场营销观念、社会市场营销观念。图 1-4 所示为市场营销观念的演变。

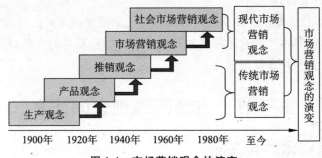

图 1-4　市场营销观念的演变

二、新旧两类营销观念及比较

(一)传统市场营销观念

1. 生产观念

生产观念是指导企业市场经营行为的最古老的观念之一。这种营销观念产生于20 世纪 20 年代前。

(1)基本思想:以生产为中心,其中心任务是集中一切力量改善设备和工艺,增加产量。生产观念认为,顾客喜爱那些随处买到而且价格低廉的产品。这种认为在两种情况下能够成立且具备合理性。一是对某个产品供不应求,物资短缺。对此,顾客最关心的是能否买到产品,而不是其他问题。二是产品成本过高,必须扩大生产、降低成本,以吸引更多的顾客购买。

(2)背景:卖方市场,物资短缺,供不应求。产品只要生产出来就必定有销路。

(3)态度:企业不考虑或很少考虑市场需求问题,其基本态度是生产什么产品就销售什么产品,顾客就买什么产品。

(4)逻辑基础:生产者逻辑,一切都是从生产者出发的。

(5)经营形式和手段:大量生产,低成本,标准化。

(6)目的:生产出产品获取利益。

例 1-4　福特 T 型车为什么会退出市场? 为了满足市场对汽车的大量需求,福特汽车在 20 世纪初采用了当时颇具竞争力的营销战略,只生产一种车型,即只生产黑色 T 型车。亨利·福特当时的理念:无论你需要什么颜色的汽车,我福特只生产黑色的。这样做的好处是福特能以最低的成本生产,用最低价格向消费者提供汽车。T 型车改变了日后美国人的生活方式,使美国变成了汽车王国。1908 年冬天开始,美国人便能以 825 美元的价格买到 T 型车。这种简单、坚固、实用的小汽车推出后,大大增强了广大中产阶级对汽车的需求,而福特也因此成了美国最大的汽车生产商,至 1914 年,福特汽车占美国汽车市场一半份额。然而到了 1927 年,福特不得不关闭了 T 型车生产线,因为汽车多样化时代开始了。

2. 产品观念

产品观念也是一种较古老的企业市场营销观念,产生于 20 世纪 20~40 年代。其出发点仍是企业生产能力与技术优势;其观念前提是"物因优为贵,只要产品质量好,就不愁卖不出去"。

(1) 基本思想:以产品为中心,其中心任务是提高产品质量、改善性能、降低价格。这是因为产品观念认为,消费者或用户总是欢迎质量好、性能强、有特色、价格便宜的产品。

(2) 背景:卖方市场,但供不应求的现象得到了缓和或趋于缓和。

(3) 态度:只要产品好,消费者就一定会买,"酒香不怕巷子深"。

(4) 逻辑基础:生产者逻辑。

(5) 经营形式和手段:提高生产效率,改进产品的质量和性能。

(6) 目的:物美价廉获得利益。

(7) 区别:产品观念本质上与生产观念相同,仍然是企业生产什么就销售什么,但比生产观念增加了一层竞争的色彩,开始考虑顾客在产品质量、性能、特色、价格等方面的愿望。生产观念是"以量取胜",产品观念则是"以质取胜"、"以廉取胜"。

(8) "市场营销近视"是指只把注意力放在产品上,而不是放在市场需求上,在市场营销管理中缺乏远见,只看到自己的产品质量好,看不到市场需求在变化,致使企业经营陷入困境。奉行产品观念的企业一般很容易患"市场营销近视"症,它们过度迷恋自己的产品,总认为自己的产品好,一定是人见人爱,完全忽视市场需求的变化。

例 1-5　美国的铁道行业患了"市场营销近视"症。大约在 1960 年,列维教授曾在一篇题为"市场营销近视"的论文中,以美国的铁路行业作为主要例证,阐述了为什么企业甚至整个行业会成长到具有强大的权力影响后走向没落。列维认为在 19 世纪时这个行业替代了其他形式的陆上运输业,因为它比它们更具效率和效果。然而,20 世纪初,内燃机的兴起以及汽车和卡车成本高、技术还不先进、不可靠,而且并不是那么容易获得。然而,其潜在优势显而易见——如果你拥有一辆汽车或卡车,那么你就完全可以对你的运输需要做主,你可以在方便的时候逐家逐户地旅行。亨利·福特看到了这样的市场机遇,开创了批量装配的概念,开始以持续增长的数量生产出可靠、低成本的汽车来。从那时起,铁路运输业开始走向滑坡,以至于 20 世纪 50 年代时这个曾一度辉煌的产业已呈现出最后的没落景象了。列维认为铁路行业的主管们太专注于他们的产品,而忽视了他们所服务的运输这种消费需求。由于他们的市场营销近视和产品导向,因此没有看到市场不断变化的事实:铁路业曾经作为早期替代品而取代了当时缺乏吸引力的其他形式的陆上运输业产品,给消费者提供了一种选择,使得他们在新旧更替中提高了自身的满意程度。因此,很显然,如果又开发出一种更新、更方便的运输手段,消费者同样会转向它们,如果铁路业主管们注重他们所服务的需求——运输,而不是他们的产品,他们或许可以加入新兴的汽车行业中,建立一套整合型的运输系统。换句话说,铁路业的失败应归结于他们缺乏市场营销导向。

讨论:"酒香不怕巷子深"的营销理念。

3. 推销观念

这一经营观念产生于 20 世纪 20 年代末至 50 年代前。当时,社会生产力有了巨大发展,市场趋势由卖方市场向买方市场过渡,尤其在 1929—1933 年的特大经济危机期间,大量产品销售不出去,迫使企业重视广告术与推销术的应用研究。这种观念认为,消费者通常表现出一种购买惰性或抗衡心理,企业必须进行大量推销和促销努力。

(1)基本思想:以销售为中心,其中心任务是主动推销和积极促销。

(2)背景:供求平衡或供大于求,卖方市场向买方市场转化,产品的销售成为企业的主要矛盾。

(3)态度:只要努力推销某种产品,消费者就会更多地购买。

(4)逻辑基础:卖方逻辑,强调企业如何把生产出来的产品卖出去,不然就会造成产品积压,无法收回货款,资金周转困难。

(5)经营形式和手段:企业十分注意运用推销术和广告术来大力推销产品,同时采取低价格和宽渠道的手段,力求赢得更多的顾客。

(6)目的:扩大销售获得利益。

例 1-6　秦池酒厂由盛到衰。秦池酒厂是山东省临朐县的一家生产"秦池"白酒的企业。1995 年厂长赴京参加中央电视台黄金时段广告"标王",以 666 万元人民币的价格夺得"标主",在全国引起极大轰动,一时间"秦池"白酒成为家喻户晓的品牌,身价倍增;秦池酒厂也因此一夜成名,订单雪片般地飞来,在短短的一个多月内,秦池酒厂就签订了 4 亿元的销售合同,两个多月秦池酒厂的销售收入就达到 2.18 亿元,实现利税 6 800 万元,相当于秦池酒厂建厂以来前 55 年的总和,至 1995 年 6 月底,订单已排到了年底。尝到甜头后的秦池酒厂,不久又做出了惊人之举。1996 年 11 月 8 日下午,中央电视台传来一个令全国震惊的消息,在全国白酒行业无论是厂名还是品牌并不起眼的秦池酒厂以 3.2 亿元人民币的"天价"买下了中央电视台黄金时段的广告权,从而成为令人为之炫目的两届"标王"连任者,一时间,全国上下刮起了"秦池"风,就连在全国享有极高知名度的四川白酒企业如沱牌酒厂的高层管理者们都感到汗颜,惊呼"狼来了!"。正如秦池酒厂高层人士的预期,巨大的广告投入确实给秦池酒厂带来了"惊天动地"的效益,1996 年秦池酒厂的销售收入达到 9.5 亿元,此时,秦池酒厂的老总们可谓是踌躇满志,秦池风光无限。秦池成名之前作为一家县级企业,其总资产规模和生产能力有限。面对成为"标王"之后滚滚而来的订单,不可能弃之不管,但仅凭现有的生产能力又难以应付,为满足客户的需求,秦池酒厂必须扩大生产规模,生产规模的扩大,就需要对现有的厂房设备进行更新或扩建、引进新设备。巨大的广告费用和企业生产规模的扩大都需要大量的资金,限于当时的条件,秦池酒厂只有向银行贷款,按当时的银行政策,此类贷款往往是短期贷款。贷款使企业的负债比率提高,生产规模的扩大使企业总资产中固定资产比例提高。扩大生产规模,大规模提高生产能力,并不能产生立竿见影的结果,因为,即使企业完全有能力扩大生产规模,但无论是设备厂房的购建,还是白酒的酿造,都需要一定的时间周期。为满足眼前客户的订单,秦池酒厂在扩大生产规模的同时,想到了另外一条解决燃眉之急的捷径,那就是与周边地区的白酒企业横向联合或收购其他企业的白酒进行勾兑,但无论是横向联合还是勾兑,两者都很难保证产品的质量。

(二)现代市场营销观念

(1)市场营销观念。市场营销观念认为,实现企业目标、获取最大利润的关键在于,以市场需求为中心组织企业营销活动,有效地满足消费者的需求和欲望。即要求企业一切计划与策略应以消费者为中心,正确确定目标市场的需要与欲望,比竞争者更有效地满足目标市场的要求。

① 基本思想:以顾客为导向,企业的中心任务是满足顾客的需求和欲望。不是销售已生产的产品,而是生产销售市场上需要的,好卖的产品。

② 背景:20 世纪 50 年代产生于供大于求,买方市场的西方发达国家。

③ 态度:消费者需要什么,企业就生产、销售什么。实现企业各项目标的关键,在于及时了解和准确把握目标市场的需求与欲望,并要比竞争者更有效地传送目标市场所期望的产品和服务,进而比竞争者能更好地满足其需求和欲望。

④ 逻辑基础:顾客逻辑,即企业不是从现有的生产和产品出发,而是从市场出发,从顾客出发。

⑤ 经营形式:创造需求,即不能只是被动地去应对现实需求,而是要去努力挖掘潜在需求,进行需求创新。

⑥ 手段:顾客价值,即总顾客价值与总顾客成本之差。用公式表示为:顾客让渡价值=总顾客价值-总顾客成本。

企业为了吸引更多的潜在顾客,就必须向顾客提供比竞争对于具有更多顾客价值的产品。为此,企业可以从两个方面着手,一是通过改进产品、服务、人员和形象,提高其总价值;二是通过降低生产和销售成本,减少顾客购买产品所需的时间、精力和体力成本,从而降低其总成本。

⑦ 目的:满足顾客获得利益。

⑧ 主要支柱:成为市场营销观念主要支柱的有市场营销调研、目标市场、顾客需求、整合营销、盈利能力。

例 1-7 牧师与牧童的故事。有一位青年牧师到教堂去传道,他做了大量的宣传,自认为会有很多人来听他传道,结果他发现只有一个牧童在场。

于是牧师问牧童:"只有你一个人,你说我要不要传道呢?"

牧童说:"你要不要传道,我不知道。我只知道我放牛的时候,不会因为栏里只有一头牛,而不去照顾它。"

牧师听他这么说,便按原来的进度开始传道。传道的过程中,牧童睡着了。

牧师讲完后,问牧童:"你听懂了吗?"

牧童说:"听不听得懂,我不知道,但我放牛的时候,绝不会将我自己喜欢吃的面包等东西塞给牛吃。我的责任是尽量选择牛需要的草来满足牛的需求,把牛照顾好。"

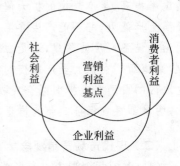

图 1-5　社会市场营销观念利益基点

(2)社会市场营销观念。所谓社会市场营销观念就是不仅要满足消费者的需要和欲望并由此获得企业利益,而且要符合消费者自身和整个社会的长远利益,要正确处理消费者欲望、企业利润和社会整体利益之间的矛盾,统筹兼顾,求得三者之间的平衡与协调。图 1-5 所示为社会市场营销观念利益基点。

① 基本思想:既要满足消费者需求,又要符合消费者和社会的长期利益。

② 背景:市场营销观念一味地强调满足消费者需求,却忽略了消费者需求、消费者利益和长期社会福利之间隐含的冲突。20 世纪 70 年代以来社会上出现了各种批评,指出了诸如不营养食品、资源浪费、能源短缺、环境污染严重、社会服务被忽视等问题。这时需要有一种新的观念来修正或取代市场营销观念。菲利普·科特勒最早提出了"社会市场营销"的概念,即以社会市场营销观念来补充和完善市场营销观念。

③ 态度:兼顾消费者利益、企业利益和社会利益,并把三者有机地协调结合起来。

④ 逻辑基础:社会逻辑,既不是从企业,也不是单纯从消费者出发,而是应该从整个社会出发,当然企业和消费者也就包括其中了。

⑤ 经营形式和手段:强调企业的社会责任,要求企业在满足需求的同时履行社会责任。

⑥ 目的:满足需求和符合社会利益而获得利益。

(三)新旧营销观念比较

生产观念、产品观念和推销观念统称为传统市场营销观念;市场营销观念和社会市场营销观念统称为现代市场营销观念。新旧两类市场营销观念比较如表 1-2 所示。

表 1-2　新旧两类市场营销观念比较

营　销　观　念		营销程序	重　点	手　段	营销目标
传统市场营销观念	生产观念	产品→市场	产品	提高生产效率	通过扩大产量降低成本取得利润
	产品观念	产品→市场	产品	生产优质产品	通过提高质量扩大销量取得利润
	推销观念	产品→市场	产品	促进销售策略	加强销售促进活动,扩大销量取得利润
现代市场营销观念	市场营销观念	市场→产品→市场	消费者需求	整体市场营销活动	通过满足消费者需求和欲望,取得利润
	社会市场营销观念	市场→产品→市场	消费者需求、社会长期利益	协调性市场营销活动	通过满足消费者的欲望和需求,增进社会长期利益,企业取得利益

本 章 小 结

要想把营销做好,先得在思想上武装自己,尤其是要树立现代市场营销观念。本章就是让你了解市场、了解市场营销,懂得市场营销学是一门建立在经济科学、行为科学以及现代管理理论基础上的应用科学。它不仅是一门科学,而且是一门艺术。市场营销观念有一个演进过程,了解市场营销观念的变化就是让我们树立现代市场营销观念,以先进的经营理念为指南,紧紧围绕消费者需求,开展市场营销活动。

技 能 训 练

一、名词解释

市场　市场营销　传统营销观念　市场营销观念　社会市场营销观念

二、单项选择题

1. 市场营销学作为系统研究市场营销问题的一门独立的经济学科,是在(　　)出现的。

　　A. 第二次世界大战后　　　　　　B. 资本主义工业革命前

　　C. 资本主义工业革命后　　　　　D. 买方市场出现以后

2. 市场营销学以(　　)为研究的中心内容。

　　A. 产品　　　　B. 定价　　　　C. 促销　　　　D. 消费者

3. 只要产品质量好就不愁卖不出去,这是(　　)观念的体现。

　　A. 生产　　　　　　　　　　　　B. 产品

　　C. 市场营销　　　　　　　　　　D. 推销

4. 社会市场营销观念的出发点是(　　)。

　　A. 增加产量　　　　　　　　　　B. 扩大销售

　　C. 顾客需求　　　　　　　　　　D. 消费者和社会长远利益

5. 被西方称为引起"市场学革命"的是(　　)。

　　A. 推销观念　　　　　　　　　　B. 市场营销观念

　　C. 生态营销观念　　　　　　　　D. 大市场营销观念

6. 要求市场营销者在制订市场营销政策时,要统筹兼顾三方面的利益,即企业利润、消费者需要的满足和社会利益的营销观念的是(　　)。

　　A. 推销观念　　　　　　　　　　B. 社会市场营销观念

　　C. 生产观念　　　　　　　　　　D. 市场营销观念

7. 市场营销的核心是(　　)。

　　A. 生产　　　　B. 分配　　　　C. 交换　　　　D. 促销

8. 从营销理论的角度而言,企业市场营销的最终目标是(　　)。

　　A. 满足消费者的需求和欲望　　　B. 获取利润

　　C. 求得生存和发展　　　　　　　D. 把商品推销给消费者

9. 从市场营销的角度而言,市场就是( )。
   A. 买卖的场所　　　　　　　　　B. 商品交换关系的总和
   C. 交换过程本身　　　　　　　　D. 具有购买欲望和支付能力的消费者

10. 为了适应社会对环境保护的要求,许多企业主动采取绿色包装以降低白色污染。这种做法反映了企业的( )。
   A. 社会市场营销观念　　　　　　B. 推销观念
   C. 生产观念　　　　　　　　　　D. 市场营销观念

三、多项选择题

1. 以企业为中心的市场营销观念包括( )。
   A. 生产观念　　　　　　B. 推销观念　　　　　　C. 产品观念
   D. 市场营销观念　　　　E. 社会市场营销观念

2. 社会市场营销的核心是正确处理( )之间的利益关系。
   A. 企业　　　　　　　　B. 供应商　　　　　　　C. 顾客
   D. 中间商　　　　　　　E. 社会

3. 根据购买者及购买目的不同,市场划分为( )。
   A. 消费者市场　　　　　B. 生产者市场　　　　　C. 中间商市场
   D. 政府市场　　　　　　E. 国际市场

4. 市场包括以下( )要素。
   A. 销售者　　　　　　　B. 购买者　　　　　　　C. 购买力
   D. 市场营销机构　　　　E. 购买欲望

四、判断题

1. 在组成市场的双方中,买方的需求是决定性的。　　　　　　　(　)
2. 市场营销就是推销和广告。　　　　　　　　　　　　　　　　(　)
3. "酒香不怕巷子深"体现了企业的推销观念。　　　　　　　　(　)
4. 市场营销观念和社会市场营销观念的最大区别在于后者强调了社会和消费者的长远利益。　　　　　　　　　　　　　　　　　　　　　　　　(　)
5. 从企业实际的营销经验看,维系顾客要比吸引新顾客花费更高的成本。(　)

五、简答题

1. 什么是市场? 根据市场客体分,市场可分为哪几类?
2. 什么是市场营销? 市场营销的任务是什么?
3. 现代市场营销有哪些观念? 你是如何理解营销观念变化的原因的?
4. 比较传统与现代营销观念的根本区别。
5. 市场营销为什么要以消费者为研究的中心内容呢?

六、案例分析

运动鞋问世后,西方消费者认为它比布鞋更为耐用、舒适,无须特别宣传,需求量也很大。生产者只要保持产品的质量,大批量生产,降低成本和价格,销量自然大增。

由于生产运动鞋利润丰厚,许多生产者步入市场,供给量增加,销售出现困难。这时生产者加强推销活动,以维持产品的销量,各种推销活动,如组织推销队伍,加强与中间商联系,有奖销售等,力求增强产品的竞争力,但推销的仍是以往的产品,虽然设计款式有所改变,但未能满足顾客需要。

随着生产力的发展,消费水平的提高,消费者的要求也提高了,厂商觉察到这点,便运用市场营销原理,从满足消费者的心理及实际需要出发,对消费者的需求进行分析研究,发现对运动鞋有下列要求:舒适耐用、容易洗涤、款式新颖、价格合理、购买方便、品质优良。根据这些要求,决定对产品"改朝换代",塑造新一代的运动鞋,并重新制订市场策略,促使新型运动鞋在市场上占统治地位,首先在高消费市场淘汰了老一代的运动鞋。

【案例思考】

1. 西方运动鞋市场的发展经历了哪几种营销观念?

2. 我国运动鞋市场目前处于何种营销观念阶段? 你认为从运动鞋的营销趋势看应采用何种营销观念? 为什么?

七、实训操作

实训内容:走访企业了解其经营理念、营销策略及其运作。

实训目标:通过深入实地认知与体验市场营销,加深对本章内容的理解。

实训组织:学生 6～8 人为一组,选择不同的企业调查。

实训提示:教师提出活动前准备及注意事项,同时随队指导。

实训成果:各组汇报,教师讲评。

第二章

企业战略与市场营销管理

学习目标

通过完成本章学习,应该能够:

(1) 制订企业战略;

(2) 总体把握市场营销管理过程尤其是市场营销组合要素;

(3) 制订竞争性营销战略。

核心能力

(1) 规划企业战略;

(2) 制订竞争性营销战略。

案例导入

柯罗尼亚公司的战略规划及追踪审核控制

柯罗尼亚公司设有3个事业部:蔗糖部、建筑与建筑材料部和矿业与化学品部。每个事业部下面又设有若干分公司。该公司经常召开各种会议,通过这些会议使各级管理人员了解整个公司的业务情况和各项目标。在每个月的董事会会议之后,公司总经理要会晤各部门的50名高级主管人员,同他们商讨公司的业务情况。公司每年还要召开两次中级经理人员会议,使他们了解外界环境的各种变化及其对公司业务的影响。

在3个事业部中,以赫伯特领导的矿业与化学品部的计划工作最为成功。计划工作的程序是自下而上的。参与制订计划的人员包括该部所属的10家分公司的经理,在某些情况下,还包括这些分公司的厂长和业务经理。为了使各分公司的步调能够一致,赫伯特总是把总公司对通货膨胀及其他各种经济因素的看法,及时告诉各分公司的经理,让他们把这些因素作为制订计划时的参考资料。

各分公司从每年的4月份(该公司会计年度开始的月份)开始制订自己的战略计划,8月份之前制订完毕,并交给部门经理。按公司规定,战略计划所包括的时间为5年,其内容包括生产目标、投资计划等。部门经理在收到这些计划之后,先进行挑选,再安排先后次序,最后在这些计划的基础上制订出部门的战略计划。部门计划包括对各分公司未来 5 年的展望，主要的问题，所采用的战略，以及各种投资计划等内容。该计划还对投资报酬率和现值报酬率进行调整和修正。计划说明书简明扼要，第 1 页仅包括一些重要的数据，如纳税前和纳税后的利润目标、投资报酬率和整个计划的总投资额。第 2 页以后为一些比较详细的统计资料，包括各分公司的财务计划和部门的总财务计划。随后，各事业部把自己的计划送到总公司的财务部，财务部于 9 月份将这些计划送往公司总经理办公室。在此后的一个月中，总管理处与各部门的经理仔细研究和讨论他们的计划。对有些分公司的扩建计划，总公司可能予以批准，对另一些分公司的扩建计划，总公司可能不予以批准，而是让他们先集中力量降低产品的成本。总公司也可能让某个分公司推行增加某种产品产量的计划。

在每年的 11 月份之前，总公司会把各种指导性文件发到各事业部，文件中详细地说明了哪些计划已被批准，以及总公司对各部门有什么希望。在这个会计年度的最后几个月里，各部门根据总公司发给的指导性文件，重新制订自己的战略计划并编制预算。随后，总公司再根据这些计划制订出整个公司的总计划。总计划应对整个公司的目标和战略做出详细的说明，并附有必要的统计资料。

为保证战略计划的完成，该公司还建立了一套"追踪审核"制度。该制度规定，在每一个会计年度结束之前，各分公司都应指派专门的稽核人员，对计划执行情况进行检查，并写出"追踪审核"报告，这种报告能使下一年的预测更为准确。该公司认为，上述制订战略计划的程序和"追踪审核"制度有以下几个方面的优点。首先，由于战略计划有明确的目标，因此公司可以根据这些目标的完成情况对职工进行考核，并据此对其晋升和加薪问题做出决定；其次，高级主管人员可根据计划给下级更多的权力，而自己可把更多的精力放在对战略计划实施情况的监督上；最后，可以使高级主管人员有时间对其他重要问题进行研究，并做出相应的决策。

【案例思考】

1. 企业战略规划与市场营销战略规划之间有怎样的关系？
2. 企业市场营销战略如何在规划、实施、控制的各阶段与总体战略规划相配合？

早在 1938 年，美国管理学家切斯特·巴纳德就在其代表作《经理的职能》一书中，开始引进战略思想的内容，并运用战略思想分析企业诸因素及其相互之间的影响。"战略"一词原为军事用语，指"将军的所作所为"，因此，战略的含义就是"指导战争全局的谋划"。而规划企业战略就是必须分析、研究企业内外各方面因素的影响，即一方面重视外部环境中动态变化的不可控因素，另一方面如实评价企业现有的资源能力和潜在能力。

第一节　企业战略规划概述

一、企业战略规划的含义

战略即实现目标的途径。菲利普·科特勒指出："当一个组织搞清楚其目的和目标时，它就知道今后要往何处去。问题是如何通过最好的路线到达那里。企业需要有一个达到其目标的全盘的、总的计划。这就叫战略。"企业战略规划的产生来自于企业环境的变化。在第二次世界大战以前，由于企业外部环境相当稳定，因而企业可以根据当时的经营与销售状况作决策，并推测出以后数年的数字，这称为"推测计划"。20 世纪 60～70 年代，发达国家周期性经济危机不断发生，企业环境发生迅速变化。面对这种剧变的环境，企业不能再采用过去封闭式的管理方式，战略规划应运而生。

企业战略规划是指依据企业外部环境和自身条件的状况及其变化来制订和实施战略，并根据对实施过程与结果的评价和反馈来调整、制订新战略的过程。一个完整的企业战略规划必须是可执行的，它包括三项基本内容：企业发展战略、企业资源配置战略、企业经营战略。

二、企业战略规划的类型

（一）增长型战略

增长型战略是一种使企业在现有的战略基础上向更高一级的目标发展的战略。增长型战略以发展为导向，引导企业不断地开发新的产品，开拓新的市场，采用新的生产方式和管理方式，以便扩大企业的产销规模，提高竞争地位，增强企业的竞争实力。

（1）增长型战略的特点。增长型战略强调的是充分利用外部环境给企业提供的有利机会，努力发掘和运用各种资源，以求得企业的发展。增长型战略具有以下特点。

① 扩大规模。投入大量资源，扩大产销规模，提高产品的市场占有率，增强企业的竞争实力。

② 创新消费。强调通过创造新的产品和新的需求来引导消费，创造消费。企业经常开发新产品、新市场、新工艺以及旧产品的新用途等，以把握更多的发展机会，谋求更大的风险回报。

③ 能改善企业的经营效果。企业更容易获得较好的规模经济效益，从而降低生产成本，获得超额的利润率。

④ 倾向于采用非价格的手段来同竞争者抗衡。企业不仅仅在开发市场上下工夫，而且在新产品开发、管理模式上都力求具有优势，因而企业通常很少采用会损伤自身利益的价格战，而是以相对更为创新的产品和劳务及管理上的高效率作为其竞争手段。

它的好处在于：首先，企业可以通过发展扩大自身的存在价值，这种价值既可以成为企业职工的荣誉，又可以成为企业进一步发展的动力；其次，企业可以通过发展来获得过去不能获得的崭新机会，防止企业组织的老化，使企业总是充满生机和活力。当然也存在潜伏危机：首先是企业获得初期效果之后，很可能导致盲目地发展和为发展而发展，从而破坏企业的资源平衡；其次是过快的发展很可能降低企业的综合素质，使企业的应变能力虽然表面上不错，而实质上却出现内部危机和混乱；最后是可能使企业领导者更多地注重投资结构、收益率、市场占有率、企业的组织结构等问题，而忽视产品质量与服务。

（2）增长型战略的类型。增长型战略主要有 9 种，如表 2-1 所示。

表 2-1　企业增长战略

1. 密集性增长	2. 一体化发展	3. 多元化发展
(1) 市场渗透	(1) 后向一体化	(1) 同心多元化
(2) 市场开发	(2) 前向一体化	(2) 横向多元化
(3) 产品开发	(3) 水平一体化	(3) 集团多元化

① 密集性增长战略如表 2-2 所示。

a. 市场渗透战略。指以现有的产品在现有的市场范围内通过更大的营销努力来提高现有产品或服务的市场份额的战略。这种战略比较适合于市场处于成长期时,企业即使不进行新产品和新市场的开发,也能够利用现有市场容量的增长获得总量的增长,其经营风险小。但当市场处于成熟期时,由于竞争的加剧,采取此战略可能遭遇较大的风险。

b. 市场开发战略。指将现有产品或服务打入新的市场战略。它能够减少由于原有市场的饱和而带来的风险,但也不能突破由于技术的更新而使原有产品遭受淘汰的风险。

c. 产品开发战略。它是企业在现有市场上通过改造现有产品或服务,开发新产品或服务而增加销售的战略。该战略是企业成长与发展的核心,实施这一战略,以产品的生命周期或充分利用现有产品的声誉和商标,进而吸引对现有产品有好感的用户产生对新产品的关注。这一战略的优势在于企业对现有市场了解,产品开发针对性强,容易取得成功。但另一方面,由于企业局限于现有的市场,也容易失去开发广大新市场的机会。

表 2-2　产品/市场发展矩阵

	现有产品	新产品
现有市场	市场渗透	产品开发
新市场	市场开发	多元化发展

② 一体化发展战略。指企业充分利用自身产品(业务)的生产、技术和市场等方面的优势,沿着其产品(业务)生产经营链条的纵向或水平方向,不断地通过扩大其业务经营的深度和广度来扩大经营规模,提高其收入和利润水平,从而使企业得到发展壮大。一体化发展战略又分为纵向一体化(前向一体化、后向一体化)和水平一体化(横向一体化)两种,如图 2-1 所示。

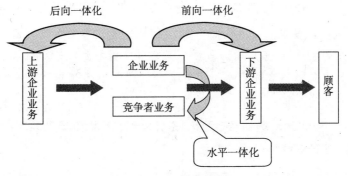

图 2-1　一体化发展战略

a. 前向一体化发展战略是指以企业初始生产经营的产品(业务)项目为基准,企业生产经营范围的扩展沿其生产经营链条向前延伸,使企业的业务活动更加接近最终用户,提高产品的附加值后再出售,或者直接涉足最终产品的分销和零售环节,也就是利用现有产品来生产新产品和自行销售产品。

b. 后向一体化发展战略是以企业初始生产经营的产品项目为基准,企业生产经营范围的扩展沿其生产经营链条向后延伸,发展企业原来生产经营业务的配套供应项目,也就是企业现有产品生产所需要的原材料和零部件等,由外供改为自己生产。

例2-1　福特汽车曾经将生产经营领域向后延伸至钢铁、矿山、轮胎、橡胶和玻璃等,通过纵向一体化对原材料成本加以控制,并通过统一、严密的生产控制系统而使其生产流程大大加快。

上述两个纵向一体化战略一般是当一个企业已经发展到相当大的规模,市场逐渐向成熟化过渡时所采取的战略。这种战略的目的是巩固企业的市场地位,提高企业的竞争优势,增强企业的经营实力。

c. 水平一体化战略(横向一体化战略)是指企业通过购买与自己有竞争关系的企业或者与之联合及兼并来扩大营业,获得更大利润的发展战略。该种战略的目的是扩大本企业的实力范围,增强竞争能力。水平一体化战略是企业在竞争比较激烈的情况下进行的一种战略选择。这种选择既可能发生在产业成熟化的过程中,成为增加竞争实力的重要手段;也可能发生在产业成熟之后,成为避免过度竞争和提高效率的手段。

实行水平一体化的优点:首先是能够吞并和减少竞争对手;其次是能够形成更大的竞争力量去与别的竞争对手抗衡;最后是能够取得规模经济效益以及获得被吞并企业的技术及管理等方面的经验。

水平一体化的主要缺点:企业要承担在更大规模上从事某种经营业务的风险,以及面临由于企业过于庞大而出现的机构臃肿、效率低下的情况。

③ 多元化发展战略是指企业利用现有的资源和优势,运用资本营运的各种方式,投资发展不同行业的其他业务的市场营销战略。根据所利用的资源不同,多元化发展有以下3种类型。

a. 同心多元化(也称技术关系多元化)是指以现有业务领域为基础,利用现有的产品线、技术、设备、经验、特长等,增加产品的种类,向行业的边缘业务发展的战略。

例2-2　医药(或食品、茶叶)企业经营花旗参糖、花旗参茶等保健食品、饮料;拖拉机厂增加小型货车的生产;电扇厂增加各种小型家用电器的生产;彩电、洗衣机等生产厂家向全面家电产品发展等。这种战略不仅能充分发挥原有的技术优势,而且投资少、风险小、见效快,容易取得成功。

b. 横向多元化(也称市场关系多元化)是针对现有目标市场上顾客的潜在需求,发展其他行业的有关业务的战略。

例2-3　在民航机场、火车站或汽车站增加为旅客服务的商店、旅社、餐馆及金融机构等。这种战略的目标顾客相对集中,可以充分利用企业的声誉,使现有业务与新业务相辅相成、相互促进。

c. 集团多元化(也称复合关系多元化)是利用企业的人才优势、资金优势或根据联合经营的需要,投资发展与原有业务无明显关系的新业务的战略。

实施多元化经营使企业分散了风险,提高了经营的安全性;有利于企业向着有发展前途的新兴行业转移,在促进新兴行业发展的同时,也可能带动原有业务的发展,形成以老带新、以新促老的格局,使企业得到不断发展。

然而,多元化发展战略又是一种高风险发展战略,企业必须谨慎从事。一方面,要把握实施多元化经营的内、外部条件。另一方面,在调查研究的基础上,经过科学分析和可行性认证,确定企业的投资目标、投资方向,并要把握好多元化发展的"度",避免因盲目投资、盲目扩张而带来的失误和风险。

专业化发展战略、一体化发展战略和多元化发展战略各有利弊,企业在营运过程中,必须根据自身的条件和外部环境的变化权衡利弊、进行选择,以规避投资风险,促进企业发展。

(二)稳定型战略

稳定型战略又称为防御型战略、维持型战略。稳定型战略是指限于经营环境和内部条件,企业在战略期期望达到的经营状况基本保持在战略起点的范围和水平上的战略。实行稳定型战略,可以使企业在基本维持现有的产销规模、市场占有率和竞争地位的情况下,调整生产经营活动的秩序,强化各部门各环节的管理,从而进一步提高企业素质,积累资源力量,为企业将来的大发展做好充分准备,在战略期内,每年所期望取得的成就按大体相同的比率增长,从而实现稳步前进。

因此,采用稳定型战略的前提是:企业的前期战略必须是成功的战略。企业只要继续实施这种战略,就能避开威胁,利用机会,使企业获得稳步发展。对于大多数企业来说,稳定发展或许是最有效的战略。

1. 稳定型战略的优点

(1)企业经营风险较小。企业基本维持原有的产品市场领域,从而可以利用原有的生产经营领域、渠道,避免因开发新产品和新市场所必需的巨大的资金投入、激烈的竞争抗衡和开发失败的巨大风险。

(2)避免了资源重新配置的麻烦。无须改变资源的分配模式,从而可以大大减少资源重新组合所必然造成的巨大浪费和时间上的损失。

(3)可以保持人员安排上的相对稳定。充分利用已有的各方面人才,发挥他们的积极性,挖掘他们的潜力,减少人员调整以及招聘和重新培训的费用。

(4)有利于保持企业平稳发展。比较容易保持企业经营规模和经营资源、能力的平衡协调,有助于防止过快、过急而导致的重大损失。

2. 稳定型战略的弊端

(1)稳定型战略是以在战略期内、外部环境不会发生大的动荡,市场需求、竞争格局基本稳定的假设为基本前提的。如果上述假设不成立,就会打破战略目标、外部环境、企业实力三者之间的平衡,使企业陷入困境。

（2）以本企业在这些市场上具有强大的差异优势为竞争的前提及成功的关键。这就使其具有更大的风险。如果对这部分特定市场的需求把握不准，企业可能全军覆没。

（3）稳定型战略往往容易使企业的风险意识减弱，甚至形成惧怕风险、回避风险，这就会大大降低企业对风险的敏感性、适应性和抗拒风险的勇气。

（三）紧缩型战略

紧缩型战略又称撤退型战略、退却型战略，指企业从目前的战略经营领域和基础水平收缩和撤退，且偏离战略起点较大的一种经营战略。它是企业在一定时期内缩小生产规模或取消某些产品生产的一种战略。当企业现有的经营状况、资源条件以及发展前景不能应付外部环境的变化，难以为企业带来满意的收益，以至于威胁企业的生存，阻碍企业的发展，只有采取收缩和撤退的措施，才能抵御对手的进攻，避开环境的威胁，保存企业的实力，以保证企业的生存，实现企业的长远发展。按实现紧缩型战略的基本途径划分，紧缩型战略可以分为以下 4 种类型。

（1）选择性收缩战略是指企业在现有的经营领域不能维持原有的产销规模和市场面的现状下，不得不采取缩小产销规模和市场占有率的紧缩战略。其基本特点是：选择某些比较有利的能发挥自己优势的市场面，抢先占据优势地位，获得较大收益；同时，逐步缩小并退出其他无利可图的市场面。收缩的目的是为了减少费用支出和投资，充分利用剩余资源，集中力量获得短期收益，改善资金流量，维持企业生存。这是一种以退为守的战略。

（2）转向战略是指当企业现有经营领域的市场吸引力微弱，失去发展活力而趋向衰退，企业市场占有率受到侵蚀，经营活动发生困难时，或者发现了更好的发展领域和机会时，为了从原有领域脱身，转移阵地，另辟道路所实行的收缩战略。它在原有经营领域内采取减少投资、压缩支出、降低费用、削减人员的办法，目的是逐步收回资金和抽出资源用以发展新的经营领域，在新的事业中找到出路，推动企业更快地发展。

例 2-4　从机械收款机转向电子收款机，由机械手表转向电子手表。

（3）放弃战略是指企业卖掉其下属的某个战略经营单位或将企业的一个主要部门转让、出卖或停止经营。放弃战略的目的是去掉经营赘瘤，收回资金，集中资源，加强其他部门的经营实力，或者利用腾出的资源发展新的经营领域，或者用来改善企业的经营素质，企图抓住更大的发展机会。

（4）清算战略是指企业受到全面威胁、濒于破产时，通过将企业的资产转让、出卖或者停止全部经营业务来结束企业的生命。对企业而言清算战略都是其最不期望、最不乐意做出的选择，通常只有在其他战略全部失效时才采用。

采取紧缩型战略具有以下优点：有利于正确判断经营领域的盈亏状况，及时清理、放弃无利可图的领域，提高效率、降低费用、增加收益，使企业及时渡过难关；采用转向、放弃战略，使企业有可能更加有效地组合配置资源，提高经营素质，发挥和增强企业的优势、实力，在不断适应市场需要的同时，使自身取得新的发展机会；可以避免竞争，防止两败俱伤。

采取紧缩型战略也存在以下弊端：采取缩小经营的措施，往往削弱技术研究和新产品开发能力，使设备投资减少，使企业陷于消极的经营状态，影响企业的长远发展；紧缩型战略的实施,都需要对人员进行调整,处理不好会导致职工士气低落、工人与管理者产生矛盾对立以及专业技术管理人员对战略实施的抵制,反而会限制企业提高效率。

当然,企业在不同环境下,可以有增长型战略、稳定型战略和紧缩型战略方案选择,但在企业的实践中,这3种战略类型并不会被相同程度地采纳。战略类型的选择不仅随行业类型而有所不同,而且随不同经济周期阶段(复苏、繁荣、衰退、萧条)而有所不同。

第二节　企业战略规划步骤

企业要想获得持续、良性的发展,必须正确地规划、制订和实施竞争战略。企业应根据外部环境和内部条件的变化,对企业的使命、目标及业务发展方向进行规划。

一、规划企业新使命

企业使命是一只无形的手,指引员工向同一个方向前进,使全体员工齐心协力地工作。确定企业使命首先要对企业经营状况进行分析。企业经营状况分析如表 2-3 所示。同时需要考虑多种影响因素。

表 2-3　企业经营状况分析

类　　别	内　　容
市场状况	增值情况;缝隙市场的容量
产品状况	各类产品的优、劣势、功能、质量; 各类产品的销售额及增长情况; 各类产品的价格及渠道状况
利润状况	各类产品的毛利、毛利率; 各类产品的净利润及其增长
竞争状况(与竞争对手的比较)	营销特点;市场规模;营销战略; 市场份额;销售额

（一）影响企业新使命规划的因素

（1）企业历史和文化。新的使命的提出是在以往企业使命的基础上的开拓创新,必须兼顾历史以及作为历史沉淀的企业文化,注意与新的发展方向结合起来。

（2）管理层的意图。管理层对企业使命的安排有一定的影响力。

（3）市场环境。新使命的提出必须顺应环境要素为企业带来的机会,避免环境要素可能带来的风险和威胁。

（4）企业的资源和能力优势。企业新使命的提出必须发挥企业在资源和能力方面的竞争优势,力求扬长避短,与竞争对手相比,具有自身的特长和特色。

（5）企业的社会责任。企业新使命的提出必须顺应社会的发展、科技的进步和人类生活质量的提高,而不能仅仅注重企业自身的利益。

（二）制订企业任务报告书

企业使命最终要形成文字,叫做企业任务报告书,好的企业任务报告书应符合以下几方面的要求。

(1) 规定企业的经营范围:要明确行业范围;要明确产品范围;要明确顾客范围;要明确市场的地理范围。

(2) 必须具有激励性。

(3) 要强调企业的优良传统和价值观。

二、确定企业目标

(一) 企业目标内容

企业任务制订以后,必须分解为各个部门、各个层次的具体目标。企业的目标包括以下几个方面。

(1) 贡献目标。指企业提供给市场的产品数量、质量;计划期间的资源节约、能源节约、生态环境保护及利税情况。

(2) 市场目标。指新市场的开发、老市场的渗透、市场占有率和销售额的提高等。

(3) 竞争目标。指行业中竞争地位的提高等。

(4) 利润目标。指企业的毛利率、净利润及其增长情况等。

(5) 发展目标。指企业资源扩充、生产规模扩大、经营方向与经营形式的发展等。

(二) 企业目标的制订原则

企业目标的制订,必须遵循以下几个原则。

(1) 层次性。企业目标必须进行分解,由企业总目标和长远发展目标逐层分解为各个部门及个人的具体目标。

(2) 协调性。总目标与各个分目标之间、长远目标与近期目标之间应协调一致,形成一个目标体系。

(3) 可行性。目标必须根据市场机会和资源条件,适应企业的发展水平。

(4) 激励性。企业目标必须具有一定的鼓舞和激励作用,只有通过努力方能完成。

(5) 定量化。企业目标必须能够用数据来表示,便于评价和检查。

三、安排企业业务经营组合

在明确了企业使命和确定了企业目标的基础上,企业还要对业务组合进行分析和安排,以合理配置资源,使企业扬长避短,发挥竞争优势,从而能最有效地满足市场需要并战胜竞争者。主要通过以下两种方法进行分析和评估。

(一) 波士顿咨询集团分析法

波士顿咨询集团分析法(BCG Approach)是指对于拥有复杂产品系列的企业来说,一般决定产品结构的基本因素有两个,即市场引力与企业实力。

市场引力包括企业销售量(额)增长率、目标市场容量、竞争对手强弱及利润高低等。其中最主要的是反映市场引力的综合指标——销售增长率,这是决定企业产品结构是否合理的外在因素。企业实力包括市场占有率,技术、设备、资金利用能力等,其中市场占有率是决定企业产品结构的内在要素,直接显示企业竞争实力。

销售增长率与市场占有率既相互影响,又互为条件:市场引力大,销售增长率高,可以显示产品发展的良好前景,企业也具备相应的适应能力,实力较强;如果仅有市场引力大,而没有相应的高销售增长率,则说明企业尚无足够实力,则该种产品也无法顺利发展。相反,企业实力强,而市场引力小的产品也预示了该产品的市场前景不佳。通过以上两个因素相互作用,会出现4种不同性质的产品类型,形成不同的产品发展前景。

明星类——销售增长率和市场占有率"双高"的产品群;瘦狗类——销售增长率和市场占有率"双低"的产品群;问号类——销售增长率高、市场占有率低的产品群;金牛类——销售增长率低、市场占有率高的产品群。对于企业来说,如果能同时具有问号类产品、明星类产品和金牛类产品这三类,就有希望保持企业当前的利润和长远利润的稳定,形成合理的产品结构,维持资金平衡,如图2-2所示。

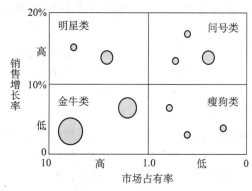

图 2-2 波士顿咨询集团分析法的销售增长率—市场占有率矩阵图

1. 基本原理与基本步骤

(1)基本原理

本法将企业所有产品从销售增长率和市场占有率角度进行再组合。在坐标图上,以纵轴表示企业销售增长率,横轴表示市场占有率,各以10%和20%作为区分高、低的中点,将坐标图划分为4个象限,依次为"问号类"、"明星类"、"金牛类"、"瘦狗类"。在使用中,企业可将产品按各自的销售增长率和市场占有率归入不同象限,使企业现有产品组合一目了然,同时便于对处于不同象限的产品做出不同的发展决策。其目的在于通过产品所处不同象限的划分,使企业采取不同决策,以保证其不断地淘汰无发展前景的产品,保持"问号类"、"明星类"、"金牛类"产品的合理组合,实现产品及资源分配结构的良性循环。

(2)基本步骤

① 核算企业各种产品的销售增长率和市场占有率。销售增长率可以用本企业的产品销售额或销售量增长率。时间可以是一年或是三年甚至更长时间。市场占有率可以用相对市场占有率或绝对市场占有率,但是用最新资料。基本计算公式为:

$$\frac{\text{本企业某种产品}}{\text{绝对市场占有率}} = \frac{\text{该产品本企业销售量}}{\text{该产品市场销售总量}}$$

$$\frac{\text{本企业某种产品}}{\text{相对市场占有率}} = \frac{\text{该产品本企业市场占有率}}{\text{该产品市场占有份额最大者}}$$
(或特定的竞争对手)的市场占有率

② 绘制四象限图。以 10% 的销售增长率和 20% 的市场占有率为高低标准分界线，将坐标图划分为 4 个象限。然后把全部产品按其销售增长率和市场占有率的大小，在坐标图上标出其相应位置(圆心)。定位后，按每种产品当年销售额的多少，绘成面积不等的圆圈，顺序标上不同的数字代号以示区别。定位的结果即将产品划分为 4 种类型。

2. 各象限产品的定义及战略对策

波士顿咨询集团分析法对于企业产品所处的 4 个象限具有不同的定义和相应的战略对策。

(1) 明星类产品。它是指处于高增长率、高市场占有率象限内的产品群，这类产品可能成为企业的金牛类产品，需要加大投资以支持其迅速发展。采用的发展战略是：积极扩大经济规模和市场机会，以长远利益为目标，提高市场占有率，加强竞争地位。投明星产品的管理与组织最好采用事业部形式，由对生产技术和销售两方面都很内行的经营者负责。

(2) 金牛类产品又称厚利类产品。它是指处于低增长率、高市场占有率象限内的产品群，已进入成熟期。其财务特点是销售量大，产品利润率高、负债比率低，可以为企业提供资金，而且由于增长率低，也无须增大投资。因而成为企业回收资金，支持其他产品，尤其明星类产品投资的后盾。对这一象限内的大多数产品，市场占有率的下跌已成不可阻挡之势，因此可采用收获战略，即所投入资源以达到短期收益最大化为限。①把设备投资和其他投资尽量压缩；②采用榨油式方法，争取在短时间内获取更多利润，为其他产品提供资金。对于这一象限内的销售增长率仍有所增长的产品，应进一步进行市场细分，维持现存市场增长率或延缓其下降速度。对于金牛类产品，适合于用事业部制进行管理，其经营者最好是市场营销型人物。

(3) 问号类产品。它是处于高增长率、低市场占有率象限内的产品群。前者说明市场机会大，前景好，而后者则说明在市场营销上存在问题。其财务特点是利润率较低，所需资金不足，负债比率高。例如在产品生命周期中处于引进期，因种种原因未能开拓市场局面的新产品即属此类问题的产品。对问题产品应采取选择性投资战略。即首先确定对该象限中那些经过改进可能会成为明星类产品进行重点投资，提高市场占有率，使之转变成"明星类产品"；对其他将来有希望成为明星类产品则在一段时期内采取扶持的对策。因此，对问题产品的改进与扶持方案一般均列入企业长期计划中。对问题产品的管理组织，最好是采取智囊团或项目组织等形式，选拔有规划能力，敢于冒风险、有才干的人负责。

(4) 瘦狗类产品也称衰退类产品。它是处在低增长率、低市场占有率象限内的产品群。其财务特点是利润率低、处于保本或亏损状态，负债比率高，无法为企业带来收益。对这类产品应采用撤退战略：首先应减少批量，逐渐撤退，对那些销售增长率和市场占有率均极低的产品应立即淘汰；其次是将剩余资源向其他产品转移；最后是整顿产品系列，最好将瘦狗类产品与其他事业部合并，统一管理。

在本方法的应用中，企业经营者的任务是通过四象限法的分析，掌握产品结构的现状及预测未来市场的变化，进而有效地、合理地分配企业经营资源。在产品结构调整中，企业的经营者不是在产品到了"瘦狗类"阶段才考虑如何撤退，而应在"金牛类"阶段就考虑如何使产品造成的损失最小而收益最大。

通过上述分析,可供选择的战略有以下 4 个:①发展战略。适用于问号类中有希望转为明星类的产品;②维持战略。适用于金牛类产品;③收割战略。适用于金牛类前景黯淡的产品,也适用于瘦狗类产品;④放弃战略。适用于给企业造成很大负担而又没发展前途的瘦狗类产品和问号类产品。

(二) GE 矩阵法

针对波士顿咨询集团分析法所存在的很多问题,美国通用电气公司(GE)于 20 世纪70 年代开发了新的投资组合分析方法——GE 矩阵(GE Approach)法。GE 矩阵法又称通用电气公司法、麦肯锡矩阵、九盒矩阵法、行业吸引力矩阵。它用"多因素投资组合矩阵"来对企业的战略业务单位加以分类和评价。除了要考虑市场增长率和市场占有率之外,还要考虑许多其他因素,这些因素可以分别包括在以下两个主要变量之内。

(1) 行业吸引力,包括市场大小、市场年增长率、历史的利润率、竞争强度、技术要求、能源要求、环境影响以及社会、政治、法律的因素等。

(2) 业务力量,即战略业务单位在本行业中的竞争能力。如果行业吸引力大,企业的战略业务单位的业务力量又强,则这种业务是最好的业务,如图 2-3 所示。

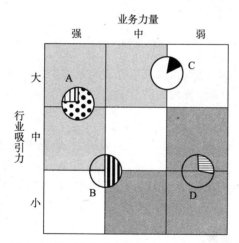

图 2-3　通用电气公司的战略业务规划网络

在战略规划过程中,应用 GE 矩阵法必须经历以下 5 个步骤。

(1) 确定战略业务单位,并对每个战略业务单位进行内外部环境分析。根据企业的实际情况,或依据产品(包括服务),或依据地域,对企业的业务进行划分,形成战略业务单位,并针对每一个战略业务单位进行内、外部环境分析。

(2) 确定评价因素及每个因素权重。确定市场吸引力和企业竞争力的主要评价指标及每一个指标所占的权重。市场吸引力和企业竞争力的评价指标没有通用标准,但是从总体上讲,市场吸引力主要由行业的发展潜力和盈利能力决定,企业竞争力主要由企业的财务资源、人力资源、技术能力和经验、无形资源与能力决定。

(3) 进行评估打分。根据行业分析结果,对各战略业务单位的市场吸引力和竞争力进行评估和打分,并加权求和,得到每一项战略业务单元的市场吸引力和竞争力的最终得分。

（4）将各战略单位标在 GE 矩阵上。根据每个战略业务单位的市场吸引力和竞争力总体得分，将每个战略业务单位用圆圈标在 GE 矩阵上。在标注时，注意圆圈的大小表示战略业务单位的市场总量规模。有的还可以用扇形反映企业的市场占有率。

（5）对各战略单位策略进行说明。根据每个战略业务单位在 GE 矩阵上的位置，对各个战略业务单位的发展战略指导思想进行系统说明和阐述。

四、制订新业务发展规划

企业除对现有业务进行评估和规划外，还要对未来的业务发展方向做出战略规划。企业发展战略的规划，请参考第一节内容。

第三节　市场营销管理过程

所谓市场营销管理过程是指企业识别、分析、选择和发掘市场机会，以实现企业任务和目标的管理过程。它包括四大步骤：一是分析市场机会；二是确定营销目标；三是确定市场营销组合；四是管理市场营销活动。

一、分析市场机会

对面临的机会进行全面分析，找出其市场营销可能利用的有利条件，分析无法避免的有关威胁，提出设想。市场营销管理人员可采取以下方法来寻找、发现市场机会。

（一）收集市场信息

市场营销管理人员可通过阅读报纸、参加展销会、研究竞争者的产品、调查消费者的需要等来寻找、发现或识别未满足的需要和新市场机会。如上海曹杨新村街道通过阅读报纸了解到不少在本市高校留学的外国学生对中国家庭文化颇感兴趣，又考虑到许多下岗职工有着强烈的再就业愿望，于是，便推出了"家庭旅游"业务，收到了良好的效果。

（二）分析产品/市场矩阵

市场营销管理人员也可通过产品/市场矩阵来寻找、发现增长机会。如某化妆品企业可考虑采取一些措施，在现有市场上扩大香波产品的销售，也可向现有市场提供发胶，或者改进香波的包装、成分等，以满足市场需要、扩大销售。

二、确定营销目标

市场营销目标是企业在市场环境分析和市场调查预测的基础上，把企业的外部条件与内部条件相互协调起来，充分利用现有资源，促使企业为长期发展而制订的营销活动要达到的目的。企业主要的营销目标有市场占有率、销售增长率、销售额、利润等。市场营销目标必须和企业的市场营销能力相一致。因此，企业在确定目标时，至少要满足以下几个条件。

（1）目标必须有利于企业使命的实现，必须符合企业内外的价值观、社会伦理道德标准。

（2）目标能够产生激励。但凡上下级共同制订的目标，只要能够量化和具体化，就能产生指导和激励的力量。

（3）目标应当是可行的。

（4）在目标群中，同一层次上的目标之间或主从目标之间必须相互协同、互相助长，不能彼此矛盾、相互冲突。

企业在确定市场营销战略目标后，还要确定产品方向和市场活动范围。由于任何产品的市场都有许多顾客群，他们各有不同的需要，并且分散在不同的地区。所以，企业根据自己的营销目标和优势，就要进行市场细分，选择目标市场。市场细分、目标市场选择及市场定位的内容将在第六章详细介绍。

三、确定市场营销组合

（一）市场营销组合的含义

所谓市场营销组合是指企业针对目标市场的需要，综合考虑环境、能力、竞争状况，对自己可控制的各种营销因素（产品 Product、价格 Price、分销 Place、促销 Promotion 简称4P）进行优化组合和综合运用，使之协调配合、扬长避短、发挥优势，以取得更好的经济效益和社会效益。

近年来，在国际市场竞争激烈，许多国家政府干预加强和贸易保护主义再度兴起的新形势下，市场营销理论有了新发展。菲利普·科特勒从 1984 年以来提出了一个新理论，他认为企业能够影响自己所处的市场营销环境，而不应单纯地顺从和适应环境。因此，除了市场营销组合的 4P 之外，还应再加上两个 P，即"权力"（Power）与"公共关系"（Public Relations），成为 6P。即要运用政治力量和公共关系，打破国际或国内市场上的贸易壁垒，为企业的市场营销开辟道路。他把这种新的战略思想，称为"大市场营销"（Megamarketing）。

而美国北卡罗莱纳大学的罗伯特·劳特朋（Lauteborn）教授提出了与传统营销的 4P 相对应的 4Cs 理论，即 Customer Needs and Wants（顾客的需求和欲望）、Cost（顾客的成本和费用）、Convenience（顾客购买的便利性）、Communication（企业与顾客的沟通）。

（二）市场营销组合的特征

（1）市场营销组合是一个变量组合。构成营销组合的 4P 的各个自变量，是最终影响和决定市场营销效益的决定性要素，而营销组合的最终结果就是这些变量的函数，即因变量。从这个关系看，市场营销组合是一个动态组合。只要改变其中的一个要素，就会出现一个新的组合，产生不同的营销效果。

（2）层次性。市场营销组合由许多层次组成，就整体而言，4Ps 是一个大组合，其中每一个 P 又包括若干层次的要素。这样，企业在确定营销组合时，不仅更为具体和实用，而且相当灵活；不但可以选择 4 个要素之间的最佳组合，而且可以恰当安排每个要素内部的组合，如图 2-4 所示。

（3）整体协同性。企业必须在准确地分析、判断特定的市场营销环境、企业资源及目标市场需求特点的基础上，才能制订出最佳的营销组合。所以，最佳的市场营销组合的作用，绝不是产品、价格、渠道、促销 4 个营销要素的简单数字相加，即 4P≠P＋P＋P＋P，而

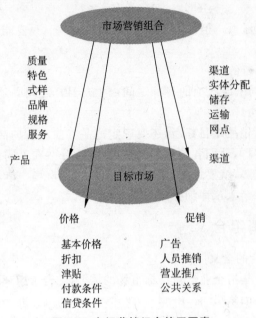

图 2-4　市场营销组合的四要素

是使它们产生一种整体协同作用。就像中医开出的重要处方,4 种草药各有不同的效力,治疗效果不同,所治疗的病症也相异,而且这 4 种中药配合在一起的治疗,其作用大于原来每一种药物的作用之和。市场营销组合也是如此,只有它们的最佳组合,才能产生一种整体协同作用。正是从这个意义上讲,市场营销组合又是一种经营的艺术和技巧。

(4) 具有充分的应变能力。市场营销组合作为企业营销管理的可控要素,一般来说,企业具有充分的决策权。例如,企业可以根据市场需求来选择确定产品结构,制订具有竞争力的价格,选择最恰当的销售渠道和促销媒体。但是,企业并不是在真空中制订的市场营销组合。随着市场竞争和顾客需求特点及外界环境的变化,必须对营销组合随时纠正、调整,使其保持竞争力。总之,市场营销组合对外界环境必须具有充分的适应力和灵敏的应变能力。

四、管理市场营销活动

(一) 制订营销计划和预算

计划和预算是保证企业市场营销战略目标实现的关键步骤。从理论和实践工作中,我们能够发现,通过预算可以使计划形象化,通过预算可以列出在执行预定销售战略后,能给企业带来的收益及营销费用的分配,从而检验营销目标、策略、方案的可行性程度。营销预算有助于市场研究、促进营销等工作的顺利开展,使企业一切营销工作都有计划、有步骤地顺利进行。

为实现市场营销目标,进入目标市场,要制订周全而详尽的市场营销计划、确定市场营销策略组合。市场营销策略组合是市场营销学中的一个基本的、重要的概念,它是企业可控因素(产品、定价、分销、促销)的策略组合。只有正确制订市场营销策略组合,使之协调配合,才可以顺利完成营销目标。

(二)营销实施与评价

企业市场营销战略的实施评价是指企业市场营销管理者采取一系列行动,使实际营销结果与原计划尽可能一致,在控制中通过不断评审和信息反馈,对市场营销战略不断修正。

市场营销战略的控制既重要又困难。因为企业策略的成功是总体的、大局的、全局性的,战略控制是控制未来。必须根据新情况重新评估计划和进展,因而难度比较大。

为了卓有成效地进行控制评价,在控制过程中,必须遵循的原则是:控制必须同企业的组织系统互相配合,必须符合经济原则,指标要有可比性。

(三)市场营销活动的管理内容

(1)制订计划。市场营销管理主要依据两个计划系统:战略计划系统和营销计划系统。为了实现战略计划,企业还必须编制具体的营销计划。营销计划是关于一项业务、产品或品牌在所有营销方面的具体安排和规划。营销计划包括长期计划和短期计划。长期计划一般为五年计划,描述5年内影响该产品市场的重要因素和力量,5年的目标以及达到的预期市场占有率、利润率的主要策略和所需投资。长期计划应是滚动性的,根据情况的变化每年进行修订,即每年制订一次今后5年的营销计划。短期计划一般为年度计划,是五年计划中每一年的详细计划,其主要内容是当前营销形势、分析环境机会和威胁、确定营销目标、制订市场营销战略和行动方案、确定预算和控制手段等。营销计划是协调企业各项活动的基础,是实现增长目标的有效手段。

(2)执行计划。企业要贯彻执行市场营销计划,有效地管理营销活动,首先,必须建立和发展市场营销组织,使企业营销系统中各级人员保持协调一致。其次,营销部门还必须与生产、人事、财务、采购等其他部门密切配合。企业要善于调动内、外部积极因素,使各个部门密切合作,实现企业的任务和目标。

营销计划的执行情况,不仅取决于它的组织机构,而且取决于对人员的挑选、培训、指导、激励和评估。每个工作人员都应获得与其能力和贡献相适应的报酬,并且都有平等的晋升机会。企业应使每一个人明确自己的职责、权利和前途,都有足够的前进动力,要使每一个营销人员都知道,企业对他们的要求和希望是什么,他们的表现将如何被考查和衡量。实践证明,激发了工作人员的热情,可以大大提高其工作效率。为了更好地执行计划,企业应将计划落实到个人。

(3)控制计划。控制计划是管理营销活动的一个重要内容。在营销计划实施过程中,可能出现很多意想不到的情况。需要一个控制系统来保证营销目标的实现。市场营销控制包括:年度计划控制、盈利能力控制和战略控制3种。

第四节　竞争性营销战略的制订

随着一个产品的市场步入成熟,企业在行业中所占市场份额逐渐拉开并维持一个相对稳定的局面,因此,不同市场份额者应制订不同的战略,进行不同的竞争。

一、市场领先者的竞争战略

市场领先者是在行业中处于领先地位的营销者,占有最大市场份额,一般是该行业的领导者。这类企业更关心的是自己市场地位的稳固性和能否有效地保持已有的市场份额。市场领先者要保持自己的市场占有额和在行业中的经营优势,有 3 种主要的战略可供选择。

(一)扩大市场总需求战略

一般情况下,在同行业产品结构基本不变时,市场总规模扩大,市场领先者得到的好处会大于同行业中其他企业。因此,市场领先者总是首先考虑扩大现有市场规模。市场领先者可以通过以下途径扩大市场的总规模。

(1)寻找新用户。当产品具有吸引新购买者的潜力时,寻找新用户是扩大市场总规模最简便的途径。寻找新用户的主要策略如下。

① 新市场战略针对未用产品的群体用户(一个新的细分市场),说服他们采用产品。

② 市场渗透战略是对现有细分市场中还未用产品的顾客,或只偶尔使用的顾客,说服他们采用产品或是增加使用量。

③ 地理扩展战略即将产品销售到国外或是其他地区市场去。

例 2-5　强生公司的婴儿洗发精。由于美国 20 世纪 60 年代以后出生率下降,婴儿用品市场逐步萎缩,为摆脱困境,强生公司决定针对成年人发动一场广告攻势,向成年人推销婴儿洗发精,取得了良好效果。不久以后,该品牌的婴儿洗发精就成为整个洗发精市场的领导者。

(2)发现产品的新用途。现有产品的市场可以通过发现产品新用途并推广这些新用途来扩大市场对产品的需求。

例 2-6　每当尼龙进入产品生命周期的成熟阶段,杜邦公司就会发现新用途。尼龙首先是用作降落伞的合成纤维,然后是用做女袜的纤维,接着成为男女衬衫的主要原料,再后又成为汽车轮胎、沙发椅套和地毯的原料。每项新用途都使产品开始了一个新的生命周期。这一切都归功于该公司为发现新用途而不断进行的研究和开发计划。

(3)扩大产品的使用量。

例 2-7　牙膏生产厂家劝说人们每天不仅要早晚刷牙,最好每次饭后也要刷牙,这样就增加了牙膏的使用量。

例 2-8　再如宝洁公司劝告用户,在使用海飞丝洗发精洗发时,每次将使用量增加一倍,效果更佳。

(二)保护市场占有率战略

市场领先企业应采取较好的防御措施和有针对性的进攻来保持自己的市场地位。尤其需强调的是,市场领先者绝不能一味地采取"防御",或说是单纯消极的防御。一般有以下几种。

（1）阵地防御。是指在现有市场四周构筑起相应的"防御工事"。如企业向市场提供较多的产品品种和采用较大分销覆盖面，并尽可能地在同行业中采用低定价策略。这种战略因缺少主动进攻，长期实行，会使企业滋生不思进取的思想和习惯。

例 2-9　福特汽车和克勒斯勒汽车都曾由于采取过这种做法而先后从顶峰上跌下来。

例 2-10　可口可乐在不同的时期，都积极地向市场提供消费者喜欢的产品，而不是据守于单品种的可乐饮料市场，公司不仅开发了各种非可乐饮料得以在软饮料市场上不断进取，而且在酒精饮料市场上也大肆图谋。这就没有给竞争对手更多的可乘之机。而可口可乐的市场的领先地位长期得以稳固。

（2）侧翼防御。是指市场领先者对在市场上最易受攻击处，设法建立较大的业务经营实力或是显示出更大的进取意向，借以向竞争对手表明：在这一方面或领域内，本企业是有所防备的。

例 2-11　20世纪80年代中期，当 IBM 公司在美国连续丢失个人计算机市场和计算机软件市场份额后，对行业或是组织市场的用户所使用的小型计算机加强了营销力度，率先采用改良机型、降低产品销售价格的办法来顶住日本和原西德几家计算机公司在这一细分市场上的进攻。

（3）先发制人的防御。即在竞争对手欲发动进攻的领域内，或是在其可能的进攻方向上，首先挫伤它，使其无法进攻或不敢再轻举妄动。

例 2-12　本田公司素以生产摩托车闻名，从20世纪80年代中期开始进入轿车生产领域，但仍然保持每年推出几款新型摩托车产品。每当有竞争对手生产同样摩托车产品时，本田公司就采取首先降价的防御措施，因此公司在摩托车市场的领先地位得以长久保持。

（4）反击式防御。当市场领先者已经受到竞争对手攻击时，采取主动的，甚至是大规模的进攻，而不是仅仅采取单纯防御做法，就是反击式防御。如松下公司，每当发现竞争对手意欲采取新促销措施或是降价销售时，总是采取增强广告力度或是更大幅度降价的做法，以保持该公司在电视、录像机、洗衣机等主要家电产品的市场领先地位。

（5）运动防御。指市场领先者将其业务活动范围扩大到其他领域中，一般是扩大到和现有业务相关的领域中。

例 2-13　施乐公司为保持其在复印机产品市场的领先地位，从1994年开始，积极开发计算机复印技术和相应软件，并重新定义本公司是"文件处理公司"而不再是"文件复制公司"，以防止随着计算机技术对办公商业文件处理领域的渗入而使公司市场地位被削弱。

（6）收缩防御。当市场领先者的市场地位已经受到来自多个方面的竞争对手的攻击时，企业自己可能受到短期资源不足与竞争能力限制，只好采取放弃较弱业务领域或业务范围、收缩到企业应该主要保持的市场范围或业务领域内。收缩防御并不放弃企业现有细分市场,只是在特定时期,集中企业优势,应付来自各方面竞争的威胁和压力。

例 2-14　可口可乐在 20 世纪 80 年代放弃了公司曾经新进入的房地产业和电影娱乐业,以收缩公司力量对付饮料业 80 年代中越来越激烈的竞争。

(三)扩大市场份额的战略

市场领先者也可以在有需求增长潜力的市场中,通过进一步地扩大市场占有率来寻求发展。企业在提高市场占有率时应考虑以下 3 个因素:引起反垄断诉讼的可能性;经济成本;企业在争夺市场占有率时所采用的营销组合策略。

市场领先者实行扩大市场份额的战略能取得有效结果的条件是:具有较陡峭行业经验曲线。这样通过扩大市场占有额可以取得成本经济性;顾客对产品具有"质量响应"特点。所谓"质量响应",是指随产品质量提高,顾客愿意为之支付更高的产品售价。这样,企业就可能为质量的提高而获取质量溢价。扩大市场份额战略的主要做法如下。

(1)产品创新。产品创新是市场领先者主要应该采取的能有效保持现有市场地位的竞争策略。20 世纪 80.年代中期,日本松下公司平均每 6 个月对其录像机产品进行更新,Intel 公司每 6 个月会更新其 CPU 产品。

(2)质量策略。质量策略也是市场领先企业采用较多的市场竞争策略。即不断向市场提供超出平均质量水平的产品。这种竞争做法,或者是为了直接从高质量产品中得到超过平均投资报酬率的收入;或者是在高质量产品的市场容量过小时,不是依靠其获得主要营销收入,而仅仅是为了维持品牌声誉或保持企业产品的市场号召力,从而能为企业的一般产品保持较大市场销售量。

(3)多品牌策略。此策略为美国的 P&G(宝洁)公司首创。即在企业销路较大的产品项目中,采用多品牌营销,使品牌转换者在转换品牌时,都是在购买本企业的产品。

(4)大量广告策略。市场领先企业,往往可以在一定的时期,采用高强度多频度的广告来促使消费者经常保持对自己的品牌印象,增加其对品牌熟悉的程度或产生较强的品牌偏好。

(5)有效或较强力度销售促进。通过更多销售改进工作来维持市场份额。如不断加强售后服务、提供更多质量保证,建立更多的销售和顾客服务网点。

二、市场挑战者的竞争战略

市场挑战者是市场占有率位居市场领先者之后而在其他的竞争对手之上的企业。并不能完全把它们看成是竞争实力一定次于市场领先者的。因为有时很可能它们是一些很有实力的企业,因为暂时对某项业务还没有投入更多精力或还没有将其作为主要业务来发展。市场挑战者往往可以采取两种竞争战略:一是向市场领先者发起进攻,夺取更多的市场份额;二是固守已有的市场地位,使自己成为不容易受到其他竞争者攻击的对象。市场挑战者可有两类战略目标,即进攻战略目标和固守战略目标。

市场挑战者在本行业中要寻求进一步的发展,一般要靠采取进攻战略。因此,进攻战略是市场挑战者主要奉行的竞争战略。市场挑战者的进攻战略主要有 5 种。

(1)正面进攻。该战略是正面地向对手发起进攻,攻击对手真正实力所在,而不是它的弱点。即便不能一役以毙之，也可极大消耗对手实力。进攻的结果，取决于谁的实力更强或更有持久力，即正面进攻采取的是实力原则。正面进攻的常用做法如下。

① 产品对比。将自己的产品和竞争对手的产品用合法形式进行特点对比，使竞争者的顾客相信应重新考虑是否有必要更换品牌。

例 2-15 百事可乐就曾利用可口可乐产品配方保密的特点，在穆斯林国家散布可口可乐是由犹太血统的人领导的，并说可口可乐中掺有猪油，曾使许多阿拉伯国家听而信之，禁止进口"可口可乐"。

② 采用攻击性广告。即使用同竞争者相同的广告媒介，拟定有对比性的广告文稿，针对竞争者的每种广告或广告中体现的其他的营销定位因素进行攻击。

例 2-16 在巴西占市场份额第二的剃刀片生产商，向占市场第一位的美国吉利公司发动进攻时，用了这样的广告："'它的价格是最低的吗？''不！''它的包装是最好的吗？''不！''它是最耐用的吗？''不！''它给经销商最优惠的折扣吗？''不！'。"表现出咄咄逼人的攻势。

③ 价格战。市场挑战者在比较极端的情况下仍会考虑采用的竞争战略。价格战的后果是难以预料的，尤其是可能使参战的每一方都受到损失，甚至严重损失。所以，在现代营销活动中，价格战并不是市场挑战者所首选的战略。价格战有两种做法：一种是将产品的价格定得比竞争者价格更低，或是调整到低于竞争者的价格。如果竞争者没有采取降价措施，而且消费者相信本企业所提供的产品在价值上和其他竞争者，尤其和市场领先者的产品相当，则此种方法会奏效。另一种是采用相对降低价格的做法。即企业通过改进产品的质量或提供更多的服务，明显提高产品可觉察价值，但保持原销售价格。这要求企业做到：必须在提高质量的同时，采取了降低成本的方法，以能够保持原来盈利水平；必须能使顾客相信或有相应的价值感觉，使顾客能认为本企业的产品质量高于竞争者；必须是为"反倾销"立法所允许的，即在法律许可的范围内。

（2）侧翼进攻。采取的是"集中优势兵力攻击对方的弱点"的战略原则。当市场挑战者难以采取正面进攻时，或者是使用正面进攻风险太大时，往往会考虑采用侧翼进攻。侧翼进攻包括两个战略方向——地理市场或细分市场，来向一个对手发动攻击。

① 地理市场战略方向。向同一地理区域市场范围竞争对手发起进攻。常用的做法主要有两种：一种是在竞争对手所经营的相同市场范围内，建立比竞争对手更强有力的分销网点，以"拦截"竞争对手的顾客；另一种是在同一地理区域内，寻找到竞争对手产品没有覆盖的市场片即"空白区"，占领这些区域并组织营销。

② 细分市场的战略方向。指利用竞争对手产品线的空缺或是营销组合定位的单一而留下的空缺，冲入这些细分市场，迅速地用竞争对手所缺乏的产品品种加以填补。

例 2-17 比尔·盖茨，当年就是利用了各个大型计算机公司 DOS 操作系统互不兼容的特点，创立出通用性很好的个人微机 DOS 操作系统而发展起来的。盖茨攻击的是这些对手的共同弱点所在。致使微软"坐大"为世界计算机软件产品的领袖地位。

（3）包围进攻。包围进攻是在对方市场领域内，同时在两个或两个以上的方面发动进攻的做法。用来对付如果只在单一方面进攻,会迅速采取反应的竞争对手,使被攻击者首尾难顾。该战略要求具有的条件如下。

①　一个是竞争对手留下的市场空白不止一处,因而提供比竞争对手更多的东西,使消费者愿意接受或是迅速采用。

②　另一个是本企业确实具有比竞争对手更大的资源优势。包围战略奉行的是"速决速胜"原则,想尽快使攻击奏效,不陷入"持久战"的泥潭中。

例 2-18　索尼在向原由美国几大公司控制的世界电视机市场进攻时,提供的产品品种比任何一个美国公司提供的产品品种都齐,使当时这些老牌大公司节节败退。

(4) 绕道进攻。如同采用军事上的"迂回进攻",尽量避免正面冲突,在对方没有防备的地方或是不可能防备的地方发动进攻。有 3 种可行方法:多样化,即经营相互无关联的产品;用现有的产品进入新的地区市场发展多样化;以新技术为基础生产的产品来代替用老技术生产的产品。其中,尤以新技术生产产品的做法最为容易获得进攻成功。

(5) 游击进攻。是指"骚扰对方"、"拖垮对方"的战略方法。适宜实力较弱、短期内没有足够财力的企业,在向较强实力对手发起攻击时采用。特点是:进攻不是在固定的地方、固定方向上展开,而是"打一枪换一个地方"。如采用短期促销、降价、不停变换广告,进行骚扰等。游击进攻不是企图取得直接胜利,企业不可能靠"游击方法"彻底地战胜竞争对手。所以,有时市场挑战者往往是在准备发动较大的进攻时,先依靠游击进攻作为全面进攻的战略准备,迷惑对手,干扰对手的战略决心。

三、市场追随者的竞争战略

(一) 市场追随者竞争战略的特点

市场追随者指在相关产品市场上处于中间状态,并力图保持其市场占有率不至于下降的企业。这种类型的竞争者的主要特点为:安于现状、愿意与领导者、挑战者在"共处"状态下求生存。他们之所以愿意共处,是由他们的资源条件、竞争力所决定的。他们如果向市场领导者、挑战者发动进攻,只会遭到惨败,使自己的市场占有率下降。但是这并不等于市场追随者无策略可言。应懂得如何维持现有顾客,并争取新顾客;设法给自己的目标市场带来某些特有的利益,如服务、融资等;尽力降低成本并保持较高的产品质量和服务质量。

(二) 市场追随者的战略类型

(1) 紧紧追随。是指在尽可能多的细分市场和营销组合中模仿市场领先者的做法。在这种情况下,市场追随者很像是一个市场挑战者。但是市场追随者采取避免直接发生冲突的做法,使市场领先者的既有利益不受妨碍或威胁。比如在产品功能上,市场追随者可以和市场领先者一致;但是,却在品牌声望上,和市场领先者保持一定距离。

(2) 保持距离的追随。市场追随者总是和市场领先者保持一定的距离,如在产品的质量水平、功能、定价的性能价格比、促销力度、广告密度以及分销网点的密度等方面,都不使市场领先者和挑战者觉得市场追随者有侵入的态势或表示。市场领先者往往很乐意有这种追随者存在,并让它们保持相应的市场份额,以使市场领先者自己更符合"反垄断法"的规定。采取这种策略的市场追随者一般靠兼并更小的企业来获得增长。

（3）有选择的追随。采取在某些方面紧跟市场领先者，而在另外一些方面又走自己的路的做法。这类企业具有创新能力，但是它在整体实力不如对方的时候，需要采用完全避免直接冲突的做法，以便企业有时间悉心培养自己的市场和竞争实力，可望在以后成长为市场挑战者。

四、市场补缺者的竞争战略

除了寡头竞争行业，其他行业都存在一些数量众多的小企业，这些小企业差不多都是为一个更小的细分市场或者是为一个细分市场中存在的空缺提供产品或服务。如台湾地区就有不少照相器材产品生产商，专为世界大公司主流产品生产配套产品，如快门线、镜头盖用的连接线、脚架套等；台湾地区也是目前世界上最大的计算机配套产品生产地。由于这些企业对市场的补缺，可使许多大企业集中精力生产主要产品，也使这些小企业获得很好的生存空间。

作为市场补缺者，在竞争中最关键的是应该寻找到一个或多个安全的和有利可图的补缺基点。一般来说，一个理想的市场补缺者具有以下几个特征：①有足够的市场潜量和购买力；②市场有发展潜力；③对主要竞争者不具有吸引力；④企业具备有效地为这一市场服务所必需的资源和能力；⑤企业已在顾客中建立起良好的信誉，足以对抗竞争者。

市场补缺者通常可以采取以下 10 种战略：按最终用户专业化；按垂直层次专业化；按顾客规模专业化；按特定顾客专业化；按地理区域专业化；按产品或产品线专业化；按客户订单专业化；按质量与价格专业化；按服务项目专业化；按分销渠道专业化。

本 章 小 结

凡事预则立，不预则废，起步之前，先要明确方向，因此战略规划是企业的首要工作。明确企业使命后，就要确定企业目标，合理安排企业业务组合。为保证整体使命的完成，还要制订新业务计划，这个环节包括 3 类战略，即增长型战略、稳定型战略和紧缩型战略，每个战略又各包含多种具体形式，有较强的可操作性。

把握市场营销管理过程，从分析市场机会入手，再确定营销目标，确定市场营销组合和管理市场营销活动。这里请不要疏忽市场营销组合这个概念，它所提到的 4P 即产品、价格、分销、促销将是营销业务操作任务的核心内容，也待后面章节详解。

进一步明确本企业的竞争地位，学会制订市场领先者、挑战者、追随者和补缺者的竞争战略，对于掌握一般的竞争方法，有重要意义。

技 能 训 练

一、名词解释

企业战略规划　市场营销组合　市场占有率　市场份额

二、单项选择题

1. 维持战略是尽力保持业务单位现有的市场占有率，适用于（ ）的单位，目的是使其继续为企业提供大量资金。

    A. 明星类   B. 金牛类   C. 问题类   D. 瘦狗类

2. （ ）生产企业通过建立、购买、联合若干商业企业，向前控制分销系统，实行产销结合。

    A. 前向一体化   B. 后向一体化   C. 水平一体化   D. 横向一体化

3. （ ）即企业利用原有市场，采用不同的技术来发展新产品，增加产品种类。

    A. 同心多角化   B. 集团多角化   C. 水平一体化   D. 水平多角化

4. （ ）就是集中全力向对手的主要市场阵地发动进攻，即进攻对手的强项而非弱点。

    A. 正面进攻   B. 侧翼进攻   C. 包围进攻   D. 迂回进攻

三、判断题

1. 一个企业所选择的目标水平必须切实可行，是经过努力可以实现的目标。（ ）

2. 问题类是市场增长率低、相对市场占有率高的业务单位。（ ）

3. 产品开发是指企业将现有产品投放到新的市场以扩大市场范围的战略。（ ）

4. 除了市场营销组合 4Ps 之外，还应再加上两个 P，即"权利"与"公共关系"，成为 6Ps，就是"大市场营销"。（ ）

5. 市场领导者是指在相关产品市场上占有率最高的企业。（ ）

四、简答题

1. 确定企业任务需要考虑哪些影响因素？

2. 市场营销组合具有哪些特征？

3. 市场营销控制方法主要有哪几种？

4. 市场跟随者战略主要有哪些？

五、案例分析

王老吉与可口可乐土洋饮料之战开锣

王老吉的"可口可乐"梦想

一瓶红色的易拉罐和一句"怕上火，喝王老吉"的广告语红遍了大江南北，从 2002 年销售 1.8 亿元到 2005 年销售 30 亿元，这一源自岭南的凉茶饮料实现了质的跨越。包括王老吉在内的广东凉茶今年销量预计可达 400 万吨，而 2005 年可口可乐在中国内地的销量是 317 万吨，这是凉茶市场份额首次超过中国内地可口可乐的市场份额。而王老吉在产品包装、品牌运作、渠道策略上都把可口可乐作为标杆，在终端视觉识别管理方面已经成为很多本土品牌的榜样。王老吉的独特销售主张（USP）："怕上火，喝王老吉"以及致力于成为凉茶饮料品类代表的品牌定位，实践证明这一市场策略是成功的,以健康饮料概念打击非健康碳酸饮料可乐类产品。生产王老吉红色易拉罐产品的广东加多宝已计划仿效可口可乐的扩张方式,目前正在研究开发凉茶原汁的生产,下一步将在国内各地市场分区域开设罐装厂,"可口可乐"梦想离王老吉越来越近。

可口可乐的本土反击

面对王老吉等广东凉茶品牌的咄咄攻势,以及基于可口可乐在全球重点推广非碳酸饮料的决心,可口可乐公司收购了香港"健康工房","健康工房"是香港传统凉茶馆"同治堂"旗下品牌,现为香港即草本饮料市场的知名品牌。可口可乐目前推出的"健康工房"系列草本饮料有两种口味:"清凉源"和"美丽源",邀请张学友出任健康大使,目标直指凉茶市场,包装规格除了类同王老吉热卖的易拉罐外,还增加了凉茶市场所罕见的PET瓶包装,与王老吉等凉茶品牌更大的区别是:更现代、更时尚、更健康的诉求方式,而不是中国传统历史凉茶的诉求方式。

王老吉 VS. 可口可乐

王老吉和可口可乐"健康工房"谁更有机会胜出?谁将引领中国草本饮料市场的发展?可从以下几个方面进行分析。

(1)产品层面:王老吉以易拉罐产品为核心产品,利乐装产品借势发展,这两种产品分别为两家企业所拥有,市场拓展缺乏合力;可口可乐"健康工房"以两种口味、两个规格包装进入市场,尤其PET瓶设计独特,并且是饮料的主流包装,可口可乐在产品上略显优势。

(2)价格层面:王老吉面对的现状非常尴尬,利乐装产品因为价格很低打击了易拉罐产品的销量,而可口可乐"健康工房"两种口味、两个规格包装价格一致,在销售上可起到相互支撑的作用。

(3)渠道层面:虽然王老吉经过这几年的迅猛发展,在全国建立了很好的渠道网络,但在饮料行业,可口可乐的渠道依然是最强势的,并且由于可口可乐产品线丰富,所以渠道成本分摊后很低,而王老吉由于产品单一,渠道成本自然很高。

(4)推广层面:王老吉以中国传统凉茶为主基调,"怕上火,喝王老吉"为核心的功能诉求,体现了专业的功能饮料;可口可乐"健康工房"以"亲近自然、感觉自然健康"为诉求点,并邀请张学友出任健康大使,体现了时尚的健康饮料,其目标消费群体比王老吉更为庞大。

通过简单的4P分析和比较,我们可以发现可口可乐"健康工房"略显优势,但实际市场运作会怎么样呢?还要看两者的造化了,毕竟王老吉在凉茶饮料市场更专业、资源更集中、船小好掉头;而可口可乐资源分散,并不一定能全力做好这个产品。

给本土草本饮料的发展建议:①品牌上应该在中国传统历史凉茶的基础上,寻求更健康、更现代、更时尚的突破,让青少年这一主力饮料消费群体更愿意接受本土草本饮料;②在市场推广上,应采用多种整合传播手段,以提升品牌价值;③行业应有序发展,禁止品牌的恶性竞争。

【案例思考】

1. 分析可口可乐与王老吉在目标市场中的地位,判定其分别属于何种竞争者?

2. 可口可乐与王老吉分别应采取何种竞争战略?

六、实训操作

实训内容:调查某企业,在掌握相关资料情况基础上,按照本章节企业战略规划的相关内容,为该企业制订一份战略方案。

实训目标:规划企业战略。

实训组织:学生 6~8 人为一组,选择不同的企业调查。

实训提示:结合材料,从某一角度规划企业战略即可。

实训成果:各组展示,教师讲评。

市场营销环境

通过完成本章学习,应该能够:

(1) 灵活分析市场营销的微观环境和宏观环境;

(2) 科学分析和评价市场机会与环境威胁;

(3) 对市场营销环境的变化采取对策。

核 心 能 力

(1) 掌握营销环境分析的内容与方法,赢得机会,避免或减轻威胁;

(2) 对市场营销环境的变化采取对策。

案 例 导 入

2008 年金融危机下,中国企业该如何应对经济环境恶化

2008 年 9 月 15 日,美国第四大投资银行雷曼兄弟控股公司宣告破产。一个月后,金融危机冲击全球实体经济。随即,从美欧日发达国家到发展中国家,国际贸易量大幅度减少,许多出口企业因为出口量锐减不得不缩减生产量,有的被迫停产。失业大军不断壮大,贫困现象加剧。一些国家甚至出现社会危机,导致 30 多个国家出现游行、骚乱、政权更迭。

中国经济也很难独善其身。房地产、航空、石化、电力、互联网等行业进入寒冬。2008 年上半年,全国有 6.7 万家中小企业倒闭。整体经济环境急转直下,导致失业率上升。经济危机令国内消费者收入减少、信心下降,这意味着很多人减少在旅行、饮食、休闲等方面的开支。国外市场需求与国内市场需求的萎缩,令企业市场营销环境进一步恶化。企业应该关注金融危机下经济的趋势、市场的趋势,未雨绸缪,应对寒冬。

【案例思考】

金融危机以来经济环境恶化,你周边的企业都有什么变化?

第一节   市场营销环境概述

一、市场营销环境的概念及类型

（一）市场营销环境的概念

企业的市场营销环境指的是与企业市场营销活动相关的所有外部因素和条件。这些因素和条件由企业营销管理机构外部的行动者与力量所组成，它们影响着企业管理当局发展和维持为目标顾客提供令其满意的产品或服务的能力。

（二）市场营销环境的构成

市场营销环境由微观环境和宏观环境两部分构成，如图 3-1 所示。

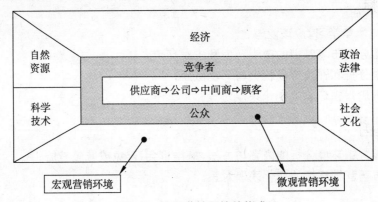

图 3-1   市场营销环境的构成

市场营销微观环境是指对企业服务其目标市场的营销能力构成直接影响的各种力量，包括企业内部环境及其营销渠道企业、目标顾客、竞争者和各种公众等与企业具体业务密切相关的个人和组织。宏观环境包括那些影响企业微观环境中所有行动者的较大的社会力量，即人口的、经济的、自然的、技术的、政治的、法律的和社会及文化的力量。

二、市场营销环境特点

（1）客观性。这是首要特征，不以人的意志为转移而客观存在的，有自己的运行规律和发展趋势。

（2）差异性。不同的企业受不同环境的影响，同样的环境因素的变化对不同的企业影响也不相同。

（3）相关性。环境各因素都不是孤立的，是相互联系、相互作用、相互渗透的。

（4）动态性。营销环境始终在变化的，不是一成不变的。

（5）不可控性。影响环境的因素很多也很复杂表现出企业不可控性。

（6）可影响性。企业可以通过对内部环境的调整与控制，来对外部环境施加一定的影响。

因此，营销管理者的任务不但在于适当安排营销组合，使之与外部不断变化的营销环境相适应,而且要积极且创造性地适应和改变环境,创造或改变目标顾客的需要。只有这样,企业才能发现和抓住机会,因势利导,在激烈的市场竞争中立于不败之地。

第二节　市场营销的微观环境分析

市场营销微观环境包括企业内部环境及其营销渠道企业、目标顾客、竞争者和各种公众等与企业具体业务密切相关的个人和组织。

一、企业内部环境

企业的市场营销是由营销和销售部管理的,它由品牌经理、营销研究人员、广告及促销专家、销售经理及销售代表等组成。市场营销部负责制订现有各个产品、各个品牌及新产品、新品牌的研究开发的营销计划。营销管理的管理者在制订营销计划时,必须考虑到与企业其他部门的协调,如与最高管理当局、财务部门、研究开发部门、采购部门、生产部门和会计部门等的协调,因为正是这些部门构成了营销计划制订者的企业内部微观环境。

二、供应商

供应商是指向企业及其竞争者提供生产产品和服务所需资源的企业或个人。供应商是影响企业营销的微观环境的重要因素之一。供应商所提供的资源主要包括原材料、设备、能源、劳务、资金等。供应商对企业营销活动的影响主要表现在以下几个方面。

(1)供货的稳定性与及时性。原材料、零部件、能源及机器设备等货源的保证,是企业营销活动顺利进行的前提。供应不足、供应短缺,都会影响企业按期完成交货任务。

(2)供货的价格变动。供货的价格直接影响企业的成本,如果供应商提高原材料价格,生产企业也将被迫提高其产品价格,由此可能影响到企业的销售量和利润。

(3)供货的质量水平。供应货物的质量直接影响到企业产品的质量。

针对上述影响,企业在寻找和选择供应商时,应特别注意两点。

(1)企业必须充分考虑供应商的资信状况。要选择那些能够提供品质优良、价格合理的资源,交货及时,有良好信用,在质量和效率方面都信得过的供应商,并且要与主要供应商建立长期稳定的合作关系,保证企业生产资源供应的稳定性。

(2)企业必须使自己的供应商多样化。企业过分依赖一家或少数几家供货人,受到供应变化的影响和打击的可能性就大,尽量注意避免过于依靠单一的供应商,以免当与供应商的关系产生变化时,使企业陷入困境。

三、营销中介机构

营销中介机构是协助企业推广、销售和分配产品给最终买主的那些单位,包括中间商、实体分配企业、市场营销服务机构及金融机构等。

(一)中间商

中间商是协助企业寻找顾客或直接与顾客进行交易的商业企业。中间商分为两类:代理中间商和经销中间商。代理中间商——代理人、经纪人、生产商代表——专门介绍客户或与客户磋商交易合同,但并不拥有商品持有权。经销中间商——如批发商、零售商和其他再售商——购买产品,拥有商品持有权,再售商品。中间商对企业产品从生产领域流向消费领域具有极其重要的影响。在与中间商建立合作关系后,要随时了解和掌握其经营活动,并可采取一些激励性合作措施,推动其业务活动的开展,而一旦中间商不能履行其职责或市场环境变化时,企业应及时解除与中间商的关系。

(二)实体分配企业

实体分配(也称物流)企业协助企业储存产品和把产品从原产地运往销售目的地。仓储企业是在货物运往下一个目的地前专门储存和保管商品的机构。每个企业都需确定应该有多少仓位自己建造,多少仓位向存储企业租用。运输企业负责把货物从一地运往另一地。每个企业都需从成本、运送速度、安全性和交货方便性等因素进行综合考虑,确定选用那种成本最低而效益更高的运输方式。

(三)市场营销服务机构

市场营销服务机构是指市场调研企业、广告企业、各种广告媒介及市场营销咨询企业,他们协助企业选择最恰当的市场,并帮助企业向选定的市场推销产品。有些大企业,如杜邦公司和老人牌麦片公司,他们都有自己的广告代理人和市场调研部门。但是,大多数企业都与专业企业以合同方式委托办理这些事务。但凡一个企业决定委托专业企业办理这些事务时,它就需谨慎地选择哪一家,因为各个企业都各有自己的特色,所提供的服务内容不同,服务质量不同,要价也不同。企业还得定期检查他们的工作,倘若发现某个专业企业不能胜任,则须另找其他专业企业来代替。

(四)金融机构

金融机构包括银行、信贷公司、保险公司以及其他对货物购销提供融资或保险的各种企业。企业的营销活动会因贷款成本的上升或信贷来源的限制而受到严重的影响。

四、目标顾客

企业与供应商和中间商保持密切关系的目的,是为了有效地向目标市场提供商品与劳务。企业的目标市场可以是下列 5 种顾客市场中的一种或几种。

(1)消费者市场。个人和家庭购买商品及劳务以供个人消费。

(2)工业市场。组织机构购买产品与劳务,供生产其他产品及劳务所用,以达到盈利或其他的目的。

(3)转售商市场。组织机构购买产品及劳务用以转售,从中盈利。

(4)政府市场。政府机构购买产品及劳务以提供公共服务或把这些产品及劳务转让给其他需要它们的人。

(5)国际市场。买主在国外,这些买主包括外国消费者、生产厂、转售商及政府。

五、竞争者

一个组织很少能单独做出努力为某一顾客市场服务。企业的营销系统总会受到一群竞争对手的包围和影响。竞争环境不仅包括其他同行企业,而且还包括更基本的一些东西。根据产品的替代性程度,可把竞争对手分为不同层次。

(1)品牌竞争者。企业把同一行业中以相似的价格向相同的顾客群提供类似产品或服务的所有企业称为品牌竞争者。

(2)行业竞争者。行业是提供一种或一类密切相关产品的企业。企业把提供同一类或同一种产品的企业看做广义的竞争者,称为行业竞争者。

(3)需要竞争者。把满足和实现消费者同一需要的企业称为需要竞争者。

(4)消费竞争者。企业把提供不同产品,但目标消费者相同的企业看做消费竞争者。

企业应该关注环境的总趋势。在许多行业里,企业的注意力总是集中在品牌竞争因素上,而对如何抓住机会扩大整个市场,或者说起码不让市场萎缩,却都忽略不顾。对于进行有效竞争的基本观察,现在可以作如下的概括。一个企业必须时刻牢记 4 个基本方面,即称为市场定位的 4C。也就是必须考虑客户(Customers)、销售渠道(Channels)、竞争(Competition)和公司(Company)自身的特点。成功的营销实际上就是有效地安排好企业与顾客、销售渠道及竞争对手间的关系位置。

六、公众

公众就是对一个组织完成其目标的能力有着实际或潜在兴趣或影响的群体。公众可能有助于增强一个企业实现自己目标的能力,也可能妨碍这种能力。鉴于公众会对企业的命运产生巨大的影响,精明的企业就会采取具体的措施,去成功地处理与主要公众的关系,而不是不采取行动和等待。许多企业都建立了公共关系部门,专门筹划与各类公众的建设性关系。公共关系部门负责收集与企业有关的公众的意见和态度,发布消息、沟通信息,以建立信誉。如果出现不利于企业的反面宣传,公共关系部门就会成为排解纠纷者。对于一个企业来说,如果把公共关系事务完全交给公共关系部门处理,那将是一种错误。一个企业的全部雇员,从负责接待一般公众的高级职员到向财界发表讲话的财务副总经理,到走访客户的推销代表,都应该参与公共关系的事务。每个企业的周围有七类公众。

(1)金融界。金融界对企业的融资能力有重要的影响。金融界主要包括银行、投资公司、证券经纪行、股东。

(2)媒介公众。媒介公众是指那些刊载、播送新闻、特写和社论的机构,特别是报纸、杂志、电台、电视台。

(3)政府机构。企业管理当局在制订营销计划时,必须认真研究与考虑政府政策与措施的发展变化。

(4)社团公众。一个企业营销活动可能会受到消费者组织、环境保护组织、少数民族团体等的质询。

(5)社区公众。每个企业都同当地的公众团体,如邻里居民和社区组织保持联系。

(6)一般公众。企业需要关注一般公众对企业产品及经营活动的态度。虽然一般公众并不会有组织地对企业采取行动,然而一般公众对企业的印象却影响着消费者对该企业及其产品的看法。

(7)内部公众。包括蓝领职员、白领职员、经理和董事会等。大企业还发行业务通信和采用其他信息沟通方法,向企业内部公众通报信息并激励他们的积极性。当企业雇员对自己的企业感到满意的时候,他们的态度也就会感染企业以外的公众。

第三节　市场营销的宏观环境分析

宏观环境包括人口的、经济的、自然的、技术的、政治的、法律的和社会及文化等。

一、人口环境

人口是构成市场的第一位因素。因为市场是由那些想购买商品同时又具有购买力的人构成的。因此,人口的规模、年龄结构、地理分布、婚姻状况、出生率、死亡率、人口密度、人口流动性及其文化教育等人口特性,它们会对市场格局产生深刻影响,并直接影响企业的市场营销活动和企业的经营管理。

(一)人口规模

2010 年世界人口总数为 69 亿,而中国人口总数也已超过 13 亿。并且估计世界人口将以每年 8 000 万～9 000 万人的速度增长,其中 80% 的人口属于发展中国家。众多的人口及人口的进一步增长,给企业带来了市场机会,也带来了威胁。

(二)人口结构对企业营销的影响

人口结构主要包括人口的年龄结构、性别结构、家庭结构、社会结构以及民族结构。

(1)年龄结构。不同年龄的消费者对商品的需求不一样。目前我国人口老龄化现象还不十分严重,但到 22 世纪初,同世界整体趋势相仿,我国将出现人口老龄化现象,而且人口老龄化速度将大大高于西方发达国家。这样,诸如保健用品、营养品、老年人生活必需品等市场将会兴旺。

(2)性别结构。反映到市场上就会出现男性用品市场和女性用品市场。例如我国市场上,妇女通常购买自己的用品、杂货、衣服,男子购买大件物品等。

(3)家庭结构。家庭是购买、消费的基本单位。家庭的数量直接影响到某些商品的数量。欧美国家的家庭规模基本上户均 3 人左右,亚非拉等发展中国家户均 5 人左右。家庭数量的剧增必然会引起对炊具、家具、家用电器和住房等需求的迅速增长。

(4)社会结构。我国的人口绝大部分在农村,农村人口约占总人口的 80%。这一社会结构的客观因素决定了企业在国内市场中,应当以农民为主要营销对象,市场开拓的重点也应放在农村。尤其是一些中小企业,更应注意开发物美价廉的商品以满足农民的需要。

(5)民族结构。民族不同,其生活习性、文化传统也不相同。因此,企业营销者要注意民族市场的营销,重视开发适合各民族特性、受其欢迎的商品。

(三)人口的地理分布及区间流动对企业营销的影响

地理分布是指人口在不同地区的密集程度。人口的这种地理分布表现在市场上,就是人口的集中程度不同,则市场大小不同;消费习惯不同,则市场需求特性不同。在发达国家除了国家之间、地区之间、城市之间的人口流动外,还有一个突出的现象就是城市人口向农村流动。在我国,人口的流动主要表现在农村人口向城市或工矿地区流动;内地人口向沿海经济开放地区流动。另外,经商、观光旅游、学习等使人口流动加速。对于人口流入较多的地方而言,一方面,由于劳动力增多,就业问题突出,从而加剧行业竞争;另一方面,人口增多也使当地基本需求量增加,消费结构也发生一定的变化,继而给当地企业带来较多的市场份额和营销机会。

二、经济环境

经济环境是指企业营销活动所面临的外部社会条件,其运行状况及发展趋势会直接或间接地对企业营销活动产生影响。经济环境的主要指标包括以下几个方面。

(一) 消费者收入水平的变化

消费者的购买力来自消费者的收入,但消费者并不是把全部收入都用来购买商品或劳务,购买力只是收入的一部分。因此,在研究消费收入时,要注意以下几点。

(1) 国民生产总值。它是衡量一个国家经济实力与购买力的重要指标。从国民生产总值的增长幅度,可以了解一个国家经济发展的状况和速度。一般来说,工业品的营销与这个指标有关,而消费品的营销则与此关系不大。国民生产总值增长越快,对工业品的需求和购买力就越大;反之,就越小。

(2) 人均国民收入。这是用国民收入总量除以总人口的比值。这个指标大体反映了一个国家人民生活水平的高低,也在一定程度上决定商品需求的构成。一般来说,人均收入增长,对消费品的需求和购买力就大;反之就小。

(3) 个人可支配收入。这是在个人收入中扣除税款和非税性负担后所得余额,它是个人收入中可以用于消费支出或储蓄的部分,它构成实际的购买力。

(4) 个人可任意支配收入。这是在个人可支配收入中减去用于维持个人与家庭生存不可缺少的费用(如房租、水电、食物、燃料、衣着等项开支)后剩余的部分。这部分收入是消费需求变化中最活跃的因素,也是企业开展营销活动时所要考虑的主要对象。因为这部分收入主要用于满足人们基本生活需要之外的开支,一般用于购买高档耐用消费品、旅游、储蓄等,它是影响非生活必需品和劳务销售的主要因素。

(5) 家庭收入。家庭收入的高低会影响很多产品的市场需求。一般来讲,家庭收入高,对消费品需求大,购买力也大;反之,需求小,购买力也小。

需要注意的是,企业营销人员在分析消费者收入时,还要区分"货币收入"和"实际收入"。只有"实际收入"才影响"实际购买力"。

(二) 消费者支出模式和消费结构的变化

随着消费者收入的变化,消费者支出模式会发生相应变化,继而使一个国家或地区的消费结构也发生变化。经济学家常用恩格尔系数来反映这种变化。恩格尔系数的计算公式:

$$恩格尔系数＝食物支出变动百分比÷收入变动百分比$$

食物支出占总消费量的比重越大,恩格尔系数越高,生活水平越低;反之,食物支出所占比重越小,恩格尔系数越小,生活水平越高。恩格尔系数在60%以上为贫困,在50%～59%为温饱,在40%～49%为小康,在30%～39%为富裕,30%以下为最富裕。恩格尔系数是衡量一个国家、地区、城市、家庭生活水平高低的重要参数。根据国家统计数据，2009 年我国城乡居民恩格尔系数分别降低到 37％ 和 43％ 左右，总体上已经进入小康居民消费阶段。

企业要重视这些变化，尤其应掌握拟进入的目标市场中支出模式和消费结构的情况，输送适销对路的产品和劳务，以满足消费者不断变化的需求。

（三）消费者储蓄和信贷情况的变化

（1）储蓄。当收入一定时，储蓄越多，现实消费量就越小，但潜在消费量越大；反之，储蓄越少，现实消费量就越大，但潜在消费量越小。企业营销人员应当全面了解消费者的储蓄情况，尤其是要了解消费者储蓄目的的差异。储蓄目的不同，往往影响到潜在需求量、消费模式、消费内容、消费发展方向的不同。这就要求企业营销人员在调查、了解储蓄动机与目的的基础上，制订不同的营销策略，为消费者提供有效的产品和劳务。

（2）信贷。消费者信贷对购买力的影响也很大。所谓消费者信贷，就是消费者凭信用先取得商品使用权，然后按期归还贷款，以购买商品。这实际上就是消费者提前支取未来的收入，提前消费。消费者信贷主要有：①短期赊销；②购买住宅分期付款；③购买昂贵的消费品分期付款；④信用卡信贷等。信贷消费允许人们购买超过自己现实购买力的商品，从而创造了更多的就业机会、更多的收入以及更多的需求；同时，消费者信贷还是一种经济杠杆，它可以调节积累与消费、供给与需求的矛盾。当市场供大于求时，可以发放消费信贷，刺激需求；当市场供不应求时，必须收缩信贷，适当抑制、减少需求。消费信贷把资金投向需要发展的产业，刺激这些产业的生产，带动相关产业和产品的发展。

三、自然环境

物质自然资料是指自然界提供给人类各种形式的物质财富，如矿产资源、森林资源、土地资源、水力资源等。自然环境对企业营销的影响表现在以下 3 个方面。

（一）日益逼近的某些原料短缺及能源成本的增加

石油这一不可再生的有限资源，已经构成未来经济增长所遇到的最严重的问题。世界上的主要工业国，都对石油有极大的依赖，在成本及效益方面均可取的其他替代能源问世之前，石油将继续是左右世界政治与经济前景的一种力量。油价的高昂激起对替代能源发疯似的研究。煤又重新被普遍使用，企业还在探求太阳能、原子能、风能及其他形式能源的实用性手段。仅仅太阳能领域，已有成百上千的企业、机构推出了第一代产品，用于家庭供暖和其他用途。还有一些企业、机构，正在研究有实用价值的电动汽车，倘能成功，研制者将可能得到数十亿美元的奖赏。

（二）污染的增加

有些工业生产活动将不可避免地破坏自然环境的质量。公众对环境问题的关心，为那些警觉的企业创造了市场机会，譬如，会给污染控制技术及产品，如清洗器、回流装置等创造一个极大的市场，会促使企业探索其他不破坏环境的方法去制造和包装产品。

（三）政府对自然资源管理方面有力的干预

目前，各国政府都在逐渐加强对自然资源的管理。可持续发展理论已被各国政府所接受。

四、技术环境

科学技术是社会生产力的新的和最活跃的因素，作为营销环境的一部分，科技环境不仅直接影响企业内部的生产和经营，还同时与其他环境因素互相依赖、相互作用，特别与经济环境、文化环境的关系更紧密。

新技术革命，给企业市场营销既造就了机会，又带来了威胁。企业的机会在于寻找或利用新的技术，满足新的需求，而它面临的威胁则可能有两个方面：一方面，新技术的突然出现，使企业现有产品变得陈旧；另一方面，新技术改革了企业人员原有的价值观。

例 3-1　电视机出现后，对收音机制造业是个威胁，对电影院的冲击则更为明显。

例 3-2　大量启用自动化设备和采用新技术，将出现许多新的行业，包括新技术培训、新工具维修、计算机教育、信息处理、自动化控制等。这样就引起了市场需求的变化，给饮食业、旅游业、航空公司、旅馆业等行业创造了新的市场营销机会。

（一）新技术引起的企业市场营销策略的变化

新技术给企业带来巨大的压力，同时也改变了企业生产经营的内部因素和外部环境，而引起以下企业市场营销策略的变化。

（1）产品策略。由于科学技术的迅速发展，新技术应用于新产品开发的周期大大缩短，产品更新换代加快。在世界市场的形成和竞争日趋激烈的今天，开发新产品成了企业开拓新市场和赖以生存发展的根本条件。因此，要求企业营销人员不断寻找新市场，预测新技术，时刻注意新技术在产品开发中的应用，从而开发出给消费者带来更多便利的新产品。

（2）分销策略。由于新技术的不断应用，技术环境的不断变化，使人们的工作及生活方式发生了重大变化。广大消费者的兴趣、思想等差异性扩大，自我意识的观念增强，从而引起分销机构的不断变化，大量的特色商店和自我服务的商店不断出现。例如，20 世纪 30 年代出现的超级市场，20 世纪 40 年代出现的廉价商店，20 世纪六七十年代出现的快餐服务、自助餐厅、特级商店、左撇子商店等。同时也引起分销实体的变化，运输实体的多样化，提高了运输速度，增加了运输容量及货物储存量，使现代企业的实体分配出发点由工厂变成了市场。

（3）价格策略。科学技术的发展及应用，一方面，降低了产品成本使价格下降；另一方面，使企业能够通过信息技术，加强信息反馈，正确应用价值规律，供求规律、竞争规律来制订和修改价格策略。

（4）促销策略。科学技术的应用引起促销手段的多样化，尤其是广告媒体的多样化，广告宣传方式的复杂化。如人造卫星成为全球范围内的信息沟通手段。信息沟通的效率、促销组合的效果、促销成本的降低、新的广告手段及方式将成为今后促销研究的主要内容。

（二）新技术引起的企业经营管理的变化

技术革命是管理改革或管理革命的动力，它向管理提出了新课题、新要求，又为企业改善经营管理、提高管理效率提供了物质基础。目前发达国家许多企业在经营管理中都使用计算机、传真机等设备，这对于改善企业经营管理。提高企业经营效益起到了很大作用。日本神户制钢所和竹中公务店等公司于1984年2月开始租用日本电信电话公司研制成功的"电视会议系统"。现在，凡是大众化的商品，在商品包装上都印有条纹码，使得结账作业效率迅速提高，大大提高了零售商店收款工作效率，缩短了顾客等候收款时间，提高了服务质量。

（三）新技术对零售商业和购物习惯的影响

自动售货机的出现，使销售形式得到改变，这种方式对卖方来说，不需要营业人员，只需少量的工作人员补充商品，回收现金，保养、修理机械；对买方来说，购货不受时间限制，在任何时间都可以买到商品和提供的服务。

五、政治法律环境

政治与法律是影响企业营销的重要的宏观环境因素。政治因素像一只有形之手，调节着企业营销活动的方向，法律则为企业规定商贸活动行为准则。政治与法律相互联系，共同对企业的市场营销活动产生影响和发挥作用。

（一）政治环境因素

政治环境是指企业市场营销活动的外部政治形势和状况以及国家方针政策的变化对市场营销活动带来的或可能带来的影响。

（1）政治局势。指企业营销所处的国家或地区的政治稳定状况。一个国家的政局稳定与否会给企业营销活动带来重大的影响。

（2）方针政策。各个国家在不同时期，根据不同需要颁布一些经济政策，制订经济发展方针，这些方针、政策不仅影响本国企业的营销活动，还影响外国企业在本国市场的营销活动。包括：人口政策、能源政策、物价政策、财政政策、金融与货币政策等，例如，我国最近几年家电下乡政策，便极大地促进了家电的销售。

（3）国际关系。这是国家之间的政治、经济、文化、军事等关系。发展国际间的经济合作和贸易关系是人类社会发展的必然趋势，企业在其生产经营过程中，都可能或多或少地与其他国家发生往来，开展国际营销的企业更是如此。因此，国家间的关系也就必然会影响企业的营销活动。

（二）法律环境因素

对企业来说，法律是评判企业营销活动的准则，只有依法进行的各种营销活动，才能受到国家法律的有效保护。因此，企业开展市场营销活动，必须了解并遵守国家或政府颁布的有关经营、贸易、投资等方面的法律、法规。如《公司法》《广告法》《商标法》《经济合同法》《消费者权益保护法》等，这对规范企业的营销活动起到了重要作用。如果从事国际营销活动，企业就既要遵守本国的法律制度，还要了解和遵守市场国的法律制度与有关的国际法规、国际惯例和准则。

六、社会文化环境

每个人都生长在一定的社会文化环境中,并在一定的社会文化环境中生活和工作,他(她)的思想和行为必定要受到这种社会文化的影响和制约。市场营销学中所说的社会文化因素,一般指在一种社会形态下已经形成的信息、价值、观念、宗教信仰、道德规范、审美观念以及世代相传的风俗习惯等被社会所公认的各种行为规范。社会文化作为人们一种适合本民族、本地区。企业的市场营销人员应分析、研究和了解社会文化环境,以针对不同的文化环境制订不同的营销策略。

(一)教育状况

教育是按照一定目的的要求,对受教育者施以影响的一种有计划的活动,是传授生产经验和生活经验的必要手段,反映并影响着一定的社会生产力、生产关系和经济状况,是影响企业市场营销的重要因素。

(二)宗教信仰

纵观历史上各民族的消费习惯的产生和发展,可以发现宗教是影响人们消费行为的重要因素之一。某些国家和地区的宗教组织在教徒购买决策中也有重大影响。一种新产品出现,宗教组织有时会提出限制,禁止使用,认为该商品与宗教信仰相冲突。所以企业可以把影响大的宗教组织作为自己的重要公共关系对象,在经销活动中也要针对宗教组织设计适当方案,以避免由于矛盾和冲突给企业营销活动带来的损失。

(三)价值观念

价值观念就是人们对社会生活中各种事物的态度和看法,不同的文化背景下,人们的价值观念相差很大,消费者对商品的需求和购买行为深受价值观念的影响。对于不同的价值观念,企业的市场营销人员就应该采取不同的策略。一种新产品的消费,会引起社会观念的变革。而对于一些注重传统、喜欢沿袭传统消费方式的消费者,企业在制订促销策略时应把产品与目标市场的文化传统联系起来。

(四)消费习俗

消费习俗是人类各种习俗中的重要习俗之一,是人们历代传递下来的一种消费方式,也可以说是人们在长期经济与社会活动中所形成的一种消费风俗习惯。不同的消费习俗,具有不同的商品需要,研究消费习俗,不但有利于组织好消费用品的生产与销售,而且有利于正确、主动地引导健康的消费。了解目标市场消费者的禁忌、习俗、避讳、信仰、伦理等是企业进行市场营销的重要前提。

(五)审美观念

人们在市场上挑选、购买商品的过程,实际上也就是一次审美活动。近年来,我国人民的审美观念随着物质水平的提高,发生了明显的变化。

(1)追求健康的美。体育用品和运动服装的需求量呈上升趋势。

(2)追求形式的美。服装市场的异军突起,不仅美化了人们的生活,更重要的是迎合了消费者的求美心愿。在服装样式上,青年人一扫过去那种多层次、多线条、重叠反复的造型艺术,追求强烈的时代感和不断更新的美感、由对称转为不对称,由灰暗色调转为鲜艳、明快、富有活力的色调。

(3) 追求环境美。消费者对环境的美感体验,在购买活动中表现得最为明显。

因此,企业营销人员应注意以上 3 方面审美观的变化,把消费者对商品的评价作为重要的反馈信息,使商品的艺术功能与经营场所的美化效果融为一体,以更好地满足消费者的审美要求。

第四节　营销环境分析与营销对策

一、市场营销环境的分析方法

市场营销环境分析常用的方法为 SWOT 分析法,它是英文 Strength(优势)、Weak(劣势)、Opportunity(机会)、Threaten(威胁)的意思。

(一)内部环境分析(优势 S 与劣势 W)

识别环境中有吸引力的机会是一回事,拥有在机会中成功所必需的竞争能力是另外一回事。每个企业都要定期检查自己的优势与劣势。但并不是说企业不应去纠正它的所有劣势,也不是对其优势不加利用。主要的问题是企业应研究,它究竟是应只局限在已拥有优势的机会中,还是去获取和发展一些优势以找到更好的机会。有时,企业发展慢并非因为其各部门缺乏优势,而是因为它们不能很好地协调配合。

(1) 优势检查内容:有利的竞争态势、充足的财政来源、良好的企业形象、技术力量、规模经济;产品质量、市场份额、广告攻势等。

(2) 劣势检查内容:设备老化、管理混乱、缺少关键技术、研究开发落后、资金短缺、经营不善、产品积压、竞争力差等。

因此,能获胜的企业是取得企业内部优势的企业,而不仅仅是只抓住企业核心能力。每一企业必须管好某些基本程序,如新产品开发、原材料采购、对订单的销售引导、对客户订单的现金实现、顾客问题的解决时间等。每一程序都创造价值和需要内部部门协同合作。

(二)外部环境分析(机会 O 与威胁 T)

(1) 环境机会。指市场上存在着"未满足的需求"。它既可能来自于宏观环境也可能来自于微观环境。随着消费者需求不断的变化和产品寿命周期的缩短,引起旧产品的不断被淘汰、要求开发新产品来满足消费者的需求,新市场、新需求及竞争对手的失误等,从而市场上出现了许多新的机会。环境机会对不同企业是不相等的,同一个环境机会对这一些企业可能成为有利的机会,而对另一些企业可能就造成威胁。环境机会能否成为企业的机会,要看此环境机会是否与企业目标、资源及任务相一致,企业利用此环境机会能否比其竞争者带来更大的利益。

(2) 环境威胁。指对企业营销活动不利或限制企业营销活动发展的因素。环境威胁包括新的竞争对手、替代产品增多、市场紧缩、经济衰退、突发事件。这种环境威胁主要来自两方面:一方面,是环境因素直接威胁着企业的营销活动,如政府颁布某种法律,诸如

《环境保护法》,它对造成环境污染的企业来说,就构成了巨大的威胁;另一方面,企业的目标、任务及资源同环境机会相矛盾。

例3-3　人们对自行车的需求转为对摩托车的需求,给自行车厂的目标与资源同这一环境机会造成矛盾。自行车厂要将"环境机会"变成"企业机会",需淘汰原来产品,更换全部设备,必须培训、学习新的生产技术,这对自行车厂无疑是一种威胁。摩托车的需求量增加,自行车的销售量必然减少,给自行车厂又增加一份威胁。

（3）威胁与机会的分析与评价。任何企业都面临若干市场机会和环境威胁,企业可以利用"机会威胁综合矩阵图"来加以分析与评价。根据机会与威胁程度的高低,可以把企业的业务划分为4种类型。如图3-2所示,理想业务——即高机会和低威胁的业务;冒险业务——即高机会和高威胁的业务;成熟业务——即低机会和低威胁的业务;困难业务——即低机会和高威胁的业务。

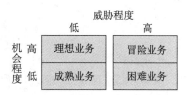

图 3-2　机会威胁综合矩阵

例3-4　沃尔玛 SWOT 分析

企业内部环境分析	优势(S)	劣势(W)
	沃尔玛是著名的零售业品牌,它以物美价廉、货物繁多和一站式购物而闻名	虽然沃尔玛拥有领先的IT技术,但是由于它的店铺遍布全球,这种跨度会导致某些方面的控制力不够强
企业外部环境分析	机会(O)	威胁(T)
	采取收购、合并或者战略联盟的方式与其他国际零售商合作,专注于欧洲或者大中华区等特定市场	所有竞争对手的赶超目标

二、企业营销对策

（一）企业对威胁与机会水平不等的各种营销业务采取的对策

（1）对理想业务:抓住机遇,迅速行动。

（2）对冒险业务:扬长避短,创造条件。

（3）对成熟业务:作为常规业务维持。

（4）对困难业务:努力改变环境,走出困境,或立即转移。

（二）企业对所面临的主要威胁有下面几种可供选择的对策

（1）对抗:即试图限制或扭转不利因素的发展。

（2）缓解:即通过调整市场营销组合等来改善环境适应,以缓解环境威胁的严重性。

（3）转移:即决定转移到其他盈利更多的行业或市场。

（4）改进:即对自身及其产品进行改进,增强对环境威胁的防御能力。

（5）利用:可理解为利用"威胁因素",使其变成机会,即"因势利导"以便"化害为利"。

本 章 小 结

本章主要对市场环境的微观环境、宏观环境进行阐述。重点是利用 SWOT 对市场环境的分析。在分析过程中,要注意辨别哪些环境给企业带来机会,哪些环境给企业带来威胁。同时能够根据具体的情况利用 SWOT 分析法找出企业的相应对策。

技 能 训 练

一、名词解释

微观环境　宏观环境　SWOT 分析法

二、单项选择题

1. (　　)是向企业及其竞争者提供生产经营所需资源的企业或个人。
　　A. 供应商　　　　B. 中间商　　　　C. 广告商　　　　D. 经销商

2. (　　)就是企业的目标市场,是企业服务的对象,也是营销活动的出发点和归宿。
　　A. 产品　　　　B. 顾客　　　　C. 利润　　　　D. 市场细分

3. 影响消费需求变化的最活跃的因素是(　　)。
　　A. 个人可支配收入　　　　　　　　B. 可任意支配收入
　　C. 个人收入　　　　　　　　　　　D. 人均国内生产总值

4. (　　)主要是指一个国家或地区的民族特征、价值观念、生活方式、风俗习惯、宗教信仰、伦理道德、教育水平、语言文字等的总和。
　　A. 社会文化　　　B. 政治法律　　　C. 科学技术　　　D. 自然资源

5. 威胁水平和机会水平都高的业务,被叫做(　　)。
　　A. 理想业务　　　B. 冒险业务　　　C. 成熟业务　　　D. 困难业务

三、判断题

1. 微观环境直接影响与制约企业的营销活动,多半与企业具有或多或少的经济联系,也称直接营销环境。　　　　　　　　　　　　　　　　　　　　　　(　　)

2. 市场营销环境是一个动态系统,每个环境因素都随着社会经济的发展而不断变化。　　　　　　　　　　　　　　　　　　　　　　　　　　　　　　　(　　)

3. 直接影响企业营销能力的各种参与者,事实上都是企业营销部门的利益共同体。
　　　　　　　　　　　　　　　　　　　　　　　　　　　　　　　　　　(　　)

4. 恩格尔系数越大,生活水平越低;反之恩格尔系数越小,生活水平越高。　(　　)

5. 在经济全球化的条件下,国际经济形势也是企业营销活动的重要影响因素。(　　)

四、简答题

1. 简述市场营销环境的构成。
2. 简述市场营销环境的特征。
3. 进入 21 世纪后,人们的消费问题在大中城市日益突出,请列举出这一变化所带来的至少 3 个方面的市场机会。

五、案例分析

英国雷利自行车公司是成立于 1887 年的世界老字号自行车生产商,雷利自行车公司自成立以来,由于生产的自行车质量好而饮誉世界。往日的人们若能有幸拥有一辆雷利自行车,就如获至宝,引以为自豪。不少买了雷利自行车的顾客,即使使用了六七十年,车子仍十分灵巧。有这样一个事例,某位顾客在 1927 年以 9 英镑买下一辆雷利自行车,直到 1986 年每天还在骑,仍舍不得把它以古董的高价卖出去。雷利自行车成为高质量的代名词,它行销世界各地,尤其在欧美更是抢手货。

然而,随着时间的推移,市场需求却在悄悄地变化,而此时的雷利公司仍固守原来的经营理念,没有什么创新。自行车是作为一种方便、灵活的交通工具流行起来的。但到了 20 世纪六七十年代,比自行车更理想的交通工具——轿车,在一些经济发达国家开始普及。自行车与轿车相比,就显得速度慢、活动半径小。所以消费者纷纷选购轿车作为自己便利的交通工具,自行车消费陷入低潮,雷利自行车也难逃此运。

另外,在新技术的冲击下,发达国家里自行车主要消费者青少年的消费偏好也发生了很大变化。以往,16 岁以下青少年购买雷利自行车的,约占英国国内自行车消费量的 70%。而现在,青少年感兴趣的已是电子游戏机了。在欧美工业化国家里,自行车即使免费赠送给青少年,也未必受欢迎。青少年消费偏好的这一变化,给雷利自行车带来了很大的打击。

面对着变化了的市场,许多精明的企业家或进行多角化经营,分散经营风险;或根据市场的新情况研制、开发新产品,增强企业的生存能力与发展能力。在自行车行业,一些富有开拓精神的企业家,很快设计生产出新型的自行车,使它集游玩、体育锻炼、比赛于一体。这样一来,自行车又很快成为盈利丰厚的"黄金商品"。如美国的青少年,迷上这种多功能自行车的比比皆是,购买一辆新车需 200～300 美元,一顶头盔约 150 美元,各种配套用品约 250 美元,更换零件平均约 100 美元,这种连带消费,使那些应变能力强,率先开发出新式自行车的厂商财源滚滚。

然而,雷利公司却一直坚持"坚固实用"的生产经营理念。直到 1977 年,实在很难再维持下去,它才投资筹建成千上万自行车比赛队,想让雷利自行车在体育用品市场上大显身手。1980 年,雷利自行车终于成为自行车大赛的冠军车,雷利自行车因此名声大振,当年在法国销售达 4 万辆。雷利公司尝到甜头后,便集中力量发展作为体育运动器械用的自行车,想借此重振雄风。谁料天公不作美。1986 年夏天,北欧各国一直是阴雨绵绵、寒冷潮湿的气候,使自行车运动无法进行,购买自行车的人锐减,造成雷利自行车积压严重,公司周转资金严重不足。

亚洲一些国家和地区的自行车业的崛起和低价销售,也使雷利自行车不得不退出传统而利润丰厚的美国等市场,从而加快了它衰落的步伐。雷利自行车原来有 30% 是出口外销的。其出口目标主要是欧美国家,特别是美国市场。但 20 世纪 80 年代以后,亚洲一些国家、地区的厂商以低廉的价格和灵活多样的行销方式,相继夺走了雷利自行车在欧美的市场份额。例如,一度风行美国的花式自行车,每年都可销售几百万辆。这本来是雷利自行车公司的传统市场,但在台湾省厂商与美国行销商的默契合作下,这笔生意却被台湾厂商抢走了。他们采取了台湾生产的商品,挂上美国的商标的推销方法。台湾的自行车厂家由于对美国市场不太了解,不想为自己的商标花重金进行广告宣传,则将自行车直接以出厂价供给美国的经销商。美国经销商再将这些自行车运回美国,打上自己的商标然后出售,这种自行车销价低且质量可靠,很快在市场上打开了销路。到 1986 年,这种自行车在美国的销售量达 580 万辆。

雷利自行车公司不仅失去了欧美的自行车市场,而且也失去了第三世界的自行车市场。以往,尼日利亚年平均进口雷利自行车都达数万辆。1986 年以后,英国与尼日利亚两国关系日渐恶化,尼日利亚政府对英国设置贸易壁垒,从而使雷利自行车无法进入这一市场。祸不单行,"两伊"战争爆发,昔日雷利自行车的另一大买主——伊朗,出于战争需要,几乎全部停止了雷利自行车的进口。此外,往日的财政困难,产品积压,人员过剩等一系列问题更日趋严重,使得雷利自行车出口日趋困难。

【案例思考】

1. 分析环境对雷利自行车公司的影响。

2. 雷利自行车衰落的原因是什么? 给了我们哪些启示?

3. 根据你对未来环境的发展变化趋势的判断,提出你对自行车行业发展的建议。

六、实训操作

实训内容:SWOT 能力训练。

实训目标:培养运用 SWOT 分析方法评价企业的能力。

实训组织:学生分组,每组 6~8 人,针对一家企业或某一产品进行 SWOT 分析评价。

实训提示:根据自己确定的调查课题要求,按照 SWOT 分析方法,在两周之内完成该项操作训练。

实训成果:各组汇报,教师讲评。

市场购买者行为分析

通过完成本章学习,应该能够:
(1) 体会消费者市场和组织市场特点;
(2) 掌握消费者购买行为模式;
(3) 独立分析影响消费者行为的基本因素;
(4) 认识营销者在购买者决策过程不同阶段的工作内容。

核 心 能 力

(1) 把握消费者市场特点;
(2) 独立分析影响消费者行为的基本因素;
(3) 营销者在购买者决策过程不同阶段的对策。

案 例 导 入

椰菜娃娃攻心策略

在美国的玩具市场上,首屈一指的就算是"椰菜娃娃"。就是这个身长 40cm 的"椰菜娃娃",使得人们在圣诞节前后,冒着寒气逼人的北风,在玩具店前排起长龙,竞相"领养"。原来,这是奥尔康公司的总经理罗勃所创造的一个别出心裁的推销术。几年前,一场"家庭危机"的潮流扫荡了美国社会,破碎的家庭愈来愈多,父母离异给儿童造成了心灵创伤,也使得不能抚养子女的一方失去了感情的寄托。为了弥补这方面的感情空白,罗勃决定开发"椰菜娃娃",要让这种娃娃成为人们心目中真正的婴儿。

他根据欧美玩具市场正由"电子型"、"智力型"转向"温柔型"的趋势,采用先进的计算机技术,设计出了千人千面的"椰菜娃娃"。这些娃娃具有不同的发型、发色、容貌、服饰,千姿百态,可供人们任意"领养"。为了让"椰菜娃娃"达到更逼真的境界,奥尔康公司每生产一个娃娃,都要在娃娃身上附有出生证、姓名、脚印,臂部还盖有"接生人员"的印章。在顾客"领养"时,要庄严地签署领养证,以确立"养子与养父母"的关系。饶有兴趣的"领养"首战告捷之后,罗勃对"椰菜娃娃"采取全速前进的市场策略。一方面,公司不惜巨款在电视上广泛宣传,在每周六早上儿童最受欢迎的卡通片时间里密集播映,使儿童对"椰菜娃娃"产生了特别的感情。另一方面,罗勃亲自出征,周游各地,在各大城市,亲自或派代表主持儿童博物馆举行的"集体领养椰菜娃娃"的仪式。每举行一次"领养"仪式,都会在举办城市掀起一场领养"椰菜娃娃"的热潮。有的妇女竟然一个人"领养"了近百个"椰菜娃娃"。

为了能够长久地保持这种"领养"的狂热,罗勃继续千方百计地了解顾客的心理需求,根据顾客情感上的需要,他又做出了一系列创造性的决定。首先,公司在美国各地开设了"娃娃总医院",由公司的职员装扮成医生或护士。"椰菜娃娃"问世以后,放在摇篮里等待"收养",造成了一种娃娃真正有生命的感觉。好奇的人们川流不息地跨入"医院"的门槛,一睹"领养"风采。"椰菜娃娃"被领养后,公司还建立了生日档案,每当娃娃的生日时,娃娃的"领养父母"或"养护人"都会收到一份公司寄来的生日贺卡,以进一步联络公司与顾客的感情。绝妙的是奥尔康公司还销售与"椰菜娃娃"相关的商品,例如:娃娃用的床单、尿布、推车、背包和各种玩具。既然顾客"领养"娃娃时,把它作为真正的婴儿和感情上的寄托,当然要购买娃娃必不可少的用品。从这些独特的创新中,奥尔康公司赚取了高额利润,仅在 1984 年一年中,销售额就超过 10 亿美元。为了让"椰菜娃娃"立于不败之地,罗勃又略施小计,控制"椰菜娃娃"的产量,人为地造成供不应求的现象。有时顾客为了能"领养"到"椰菜娃娃"不惜贿赂售货员,这种抢购风也使得"椰菜娃娃"的身价上涨。

【案例思考】

奥尔康公司是如何获得消费者需求的?

第一节　消费者市场购买行为分析

一、消费者市场概念及特点

消费者市场是人们为了满足个人或家庭生活的需要,而购买产品或服务的市场。它是市场体系的基础,是起决定作用的市场。消费者市场上,消费者购买实物产品和服务产品的目的是满足自身的最终消费,而不是作为生产资料牟取利润。消费者市场的特点如图4-1所示。

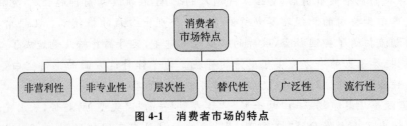

图 4-1　消费者市场的特点

二、消费者的动机和行为

(一)消费者动机

动机这一概念是由伍德沃斯(R. Wood-Worth)于 1918 年率先引入心理学的。他把动机视为决定行为的内在动力。一般认为,动机是"引起个体活动,维持已引起的活动,并促使活动朝向某一目标进行的内在作用"。动机是推动人从事某项活动的内在机能。购买动机则是促使消费者采取购买行为的内在机能,是消费者购买行为的基础。同消费者需求一样,购买动机也是多种多样的,大致有以下几种。

(1) 求实动机:指消费者以追求商品或服务的使用价值为主导倾向的购买动机。

例 4-1　一般而言消费者在购买基本生活资料日用品的时候,求实动机比较突出,以及在选择耐用品对产品的性能要求高于颜色、款式。

(2) 求新动机:指消费者以追求商品、服务的时尚、新颖、奇特为主导倾向的购买动机。

例 4-2　潘婷、飘柔、力士等洗发产品无一不更新包装来满足消费者求新为主的购买动机,20 世纪 60～80 年代的凤凰牌载重自行车已不能满足消费者求新的动机。

(3) 求美动机:指消费者以追求商品欣赏价值和艺术价值为主要倾向的购买动机。

例 4-3　2011 年 2 月 9 日,英国伦敦佳士得拍卖行举办了 2011 年的首场大型拍卖会。由于云集了后印象派、立体画派、野兽派和超现实主义派等众多名家的画作,这场拍卖会相当引人注目。自 1906 年在高更的回顾画展上首次亮相以来,《静物与希望》曾在全球的 20 多家大型博物馆进行展出。不过从 1989 年到这次预展前,这幅画作已经有 20 多年没有出现在公众视线中了。

(4) 求名动机:指消费者以追求名牌、高档商品,借以显示或提高自己的身份、地位而形成的购买动机。

例 4-4　仰慕珠宝名牌为特征的购买动机,是一种以显示地位、身份和财富为目的的购买动机,特别是具有一定社会地位的各界名流喜欢拥有、佩戴珍稀昂贵的珠宝以此突出自己的富有与高贵。每年好莱坞的奥斯卡颁奖典礼便是最典型的例子。

(5) 求廉动机:指消费者以追求商品、服务的价格低廉为主导倾向的购买动机。

例 4-5　大多数廉价房的购买者选购装修材料的时候,以价格为第一考虑因素。情人节提前预订玫瑰花比情人节当天购买至少优惠一半。

(6) 求便动机:指消费者以追求商品购买和使用过程中的省时、便利为主导倾向的购买动机。

例 4-6　KFC 的热销,宅急送无不体现求便动机。

(7) 好癖动机:指消费者以满足个人特殊兴趣、爱好为主导倾向的购买动机。

例 4-7　养小宠物、集邮、收藏古董及字画、喝茶这些都体现了好癖动机。

(二) 消费者行为的内涵

消费者行为是指消费者为获取、使用、处置消费物品或服务所采取的各种行动,包括先于且决定这些行动的决策过程。人的行为是受心理活动支配,消费者的行为受消费者心理活动支配。按照刺激—反应模式的观点,图 4-2 所示为消费者购买行为模式。

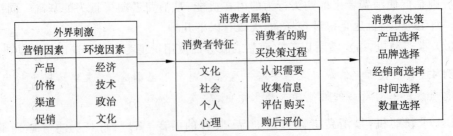

图 4-2　消费者购买行为模式

人们的行为动机是一种内在的心理活动过程,像一只黑箱,是一个不可捉摸的神秘过程。客观的刺激,经过消费者黑箱产生反应,引起行为。只有通过对行为的研究,才能了解心理活动过程。在营销学的范畴中,我们非常关注消费者对营销刺激和其他刺激的反应,关注消费者的购买行为。

三、影响消费者购买行为的因素

消费者行为取决于他们的需要和欲望,而人们的需要和欲望以至消费习惯和行为,是在许多因素的影响下形成的,包括文化因素、社会因素、个人因素和心理因素。这四类因素属于不同的层次,对消费者购买行为的影响程度不同,影响最为广泛和最为深刻的是文化因素。

(一)文化因素

文化、亚文化和社会阶层对消费者购买行为有非常重要的影响。文化是影响人的欲望和行为的最基础的决定因素。

例 4-8　一个在美国长大的儿童通过接触家庭和其他重要机构(如学校)而形成的价值观是:追求成就感与成功、积极、讲究效率和实用主义、追求进取、喜欢物质享受、自立、自由、追求外在舒适、人道主义与充满年轻朝气。中国是文明古国,礼仪之邦,很注重礼节。凡来了客人,沏茶、敬茶的礼仪是必不可少的。当有客来访,可征求意见,选用最合来客口味和最佳茶具待客。以茶敬客时,对茶叶适当拼配也是必要的。主人在陪伴客人饮茶时,要注意客人杯、壶中的茶水残留量,一般用茶杯泡茶,如已喝去一半,就要添加开水,随喝随添,使茶水浓度基本保持前后一致,水温适宜。在饮茶时也可适当佐以茶食、糖果、菜肴等,达到调节口味和点心之功效。营销人员必须密切关注各个国家的文化价值观,用最佳的方法推广现有产品,为新产品寻找市场机会。

每个文化都包含小的亚文化。亚文化可以帮助营销人员更具体地进行细分识别和社会化。亚文化包括国籍、信仰、种族、地理区域。如清代至今某些地区流行的功夫茶是唐、宋以来品茶艺术的流风余韵。清代功夫茶流行于福建的汀州、漳州、泉州和广东的潮州。功夫茶讲究品饮功夫。当亚文化大到有足够影响力时,公司通常设计特别的营销计划来为之服务。

研究发现,由不同种族和不同人口统计变量所构成的不同群体,大众营销广告通常不能得到理想的反应,因此,多元化营销的概念被提了出来。近几年许多公司已经能很好地利用多元化营销的战略,参见"营销视野:文化细分市场营销"。国家的文化变得更加多元化,但许多营销活动都是瞄准某一种文化并且对其他文化群体产生积极影响。

（二）社会因素

（1）相关群体。所谓相关群体就是对个人的态度、意见和偏好有重大影响的群体。对消费者的生活方式和偏好有影响的各种社会关系,就称为消费相关群体。相关群体可分为三类:第一类是对个人影响最大的群体,如家庭、亲朋好友、邻居和同事等;第二类是影响较次一级的群体,如个人所参加的各种社会团体;第三类是个人并不直接参加,但影响也很显著的群体,如社会名流、影视明星、体育明星等。

例 4-9　热点在美国 49 个州和波多黎各的购物中心拥有 600 多家店铺,它锐意突破传统经营风格而取得了巨大成功。这家连锁店出售书籍、漫画、首饰、CD、唱片和随身设备。热点的宣传口号是"与音乐有关的所有物品",这一口号体现出了它的经营理念:无论一个年轻人是喜欢摇滚、流行朋克、艺术派摇滚、说唱、锐舞,或者是更加另类的音乐风格,热点都准备了对他们胃口的 T 恤服饰。为了跟上音乐的流行趋势,所有热点的员工从首席执行官到店员都经常参加各种音乐会,观察即将出现的流行热点,捕捉乐队穿着。对于店员来说是项优待,只要他们报告观看收获,就可以报销音乐会门票。热点通过网站获取顾客建议,首席执行官每月要阅读超过 1 000 份顾客评论卡和电子邮件。

（2）家庭。家庭是社会最基本的组织细胞,也是最典型的消费单位,研究影响购买行为的社会因素不能不研究家庭。如图 4-3 所示,消费者随着家庭生命周期不断演变,还伴随着家庭成员的年龄、性别、数量而不断变化。

图 4-3　家庭生命周期

在当今美国社会中,传统的包括丈夫、妻子和两个孩子组成的四口之家所占的比例比从前小得多,美国的家庭在不断分裂。从"椰菜娃娃"成功的案例可以看出。此外,心理生命周期也日益显得重要。如成年人在成长中的一些转变与转换的过程。

营销人员还应该考虑到人生大事或重大变迁,中国人结婚、生子、买房、患病、职业生涯改变等都会导致新的需要,这些都能提醒提供服务者,如银行、律师、婚姻、求职、丧葬咨询机构等应对他们提供协助。

（三）个人因素

（1）年龄与性别。它是消费者最为基本的个人因素,具有较大的共性特征。了解不同层次和不同性别消费者的购买特征,才能对不同的商品和顾客制订准确的营销方案。

例 4-10　老年人更加注重保健品的购买,男性更加注重大宗物品的购买并参与决策过程,如汽车。大家熟悉的 LEVI'S(李维斯)是代表粗犷的品牌,个性是年轻、叛逆、可信和美国化的。

(2) 职业与教育。

例 4-11　职业与教育也会影响消费者的消费模式。蓝领工人会买工作服、工作鞋和午餐饭盒。公司总裁则会买西服套装、飞行旅游、加入乡村俱乐部。计算机软件公司会为产品经理、工程师、律师、医生设计不同的软件。

(3) 个性与生活方式。

例 4-12　人们已用成百上千个形容词来描述彼此个性特征,如我们将某人描述为热情、愚蠢、心灵卑劣、有闯劲等。类似地,一个品牌的特点可以是冒险的、顽固的或是易兴奋的且有些粗俗的。詹妮弗·艾柯综合研究提出了 5 个品牌个性因素,即"真诚"、"兴奋"、"能力"、"复杂性"和"单纯性"。如"海尔"使你立即联想到活泼可爱的海尔兄弟,每时每刻使你体会到"真诚到永远";麦当劳总令人联想到"罗纳尔德"、"麦当劳"的特色:以年轻人或小孩为主的顾客群、开心的感受、优质的服务、金黄色的拱门标识、快节奏的生活方式,乃至炸马铃薯条的气味;万宝路香烟则体现出西部牛仔的豪放形象。生活方式与前面讨论的个性既有联系又有区别。一方面,生活方式很大程度上受个性的影响。一个具有保守、拘谨性格的消费者,其生活方式不大可能太多地包容诸如登山、跳伞、丛林探险之类的活动。另一方面,生活方式关心的是人们如何生活、如何花费、如何消磨时间等外显行为,而个性则侧重从内部来描述个体,它更多地反映个体思维、情感和知觉特征。

(四) 心理因素

(1) 动机。动机是购买行为的原动力。

(2) 知觉。知觉是人们的一种基本心理现象,是人们对外界刺激产生反应的首要过程。表 4-1 所示为知觉与刺激物的关系。

表 4-1　知觉与刺激物的关系

刺激物的特征	容易引起知觉	不容易引起知觉
规模	大	小
位置	显著	偏僻
色彩	鲜艳	暗淡
状态	运动	静止
对比	明显	模糊
强度	强烈	微弱

(3) 学习。消费者的大多数行为都是学习得来的,通过学习,消费者获得了商品知识和购买经验,并用之于未来的购买行为。

(4) 态度和信念。消费者通过购买行为和熟悉过程,形成了一定的信念和态度,这又反过来影响消费者新的购买行为。表 4-2 所示为影响消费者购买行为的因素。

表 4-2　影响消费者购买行为的因素

文化因素	社会因素	个人因素	心理因素	购买者
文化 亚文化 社会阶层	相关群体 家庭 角色地位	年龄 性别 职业 教育 个性 生活方式	动机 知觉 学习 态度 信念	……

四、消费者购买行为的决策过程

（一）购买决策中的角色分类

一般来说,参与购买决策的成员大体可形成 5 种主要角色。

（1）发起者,即购买行为的建议人,首先提出要购买某种产品。

（2）影响者,对发起者的建议表示支持或者反对的人,这些人不能对购买行为的本身进行最终决策,但是他们的意见会对购买决策者产生影响。

（3）决策者,对是否购买,怎样购买有权进行最终决策的人。

（4）购买者,执行具体购买任务的人。其会对产品的价格、质量、购买地点进行比较选择,并同卖主进行谈判和成交。

（5）使用者,产品的实际使用人。其决定了对产品的满意程度,会影响买后的行为和再次购买的决策。

通常,消费者以个人为单位购买商品时,这 5 种不同角色可能由其一人担任;但当消费者以家庭为单位购买商品时,可能由不同的家庭成员来担任不同的角色。营销人员了解每一购买者在购买决策中扮演的角色,并针对其角色地位与特性,采取有针对性的营销策略,就能较好地实现营销目标。

（二）消费者购买行为分类

（1）复杂的购买行为。是指当消费者要购买一件贵重、不常买、有风险而又非常想买的商品时,就会全身心投入购买。这类商品各种牌子之间一般有明显的区别,消费者要经历一种复杂的购买行为。首先要了解产品的性能、特点,经过一番比较和选择,最后决定购买。对于这种购买行为,营销者应注意帮助消费者了解产品性能及相对重要性,介绍其产品的优势以及给消费者所带来的利益。可以利用广告宣传、产品说明书和商店推销员来影响消费者的最后选择。

（2）减少不协调购买行为。指有些选购品,牌子之间区别不大,消费者也不经常购买,购买时有一定的风险性。对这类商品,消费者一般先到几家商店看看货,进行一番比较,而后不花多长时间就买回来。就是因为各种牌子之间没有十分明显的差别,如果价格合理,购买方便,机会合适,消费者就会决定购买。购买以后,也许会感到有些不协调或不够满意,或者听到别人称赞其他商品。于是,在使用期间,消费者会了解更多情况,寻找种种理由减轻并化解这种不协调,以证明自己的购买决定是正确的。这样,经过由不协调到协调的过程,消费者经历了一系列的心理变化。对于这类情况,营销者应运用价格策略和有效的人员推销,选择好的销售地点,并向消费者提供信息和对商品的评价,使之在购买后相信自己做了正确的决定。

(3) 习惯性购买行为。指对于价格低廉、经常性购买的商品,由于各种牌子间的差别极小,消费者对此也非常熟悉,因此不需要花时间进行选择,随买随取即可。这种简单的购买行为,一般不经过从搜集信息、评价产品到最后做出重大决策这种复杂的过程。消费者只是被动地接收信息,出于熟悉而购买。对于这类购买行为,营销者可以用价格优惠和营业推广方式来鼓励消费者购买,在做广告时要注意视觉符号和形象,以便给消费者留下产品印象。营销者还可以给产品加上某种特色或色彩,以吸引消费者更多的注意力。

(4) 寻求多样化购买行为。指有些商品牌子之间有明显的差别,但消费者并不愿意在上面多花时间,而是不断变化所购商品的牌子。例如点心之类的商品,虽然品种差别也很明显,但消费者往往不花长时间选择和评估,只是下次买时再换一种花样。这样做一般不是因为对产品不满意,而是为了寻求多样化。对于这种购买行为,营销者多采用营业推广和占有有利货架位置的办法,鼓励消费者购买。

(三) 消费者购买决策过程

每一消费者在购买某一商品时,均会有一个决策过程,只是因所购产品类型、购买者类型的不同而使购买决策过程有所区别,但典型的购买决策过程一般包括以下几点。

(1) 认识需求。认识需求是消费者购买决策过程的起点。当消费者在现实生活中感觉到或意识到实际与其需求之间有一定差距,并产生了要解决这一问题的要求时,购买的决策便开始了。

(2) 收集信息。当消费者产生了购买动机之后,便会开始进行与购买动机相关联的活动。如果他所欲购买的物品就在附近,他便会实施购买活动,从而满足需求。但是当所需购买的物品不易购到,或者说需求不能马上得到满足时,他便会把这种需求存入记忆中,并注意收集与需求相关和密切联系的信息,以便进行决策。消费者信息的来源主要有4个方面:个人来源、商业来源、公共来源、经验来源。

(3) 选择判断。当消费者从不同的渠道获取到有关信息后,便对可供选择的品牌进行分析和比较,并对各种品牌的产品做出评价,最后决定购买。消费者对收集到的信息中的各种产品的评价主要从以下几个方面进行:分析产品属性;建立属性等级;确定品牌信念;形成"理想产品";做出最后评价。

(4) 购买决定。只让消费者对某一品牌产生好感和购买意向是不够的,真正将购买意向转为购买行动,其间还会受到两个方面的影响。他人的态度:消费者的购买意图会因他人的态度而增强或减弱。他人态度对消费意图影响力的强度,取决于他人态度的强弱及他与消费者的关系。一般来说,他人的态度越强、他与消费者的关系越密切,其影响就越大。例如,丈夫想买一台大屏幕的彩色电视机,而妻子坚决反对,丈夫就极有可能改变或放弃购买意图。意外的情况:消费者购买意向的形成,总是与预期收入、预期价格和期望从产品中得到的好处等因素密切相关的。但是当他欲采取购买行动时,发生了一些意外的情况,诸如因失业而减少收入,因产品涨价而无力购买,或者有其他更需要购买的东西等,这一切都将会使他改变或放弃原有的购买意图。

(5) 购后行动。产品在被购买之后,就进入了购后阶段,此时,市场营销人员的工作并没有结束。消费者购买商品后,通过自己的使用和他人的评价,会对自己购买的商品产生某种程度的满意或不满意。购买者对其购买活动的满意感(S)是其产品期望(E)和该产品可觉察性能(P)的函数,即 $S=f(E,P)$。若 $E=P$,则消费者会满意;若 $E>P$,则消费者不满意;若 $E<P$,则消费者会非常满意。消费者根据自己从卖主、朋友以及其他来源所获得的信息来形成产品期望。如果卖主夸大其产品的优点,消费者将会感受到不能证实的期望。这种不能证实的期望会导致消费者的不满意感。E 与 P 之间的差距越大,消费者的不满意感也就越强烈。当他们感到十分不满意时,肯定不会再买这种产品,甚至有可能退货、劝阻他人购买这种产品。所以,卖主应使其产品真正体现出其可觉察性能,以便使购买者感到满意。事实上,那些有保留地宣传其产品优点的企业反倒使消费者产生了高于期望的满意感,并树立起良好的产品形象和企业形象。

研究和了解消费者的需要及其购买过程是市场营销成功的基础。市场营销人员通过了解购买者如何经历引起需要、寻找信息、评价行为、决定购买和买后行为的全过程,就可以获得许多有助于满足消费者需要的有用线索;通过了解购买过程的各种参与者及其对购买行为的影响,就可以为其目标市场设计有效的市场营销计划。

第二节　组织市场的购买行为分析

企业产品和服务的购买者不仅仅是消费者,还有各种形式的组织。有些企业的产品是某种原材料、生产设备或办公设备,购买者是有关企业和部门;有些企业虽然生产最终消费品,但是并不直接卖给消费者,而是经由商业部门转卖出去,直接购买者是商业部门。因此,组织市场是企业所面临的市场的重要组成部分,组织市场的购买者是企业的重要营销对象,企业应当充分了解他们的特点和购买行为。

一、组织市场的概念和类型

组织市场是指工商企业为从事生产、销售等业务活动以及政府部门和非营利组织为履行职责而购买产品和服务所构成的市场。简言之,组织市场是以某种组织为购买单位的购买者所构成的市场,是消费者市场的对称。就卖主而言,消费者市场是个人市场,组织市场则是法人市场。组织市场包括生产者市场、中间商市场、非营利组织市场和政府市场。

(1) 生产者市场。指购买产品或服务用于制造其他产品或服务,然后销售或租赁给他人以获取利润的单位和个人。组成生产者市场的主要产业有:工业、农业、林业、渔业、采矿业、建筑业、运输业、通信业、公共事业、银行业、金融业、保险业和服务业等。

(2) 中间商市场。也称为转卖者市场,指购买产品用于转售或租赁以获取利润的单位和个人,包括批发商和零售商。

(3) 非营利组织市场。泛指所有不以营利为目的、不从事营利性活动的组织。我国通常把非营利组织称为"机关团体、事业单位"。非营利组织市场指为了维持正常运作和履行职能而购买产品和服务的各类非营利组织所构成的市场。

(4) 政府市场。指为了执行政府职能而购买或租用产品的各级政府和下属各部门。

各国政府通过税收、财政预算掌握了相当部分的国民收入,形成了潜力极大的政府采购市场,成为非营利组织市场的主要组成部分。

二、生产者市场和购买行为分析

在组织市场中,生产者市场的购买行为有典型意义,它与消费者市场的购买行为有相似性,又有较大差异性,特别是在市场结构与需求、购买单位性质、购买行为类型与购买决策过程等方面。

(一) 生产者购买行为的主要类型

(1) 直接重购。指生产者用户的采购部门按照过去的订货目录和基本要求继续向原先的供应商购买产品。这是最简单的购买类型。直接重购的产品主要是原材料、零配件和劳保用品等,当库存量低于规定水平时,就要续购。采购部门对以往的所有供应商加以评估,选择感到满意的作为直接重购的供应商。被列入直接重购名单的供应商应尽力保持产品质量和服务质量,提高采购者的满意程度。未列入名单的供应商会试图提供新产品和满意的服务,以便促使采购者转移或部分转移购买,逐步争取更多的订货。

(2) 修正重购。指生产者用户改变原先所购产品的规格、价格或其他交易条件后再行购买。用户会与原先的供应商协商新的供货协议甚至更换供应商。原先选中的供应商感到有一定的压力,会全力以赴地继续保持交易,新的供应商感到是获得交易的最好机会。这种决策过程较为复杂,买卖双方都有较多的人参与。

(3) 新购。指生产者用户初次购买某种产品或服务。这是最复杂的购买类型。新购产品大多是不常购买的项目,如大型生产设备,建造新的厂房或办公大楼,安装办公设备或计算机系统等,采购者要在一系列问题上做出决策,如产品的规格、购买数量、价格范围、交货条件及时间、服务条件、付款条件、可接受的供应商和可选择的供应商等。购买的成本和风险越大,购买决策的参与者就越多,需要收集的信息就越多,购买过程就越复杂。由于顾客还没有一个现成的"供应商名单",对所有的供应商都是机会,也是挑战。

例4-13　奥利卡有限公司,前身为澳大利亚ICI公司,从事于烈性商业炸药业务。它的客户是那些要用炸药把坚硬的巨石爆破成特定尺寸石块的矿场。奥利卡不断地尝试削减炸药的成本。作为供应商,奥利卡意识到通过提高爆炸的效能可以创造出巨大的价值。为此,它建立了影响爆破成功的20多项参数,并且开始从客户端收集信息以输入不同的参数,同时分析个别爆破的结果。通过整理这些资料,奥利卡的工程师逐步掌握不同爆破结果的条件。奥利卡公司可以为客户提供一项"爆破巨石"的契约,这几乎可以确保客户得到想要的结果。奥利卡公司因为成功地为矿场管理整体的爆破工作而不只是简单地销售炸药,成了全球最大的工业炸药供应厂商。

(二) 生产者购买决策的参与者

购买类型不同,购买决策的参与者也不同。直接重购时,采购部门负责人起决定作用;新购时,企业高层领导起决定作用。在确定产品的性能、质量、规格、服务等标准时,技术人员起决定作用;而在供应商选择方面,采购人员起决定作用。这说明在新购的情况下,供应商应当把产品信息传递给买方的技术人员和高层领导,在买方选择供应商的阶段应当把产品信息传递给采购部门负责人。在多数情况下,买方的采购决策受到许多人直接或间接的影响,这些人分别扮演着以下 6 种角色中的一种或几种。

（1）使用者。指生产者用户内部使用这种产品或服务的成员。使用者往往首先提出购买建议,并协助确定产品规格。

（2）影响者。指生产者用户的内部和外部能够直接或间接地影响采购决策的人员。他们协助确定产品规格和购买条件,影响供应商的选择。

（3）决策者。指有权决定买与不买,决定产品规格、购买数量和供应商的人员。有些购买活动的决策者很明显,有些却不明显,供应商应当设法弄清谁是决策者,以便有效地促成交易。

（4）批准者。指有权批准决策者或购买者所提购买方案的人员。

（5）采购者。指被赋予权力按照采购方案选择供应商和商谈采购条款的人员。如果采购活动较为重要,采购者中还会包括高层管理人员。

（6）信息控制者。指生产者用户的内部或外部能够控制信息流向采购中心成员的人员。比如,采购代理人或技术人员可以拒绝或中止向某些供应商提供产品的信息,接待员、电话接线员、秘书、门卫等可以阻止推销者与使用者或决策者接触。

（三）影响生产者购买决策的主要因素

影响生产者购买决策的基础性因素是经济因素,即商品的质量、价格和服务,在不同供应商产品的质量、价格和服务差异较大的情况下,生产者的采购人员会高度重视这些因素,仔细收集和分析资料,进行理性的选择。但是在不同供应商产品的质量、价格和服务基本没有差异的情况下,生产者的采购人员几乎无须进行理性的选择,因为任一供应商的产品和服务都能满足本公司的各项目标,这时,其他因素就会对购买决策产生重大影响。其他主要因素可分为四大类,即环境因素、组织因素、人际因素和个人因素。供应商应了解和运用这些因素,引导买方购买行为,促成交易。

（1）环境因素。指生产者无法控制的宏观环境因素,包括国家的经济前景市场需求水平、技术发展、竞争态势、政治法律状况等。假如国家经济前景看好或国家扶持某一产业的发展,有关生产者用户就会增加投资,增加原材料采购和库存,以备生产扩大之用。在经济滑坡时期,生产者会减少甚至停止购买,供应商的营销人员试图增加生产者需求总量往往是徒劳的,只能通过艰苦努力保持或扩大自己的市场占有率。

（2）组织因素。指生产者用户自身的有关因素,包括经营目标、战略、政策、采购程序、组织结构和制度体系等。企业营销人员必须了解的问题有:生产者用户的经营目标和战略是什么;为了实现这些目标和战略,他们需要什么产品;他们的采购程序是什么;有哪些人参与采购或对采购发生影响;他们的评价标准是什么;该公司对采购人员有哪些政策与限制;等等。比如,以追求总成本降低为目标的企业,会对低价产品更感兴趣;以追求市场领先为目标的企业,会对优质高效的产品更感兴趣。有的公司建立采购激励制度,奖励那些工作突出的采购人员,将导致采购人员为争取最佳交易条件而对卖方增加压力。有的公司实行集中采购制度,设立统一的采购部门,将原先由各事业部分别进行的采购工作集中起来,以保证产品质量、扩大采购批量和降低采购成本。这种改变意味着供应商将同人数更少但素质更高的采购人员打交道。有的公司提高了采购部门的规格并起用高学历人员,供应商也应当提高销售部门的规格,派出级别和学历高的销售人员以便同买方的采购人员相称。

(3) 人际因素。指生产者内部参与购买过程的各种角色(使用者、影响者、决策者、批准者、采购者和信息控制者)的职务、地位、态度和相互关系对购买行为的影响。供应商的营销人员应当了解每个人在购买决策中扮演的角色是什么、相互之间关系如何等,利用这些因素促成交易。

(4) 个人因素。指生产者用户内部参与购买过程的有关人员的年龄、教育、个性、偏好、风险意识等因素对购买行为的影响,与影响消费者购买行为的个人因素相似。比如,有些采购人员是受过良好教育的理智型购买者,选择供应商之前经过周密的竞争性方案的比较;有些采购人员个性强硬,总是同供应商较量。

例 4-14　国际业务的成功要求业务人员了解和适应当地的业务文化与标准。一些国家社会与业务的礼节规则如下。

法国:穿着保守,除非在南方是随便的。不要随便提及姓名中的名为好,法国人对陌生人是规矩的。

德国:特别准时,一位美国商人访问德国人家庭时,应带上没有包装的鲜花,并递给女主人,在介绍时,首先问候女士,并等待,如果女士先伸出手后,你才能与她握手。

意大利:意大利商人对式样是关心的。访问前要先预约。对意大利的官僚主义要有准备和耐心。

英国:在正式的晚餐上经常干杯。如果主人敬你一杯,你一定要回敬。业务款待中午宴比晚宴多。

沙特阿拉伯:虽然在会面时经常接吻,但在公共场合千万不能与妇女接吻。一位美国妇女应该耐心等待,直到一位男士伸出手邀请她时。当沙特阿拉伯人请你喝饮料时,接受它,拒绝是不礼貌的。

日本:不要学日本人鞠躬,除非你全面了解它——谁向谁鞠躬、鞠几次、什么时候鞠,这是一个复杂的礼节。递送名片是另一礼节。带许多名片,双手捧上,以便看清你的姓名,按身份大小依次递上名片。日本商人在没有花费时间详细阅读资料和作决策之前,是不会许诺什么的。

(四) 生产者购买决策过程

从理论上说,生产者用户完整的购买过程可分为 8 个阶段,但是具体过程依不同的购买类型而定,直接重购和修正重购可能跳过某些阶段,新购则会完整地经历各个阶段,如表 4-3 所示。

表 4-3　生产者购买决策过程

购买阶段	购 买 类 型		
	新购	修正重购	直接重购
1. 认识需要	是	可能	否
2. 确定需要	是	可能	否
3. 说明需要	是	是	是

续表

购买阶段	购买类型		
	新购	修正重购	直接重购
4. 物色供应商	是	可能	否
5. 征求供应建议书	是	可能	否
6. 选择供应商	是	可能	否
7. 签订合约	是	可能	否
8. 绩效评价	是	是	是

（1）认识需要。指生产者用户认识自己的需要，明确所要解决的问题。认识需要是生产者用户购买决策的起点，它可以由内在刺激或外在刺激引起。

① 内在刺激。比如，企业决定推出一种新产品，需要新设备或原材料来制造；机器发生故障，需要更新或需要新零件；已购进的商品不理想或不适用，须更换供应商。

② 外在刺激。采购人员通过广告、商品展销会或卖方推销人员介绍等途径了解到有更理想的产品，从而产生需要。供应商应利用上述方式刺激买方认识需要。

（2）确定需要。指通过价值分析确定所需产品的品种、性能、特征、数量和服务。标准化产品易于确定，而非标准化产品须由采购人员和使用者、技术人员乃至高层经营管理人员共同协商确定。卖方营销人员应向买方介绍产品特性，协助买方确定需要。

（3）说明需要。指说明所购产品的品种、性能、特征、数量和服务，写出详细的技术说明书，作为采购人员的采购依据。买方会委派一个专家小组从事这项工作，卖方也应通过价值分析向潜在顾客说明自己的产品和价格比其他品牌更理想。未列入买方选择范围的供应商可通过展示新工艺、新产品把直接重购转变为新购，争取打入市场的机会。

（4）物色供应商。指采购人员根据产品技术说明书的要求寻找最佳供应商。如果是新购或所需品种复杂，生产者用户为此花费的时间就会较长。调查表明，企业采购部门信息来源及重要性的排列顺序是：内部信息，如采购档案、其他部门信息和采购指南，推销员的电话访问和亲自访问；外部信息，如卖方的产品质量调查、其他公司的采购信息、新闻报道、广告、产品目录、电话簿、商品展览等。供应商应当进入"工商企业名录"和计算机信息系统，制订强有力的广告宣传计划，寻找潜在和现实的购买者。

（5）征求供应建议书。指邀请合格的供应商提交供应建议书。对于复杂和花费大的项目，买方会要求每一潜在供应商提出详细的书面建议，经选择淘汰后，请余下的供应商提出正式供应建议书。卖方的营销人员必须擅长调查研究、写报告和提建议。这些建议应当是营销文件而不仅仅是技术文件，能够坚定买方的信心，使本公司在竞争中脱颖而出。

（6）选择供应商。指生产者用户对供应建议书加以分析评价，确定供应商。评价内容包括供应商的产品质量、性能、产量、技术、价格、信誉、服务、交货能力等。生产者用户在做出决定前，还可能与较为中意的供应商谈判，以争取较低的价格和较好的供应条件，供应商的营销人员要制订应对策略以防止对方压价和提出过高要求。生产者用户会同时保持几条供应渠道，以免受制于人，并促使卖方展开竞争，供应商要及时了解竞争者的动向，制订竞争策略。

(7) 签订合约。指生产者用户根据所购产品的技术说明书、需要量、交货时间、退货条件、担保书等内容与供应商签订最后的订单。许多生产者用户愿意采取长期有效合同的形式,而不是定期采购订单。买方若能在需要产品的时候通知供应商随时按照条件供货,就可实行"无库存采购计划",降低或免除库存成本而由卖方承担。卖方也愿意接受这种形式,因为可以与买方保持长期的供货关系,增加业务量,抵御新竞争者。

(8) 绩效评价。指生产者用户对各个供应商的绩效加以评价,以决定维持、修正或中止供货关系。评价方法是询问使用者或按照若干标准加权评估等。供应商必须关注该产品的采购者和使用者是否使用同一标准进行绩效评价,以保证评价的客观性和正确性。

例 4-15　要成为金汤宝汤料公司的合格供应商,需要经过 3 个阶段:合格供应商阶段、被批准的供应商和选择供应商阶段。为了争取成为合格的供应商,供应商必须证明其技术能力高、财务安全、成本效率高、质量标准高和创造力强。假如供应商满足了这些关键因素,它可以申请参加金汤宝汤料公司供应商研讨会,接待该公司执行队伍的访问,同意作某些改进等。一旦成为被批准的供应商,供应商还要努力成为选择供应商,也就是需证明它的高质量产品的一致性、持续不断的质量改进和准点交货的能力。

三、中间商市场和购买行为分析

中间商处于生产者和消费者之间专门媒介商品流通,供应商应当把中间商视为顾客的采购代理人而不是自己的销售代理人,帮助他们为顾客做好服务。

(一) 中间商的购买类型

(1) 新产品采购。指中间商对是否购进以及向谁购进以前未经营过的某一新产品做出决策。即首先要考虑"买"与"不买",然后再考虑"向谁购买"。中间商会通过对该产品的进价、售价、市场需求和市场风险等因素的分析后做出决定。

(2) 最佳供应商选择。指中间商已经确定需要购进的产品,再寻找最合适的供应商。这种购买类型的发生往往与以下情况有关:①各种品牌货源充裕,但是中间商缺乏足够的经营场地,只能选择经营某些品牌;②中间商打算用自创的品牌销售产品,选择愿意为自己制造品牌产品的生产企业。国内外许多大型零售商场都有自己的品牌。

(3) 改善交易条件的采购。指中间商希望现有供应商在原交易条件上再做些让步,使自己得到更多的利益。如果同类产品的供应增多或其他供应商提出了更有诱惑力的价格和供货条件,中间商就会要求现有供应商加大折扣、增加服务、给予信贷优惠等。他们并不想更换供应商,但是会把这作为一种施加压力的手段。

(4) 直接重购。指中间商的采购部门按照过去的订货目录和交易条件继续向原先的供应商购买产品。中间商会对以往的供应商进行评估,选择感到满意的作为直接重购的供应商,在商品库存低于规定水平时就按照常规续购。

(二) 中间商购买过程的参与者

中间商购买过程参与者的多少与商店的规模和类型有关。在小型"方便商店"中,店主人亲自进行商品选择和采购工作。在大公司里,有专人或专门的组织从事采购工作,重要的项目有更高层次和更多的人员参与。这些人和组织分别扮演着 6 种角色中的一种或几种,像生产者用户那样形成了一个事实上的"采购中心"。虽然不同类型中间商如百货公司、超级市场、杂货批发商等采购方式不同,同类中间商的采购方式也有差别,但是其中也有许多共性。以连锁超市为例,参与购买过程的人员和组织主要有以下几类。

(1) 商品经理。他们是连锁超级市场公司总部的专职采购人员,分别负责各类商品的采购任务,收集同类产品不同品牌的信息,选择适当的品种和品牌。有些商品经理被赋予较大的权力,可以自行决定接受或拒绝某种新产品或新品牌。有些商品经理权力较小,只是负责审查和甄别,然后向公司的采购委员会提出接受或拒绝的建议。

(2) 采购委员会。通常由公司总部的各部门经理和商品经理组成,负责审查商品经理提出的新产品采购建议,做出购买与否的决策。由于商品经理控制信息和提出建议,事实上具有决定性作用。采购委员会只是起着平衡各种意见的作用,在新产品评估和购买决策方面产生重要影响,并代替商品经理向供应商提出拒绝购买的理由,充当两者之间的调解人。

(3) 分店经理。是连锁超市下属各分店的负责人,掌握着分店一级的采购权。美国连锁超级市场各个分店的货源有 2/3 是由分店经理自行决定采购的。即使某种产品被连锁公司总部的采购委员会接受,也不一定被各个分店接受,加大了生产商的推销难度。

(三) 中间商购买决策过程

如同生产者用户一样,中间商完整的购买过程也分为 8 个阶段,即认识需要、确定需要、说明需要、物色供应商、征求供应建议书、选择供应商、签订合约和绩效评价。改善交易条件的采购和最佳供应商选择可能跳过某些阶段,新产品采购则会完整地经历各个阶段。

(1) 认识需要。指中间商认识自己的需要,明确所要解决的问题。认识需要可以由内在刺激和外在刺激引起。①内在刺激。是中间商通过销售业绩分析,认为目前经营的品种陈旧落伍,不适应市场需求潮流,从而主动寻求购进新产品,改善产品结构;②外在刺激。中间商的采购人员通过广告、展销会、供应商的推销人员或消费者等途径了解到有更加适销对路的新产品,产生购买欲望。

(2) 确定需要。指中间商根据产品组合策略确定购进产品的品牌、规格和数量。批发商和零售商的产品组合策略主要有 4 种。

① 独家产品。即所销售的不同花色品种的同类产品都是同一品牌或由同一厂家生产。比如某电视机商店专门经营王牌电视机。

② 深度产品。即所销售的不同花色品种的同类产品是由不同品牌或不同厂家产品搭配而成。比如,某电视机商店经营多种品牌的电视机。

③ 广度产品。即经营某一行业的多系列、多品种产品。如电器商店经营电视机、电冰箱、洗衣机、收录机、VCD、DVD 等。

④ 混合产品。即跨行业经营多种互不相关的产品。比如某商店经营电视机、电冰箱、服装、食品、鞋帽等。

(3) 说明需要。说明所购产品的品种、规格、质量、价格、数量和购进时间,写出详细的采购说明书,作为采购人员的采购依据。中间商为了减少"买进卖出"带来的风险,对产品购进时间的要求极其严格,或者要求立即购进以赶上消费潮流,或者把购进时间一拖再拖以看清消费趋向。中间商决定购买数量的主要依据是现有的存货水平、预期的需求水平和成本/效益的比较。当大量进货能够获得较大折扣时,则大量进货;当小量进货能够减少库存成本时,则小量进货。供应商应了解中间商的购买意图,采取相应的营销策略。

（4）物色供应商。采购人员根据采购说明书的要求通过多种途径收集信息,寻找最佳供应商。如果是新产品采购或所需品种复杂,这项工作量就大些。

（5）征求供应建议书。邀请合格的供应商提交供应建议书,筛选后留下少数选择对象。

（6）选择供应商。采购部门和决策部门分析评价供应建议书,确定所购产品的供应商。中间商的购买多属专家购买、理性购买,希望从供应商那里得到最大限度的优惠条件。选择供应商主要考虑的因素是:有强烈的合作欲望和良好的合作态度;产品质量可靠,适销对路,与本店的经营风格一致;价格低廉,折扣大,允许推迟付款;信用保证,减少中间商进货风险,补偿因商品滞销、跌价而产生的损失;交货及时;给予广告支持或广告津贴;提供完善的售后服务,有专门维修点,允许退换有缺陷破损的商品,遇有顾客投诉或产品质量事故等纠纷无条件地承担责任等。

（7）签订合约。中间商根据采购说明书和有关交易条件与供应商签订订单。他们也倾向于签订长期有效的合同,以保证货源稳定,供货及时,减少库存成本。

（8）绩效评价。中间商对各个供应商的绩效、信誉、合作诚意等因素进行评价,以决定下一步是否继续合作。

（四）影响中间商购买行为的主要因素

中间商的购买行为同生产者市场一样,也受到环境因素、组织因素、人际因素和个人因素的影响。此外,采购者个人的购买风格也具有不可忽视的影响。狄克森把采购者个人的购买风格分为7类。

（1）忠实的采购者。指长期忠实地从某一供应商处进货的采购者。这种采购者对供应商是最有利的,供应商应当分析能够使采购者保持"忠实"的原因,采取有效的措施使现有的忠实采购者保持忠实,将其他采购者转变为忠实的采购者。采购者忠实于某一渠道的原因有多种:首先是利益因素,对供应商的产品质量、价格、服务和交易条件感到满意或未发现更理想的替代者;其次是情感因素,长期合作,感情深重,有过在困难时期互相帮助的经历,即使对方偶有不周之处也不计较,即使其他供应商的产品质量和交易条件与之相同或略优,也不愿轻易更换;最后是个性因素,该采购者认识稳定,习惯于同自己熟悉的供应商打交道,习惯于购买自己熟悉的产品。

（2）随机型采购者。这类采购者事先选择若干符合采购要求、满足自己长期利益的供应商,然后随机地确定交易对象并经常更换。他们喜爱变换和不断地尝试,对任一供应商都没有长期的合作关系和感情基础,也不认为某一供应商的产品和交易条件优于他人。对于这类采购者,供应商应在保证产品质量的前提下提供理想的交易条件,同时增进交流,帮助解决业务的和个人的有关困难,加强感情投资,使之成为忠实的采购者。

（3）最佳交易采购者。指力图在一定时间和场合中实现最佳交易条件的采购者。这类采购者在与某一供应商保持业务关系的同时,还会不断地收集其他供应商的信息,一旦发现产品或交易条件更佳的供应商,就立刻转换购买。他们一般不会成为某一供应商的长期顾客,除非该供应商始终保持着其他竞争者无法比拟的交易条件。这类采购者的购买行为理智性强,不太受情感因素支配,关注的焦点是交易所带来的实际利益,供应商若单纯依靠感情投资来强化联系则难以奏效,最重要的是密切关注竞争者的动向和市场需求的变化,随时调整营销策略和交易条件,提供比竞争者更多的利益。

(4)创造性的采购者。指经常对交易条件提出一些创造性的想法并要求供应商接受的采购者。这类采购者有思想、爱动脑、喜创新,常常提出一些新的尝试性的交易办法,在执行决策部门制订的采购方案时,最大限度地运用自己的权限,按照自己的想法去做。对于交易中的矛盾分歧能提出多种解决方案以使双方接受,如果实在无法调和,则更换供应商。对于这类采购者,供应商要给予充分尊重,好的想法给予鼓励和配合,不成熟的想法也不能讥笑,在不损害自己根本利益的前提下,尽可能地接受他们的意见和想法。

(5)追求广告支持的采购者。指把获得广告补贴作为每笔交易的一个组成部分,甚至是首要目标的采购者。这类采购者重视产品购进后的销售状况,希望供应商给予广告支持,以扩大影响,刺激需求。这种要求符合买卖双方的利益,在力所能及或合理的限度内,供应商可考虑给予满足。

(6)斤斤计较的采购者。指每笔交易都反复地讨价还价,力图得到最大折扣的采购者。这类采购者自认为非常精明,每笔交易都要求对方做出特别的让步,一些蝇头小利也不放过,只选择价格最低或折扣最大的供应商。与这类采购者打交道是比较困难的,让步太多则无利可图,让步太少则丢了生意。供应商在谈判中要有耐心和忍让的态度,以大量的事实和数据说明自己已经做出了最大限度的让步,争取达成交易。

(7)琐碎的采购者。这类采购者每次购买的总量不大,但品种繁多,重视不同品种的搭配,力图实现最佳产品组合。供应商与这类采购者打交道会增加许多工作量,如算账、开单、包装和送货等,应当提供细致周到的服务,不能有丝毫厌烦之意。

四、非营利组织及政府市场购买行为分析

(一)非营利组织市场的类型

非营利组织是指不以盈利为目的的社会机构。以下是非营利组织的市场类型。

(1)履行国家职能的非营利组织。指服务于国家和社会,以实现社会整体利益为目标的有关组织,包括各级政府和下属各部门、保卫国家安全的军队、保障社会公共安全的警察和消防队、管制和改造罪犯的监狱等。

(2)促进群体交流的非营利组织。指促进某群体内成员之间的交流,沟通思想和情感,宣传普及某种知识和观念,推动某项事业的发展,维护群体利益的各种组织,包括各种职业团体、业余团体、宗教组织、专业学会和行业协会等。

(3)提供社会服务的非营利组织。指为某些公众的特定需要提供服务的非营利组织,包括学校、医院、红十字会、卫生保健组织、新闻机构、图书馆、博物馆、文艺团体、基金会、福利和慈善机构等。

(二)非营利组织的购买特点和方式

1. 非营利组织的购买特点

(1)限定总额。非营利组织的采购经费总额是既定的,不能随意突破。比如,政府采

购经费的来源主要是财政拨款,拨款不增加,采购经费就不可能增加。

（2）价格低廉。非营利组织大多数不具有宽裕的经费,在采购中要求商品价格低廉。政府采购用的是纳税人的钱,更会仔细计算,用较少的钱办较多的事。

（3）保证质量。非营利组织购买商品不是为了转售,也不是使成本最小化,而是维持组织运行和履行组织职能,所购商品的质量和性能必须保证实现这一目的。比如,医院以劣质食品供应病人就会损害声誉,采购人员必须购买价格低廉且质量符合要求的食品。

（4）受到控制。为了使有限的资金发挥更大的效用,非营利组织采购人员受到较多的控制,只能按照规定的条件购买,缺乏自主性。

（5）程序复杂。非营利组织购买过程的参与者多,程序也较为复杂。比如,政府采购要经过许多部门签字盖章,受许多规章制度约束,准备大量的文件,填写大量的表格,遇有官僚气息严重的人则更加难办。

2. 非营利组织的购买方式

（1）公开招标选购。即非营利组织通过传播媒体发布广告或发出信函,说明拟采购商品的名称、规格、数量和有关要求,邀请供应商在规定的期限内投标。有意争取这笔业务的企业要在规定时间内填写标书,密封后送交非营利组织的采购部门。招标单位在规定的日期开标,选择报价最低且其他方面符合要求的供应商作为中标单位。

采用这种方法,非营利组织处于主动地位,供应商之间却会产生激烈竞争。供应商在投标时应注意以下问题:①自己产品的品种、规格是否符合招标单位的要求。非标准化产品的规格不统一,往往成为投标的障碍。②能否满足招标单位的特殊要求。许多非营利组织在招标中经常附带提出一些特殊要求,比如提供较长时期的维修服务,承担维修费用等。③中标欲望的强弱。如果企业的市场机会很少,迫切需要赢得这笔生意以维持经营,则降低标价;如果还有其他更好机会,则可以提高标价。

（2）议价合约选购。即非营利组织的采购部门同时和若干供应商就某一采购项目的价格和有关交易条件展开谈判,最后与符合要求的供应商签订合同,达成交易。这种方式适用于复杂的工程项目,因为它们涉及重大的研究开发费用和风险。

（3）日常性采购。指非营利组织为了维持日常办公和组织运行的需要而进行采购。这类采购金额较少,一般是即期付款,即期交货,如购买办公桌椅、纸张文具、小型办公设备等,类似于生产者市场的"直接重购"或中间商市场的"最佳供应商选择"等。

（三）政府市场及购买行为

（1）政府市场的购买目的。政府采购的范围极其广泛,按照用途可分为军事装备、通信设备、交通运输工具、办公用品、日用消费品、劳保福利用品和其他劳务需求等。政府采购的目的不像工商企业那样是为了盈利,也不像消费者那样是为了满足生活需要,而是为了维护国家安全和社会公众的利益。具体的购买目的有:加强国防与军事力量;维持政府的正常运转;政府支付大量的财政补贴以合理价格购买和储存商品,稳定市场,调控经济、调节供求;对外国的商业性、政治性或人道性的援助等。

（2）政府市场购买过程的参与者。各个国家、各级政府都设有采购组织,一般分为两大类。

① 行政部门的购买组织。如国务院各部、委、局;省、直辖市、自治区所属各厅、局;

市、县所属的各科、局等。这些机构的采购经费主要由财政部门拨款,各级政府机构的采购办公室具体经办。

②军事部门的购买组织。军事部门采购的军需品包括军事装备(武器)和一般军需品(生活消费品)。各国军队都有国防部和国防后勤部(局),国防部主要采购军事装备(武器),国防后勤部(局)主要采购一般军需品。在我国,国防部负责重要军事装备(武器)的采购和分配,解放军总后勤部负责采购和分配一般军需品。此外,各大军区、各兵种也设立后勤部(局)负责采购军需品。

按照国际惯例,政府采购资金可占GDP的10%或财政支出的30%。2007年我国GDP是24.66万亿元,政府采购资金数额可以达到24 660亿元,因此,可以断言随着我国财政支出的不断规范以及GDP的不断增长,我国政府采购规模将进一步扩大。我国政府采购市场的发展空间巨大,而且政府采购范围越来越广泛,涉及货物、服务和工程等领域。对企业而言,这无疑是无限商机。

例4-16　我国政府采购市场状况如图4-4所示。

单位:亿元

1998—2006年我国政府采购规模图

图4-4　1998—2006年我国政府采购规模

(3)影响政府购买行为的主要因素。政府市场与生产者市场和中间商市场一样,也受到环境因素、组织因素、人际因素影响。如何适应政府采购的特点和方式,采取适应这一采购方式的策略,抓住这一巨大的市场消费者,是很多企业面临的问题。

①受到社会公众的监督。虽然各国的政治经济制度不同,但是政府采购工作都受到各方面的监督。

②受到国际国内政治形势的影响。比如,在国家安全受到威胁或出于某种原因发动对外战争时,军备开支和军需品需求就大;和平时期用于建设和社会福利的支出就大。

③受到国际国内经济形势的影响。经济疲软时期,政府会缩减支出,经济高涨时期则增加支出。国家经济形势不同,政府用于调控经济的支出也会随之增减。我国出现"卖粮难"现象时,政府按照最低保护价收购粮食,增加了政府采购支出。美国总统罗斯福在经济衰退时期实行"新政",由国家投资大搞基础设施建设,刺激了经济增长。

④受到自然因素的影响。各类自然灾害会使政府用于救灾的资金和物资大量增加。

本 章 小 结

(1) 消费者市场是人们为了满足个人或家庭生活的需要,而购买产品或服务的市场。它是市场体系的基础,是起决定作用的市场。消费者市场上,消费者购买实物产品和服务产品的目的是满足自身的最终消费,而不是作为生产资料牟取利润,即体现出非盈利性、非专业性、层次性、替代性、广泛性、流行性特点。

(2) 动机是推动人从事某项活动的内在机能。购买动机则是促使消费者采取购买行为的内在机能,是消费者购买行为的基础。同消费者需求一样,购买动机也是多种多样的。

(3) 消费者行为是指消费者为获取、使用、处置消费物品或服务所采取的各种行动,包括先于且决定这些行动的决策过程。人的行为是受心理活动支配,消费者的行为受消费者心理活动支配。

(4) 消费者行为取决于他们的需要和欲望,而人们的需要和欲望以至消费习惯和行为,是在许多因素的影响下形成的,包括文化因素、社会因素、个人特性因素和心理因素。这四类因素属于不同的层次,对消费者购买行为的影响程度不同,影响最为广泛和最为深刻的是文化因素。组织市场包括生产者市场、中间商市场、非营利组织市场及政府市场。

(5) 影响生产者购买决策的基础性因素是经济因素,其他主要因素可分为四大类:环境因素、组织因素、人际因素和个人因素。供应商应了解和运用这些因素,引导买方购买行为,促成交易。中间商处于生产者和消费者之间专门媒介商品流通,供应商应当把中间商视为顾客的采购代理人而不是自己的销售代理人,帮助他们为顾客做好服务。

(6) 如同生产者一样,中间商完整的购买过程也分为 8 个阶段,即认识需要、确定需要、说明需要、物色供应商、征求供应建议书、选择供应商、签订合约和绩效评价。

(7) 中间商的购买行为同生产者市场一样,也受到环境因素、组织因素、人际因素和个人因素的影响。

(8) 非营利组织是指不以营利为目的的社会机构,以下是非营利组织的市场类型:履行国家职能的非营利组织;促进群体交流的非营利性组织;提供社会服务的非营利性组织。

技 能 训 练

一、名词解释

动机　知觉　消费者市场　习惯性购买行为　复杂型购买行为　协调型购买行为
组织市场　生产者市场　中间商市场　非营利性组织市场

二、单项选择题

1. 家庭属于(　　　)。

    A. 首要群体　　　B. 次要群体　　　C. 成员群体　　　D. 向往群体

2. 马斯洛认为人类最低层次的需要是(　　)。

　　A. 生理需要　　　　B. 安全需要　　　　C. 自尊需要　　　　D. 社会需要

3. 影响消费行为最广泛、最重要的因素是(　　)。

　　A. 文化因素　　　　B. 社会因素　　　　C. 个人因素　　　　D. 心理因素

4. 体育明星、歌星等一般属于(　　)。

　　A. 首要群体　　　　B. 次要群体　　　　C. 成员群体　　　　D. 向往群体

5. 参与者的介入程度高,品牌差异大的购买行为属于(　　)。

　　A. 习惯性购买行为　　　　　　　　B. 寻求多样化购买行为

　　C. 复杂购买行为　　　　　　　　　D. 化解不协调购买行为

6. 参与者的介入程度高,品牌差异不大的购买行为属于(　　)。

　　A. 习惯性购买行为　　　　　　　　B. 寻求多样化购买行为

　　C. 复杂购买行为　　　　　　　　　D. 化解不协调购买行为

7. 首先提出要购买某一产品或服务的人是(　　)。

　　A. 发起者　　　　B. 影响者　　　　C. 公共来源　　　　D. 购买者

8. 组织市场需求的波动幅度(　　)消费者市场需求的波动幅度。

　　A. 小于　　　　B. 大于　　　　C. 等于　　　　D. 都不是

9. 生产者用户初次购买某种产品或服务称为(　　)。

　　A. 直接重购　　　　B. 修正重购　　　　C. 重购　　　　D. 新购

10. 有权决定买与不买、决定产品规格、购买数量和供应商的人员称为(　　)。

　　A. 影响者　　　　B. 批准者　　　　C. 决策者　　　　D. 采购者

11. 非营利组织的采购部门通过传播媒体发布广告或发出信函,说明有关要求,邀请供应商在规定期限内投标的购买方式叫(　　)。

　　A. 公开招标选购　　　　　　　　　B. 议价合约选购

　　C. 日常选购　　　　　　　　　　　D. 正常购买

三、多项选择题

1. 消费者的购买行为受(　　)等心理因素的影响。

　　A. 动机　　　　　　　B. 需要　　　　　　　C. 感觉

　　D. 信念和态度　　　　E. 熟悉

2. 消费者市场的主要特点有(　　)。

　　A. 广泛性　　　　　　B. 分散性　　　　　　C. 复杂性

　　D. 易变性　　　　　　E. 发展性

3. 一个国家的文化包括的亚文化群主要有(　　)。

　　A. 语言亚文化群　　　B. 宗教亚文化群　　　C. 民族亚文化群

　　D. 种族亚文化群　　　E. 地理亚文化群

4. 政府购买方式有(　　)。

　　A. 公开招标选购　　　B. 议价合约选购　　　C. 直接购买

　　D. 日常性采购　　　　E. 专家购买

5. 生产者用户的需要可以由(　　)引起。

A. 内在刺激　　　　B. 外在刺激　　　　C. 精神刺激

D. 物质刺激　　　　E. 以上全是

四、判断题

1. 家人、亲属、朋友和伙伴等是最典型的、主要的非正式群体。（　　）

2. 消费品尽管种类繁多,但不同品种甚至不同品牌之间不能相互替代。（　　）

3. 研究消费者购买行为的理论中最有代表性的是刺激—反应模式。（　　）

4. 消费者通常会买那些与特定群体有关的产品。（　　）

5. 归属于不同生活方式群体的人,对产品和品牌有着相同的需求。（　　）

6. 顾客的信念并不决定企业和产品在顾客心目中的形象,也不决定他的购买行为。（　　）

7. 在价格不变条件下,一个产品有更多的性能会吸引更多的顾客购买。（　　）

8. 首要群体一般是正式群体。（　　）

9. 同事属于次要群体。（　　）

10. 态度能使人们对相似的事物产生相当一致的行为。（　　）

11. 组织市场的需求是派生需求。（　　）

12. 组织市场的需求弹性较大。（　　）

13. 组织市场的购买者往往经过中间商进行采购。（　　）

14. 中间商的购买行为也受环境因素、组织因素、个人因素的影响。（　　）

15. 采购者个人的购买风格对中间商购买行为影响较小。（　　）

五、简答题

1. 简述相关群体的含义及对消费者行为的影响。

2. 影响消费者购买行为的因素有哪些?

3. 消费者购买行为类型可分为哪几种?

4. 消费者的购买决策过程如何?

5. 简述组织市场的特点。

6. 简答生产者购买行为的主要类型。

7. 影响生产者购买决策的主要因素有哪些?

8. 简述非营利性组织的购买特点。

六、案例分析

政府采购方式变革为企业带来什么?

据有关资料测算:全国事业单位一年的采购金额约为 7 000 亿元,政府实际上成为国内最大的单一消费者。为适应市场经济体制的新形势,政府采购方式将发生变革。

以前,北京市海淀区下属各单位要购买设备,首先向财政局报预算,经财政局行财科按市场价格核定后给予拨款,再由各使用单位自行购买。但是行财科的职员们时常心里打鼓:商品价格究竟是多少,我们没底,采购环节的伸缩性实在太大了。2006年5月,北京市海淀区出台了《海淀区采购试行办法》,规定区属各行政事业单位由区财政安排的专项经费,购置设备单项价值在10万元以上,或全区范围内一次集中配置的批量采购总价值在29万元以上,均需采取公开的竞争性招标、投标采购。海淀区专门成立了政府采购领导小组,区属两家机关购买133台空调的工作成为区政府采购方式改革的第一个试点。5月26日召开招、投标大会,有6家公司投标。开标后,投标商单独介绍了产品技术、质量、价格等内容,并接受由空调专家、高级会计师和使用单位人员组成的评审委员会的质询。经专家们反复比较论证,科龙空调以较好的性能价格比中标。此次购买的预算资金177万元,实际支出108万元,节约69万元,近1/3。采购部门负责人说:"想都没想到,效果好得出奇。"

海淀区采购办公室正着手进行其他项目的政府采购工作。购买7辆公务车,预算金额208万元。由于车型不一,不成规模,将采用"询价"的方式,也就是货比三家的方式购买。广播局购买两台专用设备则采取广播局主办,采购办参与的招标方式。还将进行教学用具、医疗设备、基本建设非标准设备的采购工作,争取2006年的政府采购总额达到1 000万元。从长远而言,有关人员希望将采购办从财政局分离出去,使批钱的和买东西的是两部分,更便于监督和制约。

据悉,财政部的有关专家正在积极制订我国统一、规范的政府采购制度。他们认为,政府采购是加强采购支出管理的必经之路,但一定要做到规范、统一,使制度在各地不走样。要建立采购主管机构,明确采购模式,设立仲裁机构。财政部门不直接主管采购,防止由分散采购改为集中采购后出现新的"集中腐败"。

【案例思考】

1. 组织市场的特点。

2. 组织采购的特点、类型、问题与解决措施。

3. 政府采购方式变革为企业带来什么?

七、实训操作

实训内容:选择该城市一个超市或者一个公司进行了解。

实训目标:通过市场调查,进一步认识影响消费者行为的关键要素或者了解公司采购行为与个人采购区别。

实训组织:选择某一超市或某一公司,组织学生对消费者行为分析或了解公司采购与个人采购区别,写出分析报告。

实训提示:在两周内需完成该项操作训练。

实训成果:评分标准:(1)按时完成;(2)分析报告的准确性;(3)分析报告的建设性。

第五章

市场营销调查与预测

学 习 目 标

通过完成本章学习,应该能够:

(1) 把握市场营销调查的技术;

(2) 运用市场营销调查方法解决实际问题;

(3) 独立进行市场预测。

核 心 能 力

(1) 独立开展市场营销调查活动;

(2) 应用市场预测方法。

案 例 导 入

兰德公司预测案例

20世纪50年代朝鲜战争爆发前夕,兰德公司曾组织大批专家对朝鲜战争进行评估,并对"中国是否出兵朝鲜"进行预测。得出的结论只有7个字——"中国将出兵朝鲜"。当时兰德公司欲以200万美元将研究报告转让给五角大楼,但军事界的高级官员对兰德公司的报告不感兴趣。在他们看来,中国刚刚经历抗日战争及解放战争,无论人力和财力都不具备出兵朝鲜的可能。但是,战争的发展和结局都被兰德公司言中了,美国军界一片哗然。战争结束后,五角大楼为了全面检讨在朝鲜战争中决策失误,还是花了200万美元买下兰德那份已经过时的研究报告。

【案例思考】

该案例给我们什么样的启示?

第一节　市场营销调查

一、市场营销调查的含义

市场营销调查是指以科学的方法收集市场资料,并运用统计分析的方法对所收集的资料进行分析研究,发现市场机会,为企业管理者提供科学决策所必要的信息依据的一系列过程。市场营销调查的目的是通过信息把营销者和消费者、顾客及公众联系起来,这些信息用来辨别和界定营销机会与问题,产生、改善和估价市场营销方案,监控市场营销行为,改进对市场营销过程的认识,帮助企业营销管理者制订有效的市场营销决策信息。市场营销调查的内容一般由市场营销调查的目的所决定,一般来说,主要涉及以下几个方面的内容。

(1) 宏观环境调查,主要包括政治与法律环境、经济环境、社会文化环境、科学技术环境、地理气候环境。

(2) 市场需求调查,主要包括从不同层面(如按国别、地域分布、经济发展水平、生活方式,顾客的年龄、职业、收入、性别、社会地位等)研究企业所处的行业的特点,着重研究目标市场的特点、市场需求和变化趋势、购买动机、消费者偏好等。

(3) 竞争对手情况调查,选择对企业经营具有决定作用的诸因素,将之与竞争对手进行逐项比较,从中找出竞争对手的独特之处,然后对其进行分析,从中发现本企业应改进的地方以及可能成功的领域。主要包括竞争对手的数量与经营实力,竞争对手的市场占有率,竞争对手的竞争策略与手段,竞争对手的产品,竞争对手的技术发展。

(4) 营销可控因素调查,主要包括产品、价格、分销、广告促销调查,以及对企业产品的生命周期、品牌、新产品的开发等进行调查。

二、市场营销调查的作用

市场营销调查具有 3 种功能:描述、诊断和预测。它的描述功能是指收集并陈述事实。调查的第二种功能是诊断功能,指解释信息或活动。最后一种功能是预测功能。它的重要性表现在以下几个方面。

(1) 实现对质量和顾客满意的不懈追求。在今天的环境中,若不重视产品质量,不注重改进产品以提高顾客满意度,企业就很难取得成功。但是,企业对质量的追求常常是产品导向的,这对于顾客毫无意义。今天的新观念是强调质量回报。质量回报有两层含义:第一是企业所提供的高质量应视目标市场所需要的;第二是质量改进必须对获利性产生积极的影响。获得质量回报的关键是开展营销调查,因为它有助于组织确定哪些类型和形式的质量对目标市场是重要的,有时也可以促使企业放弃一些他们自己所偏爱的想法。

(2) 留住现有顾客。顾客满意与顾客忠诚之间存在一种必然的联系。长期的关系不是自然产生的,它植根于企业传递的服务和价值。留住顾客可以给企业带来丰厚的回报。重复购买和顾客的推荐可以提高企业的收入与市场份额。由于企业可以不必花更多的资金和精力去争夺新顾客,因而成本可以下降。稳定的顾客更容易服务,因为他们已经熟悉企业的习惯,相应要求员工投入的时间较少。不断提高的顾客保留率也给员工带来了工作上的满足感和成就感,从而可以导致更高的员工保留率。员工在企业工作时间越长,获得的知识越多,这样又可以导致生产效率的提高。贝思公司(Bain & Company)的一项研究估计,顾客流失率下降 5% 可以使利润提高 25%~95%。留住顾客的能力建立在企业对顾客需求详细了解的基础上。这种了解主要来自于市场营销调查。

(3) 有利于管理人员了解持续变化的市场。市场调查有助于管理者了解市场状况以及利用市场机会。早期腓尼基人在地中海沿岸各港口之间进行交易时就进行市场需求研究。马可·波罗的日记中也记载了在中国旅行时,他曾从事过市场调查。甚至有证据表明,西班牙人在探索新大陆时就曾系统地进行过市场调查。

三、市场营销调查的类型

市场营销所面临的最大的问题就是市场需求的预测问题,这是企业制订市场营销方案和市场营销决策的基础与前提。市场营销调查就是企业为了推断和测量市场的未来变化而进行的研究,它对企业的生存与发展具有重要的意义。根据市场调查的目的的不同分类,市场营销调查一般分为以下 3 种类型。

(1) 探测性调查。是指当研究的问题或范围不明确时所采用的一种方法。研究者在研究之初对所欲研究的问题或范围还不很清楚,不能确定到底要研究些什么问题。这时就需要应用探测性研究去发现问题、形成假设。至于问题的解决,则有待于进一步的研究。

(2) 描述性调查。是通过详细的调查和分析,对市场营销活动的某个方面进行客观的描述。大多数的市场营销调查都属于描述性调查。例如,市场潜力和市场占有率,产品的消费群结构,竞争企业的状况的描述。在描述性调查中,可以发现其中的关联因素,但是,并不能说明两个变量哪个是因哪个是果。与探测性调查相比,描述性调查的目的更加明确,研究的问题更加具体。

(3) 因果关系调查。当要说明某个变量是否引起或决定着其他变量的变化时,就用到因果关系调查。因果关系调查目的是找出关联现象或变量之间的因果关系,寻找足够的证据来验证这一假设,解决"为什么"。

四、市场营销调查的方法

市场营销调查的方法一般分为四类,即文案调查法、访问法、观察法和实验法。

(一) 文案调查法

文案调查法也称为间接调查法,是指通过搜集各种历史和现实的动态资料,从中摘取与市场营销调查课题有关的情报,在办公室内进行统计分析的调查方法。文案调查的资料来源主要有:企业内部积累的各种资料数据,如客户订单、销售额及分布情况、产品成本等;国家机关公布的资料,如工业普查资料、统计年鉴、发展规划等;行业协会和其他组织公布的相关资料;国内外公开出版的杂志、书籍、报纸、评论、调查报告等。要获取以上资料通常可以采用以下 3 种方法。

(1) 文献资料筛选法。是指从各类文献资料中分析和筛选出与企业生产经营有关的信息和情报的一种方法。文献资料筛选法的特点是所得情报资料记录方便、传播广泛、积累系统,便于长期保存和直接利用。它是企业获取技术、经济情报的最基本、最主要的来源。

例 5-1   日本企业要进入美国市场,查阅了美国有关法律和美国进出口贸易法律条款,发现,美国为限制进口,保护本国工业,在进出口贸易条款中规定美国政府收到外国企业进口商品报价单,一律无条件地提高 50%。而美国法律中对本国商品的定义是"一件商品,美国制造的零件所含的价值,必须在这一商品价值的 50％以上”。为了避免商品价格被无条件提高 50％,日本企业谋划出一条对策:生产一种具有 10 种零部件的产品,在本国生产 9 种,在美国市场上购买一种零件,这一零件的价值比率在 50％以上,在日本组装后再送到美国销售,就成了美国商品,就可以直接和美国企业竞争。

（2）报刊剪辑分析法。是指调查人员平时从各种报刊上所刊登的文章、报道中,分析和搜集情报信息的一种方法。调查人员如果仔细去观察、收集、分析各种公开发行的报纸与杂志中与企业生产经营有关的信息,往往会收到意想不到的效果。

例 5-2　上海一家制药厂,从报纸上刊登的一条关于“多毛女孩的苦恼”的报道中,得到重要启示,决定研制一种脱毛霜剂产品来解决很多女孩的苦恼,产品投放市场后,取得了很好的市场效果,产品供不应求。

（3）情报联络网法。是指企业在全国范围内或某些地区设立情报网络,使商业情报资料搜集工作的范围呈网状触及四面八方,以获取有关市场供求趋势、消费者购买行为、价格情况等信息。中小企业无力建立自己独立的情报网,可以借助于部门的情报网。

（二）访问法

访问法是营销调查中获取原始数据的一种最普遍调查方法。它把研究人员事先拟订的调查项目或问题以某种方式向被调查者提出,要求给予答复,由此获取被调查者或消费者的动机、意向、态度等方面的信息。按照调查人员与被调查者接触方式的不同访问法又分为面谈法、电话访问法和邮寄访问法等。

1. 面谈法

面谈法是通过调查者与被调查者面对面交谈以获取市场信息的一种调查方法。询问时可按事先拟订的提纲顺序进行,也可采取自由交谈方式。由于面谈法采取面对面的交谈方式,使面谈法具有独特的优点,但也存在着缺陷。

（1）面谈法的优点

① 面谈法具有很大的灵活性。由于调查者与被调查者双方面对面交流,交谈的主题可以突破时间限制;同时对于一些新发现的问题,尤其是那些争议较大的问题,调查者可以采取灵活委婉的方式,迂回提问,逐层深入。当被调查者对某一问题误解或不理解时,调查者可以当面予以解释说明,有利于资料收集工作的顺利进行。

② 拒答率较低。与其他方式相比,面谈法容易得到较高的回答率,这也可以说是面谈法最为突出的优点之一。

③ 调查资料的质量较好。在访问过程中由于调查者在场,因而既可以对访问的环境和被调查者的表情、态度进行观察,又可以对被调查者回答问题的质量加以控制,从而使得调查资料的准确性和真实性大大提高。

④ 调查对象的适用范围广。由于面谈法主要依赖于口头语言,因此,它适用的调查对象范围十分广泛,既可以用于文化水平较高的调查对象,也可以用于文化水平较低的调查对象。

（2）面谈法的缺点

① 调查费用较高。主要表现为调查者的培训费、交通费、工资以及问卷及调查提纲

的制作成本费等。

②　对调查者的要求较高。可以说,调查结果的质量很大程度上取决于调查者本人的访问技巧和应变能力。

③　匿名性较差。对于一些敏感性问题,往往难以用个人访问来收集资料。

④　访问调查周期较长。在大规模的市场调查中,这种收集资料的方式较少见。

⑤　受访者无法对问题进行过多的思考。

2. 电话访问法

电话访问法是通过电话中介与选定的被调查者交谈以获取信息的一种方法。电话访问法要解决好以下几个方面的问题。

(1) 设计好问卷调查表。这种问卷调查表不同于普通问卷调查表,由于受通话时间和记忆规律的约束,大多采用两项选择法向被调查者进行访问。

(2) 挑选和培训好调查员。电话访问对调查员的要求主要是口齿清楚、语气亲切、语调平和。

(3) 调查样本的抽取及访问时间的选择问题。由于电话访问的结果只能推论到有电话的对象这一总体,所以必然存在先天性母体不完整的缺陷;同时电话访问又很容易导致无反馈问题,如白天上班不在家,周末团聚拒答率高等。所以电话访问对于调查样本的抽取及访问时间的选择问题就显得尤为重要了。

电话访问法的优点为:信息反馈快、费用低、辐射范围广。其缺点为:调查项目过于简单明确,通话时间受限;结果只能推论到有电话的对象这一总体,不利于资料收集的全面性和完整性;不能使用视觉的帮助;很难判断所获信息的准确性和有效性。

尽管电话访问法存在着诸多缺陷,但对那些调查项目单一,问题相对简单明确,并需及时得到调查结果的调查项目而言,仍不失为一种最理想的访问方式。

3. 邮寄访问法

邮寄访问法是市场调查中一种比较特殊的资料收集方法,它是一种将事先设计好的调查问卷邮寄给被调查者,由被调查者根据要求填写后寄回的一种调查方法。

邮寄访问法的优点主要表现为:调查的空间范围广,只要是通邮地区都可以被选为被调查对象;费用低,与其他访问方法相比,邮寄访问法可以说是市场调查中一种最为便宜、最为方便、代价最小的资料收集方法;可以给予被调查者相对更加宽裕的时间作答,便于被调查者深入思考,而且可以避免面访调查中可能受到的调查人员的倾向性意见的影响;邮寄访问法的匿名性较好,对于敏感性问题无疑是一种上选方式。

邮寄访问法的主要缺点为:问卷回收率低,因而容易影响样本的代表性;问卷回收期长,时效性差,由于各种主客观原因,问卷滞留在被调查者手中的时间较长,这就可能产生一类问题,当很多问卷回收以后,往往已经失去其分析研究的价值了。

(三) 观察法

观察法是由调查员直接或通过仪器在现场观察调查对象的行为动态并加以记录而获取信息的一种方法。观察法往往是消费者在不知不觉中被观察调查的,处于自然状态,因此可以观察到消费者的真实行为特征,但是这种方法所需费用较大,并且只能观察到外部现象,无法观察到调查对象的一些动机、意向及态度等内在因素。按照不同的分类标准,可将观察法分为三类。

（1）按观察时间周期分，可以分为连续性观察和非连续性观察。

（2）按观察所采取的方式分，可以分为隐蔽性观察和非隐蔽性观察。

（3）按调查者扮演的角色分，可以分为参与性观察和非参与性观察。

（四）实验法

实验法是指在控制的条件下对所研究的现象的一个或多个因素进行操纵，以测定这些因素之间的关系，它是因果关系调查中经常使用的一种行之有效的方法。实验法来自于自然科学的实验求证，现在广泛应用于营销调查，是市场营销学走向科学化的标志。实验法获取的资料客观、具体，直接真实地反映市场，方法科学。但是，实验法实验周期较长，研究费用昂贵，不能用于进行趋势分析。影响因素复杂多变，难以准确分析，严重影响了实验法的广泛使用。

五、市场营销调查的技术

进行市场营销调查不仅要制订周密的调查计划，选择合适的调查方法，还要善于运用各种调查技术，才能获得完整、可靠、有用的信息。调查问卷设计技术和抽样调查技术是市场调查中常用的两种基本技术，现分别叙述如下。

（一）调查问卷设计技术

（1）调查问卷又称调查表，是指以书面问答的形式了解调查对象的反应和看法，由此获取资料和信息的一种调查方式。调查问卷的基本结构一般包括 5 个部分，即说明信、调查内容、编码、被调查者的情况、调查者的情况。其中调查内容是问卷的核心部分，是每一份问卷都必不可少的内容，而其他部分则根据设计者需要取舍。

① 说明信，是调查者向被调查者写的简短信，主要说明调查的目的、意义、选择方法以及填答说明等，一般放在问卷的开头。

② 调查内容，问卷的调查内容主要包括各类问题，问题的回答方式及其指导语，这是调查问卷的主体，也是问卷设计的主要内容。

问卷中的问答题，从形式上看，可分为开放式、封闭式和混合型三大类。开放式问答题只提问题，不给具体答案，要求被调查者根据自己的实际情况自由作答。封闭式问答题则既提问题，又给出若干答案，被调查者只需选中答案即可。混合型问答题又称半封闭型问答题，是在采用封闭型问答题的同时，最后再附上一项开放式问题。至于指导语，也就是填答说明，用来指导被调查者填答问题的各种解释和说明。

③ 编码，一般应用于大规模的问卷调查中。因为在大规模问卷调查中，调查资料的统计汇总工作十分繁重，借助于编码技术和计算机，则可大大简化这一工作。编码是将调查问卷中的调查项目以及备选答案给予统一设计的代码。编码既可以在问卷设计的同时就设计好，也可以等调查工作完成以后再进行。前者称为预编码，后者称为后编码。在实际调查中，常采用预编码。

④ 被调查者的情况，如年龄、性别、职业、国籍、教育程度、收入等，以备研究之用。被调查者个人基本资料、生活态度等问题不宜放在问卷之首。

⑤ 调查者的情况，在问卷的最后，附上调查人员的姓名、访问日期等，以核实调查人员的情况。

（2）调查问卷设计的过程。问卷设计的过程一般包括 10 个步骤。

① 确定所需信息。这是问卷设计的前提工作。调查者必须在问卷设计之前就把握所有达到研究目的和验证研究假设所需要的信息，并决定所有用于分析使用这些信息的方法，比如频率分布、统计检验等，并按这些分析方法所要求的形式来收集资料，把握信息。

② 确定问卷的类型。制约问卷选择的因素很多，而且研究课题不同，调查项目不同，主导制约因素也不一样。在确定问卷类型时，先必须综合考虑这些制约因素：调查费用、时效性要求、被调查对象、调查内容。

③ 确定问题的内容。这似乎是一个比较简单的问题。然而事实上不然，这其中还涉及一个个体的差异性问题，也许你认为容易的问题他却认为困难；你认为熟悉的问题他却认为生疏。因此，确定问题的内容，最好与被调查对象联系起来。

④ 确定问题的类型。问题的类型归结起来分为 4 种：自由问答题、单项选择题、多项选择题和顺位式问答题，其中后三类均可以称为封闭式问答题。

⑤ 确定问题的措辞。很多人可能不太重视问题的措辞，而把主要精力集中在问卷设计的其他方面，这样做的结果有可能降低问卷的质量。因此，应遵循以下几条法则：问题的陈述应尽量简洁；避免提带有双重或多重含义的问题；最好不用反义疑问句；避免否定句；注意避免问题的从众效应和权威效应。

⑥ 确定问题的顺序。问卷中的问题应遵循一定的排列次序，问题的排列次序会影响被调查者的兴趣、情绪，进而影响其合作积极性。所以，一份好的问卷应对问题的排列做出精心的设计。

一般而言，问卷的开头部分应安排比较容易的问题，这样可以给被调查者一种轻松、愉快的感觉，以便于他们继续答下去。中间部分最好安排一些核心问题，即调查者需要掌握的资料，这一部分是问卷的核心部分，应该妥善安排。结尾部分可以安排一些背景资料，如职业、年龄、收入等。个人背景资料虽然也属事实性问题，也十分容易回答，但有些问题，诸如收入、年龄等同样属于敏感性问题，因此一般安排在末尾部分。当然在不涉及敏感性问题的情况下也可将背景资料安排在开头部分。

还有一点就是注意问题的逻辑顺序，有逻辑顺序的问题一定要按逻辑顺序排列，即使打破上述规则。这实际上就是一个灵活机动的原则。

⑦ 问卷的排版和布局。问卷的设计工作基本完成之后，便要着手问卷的排版和布局。问卷排版和布局总的要求是整齐、美观，便于阅读、作答和统计。

⑧ 问卷的测试。问卷的初稿设计工作完毕之后，不要急于投入使用，特别是对于一些大规模的问卷调查，最好的办法是先组织问卷的测试，如果发现问题，再及时修改，测试通常选择 20～100 人，样本数不宜太多，也不要太少。如果第一次测试后有很大的改动，可以考虑是否有必要组织第二次测试。

⑨ 问卷的定稿。当问卷的测试工作完成，确定没有必要再进一步修改后，可以考虑定稿。问卷定稿后就可以交付打印。

⑩ 问卷的评价。问卷的评价实际上是对问卷的设计质量进行一次总体性评估。对问卷进行评价的方法很多,包括专家评价、上级评价、被调查者评价和自我评价。

(二)抽样调查技术

大多数的市场调查是抽样调查,即从调查对象总体中选取具有代表性的部分个体或样本进行调查,并根据样本的调查结果去推断总体。按照抽样机会是否均等,具体可分为随机抽样和非随机抽样。

(1)随机抽样方法。随机抽样就是按照随机原则进行抽样,即调查总体中每一个个体被抽到的可能性都是一样的,是一种客观的抽样方法。随机抽样方法主要有:简单随机抽样、分层抽样、分群抽样和系统抽样。

① 简单随机抽样又称单纯随机抽样,是所有随机抽样方法中最简单的一种方法。它按照随机的原则从调查总体中不加任何分类、排序、分组等先行工作,直接地抽取调查样本单位。各单位被抽到的机会完全均等,相互独立,排除了抽样过程中各种主观因素的干扰。

② 分层抽样是首先将总体按与调查目的相关的标志进行分类,然后在每一类中按比例随机抽取样本的方法。

③ 分群抽样是首先将市场调查的总体划分为若干个群体,然后以简单随机抽样的方法选取部分群体作为调查样本,对群体内各个单位进行调查的一种随机抽样方法。分群抽样适用于调查总体单位分布较分散并且无法确定分层标准的大总体。分群抽样对总体推断的准确性较差。因而往往与其他方法相结合使用。

④ 系统抽样又称等距抽样。它是先将总体各单位按照某一标志排列,然后根据一定的抽样距离从总体中抽取样本;或者将总体划分为若干类型,然后在各类型中根据一定的抽样距离抽取样本的一种抽样方法。

(2)非随机抽样方法。常用的非随机抽样方法主要有:任意抽样、判断抽样、配额抽样。

① 任意抽样。这是纯粹以便利为基础的一种抽样方法。街头访问是这种抽样最普遍的应用。这种方法抽样偏差很大,结果极不可靠。一般用于准备性调查,在正式调查阶段很少采用。

② 判断抽样。是根据要求样本设计者的判断进行抽样的一种方法,它要求设计者对母体有关特征有相当的了解。在利用判断抽样选取样本时,应避免抽取"极端"类型,而应选择"普通型"或"平均型"的个体作为样本,以增加样本的代表性。

③ 配额抽样。与分层抽样法类似,要先把总体按特征分类,根据每一类的大小规定样本的配额,然后由调查人员在每一类中进行非随机的抽样。这种方法可以保证各类样本的比例,比任意抽样和判断抽样样本的代表性都强,因此实际上应用较多。

六、市场营销调查的程序

要顺利地完成调查任务,还必须有计划、有步骤地进行。一般而言,根据调查活动中各项工作的自然顺序和逻辑关系,市场营销调查可分为以下八个阶段。

（一）问题/机会的识别与界定

调查过程的开始首先是识别营销问题或机会。随着企业外部环境的变化,我们通常会面临这样一些问题:"我们应该改变现行的营销策略吗?"如果是,那么"如何改变?"市场调查可以用来评估产品、促销、分销或定价的选择。另外,也可以用于发现和评估新的市场机会。

营销调查问题是信息导向的,它涉及确定需要什么信息以及如何有效和高效地获得信息。营销调查的目标是提供有用的决策信息,需要回答与营销调查问题有关的一些具体信息。管理者必须将这些信息同自己的经验和其他信息相结合,才能做出正确的决策。在实践中我们可以遵循以下几步。

(1) 发现寻找信息的原因。

(2) 确定信息是否已经存在。

(3) 确定问题是否真正可以回答。

(4) 通过试探性调查界定问题/机会。

(5) 调查目标的界定。

(6) 调查目标必须避免"想知道更多"综合征。

(7) 管理决策和调查目标。

(8) 将调查目标表述为假设。

（二）生成调查设计

调查设计是指实现调查目标或检验调查假设所要实施的计划。调查人员需要建立一个回答具体调查问题/机会的框架结构。客观上不存在唯一最好的调查设计。相反,调查人员可以有多种选择。每一种选择各有优缺点,调查人员需要进行权衡。一般来说,主要需权衡调查成本和决策信息的质量。通常,所获得的信息越精确,错误越少,成本就越高。另外需要权衡的是时间限制和调查类型。总之,调查人员必须在各种条件的约束下,向管理者提供尽可能好的信息。

（三）选择基本的调查方法

调查设计完成后,调查人员就要确定搜集数据的手段。一般来说,有 4 种基本的调查方法可供选择,分别为访问法、观察法、实验法、文案调查法。

（四）抽样过程

样本实际上是调查设计的一部分,但在调查过程中是一个独立的步骤。样本是总体中的一个子集。在制订抽样计划前,首先,必须界定所涉及的总体,也就是将要从中抽取样本的群体。它应该包括所有那些他们的观点、行为、偏好、态度等能够产生有助于回答调查问题的信息的人。在总体界定后,要确定采用随机样本还是非随机样本进行抽样。

（五）搜集数据

大多数数据搜集工作是由营销调查现场服务企业完成的。遍布全国的现场服务企业根据分包合同,通过面对面的或电话访谈来搜集数据。一项典型的调查项目往往需要在几个城市中搜集数据,需要同许多现场服务企业一起工作。为确保所有的分包商按照统一的方式工作,需要就每一件工作都制订详细的说明。每个细节都应该得到控制,分包商必须严格执行规定的程序。除了访谈外，现场服务企业还提供小组访谈研究设施、购物中心调查的场所、试销食品存储和生产检测食品的厨房用品。

（六）分析数据

数据搜集后，调查过程的下一步就是进行数据分析。分析的目的是解释所搜集的大量数据并提出结论。营销调查人员开始时可能只做简单的频次分析，最后可能会使用复杂的多变量技术。

（七）准备和撰写报告

数据分析完成后，调查人员还必须准备报告，并向管理层沟通结论和建议。这是整个过程中的关键环节，因为想让结论发挥作用的营销调查人员必须使经理相信，依据所搜集的数据得出的结论是可信和公正的。通常，要求调查人员就项目进行书面的和口头的报告。在准备和提交报告时，一定要考虑听众的性质。在报告的开始，应对调查目标做清楚和简洁的说明，然后对采用的调查设计或方法进行全面而简洁的解释。之后，概括性地介绍主要发现。报告的最后，应提出结论和对管理者的建议。

（八）跟踪

在花费了可观的精力和资金开展营销调查并准备报告后，重要的是付诸实施。管理者应该决定是否实施所提出的建议，为什么实施，为什么不实施。有助于保证调查结果发挥作用的一种方法是，尽量减少营销调查部门和其他部门之间的冲突。

第二节　市场预测

一、市场预测的含义和作用

市场预测就是在市场调查的基础上，利用一定的方法或技术，测算未来一定时期内市场供求趋势和影响市场营销因素的变化，从而为企业的营销决策提供科学的依据。市场预测的内容包括市场需求预测、市场供给预测、市场价格与竞争形势预测等，而对企业来说，最主要的是需求预测。市场预测的作用主要表现为以下几个方面。

（1）市场预测是企业制订营销计划的前提。

（2）市场预测是企业经营决策的依据。

（3）市场预测是企业改善经营管理，提高经济效益的手段。

二、市场预测的步骤

市场预测应该遵循一定的程序和步骤，以使工作有序化、统筹规划和协作。市场预测的过程大致包含以下几个步骤。

（1）确定预测目标。明确目的是开展市场预测工作的第一步，因为预测的目的不同，预测的内容和项目、所需要的资料和所运用的方法都会有所不同。明确预测目标，就是根据经营活动存在的问题，拟定预测的项目，制订预测工作计划，编制预算，调配力量，组织实施，以保证市场预测工作有计划、有节奏地进行。

（2）搜集资料。进行市场预测必须占有充分的资料。有了充分的资料，才能为市场预测提供进行分析、判断的可靠依据。在市场预测计划的指导下，调查和搜集预测有关资料是进行市场预测的重要一环，也是预测的基础性工作。

（3）选择预测方法。根据预测的目标以及各种预测方法的适用条件和性能，选择出合适的预测方法。有时可以运用多种预测方法来预测同一目标。预测方法的选用是否恰当，将直接影响到预测的精确性和可靠性。运用预测方法的核心是建立描述、概括研究对象特征和变化规律的模型，根据模型进行计算或者处理，即可得到预测结果。

（4）预测分析和修正。分析判断是对调查搜集的资料进行综合分析，并通过判断、推理，使感性认识上升为理性认识，从事物的现象深入事物的本质，从而预计市场未来的发展变化趋势。在分析评判的基础上，通常还要根据最新信息对原预测结果进行评估和修正。

（5）编写预测报告。预测报告应该概括预测研究的主要活动过程，包括预测目标、预测对象及有关因素的分析结论、主要资料和数据，预测方法的选择和模型的建立，以及对预测结论的评估、分析和修正等。

三、市场预测的方法

（一）市场预测的依据

市场预测本身要借助数学、统计学等方法论，也要借助于先进的手段。市场预测之所以可以用来为企业管理者所用，是因为市场预测是依据以下原则进行的。

（1）相关原则。建立在"分类"的思维高度，关注事物（类别）之间的关联性，当了解（或假设）到已知的某个事物发生变化，再推知另一个事物的变化趋势。最典型的相关有正相关和负相关，从思路上来讲，不完全是数据相关，更多的是"定性"的。

例 5-3　居民平均收入与"百户空调拥有量"；比如资源政策、环保政策出台必然导致"一次性资源"替代品的出现，如"代木代钢"发展起来的 PVC 塑钢；某地强制报废助力车，该地一家"电动自行车"企业敏锐地抓住机遇也是一样。

（2）惯性原则。任何事物发展具有一定惯性，即在一定时间、一定条件下保持原来的趋势和状态，这也是大多数传统预测方法的理论基础，比如"线性回归"、"趋势外推"等。

（3）类推原则。这个原则关注事物之间的关联性。包括：由小见大；由表及里；由此及彼；由过去、现在推以后；由远及近；自下而上；自上而下。

（4）概率推断原则。我们不可能完全把握未来，但根据经验和历史，很多时候能预估一个事物发生的概率，根据这种可能性，采取对应措施。扑克、象棋游戏和企业博弈型决策都在不自觉地使用这个原则。有时可以通过抽样设计和调查等科学方法来确定某种情况发生的可能性。

（二）定性预测方法

定性预测是依靠预测者的知识、经验和对各种资料的综合分析，来预测市场未来的变化趋势。定性预测的方法主要有以下几种。

（1）个人经验判断法。是凭借个人的知识经验和分析综合能力，对预测目标做出未来发展趋向的推断。推断的成功和准确与否取决于个人所掌握的资料，以及分析、综合和逻辑推理能力。

① 相关推断法。是根据因果性原理,从已知的相关经济现象和经济指标,去推断预测目标的未来发展趋向。运用相关推断法,应先根据理论分析和实践经验,找出影响预测目标的主要因素;再根据因果性原理,进行具体的推断。

例 5-4　农村用电的普及和收入的提高与农村电视机的销量相关。在调查到农村通电的户数和收入的增加率时,就可以推断出农村电视机的销售量增加额。儿童玩具的需要量增加,可从儿童人数和购买力的提高去推断。

② 对比类推法。是依据类比性原理,从已知的相类似经济事件去推断预测目标的将来发展趋向,包括:局部总体类推、产品相似类推、地区相似类推、行业相似类推等。在应用对比类推法时,应注意相似事物之间的差异。因为相似不等于相等,在进行类推时,根据相似事物的差异往往要作一定的修正,才能提高类推预测法的精度。

例 5-5　需要预测今后一段时间全国照相机市场需求状况,只需选取若干大、中、小城市及一些有代表性的农村地区进行调查分析,以类推全国总需求的情况。

(2) 集体经验判断法。是利用集体的经验、智慧,通过思考分析、判断综合,对事物未来的发展变化趋势做出估计和判断的一种方法。企业集体经验判断法,相对于个人经验判断法有十分明显的优点,它利用了集体的经验和智慧,避免了个人掌握的信息量有限和看问题片面的缺点。集体经验判断法预测的步骤如下。

① 由若干个熟悉预测对象的人员组成一个预测小组,并向小组人员提出预测目标和预测的期限要求,并尽可能地向他们提供有关资料。

② 小组人员根据预测要求,凭其个人经验和分析判断能力提出各自的预测方案。同时每个人说明其分析理由,并允许大家在经过充分讨论后,重新调整其预测方案,力求在方案中有质的分析,也有量的分析,有充分的定性分析,又有较准确的定量描述。在方案中要确定 3 个重点:确定未来市场的可能状况;确定各种可能状态出现的概率(主观概率);确定每种状态下市场销售可能达到的水平(状态值)。

③ 预测组织者计算有关人员的预测方案的方案期望值,即各项主观概率与状态值乘积之和。

④ 将参与预测的有关人员分类,并赋予不同的权数。由于预测参加者对市场了解的程度以及经验等因素不同,因而他们每个人的预测结果对最终预测结果的影响作用也不同。所以要对每个人员分别给予不同的权数表示这种差异,最后采用加权平均法获得最终结果。若给每个预测者以相同的权数,表示各预测者的预测结果的重要性相同,则最后结果可直接采用算术平均法获得。

⑤ 确定最终预测值。

(3) 德尔菲法。指分别将所需解决的问题单独发送到各个专家手中,征询意见,然后回收汇总全部专家的意见,并整理出综合意见。随后将该综合意见和预测问题再分别反馈给专家,再次征询意见,各专家依据综合意见修改自己原有的意见,然后再汇总。这样多次反复,逐步取得比较一致的预测结果的决策方法。它依据系统的程序,采用匿名发表意见的方式,即专家之间不得互相讨论,不发生横向联系,只能与调查人员发生联系,通过多轮次调查专家对问卷所提问题的看法,经过反复征询、归纳、修改,最后汇总成专家基本一致的看法,作为预测的结果。这种方法具有广泛的代表性,较为可靠。

① 德尔菲法的具体实施步骤。

a. 组成专家小组。按照课题所需要的知识范围,确定专家。专家人数的多少,可根据预测课题的大小和涉及面的宽窄而定,一般不超过 20 人。

b. 向所有专家提出所要预测的问题及有关要求,并附上有关这个问题的所有背景材料,同时请专家提出还需要什么材料。然后,由专家做书面答复。

c. 各个专家根据他们所收到的材料,提出自己的预测意见,并说明自己是怎样利用这些材料并提出预测值的。

d. 将各位专家第一次判断意见汇总,列成图表,进行对比,再分发给各位专家,让专家比较自己同他人的不同意见,修改自己的意见和判断。也可以把各位专家的意见加以整理,或请身份更高的其他专家加以评论,然后把这些意见再分送给各位专家,以便他们参考后修改自己的意见。

e. 将所有专家的修改意见收集起来汇总,再次分发给各位专家,以便做第二次修改。逐轮收集意见并为专家反馈信息是德尔菲法的主要环节。收集意见和信息反馈一般要经过三四轮。在向专家进行反馈的时候,只给出各种意见,但并不说明发表各种意见的专家的具体姓名。这一过程重复进行,直到每位专家不再改变自己的意见为止。

f. 对专家的意见进行综合处理。

注意:并不是所有被预测的事件都要经过五步。在第五步结束后,专家对各事件的预测也不一定都达到统一。不统一也可以用中位数来作结论。

② 德尔菲法实施注意事项。

a. 由于专家组成员之间存在身份和地位上的差别以及其他社会原因,有可能使其中一些人因不愿批评或否定其他人的观点而放弃自己的合理主张。要防止这类问题的出现,必须避免专家们面对面的集体讨论,而是由专家单独提出意见。

b. 对专家的挑选应基于其对企业内外部情况的了解程度。专家可以是第一线的管理人员,也可以是企业高层管理人员和外请专家。

③ 德尔菲法的优点为:能充分发挥各位专家的作用,集思广益,准确性高;能把各位专家意见的分歧点表达出来,取各家之长,避各家之短。其主要缺点是过程比较复杂,花费时间较长。

④ 德尔菲法的应用。

某企业研制出一种新兴产品,现在市场上还没有相似产品出现,因此没有历史数据可以获得。企业需要对可能的销售量做出预测,以决定产量。于是该企业成立专家小组,并聘请业务经理、市场专家和销售人员等 7 位专家,预测全年可能的销售量。7 位专家提出个人判断,经过三次反馈得到结果的如表 5-1~表 5-4 所示。

表 5-1 第一次预测结果

预测次数	A	B	C	D	E	F	G	中位数	改变意见人数	差距
1	110	70	65	70	110	66	63	70	—	47

表 5-2　第二次预测结果

预测次数	A	B	C	D	E	F	G	中位数	改变意见人数	差距
1	110	70	65	70	110	66	63	70	—	47
2	90	70	82	70	82	68	63	70	4	27

表 5-3　第三次预测结果

预测次数	A	B	C	D	E	F	G	中位数	改变意见人数	差距
1	110	70	65	70	110	66	63	70	—	47
2	90	70	82	70	82	68	63	70	4	27
3	90	76	82	70	82	68	67	76	2	23

表 5-4　第四次预测结果

预测次数	A	B	C	D	E	F	G	中位数	改变意见人数	差距
1	110	70	65	70	110	66	63	70	—	47
2	90	70	82	70	82	68	63	70	4	27
3	90	76	82	70	82	68	67	76	2	23
4	90	76	82	70	82	68	67	76	0	23

从上述各表可看出,在作第四次预测时,各位专家已不再修改各自的预测数字,说明他们已经满意第三次预测。最终一次判断是综合前几次的反馈做出的,因此在最后预测时一般以最后一次判断为主。

(三)定量预测方法

常用的方法有以下几种。

(1)简单平均法。即把以往几个时期的实际值相加进行简单平均,其平均值作为下一个时期的预测值。其计算公式如下:

$$y_t = \bar{x} = \frac{x_1 + x_2 + \cdots + x_n}{n} = \frac{\sum\limits_{i=1}^{n} x_i}{n}$$

式中:y_t——第 t 期预测值;

　　　x_i——第 i 期实际值;

　　　n——资料期数;

　　　$\bar{x}$——算术平均值。

(2)加权平均法。即根据不同时期的实际值对预测值影响程度的差异,分别给予不同的权数。加权平均法计算公式如下:

$$y_t = \bar{x} = \frac{x_1 f_1 + x_2 f_2 + \cdots + x_n f_n}{f_1 + f_2 + \cdots + f_n} = \frac{\sum\limits_{i=1}^{n} x_i f_i}{\sum\limits_{i=1}^{n} f_i}$$

式中:y_t——第 t 期预测值;

　　　$\bar{x}$——加权平均值;

　　　x_i——第 i 期实际值;

f_i——与 x_i 相对应的权数。

（3）平滑预测法。对于市场营销的短期预测，可以使用指数平滑的时间序列预测法：

$$\hat{y}_{t+1}=ay_t+(1-a)\hat{y}_t$$

式中：$\hat{y}_{t+1}$——下期预测销售额；

　　a——平滑常数（$0\leqslant a \leqslant1$）；

　　y_t——t 期销售额；

　　$\hat{y}_t$——t 期的平滑销售额。

（4）一元回归预测法。就是分析一个自变量与因变量之间的关系，利用一元回归方程进行预测：

$$y_t=a+bx$$

式中：y_t——预测值；

　　a,b——回归系数；

　　x——影响因素。

回归系数 a、b 的计算公式为：

$$b=\frac{n\sum_{i=1}^{n}x_iy_i-\sum_{i=1}^{n}x_i\sum_{i=1}^{n}y_i}{n\sum_{i=1}^{n}x_i^2-\left(\sum_{i=1}^{n}x_i\right)^2}$$

$$a=\bar{y}-b\bar{x}$$

式中：

$$\bar{y}=\frac{\sum_{i=1}^{n}y_i}{n}；\bar{x}=\frac{\sum_{i=1}^{n}x_i}{n}$$

本 章 小 结

本章要完成市场营销调查与预测的工作任务，因此首先要懂得市场营销调查的含义与作用，还要懂得归类，更要明确调查的内容。在实施调查当中，要注意方式与方法的选择。同时，掌握好市场营销调查的技术，进行问卷设计与抽样调查。

通过市场调查获取了大量富有价值的材料后，以此为依据进行市场预测。市场预测又分为定性预测与定量预测两类，其中重点要把握德尔菲法与一元回归预测法的运用。

技 能 训 练

一、名词解释
市场营销调查 市场预测 探测性调查 描述性调查 德尔菲法

二、单项选择题
1.（　　）是为了弄清有关市场现象的原因或结果而进行的调查。

　A. 因果性调查　　B. 探测性调查　　C. 描述性调查　　D. 类推性调查

2.（   ）是市场调查中最简便的方法,它用于一般探测性调查。

    A．面谈调查　　　　B．观察法　　　　　C．询问法　　　　D．实验法

3. 在以下 4 种询问调查形式中,在速度方面占优的是（   ）。

    A．面谈调查　　　　B．邮寄问卷　　　　C．电话询问　　　　D．日记调查

4.（   ）的特点是各个专家不发生横向联系,彼此不见面,不知名,不知别人的意见是什么。

    A．加权平均法　　　　　　　　　　B．个人经验判断法

    C. 集体经验判断法　　　　　　　　D．德尔菲法

三、判断题

1. 定性预测的主要优点是简便易行,但缺乏客观标准。　　　　　　　　（   ）

2. 实验法是收集原始资料最主要的方法,最适宜于收集描述性信息。　　（   ）

3. 因果性调查所要回答的问题主要是"是什么"。　　　　　　　　　　（   ）

4. 跟探测性调查相比,描述性调查的广度不及前者,但深度则过之。　　（   ）

5. 定性预测方法的依据是类推原则。　　　　　　　　　　　　　　　（   ）

四、简答题

1. 市场预测的作用主要表现在哪里?

2. 市场营销调查的方法有哪些?

3. 定性预测的方法有哪些?

4. 简述德尔菲法的步骤。

五、案例分析

可口可乐新口味配方的市场调研

    20 世纪 80 年代初,虽然可口可乐在美国软饮料市场上仍处于领先地位,但由于百事可乐公司通过多年的促销攻势,以口味试饮来表明消费者更喜欢较甜口味的百事可乐饮料,并不断侵吞着可口可乐的市场。为此,可口可乐公司以改变可口可乐的口味来对付百事可乐对其市场的侵吞。对新口味可口可乐饮料的研究开发,可口可乐公司花费了两年多的时间,投入了 400 多万美元的资金,最终开发出了新可乐的配方。在新可乐配方开发过程中,可口可乐公司进行了近 20 万人的口味试验,仅最终配方就进行了 3 万人的试验。在试验中,研究人员在不加任何标识的情况下,对新老口味可乐、新口味可乐和百事可乐进行了比较试验,试验结果是:在新老口味可乐之间,60％的人选择新口味可乐;在新口味可乐和百事可乐之间,52％的人选择新口味可乐。从这个试验研究结果看,新口味可乐应是一个成功的产品。到 1985 年 5 月,可口可乐公司将口味较甜的新可乐投放市场,同时放弃了原配方的可乐。

    在新可乐上市初期,市场销售不错,但不久就销售平平,并且公司开始每天从愤怒的消费者那里接到 1 500 多个电话和很多的信件,一个自称原口味可乐饮用者的组织

举行了抗议活动,并威胁除非恢复原口味的可乐或将配方公诸予众,否则将提出集体诉讼。迫于原口味可乐消费者的压力,在1985年7月中旬,即在新可乐推出的两个月后,可口可乐公司恢复了原口味的可乐,从而在市场上新口味可乐与原口味可乐共存,但原口味可乐的销售量远大于新口味可乐的销售量。

【案例思考】

　　1. 新口味可乐配方的市场营销调研中存在的主要问题是什么?

　　2. 新口味可乐配方的市场调研的内容应包括哪些方面?

六、实训操作

　　实训内容:设计调查问卷、实地调查。

　　实训目标:学会调查问卷设计、实地调查方案设计。

　　实训组织:学生分组,每组6~8人。每个小组设计一份调查问卷,设计一份市场调查方案。

　　实训提示:根据当地市场情况,选择某个商品作为市场调研内容。

　　实训成果:各组汇报,教师讲评。

目标市场营销战略

通过完成本章学习,应该能够:
(1) 独立细分消费者市场;
(2) 明确目标市场营销策略;
(3) 进行市场定位。

核心能力

(1) 独立进行消费者市场细分;
(2) 制订目标市场营销策略;
(3) 进行市场定位。

案例导入

宝洁:细分市场 立足本土

宝洁的产品:飘柔、潘婷、海飞丝、沙宣、舒肤佳、玉兰油、护舒宝、佳洁士、碧浪、汰渍等无不在中国的市场享有盛誉。宝洁胜利法宝之一就是市场的细分。在20世纪60~70年代,人们仍然使用香皂、洗衣粉和洗发膏等原始产品清洁头发,20世纪70年代末,中国的第一瓶洗发露——"蜂花"诞生了,可以说"蜂花"开创了中国人洗发领域的新天地。然而在相当长的一段时间,它却总也走不出低价位、低档次竞争的怪圈。到20世纪80年代末,中国的洗发水中高档市场仍是一张白纸。1988年8月,宝洁公司投资1 000万美元成立广州宝洁有限公司,年底推出海飞丝洗发水,它向中国人传递了"去屑"、"养护"这样的新概念,让还处于护发懵懂期的中国人一下子开了眼界。旋即,潘婷、飘柔等品牌成了当下人们嘴里最时髦的话题。电视里那些美丽的女模特们甩来甩去的乌黑亮丽的长发让所有的人艳羡不已。这些产品的广告词也一下子成为大街小巷的时髦话。随着在洗发水市场的成功,宝洁公司的业务领域也迅速扩展,覆盖到人们生活所需产品的方方面面。作为一家从西方国家空降来的企业,宝洁进入中国后并没有生硬地把国外的洗护经验强加给中国人,反而是做了大量的市场分析和策划。宝洁意识到中国人对头发的审美就是乌黑、柔亮,于是就在品牌宣传及产品研发方面都放在了这一方面,一下子抓住了中国消费者的心。同时又在此基础上,进一步把"健康"、"滋润"这样的理念带给中国人,使消费者对其产生了足够的信赖。

【案例思考】

1. 宝洁公司有哪些市场细分标准?它是如何进行市场定位的?

2. 进行市场细分给宝洁带来了什么?

第一节　市场细分

一、市场细分及其作用

(一)市场细分的产生与发展

所谓市场细分(S-Marketing Segmentation),就是企业通过市场调查、分析,根据消费者需求的差异性,把整体市场划分为若干具有某种相似特征的顾客群(称为亚市场或子市场),以便选择确定自己的目标市场的工作过程。在西方发达国家,市场细分策略思想的形成大致经历了 3 个阶段,如图 6-1 所示。

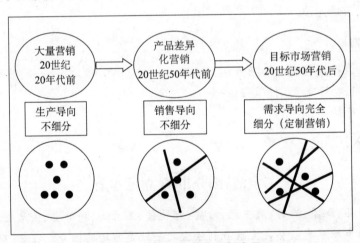

图 6-1　市场细分的产生与发展

(1) 大量营销阶段(生产导向阶段)。在 19 世纪末 20 世纪初,整个社会经济发展的重心和特点是强调速度与规模,市场是以卖方为主导,企业市场营销的基本方式是大量营销,大批量生产品种规格单一的产品,并且通过广泛的分销渠道销售产品。大量营销的方式使企业降低了产品的成本和价格,获得丰厚利润。因此企业自然没有必要研究市场需求,市场细分战略也不可能产生。

(2) 产品差异化营销阶段(销售导向阶段)。在 20 世纪 20 年代末到 50 年代处于此阶段。20 世纪 30 年代,发生了震撼世界的资本主义经济危机,西方企业面临产品严重过剩的情况,市场迫使企业转变经营观念,营销方式开始从大量营销向产品差异化营销转变,即向市场推出许多与竞争者产品相比具有不同质量、外观、性能的品种各异的产品。产品差异化营销与大量营销相比是一种进步,但是,由于企业仅仅考虑自己现有的设计、技术能力,而忽视对顾客需求的研究,缺乏明确的目标市场,因此产品试销的成功率依然很低。由此可见,在产品差异化营销阶段,企业仍然没有重视研究市场需求,市场细分也就仍无产生的基础和条件。

(3) 目标市场营销阶段(需求导向阶段)。20 世纪 50 年代以后,在科学技术革命的推动下,生产力水平大幅度提高,产品日新月异,生产与消费的矛盾日益尖锐,以产品差异化为中心的营销方式远远不能解决企业所面临的市场问题。于是,市场迫使企业再次转变经营观念和经营方式,由产品差异化营销转向以市场需求为导向的目标市场营销,即企业在研究市场和细分市场的基础上,结合自身的资源与优势,选择其中最有吸引力和最能有效地为之提供产品和服务的细分市场作为目标市场,设计与目标市场需求特点相互匹配的营销组合。于是,市场细分战略应运而生。

市场细分理论的产生,使传统营销观念发生了根本的变革,在理论和实践中都产生了极大影响,被西方理论家称为“市场营销革命”。市场细分理论产生之后经过了一个不断完善的过程。最初,人们认为把市场划分得越细,越能适应顾客需求,从而通过增强企业产品的竞争力来提高利润率。但是,20 世纪 70 年代以来,由于能源危机和整个经济的不景气,使不同阶层的消费者可支配收入出现不同程度的下降,人们在购买商品时,更多地注重价值、价格和效用的比较。于是又出现了一种“市场合同化”的理论,主张从成本和收益的比较出发,对市场进行适度的细分,这是对过度细分的反思和矫正,它赋予了市场细分理论新的内涵,不仅使其不断地发展和完善,而且也使它更加成熟,对企业市场营销具有更强的可操作性。

(二)市场细分的原理与理论依据

市场细分的原理与理论依据主要在于:市场细分就是“同中求异,异中求同”地划分顾客群体的过程。

(1) 同质偏好,即市场上的所有消费者有大致相同的偏好。如图 6-2 所示,人们都倾向于购买奶油含量高,且甜度较低的蛋糕。

(2) 分散偏好,即市场上的所有消费者对商品属性要求是非常分散的。如图 6-3 所示,市场上的消费者对蛋糕的两种属性要求非常分散,差别十分显著。

(3) 集群偏好,即市场上的消费者对商品的属性会形成集群偏好,同一群组内需求接近,不同群组间需求差异较大,如图 6-4 所示。市场上的消费者对蛋糕的两种属性形成集群偏好。

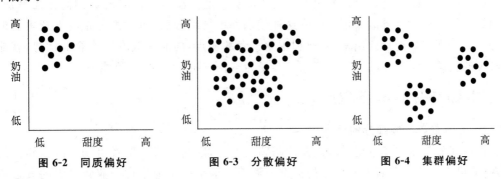

图 6-2　同质偏好　　　　　　图 6-3　分散偏好　　　　　　图 6-4　集群偏好

（三）市场细分的作用

（1）有利于发现市场机会。在买方市场条件下，企业营销决策的起点在于发现有吸引力的市场环境机会，这种环境机会能否发展成为市场机会，取决于两点：与企业战略目标是否一致；利用这种环境机会能够比竞争者更具有优势并获取显著收益。显然，这些必须以市场细分为起点。通过市场细分可以发现哪些需求已得到满足，哪些只满足了一部分，哪些仍是潜在需求。市场细分对中小企业尤为重要。中小企业资源能力有限，技术水平相对较低，缺乏竞争能力，通过市场细分，可以根据自身的经营优势，选择一些大企业不愿顾及、相对市场需求量较小的细分市场，集中力量满足该特定市场的需求，在整体竞争激烈的市场条件下，在某一局部市场取得较好的经济效益，求得生存和发展。

（2）有利于掌握目标市场的特点。不进行市场细分，企业选择目标市场必定是盲目的，不认真地鉴别各个细分市场的需求特点，就不能进行有针对性的市场营销。

例 6-1　某企业出口日本的冻鸡原先主要面向消费者市场，以超级市场、专业食品商店为主要销售渠道。随着市场竞争的加剧，销售量呈下降趋势。为此，该企业对日本冻鸡市场作了进一步的调查分析，以掌握不同细分市场的需求特点。从购买者区分有 3 种类型：饮食业用户、团体用户和家庭主妇。这 3 个细分市场对冻鸡的品种、规格、包装和价格等要求不尽相同。饮食业用户对鸡的品质要求较高，但对价格的敏感度低于零售市场的家庭主妇；家庭主妇对冻鸡的品质、外观、包装均有较高的要求，同时要求价格合理，购买时挑选性较强。根据这些特点，该企业重新选择了目标市场，以饮食业和团体用户为主要顾客，并据此调整了产品、渠道等营销组合策略，出口量大幅度增长。

（3）有利于制订市场营销组合策略。市场营销组合是企业综合考虑产品、价格、促销形式和销售渠道等各种因素而制订的市场营销方案，就每一特定市场而言，只有一种最佳组合形式，这种最佳组合只能是市场细分的结果。

例 6-2　我国曾向欧美市场出口真丝花绸，消费者是上流社会的女性。由于没有认真进行市场细分，没有掌握目标市场的需求特点，因而营销策略发生了较大失误：产品配色不协调，不柔和，未能赢得消费者的喜爱；低价策略与目标顾客的社会地位不相适应；选择街角商店、杂货店，大大降低了真丝花绸产品的"华贵"品位。这个失败的营销个案，从反面说明了市场细分对于制订营销组合策略具有多么重要的作用。

（4）有利于提高企业的竞争能力。企业的竞争能力受客观因素的影响而存在差别，但通过有效的市场细分战略可以改变这种差别。市场细分后，每一细分市场上竞争者的优势和劣势就明显地暴露出来，企业利用竞争者的弱点，同时有效发挥本企业优势，就能用较少的资源把竞争者的顾客和潜在顾客变为本企业顾客，增强竞争能力。

二、市场细分标准及程序

（一）消费者市场细分的标准

市场细分是建立在市场需求差异性基础之上的，因而形成消费者市场需求差异性的因素，就可以作为消费者市场细分的标准。随着市场细分化理论在企业营销中的普遍应用,消费者市场细分标准可归纳为四大类:地理环境因素、人文统计因素、消费心理因素和消费行为因素。这些因素有些相对稳定,多数则处于动态变化中,如图 6-5 所示。

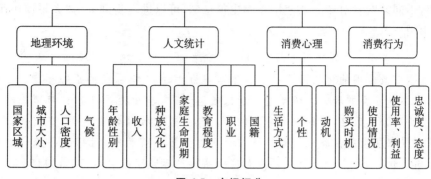

图 6-5 市场细分

(1) 地理环境因素。即按照消费者所处的地理位置、自然环境来细分市场。具体变量包括:国家、地区、城市规模、气候及人口密度等。处于不同地理位置的消费者,对同一类产品往往呈现出差别较大的需求特征,对企业营销组合的反应也存在较大的差别。例如,对防暑降温、御寒保暖之类的消费品按照不同气候带细分市场是很有意义的。

就总体而言,地理环境中的大多数因素是一种相对静态的变量,企业营销必须研究处于同一地理位置的消费者和用户对某一类产品的需求或偏好仍然会存在很大的差异。因此,还必须同时依据其他因素进行市场细分。

(2) 人文统计因素。指各种人口统计变量,包括:年龄、婚姻、职业、性别、收入、受教育程度、家庭生命周期、国籍、民族、宗教、社会阶层等。比如,不同年龄、受教育程度不同的消费者在价值观念、生活情趣、审美观念和消费方式等方面会有很大的差异。

例 6-3 某家具企业在市场调查中发现与家具销售关联最密切的人口变量有以下3 项:户主年龄、家庭规模和收入状况。如果依次把每一变数分为若干等级,可以形成不同的细分市场。企业在选择目标市场时,可以根据本企业的营销目标及预期利润,分别考虑各个细分市场的家庭数目、平均购买率、产品的竞争程度等因素。经过分析研究和预测,即可比较准确地评估出每个细分市场的潜在价值。

(3) 消费心理因素。即按照消费者的心理特征细分市场。如果按照上述地理和人口等标准划分处于同一群体中的消费者对同类产品的需求,仍会显示出差异性,这可能是消费心理因素在发挥作用。心理因素包括个性、购买动机、价值观念、生活格调、追求的利益等变量。比如,生活格调是指人们对消费、娱乐等特定习惯和方式的倾向性,追求不同生活格调的消费者对商品的爱好和需求有很大差异。越来越多的企业,尤其是服装、化妆品、家具、餐饮、旅游等行业的企业越来越重视按照人们的生活格调来细分市场。消费者的个性、价值观念等心理因素对需求也有一定的影响,企业可以把具有类同的个性、爱好、兴趣和价值取向相近似的消费者集合成群,有针对性地制订营销策略。

(4) 消费行为因素。即按照消费者的购买行为细分市场,包括消费者进入市场的程度、使用频率、偏好程度等变量。按消费者进入市场程度,通常可以划分为常规消费者、初次消费者和潜在消费者。一般而言,资力雄厚、市场占有率较高的企业,特别注重吸引潜在购买者,争取通过营销战略,把潜在消费者变为初次消费者,进而再变为常规消费者。而一些中小企业,特别是无力开展大规模促销活动的企业,主要吸引常规消费者。在常规消费者中,不同消费者对产品的使用频率也很悬殊,可以进一步细分为"大量使用用户"和"少量使用用户"。

例6-4 资生堂:体贴不同岁月的脸——简单细分变量典型。根据日本因特网上的调查,家庭主妇最爱用的化妆品大多以日本名牌为主,排在第一位的是资生堂,品种齐全,拥有老少贫富等各类顾客群。资生堂之所以长盛不衰,与其独具特色的营销策略密不可分,即独创品牌分生策略,体贴不同岁月的脸。与一般化妆品企业不同,资生堂对其公司品牌的管理采取所谓的品牌分生策略。该公司以主要品牌为准,对每一品牌设立一个独立的子公司。这样,每个子公司可以针对这一品牌目标顾客的不同情况,制订独立的产品价格、促销策略;同时,公司内部品牌与品牌之间、子公司与子公司之间也要进行激烈竞争。20世纪80年代以前,资生堂实行的是一种不对顾客进行细分的大众营销策略,即希望自己的每种化妆品对所有的顾客都适用。20世纪80年代中期,资生堂因此遭到重大挫折,市场占有率下降。1987年,公司经过认真反省以后,决定由原来的无差异的大众营销转向个别营销,即对不同顾客采取不同的营销策略。

资生堂提出的口号是"体贴不同岁月的脸",他们对不同年龄阶段的顾客提供不同品牌的化妆品:十几岁少女提供的是 Reciente 系列;20岁左右的妙龄女孩可以用艾杜纱(Ettusais)系列;30岁左右妇女推出的是艾丽克希尔系列;40～50岁的中年妇女可选择"长生不老"的怡丽丝尔(Elixir);50岁以上的妇女则可以用防止肌肤老化的资生堂返老还童悦薇(Rivital)系列,如图6-6所示。(注:市场细分图,一般用圆形图表示,且细分到最后时只有一个细分图。)

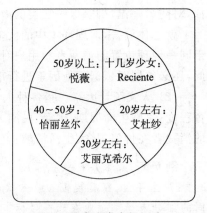

图6-6 资生堂市场细分

资生堂在学校、游乐场、电影院附近年轻人较多的地方,设立 Reciente 系列专卖店,在老年人出入较多的地方则设立悦薇(Rivital)专卖店。为使其对市场的细分达到最彻底的程度,资生堂制订的战略是,未来旗下的每一家店铺只出售一种品牌的资生堂产品。

资生堂根据顾客的年龄、收入、购买心理对女性市场进行了细分,特别是考虑到公司产品的特殊性(化妆品),因此以年龄这个因素作为市场细分的重点,也由此而抓住了目标顾客的心。同时,公司还对不同的细分市场使用了不同的品牌,这其实是一种差异化的营销战略。更具特色的是,公司对每一种品牌使用不同的分销策略,使产品可以更方便地接触到目标顾客。而且公司在与其他企业的竞争中突出其咨询服务的能力,形成了自己在每个细分市场中的竞争优势。

(二)生产者市场细分的标准

生产者市场有其特殊性:购买者是产业用户,购买决策是由有关专业人员做出,属于理性行为。消费者细分市场标准虽基本适用生产者市场,但还应考虑以下因素。

（1）地理环境。任何一个国家或地区，由于自然资源、气候条件、社会环境等原因，形成若干的产业地区，如我国的山西煤田、江浙丝绸、四川柑橘等。这就决定了产业市场比消费者市场更为集中，企业按照地理位置来细分市场，选择较为集中的地区作为自己的目标市场，不仅联系方便，而且可以降低营销费用。

（2）用户状况。在生产者市场中，有的用户购买量很大，而另外一些用户购买量很小。以钢材市场为例，如建筑公司、造船公司、汽车制造公司对钢材需求量很大，动辄数万吨的购买，而一些小的机械加工企业，一年的购买量也不过几吨或几十吨。企业可以根据用户规模大小来细分市场，针对性制订企业的营销组合方案。比如，对于大客户，宜于直接联系，直接供应，在价格、信用等方面给予更多优惠；而对众多的小客户，则宜于使产品进入商业渠道，由批发商或零售商去组织供应。

（3）需求特点。产品的最终用途不同也是生产者市场细分标准之一。工业品用户购买产品，一般都是供再加工之用，对所购产品通常都有特定的要求。比如，同是钢材用户，有的需要圆钢，有的需要带钢；有的需要普通钢材，有的需要硅钢、钨钢或其他特种钢。企业此时可根据用户要求，将要求大体相同的用户集合成群，并据此设计出不同的营销策略组合。

（4）购买行为。根据工业者购买方式来细分市场。工业者购买的主要方式如前所述包括直接重购、修正重购及新任务购买。不同的购买方式，采购程度、决策过程等不相同，因而可将整体市场细分为不同的小市场群。

（三）市场有效细分的程序

市场细分作为一个比较、分类、选择的过程，应该按照一定的程序来进行，通常有以下几步。

（1）正确选择市场范围。企业根据自身的经营条件和经营能力确定进入市场的范围，如进入什么行业、生产什么产品、提供什么服务等。

（2）列出市场范围内所有潜在顾客的需求情况。根据细分标准，比较全面地列出潜在顾客的基本需求，作为以后深入研究的基本资料和依据。

（3）分析潜在顾客的不同需求，初步划分市场。企业将所列出的各种需求通过抽样调查进一步搜集有关市场信息与顾客背景资料，然后初步划分出一些差异最大的细分市场，至少从中选出 3 个细分市场。

（4）筛选。根据有效市场细分的条件，对所有细分市场进行分析研究，剔除不合要求、无用的细分市场。

（5）为细分市场定名。为便于操作，可结合各细分市场上顾客的特点，用形象化、直观化的方法为细分市场定名，如某旅游市场分为商人型、舒适型、好奇型、冒险型、享受型、经常外出型等。

（6）复核。进一步对细分后选择的市场进行调查研究，充分认识各细分市场的特点，本企业所开发的细分市场的规模、潜在需求，还需要对哪些特点进一步分析研究等。

（7）决定细分市场规模，选定目标市场。企业在各子市场中选择与本企业经营优势和特色相一致的子市场，作为目标市场。没有这一步，就没有达到细分市场的目的。

经过以上 7 个步骤，企业便完成了市场细分的工作，就要可以根据自身的实际情况确定目标市场并采取相应的目标市场策略。

例 6-5 多重细分变量的运用——某航空公司为乘客细分市场。

① 确定细分标准,即选择一些细分变量,如表 6-1 所示。

表 6-1　细分变量

收入	高收入
	低收入
乘飞机频率	经常
	从未
对乘飞机的旅行方式	喜欢
	害怕

② 初步细分市场。

a. 以收入为变量,细分如图 6-7 所示。

b. 再引入乘飞机频率变量,细分如图 6-8 所示。

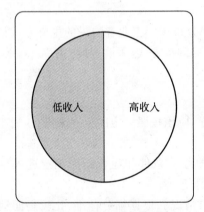 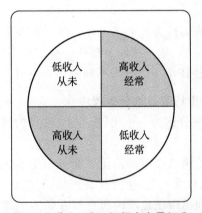

图 6-7　以收入为变量细分　　　　图 6-8　收入、乘飞机频率变量细分

c. 最后考虑对乘飞机的旅行方式的喜欢程度,细分如图 6-9 所示。

在初步细分市场中,善于运用多个细分变量对市场进行细分,以清楚勾勒出企业所要满足、交换的对象,最后只有一个市场细分图。

③ 对细分的子市场进行筛选、复核,最终选定目标市场。

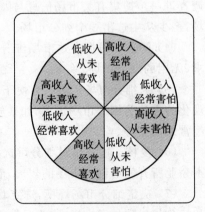

图 6-9　三变量综合细分

从图 6-9 中可以看出,共有 8 个子市场可供选择。当然,随着变量的不同,及变量的增加,其市场细分过程更加复杂。企业应在充分市场调查、获得相关数据的基础上,利用上述市场细分程序进行市场细分。企业在运用细分标准进行市场细分时必须注意以下问题:第一,市场细分的标准是动态的。市场细分的各项

标准不是一成不变的,而是随着社会生产力及市场状况的变化而不断变化,如年龄、收入、城镇规模、购买动机等都是可变的。第二,不同的企业在市场细分时应采用不同标准。因为各企业的生产技术条件、资源、财力和营销的产品不同,所采用的标准也应有区别。第三,企业在进行市场细分时,可采用一项标准,即单一变量因素细分,也可采用多个变量因素组合或系列变量因素进行市场细分。这样市场细分才能为目标市场的选择奠定基础。

（四）市场有效细分的条件

从企业市场营销的角度看,无论消费者市场还是产业市场,并非所有的细分市场都有意义。所选择的细分市场必须具备一定的条件。

（1）可区分性。指不同的细分市场的特征可清楚地加以区分。比如女性化妆品市场可依据年龄层次和肌肤类型等变量加以区分。

（2）可衡量性。表明该细分市场特征的有关数据资料必须能够加以衡量和推算。比如在电冰箱市场上,在重视产品质量的情况下,有多少人更注重价格,有多少人更重视耗电量,有多少人更注重外观,或者兼顾几种特性。当然,将这些资料进行量化是比较复杂的过程,必须运用科学的市场调研方法。

（3）可进入性。即企业所选择的目标市场是否易于进入,根据企业目前的人、财、物和技术等资源条件能否通过适当的营销组合策略占领目标市场。

（4）稳定盈利性。即所选择的细分市场有足够的需求量且有一定的发展潜力,使企业赢得长期稳定的利润。应当注意的是:需求量是相对于本企业的产品而言,并不是泛指一般的人口和购买力。

第二节　目标市场的选择

一、目标市场含义

所谓目标市场(T-Targeting)是指通过市场细分,被企业选定的,拟以相应的产品和服务去满足其现实的或潜在的消费需求的那一个或几个细分市场。因此,市场细分的目的是为了实行目标市场销售。

目标市场是市场营销活动中的一个重要概念。之所以企业要选择目标市场,是因为,首先企业的一切经营活动是根据消费者的需求开展的,只有满足消费者需求,企业才能生存和发展。但是消费者的需求是多样化的,一个企业不可能满足所有消费者的所有需求,而只能满足市场中一部分消费者的需求。其次,并非所有的细分市场对本企业都具有吸引力。企业必须根据自身的人、财、物等条件选择相对优势目标市场。最后,有时各子市场间会有矛盾,各个目标并非都一致。企业必须从经济效益上对细分市场进行评价和取舍。

二、评估细分市场

每个企业服务的只是市场上的部分顾客。善于寻找最有吸引力,并能为之提供最有效服务的特定顾客,能够事半功倍。目标市场是企业决定作为自己服务对象的有关市场(顾客群)。可以是某个细分市场,若干细分市场集合,也可以是整个市场。目标市场应具有以下特点。

(一)市场规模和发展潜力

首先企业要评估细分市场是否有适当规模和发展潜力。而市场潜力是指消费者对产品的最大需求量,因此,目标市场应具有足够大的市场需求潜力。目标市场需求潜力应与企业规模相当:潜力大规模小企业无法进入;潜力过大企业投入增加;企业吸引力强烈,目标市场竞争加剧。正确评价市场需求潜力应考虑消费者数量及其购买力,两个因素缺一不可。

(二)市场的吸引力

所谓吸引力主要是指长期获利的大小。一个市场也许具有适当的规模和发展潜力,但从获利观点来看不一定有吸引力。一个市场是否具有长期吸引力主要取决于 5 种力量。

(1)同行业竞争者。细分市场内的竞争,如果某个细分市场已经有了众多的、强大的或者竞争意识强烈的竞争者,那么该细分市场就会失去吸引力。如果出现该细分市场处于稳定或者衰退状况,生产能力不断地大幅度扩大,固定成本过高,撤出市场的壁垒过高,竞争者投资很大,那么情况就会更糟。这些情况常常会导致价格战、广告争夺战、新产品推出,并使企业要参与竞争就必须付出巨大的代价。

(2)潜在的新加入竞争者。细分市场内的竞争,如果某个细分市场可能吸引会增加新的生产能力和大量资源并争夺市场份额的新的竞争者,那么该细分市场就会没有吸引力。问题的关键是新的竞争者能否轻易地进入这个细分市场,细分市场的吸引力随其进退难易的程度而有所区别,如表 6-2 所示。

表 6-2 市场吸引力

退出壁垒 进入壁垒	高	低
高	利润大 风险大	最有 吸引力
低	最没 吸引力	利润小 风险小

① 进入壁垒高、退出壁垒低,是最有吸引力的细分市场。在这样的细分市场里,新的企业很难打入,但经营不善的企业可以安然撤退。

② 进入和退出的壁垒都高,那里的利润潜量就大,但也往往伴随较大的风险,因为经营不善的企业难以撤退,必须坚持到底。

③ 进入和退出的壁垒都较低,企业便可以进退自如,然而获得的报酬虽然稳定,但不高。

④ 进入细分市场的壁垒较低,而退出的壁垒却很高,最坏的情况。在经济良好时,大家蜂拥而至,但在经济萧条时,却很难退出。其结果是大家都生产能力过剩,收入下降。

（3）替代产品。替代产品的威胁，如果某个细分市场存在着替代产品或者有潜在替代产品，那么该细分市场就失去吸引力。替代产品会限制细分市场内价格和利润的增长。企业应密切注意替代产品的价格趋向。如果在这些替代产品行业中技术有所发展，或者竞争日趋激烈，这个细分市场的价格和利润就可能会下降。

（4）供应商。供应商讨价还价能力加强的威胁，如果企业的供应商——原材料供应商、设备供应商及劳动力和服务的提供者等，能够有足够的实力自主提价或者降低产品和服务的质量，甚至有能力减少行业市场上的供应数量时，那么该企业所在的细分市场就会没有吸引力。如果供应商集中或有组织，或者替代产品少，或者供应的产品是重要的投入要素，或转换成本高，或者供应商可以向前实行联合，那么供应商的讨价还价能力就会较强大。因此，与供应商建立良好关系和开拓多种供应渠道才是防御上策。

（5）购买者。购买者讨价还价能力加强的威胁：如果某个细分市场中购买者的讨价还价能力很强或正在加强，该细分市场就没有吸引力。购买者会设法压低价格，对产品质量和服务提出更高的要求，并且使竞争者互相斗争，所有这些都会使销售商的利润受到损失。如果购买者比较集中或者有组织，或者该产品在购买者的成本中占较大比重，或者产品无法实行差别化，或者顾客的转换成本较低，或者由于购买者的利益较低而对价格敏感，或者顾客能够向后实行联合，购买者的讨价还价能力就会加强。销售商为了保护自己，可选择议价能力最弱或者转换销售商能力最弱的购买者。较好的防卫方法是提供顾客无法拒绝的优质产品供应市场。

企业必须充分估计这5种力量对长期获利率的影响。

（三）企业的资源和目标与各细分市场的契合度

在考虑了上述两个指标后，企业还必须考虑企业的资源和目标。第一，是否有具备占领该市场所必需的资源和能力；第二，该细分市场是否符合企业的长远目标的发展。

三、选择目标市场战略

（一）目标市场范围选择

企业在评估不同的细分市场后，可根据自身情况，决定为多少个子市场服务。归纳起来主要有5种可参考的模式：产品—市场集中化、产品专业化、市场专业化、选择性专业化、全方位进入。

（1）产品—市场集中化。这是一种最简单的目标市场模式。即企业只选取一个细分市场，只生产一类产品，供应某一单一的顾客群，进行集中营销。如图6-10（a）所示，某鞋厂商只生产青年运动鞋。选择市场集中化模式一般基于以下考虑：企业具备在该细分市场从事专业化经营或取胜的优势条件；限于资金能力，只能经营一个细分市场；该细分市场中没有竞争对手；准备以此为出发点，取得成功后向更多的细分市场扩展。

优点：集中力量了解该细分市场的特点。

缺点：经营风险较大。适用于较弱的中小企业。

（2）产品专业化。是指企业集中生产一种产品，并向各类顾客销售这种产品。如饮水器厂只生产一个品种，同时向家庭、机关、学校、银行、餐厅、招待所等各类用户销售。产品专业化模式的优点是企业专注于某一种或某一类产品的生产，有利于形成和发展生产和技术上的优势，在该领域树立形象。如图 6-10(b)所示，专门生产运动鞋供应 3 个不同的细分市场。

优点：可以有效地分散经营风险，即使某个细分市场盈利情况不佳，仍可在其他细分市场取得盈利，投资也不大。

缺点：转产余地不大，替代品给企业造成威胁。比较适宜企业实力弱小时使用。

(3) 市场专业化。企业以所有产品，供应给某一类顾客群，产品的性能有所区别。如图 6-10(c)所示。专门向青年市场供应不同的鞋。

优点：集中力量了解这个细分市场的特点。

缺点：市场需求发生变化，经营风险相对较大。比较适宜企业实力相当使用。采用选择市场专业化模式的企业应具有较强资源和营销实力。

(4) 选择性专业化。企业有选择地专门服务于几个不同的子市场的顾客群体，提供各种性能的、生命力较强的同类产品，尽力满足不同的消费者群体的各种需求，如图 6-10(d)所示。

优点：集中力量了解这些细分市场的特点。

缺点：相对的经营风险较大。比较适宜企业实力强时使用。

(5) 全方位进入。即企业为所有顾客群供应其需要的各种产品，如图 6-10(e)所示。

缺点：相对的经营风险较大。实力强大的企业为了占据市场领先地位常采用这种模式。

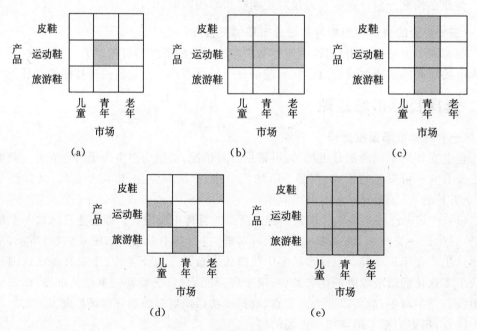

图 6-10

(二) 目标市场战略

(1) 无差异性市场营销战略。指企业把整体市场看做一个大的目标市场，不进行细分，用一种产品、统一的市场营销组合对待整体市场，试图满足整体市场的某种共同需要。

实行此战略的企业基于两种不同的指导思想。第一种是从传统的产品观念出发,强调需求的共性,漠视需求的差异。因此,企业为整体市场生产标准化产品,并实行无差异性市场营销战略,如图 6-11 所示。

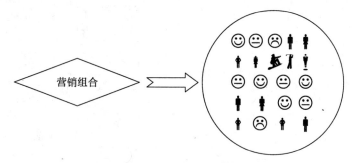

图 6-11 无差异性市场营销战略

例 6-6 可口可乐的无差异战略。在 20 世纪 60 年代前,可口可乐一直奉行典型的无差异战略,以单一的品种、标准的瓶装和统一的广告宣传,长期占领世界非酒类饮料市场。在大量生产、大量销售的产品导向时代,企业多数采用无差异性市场营销战略经营。

实行无差异性市场战略的另一种思想是:企业经过市场调查之后,认为某些特定产品的消费者需求大致相同或较少差异,比如食盐,因此可以采用大致相同的市场营销策略。从这个意义上讲,它更加符合现代市场营销理念。

优点:成本的经济性。大批量的生产销售,必然降低单位产品成本;无差异的广告宣传可以减少促销费用;不进行市场细分,也相应减少了市场调研、产品研制与开发,以及制订多种市场营销战略、战术方案等带来的成本开支。

缺点:对市场上绝大多数产品都是不适宜的,只适用于生活必需品、主要工业原料、经营企业不多的产品。因为消费者的需求偏好具有极其复杂的层次,某种产品或品牌能够受到市场的普遍欢迎的情况是很少的。即便一时能赢得某一市场,如果竞争企业都如此仿照,就会造成市场上某个局部竞争非常激烈,而其他部分的需求却没有得到满足。

例 6-7 美国三大汽车公司的无差异战略。20 世纪 70 年代以前,美国三大汽车公司都坚信美国人喜欢大型豪华的小汽车,共同追求这一大的目标市场,采用无差异性市场营销战略。但是 20 世纪 70 年代能源危机发生之后,消费需求发生了变化,消费者越来越喜欢小型、轻便、省油的小型轿车,而美国三大汽车公司都没有意识到这种变化,更没有适当地调整他们的无差异性市场营销战略,致使大轿车市场竞争"白热化",而小型轿车市场却被忽略。日本汽车公司正是在这种情况下乘虚而入的。

(2) 差异性市场营销战略。是指把整体市场划分为若干需求与愿望大致相同的细分市场,然后根据企业的资源及营销实力选择部分细分市场作为目标市场,并为各目标市场制订不同的市场营销组合策略,如图 6-12 所示。

优点:可以有针对性地满足不同顾客群体的需求,提高产品的竞争能力;能够树立起良好的市场形象,吸引更多的购买者。

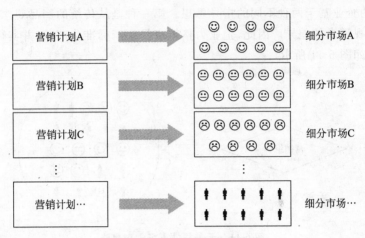

图 6-12　差异性市场营销战略

缺点：市场营销费用大幅度增加。

例如，中国移动的差异化营销如表 6-3 所示。

表 6-3　中国移动的差异化营销

子品牌	细 分 市 场	广告诉求
全球通	高端客户	我能 关键时刻，信赖全球通
神州行	无月租，小额话费客户	充值方便、轻松由我
动感地带	灵活资费套餐，18～25 岁年轻人群体	年轻人的通信自治区 我的地盘，我做主

因此，企业在市场营销中有时需要进行"反细分"或"扩大顾客的基数"，作为对于差异化营销战略的完善和补充。

（3）集中性市场营销战略。即企业选择一个或少数几个子市场作为目标市场，制订一套营销方案，集中力量为它服务，力图在这些目标市场上占有很大份额。

这种战略也称为"弥隙"战略，即弥补市场空隙的意思，适合资源稀少的小企业。小企业如果与大企业硬性抗衡，弊多于利，必须学会寻找对自己有利的微观生存环境。用"生态学"的理论说，必须找到一个其他生物不会占领、不会与之竞争，而自己却有适应本能的微观生存环境。也就是说，如果小企业能避开大企业竞争激烈的市场部位，选择一两个能够发挥自己技术、资源优势的小市场，往往容易成功，如图 6-13 所示。

优点：由于目标集中，可以大大节省营销费用和增加盈利；又由于生产、销售渠道和促销的专业化，也能够更好地满足这部分特定消费者的需求，企业易于取得优越的市场地位。

缺点：这一战略的不足是经营者承担风险较大，如果目标市场的需求情况突然发生变化，目标消费者的兴趣突然转移（这种情况多发生于时髦商品）或是市场上出现了更强有力的竞争对手，企业就可能陷入困境。

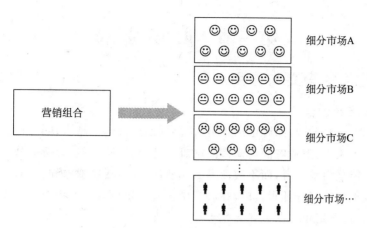

图 6-13　集中性市场营销战略

四、选择目标市场战略的依据

（一）企业能力

企业能力是指企业在生产、技术、销售、管理和资金等方面力量的总和。如果企业力量雄厚，且市场营销管理能力较强，即可选择差异性市场营销战略或无差异性市场营销战略。如果企业能力有限，则适合选择集中性市场营销战略。

（二）市场差异性

如果顾客的需求、偏好较为接近，对市场营销刺激的反应差异不大，可采用无差异性市场营销战略；否则，应采用差异性或集中性市场营销战略。

（三）产品同质性

同质性产品主要表现在一些未经加工的初级产品上，如水力、电力、石油等，虽然产品在品质上或多或少存在差异，但用户一般不加区分或难以区分。因此，同质性产品竞争主要表现在价格和提供的服务条件上。该类产品适于采用无差异战略。而对服装、家用电器、食品等异质性需求产品，可根据企业资源力量，采用差异性市场营销战略或集中性市场营销战略。

（四）产品生命周期的阶段

新产品上市往往以较单一的产品探测市场需求，产品价格和销售渠道基本上单一化。因此，新产品在引入阶段可采用无差异性市场营销战略。而待产品进入成长或成熟阶段，市场竞争加剧，同类产品增加，再用无差异经营就难以奏效，所以成长阶段改为差异性或集中性市场营销战略效果更好。

（五）市场竞争状况

如果竞争对手采用无差异性市场营销战略时，企业选择差异性或集中性市场营销战略有利于开拓市场，提高产品竞争能力。如果竞争者已采用差异性市场营销战略，则不应以无差异性市场营销战略与其竞争，可以选择对等的或更深层次的细分或集中性市场营销战略。

第三节 市 场 定 位

一、市场定位的含义与作用

（一）市场定位的含义

在市场竞争日趋激烈，品牌层出不穷，产品间的差异越来越小，同质性越来越高，占有市场份额日益困难下，消费者面对众多品牌难以选择，一脸茫然，无所适从。因此，企业要使自己的品牌能吸引消费者，而不被商品大潮所淹没，就要制造差异，与众不同，使消费者易于将其与其他品牌区分开来，进而在心目中占有一定位置。即为企业树立形象，为产品赋予特色，进行市场定位。那么什么是市场定位呢？

所谓市场定位（P-Marketing positioning），就是勾画企业产品在目标市场即目标顾客心目中的形象，使企业所提供的产品具有一定特色，适应一定顾客的需要和偏好，并与竞争者的产品有所区别。

例 6-8 情侣苹果。某高校俱乐部前，一老妇守着两筐大苹果叫卖，因为天寒，问者寥寥。一教授见此情形，上前与老妇商量了几句，然后走到附近商店买来节日编花用的红彩带，并与老妇一起将苹果两两一扎，接着高叫道："情侣苹果哟！两元一对！"经过的伴侣们甚感新鲜，用红彩带扎在一起的一对苹果看起来很情趣，因而买者甚众。不一会儿，尽数卖光，收入颇丰，老妇感激不尽。这是市场定位的典型，营销的核心在于满足目标顾客的需求，并在其心目中占有某种位置。

市场定位的实质是使本企业与其他企业严格区分开来，使顾客明显感觉和认识到这种差别，从而在顾客心目中占与众不同的有价值的位置。市场定位是以产品为出发点，如一种商品、一项服务、一家公司、一所机构，甚至一个人……但定位的对象不是产品，而是针对潜在顾客的思想。就是说，要为产品在潜在顾客的大脑中确定一个合适的位置。

传统的观念认为，市场定位就是在每一个细分市场上生产不同的产品，实行产品差异化。事实上，市场定位与产品差异化尽管关系密切，但有着本质的区别。市场定位是通过为自己的产品创立鲜明的个性，从而塑造出独特的市场形象来实现的。一项产品是多个因素的综合反映，包括性能、构造、成分、包装、形状、质量等，市场定位就是要强化或放大某些产品因素，从而形成与众不同的独特形象。产品差异化才是实现市场定位的手段，但并不是市场定位的全部内容。市场定位不仅强调产品差异，而且要通过产品差异建立独特的市场形象，赢得顾客的认同。

需要指出的是，市场定位中所指的产品差异化与传统的产品差异化概念有本质区别，它不是从生产者角度出发单纯追求产品变异，而是在对市场分析和细分化的基础上，寻求建立某种产品特色，因而它是现代市场营销观念的体现。

（二）市场定位的作用

（1）市场定位有利于建立企业及产品的市场特色，是参与现代市场竞争的有力武器。在现代社会中，许多市场都存在严重的供大于求的现象，众多生产同类产品的厂家争夺有限的顾客,市场竞争异常激烈。为了使自己生产经营的产品获得稳定销路,防止被其他厂家的产品所替代,企业必须从各方面树立起一定的市场形象,以期在顾客心目中形成一定的偏爱。

例 6-9　美国摩托罗拉公司在世界电信设备市场上,成功地塑造了质量领先的形象,从而在激烈的市场竞争中居于领先地位。在 10 年不到的时间内,由一家小公司上升到世界十大"名牌"公司之一。

(2)市场定位决策是企业制订市场营销组合策略的基础。企业的市场营销组合要受到企业市场定位的制约,产品、价格、渠道和促销的准确实施要以市场定位为前提。

例 6-10　假设某企业决定生产销售优质低价的产品,那么这样的定位就决定了:产品的质量要高;价格要定得低;广告宣传的内容要突出强调企业产品质优价廉的特点,要让目标顾客相信货真价实,低价也能买到好产品;分销储运效率要高,保证低价出售仍能获利。也就是说,企业的市场定位决定了企业必须设计和发展与之相适应的市场营销组合。

二、市场定位方法

各个企业经营的产品不同,面对的顾客也不同,所处的竞争环境也不同,因而市场定位所依据的原则也不同。总的来讲,市场定位所依据的原则有以下 4 点。

(一) 根据具体的产品属性、性价比等方面定位

构成产品内在特色的许多因素都可以作为市场定位所依据的原则,如所含成分、材料、质量、价格等。

例 6-11　王老吉:怕上火,喝王老吉。

"七喜"汽水:"非可乐",强调它是不含咖啡因的饮料,与可乐类饮料不同。

"泰宁诺"止痛药:"非阿司匹林的止痛药",显示药物成分与以往的止痛药有本质的差异。

(二) 根据特定的使用场合及用途定位

为老产品找到一种新用途,是为该产品创造新的市场定位的好方法。

例 6-12　脑白金本是一种保健药品,可是企业定位为礼品取得了好的销售效果:"今年过节不收礼,收礼还收脑白金。"

(三) 根据顾客得到的利益定位

产品提供给顾客的利益是顾客最能切实体验到的,也可以用作定位的依据。

例 6-13　1975 年,美国米勒(Miller)推出了一种低热量的 Lite 牌啤酒,将其定位为喝了不会发胖的啤酒,迎合了那些经常饮用啤酒而又担心发胖的人的需要。世界上各大汽车巨头的定位也各有特色,劳斯莱斯车豪华气派、丰田车物美价廉、沃尔沃则结实耐用。沃尔玛则强调"天天平价,始终如一"。

（四）根据使用者类型定位

企业常常试图将其产品指向某一类特定的使用者，以便根据这些顾客的看法塑造恰当的形象。

例 6-14　金利来男装："金利来——男人的世界"。

例 6-15　美国米勒啤酒公司曾将其原来唯一的品牌"高生"啤酒定位于"啤酒中的香槟"，吸引了许多不常饮用啤酒的高收入妇女。后来发现，占 30%的狂饮者大约消费了啤酒销量的 80%，于是，该公司在广告中展示石油工人钻井成功后狂欢的镜头，还有年轻人在沙滩上冲刺后开怀畅饮的镜头，塑造了一个"精力充沛的形象"。在广告中提出"有空就喝米勒"，从而成功占领啤酒狂饮者市场达 10 年之久。

事实上，许多企业进行市场定位的依据往往不止一个，而是多个依据同时使用。因为要体现企业及其产品的形象，市场定位必须是多维度的、多侧面的。

三、市场定位步骤与战略

（一）市场定位步骤

（1）分析目标市场的现状，确认本企业潜在的竞争优势。在市场细分目标市场选择后，应确认竞争优势。首先要了解市场上竞争者的定位如何，他们要提供的产品或服务有什么特点；其次要了解消费者对某类产品各属性的重视程度。显然，费大力气去宣传那些与消费者关系并不密切的产品是多余的；最后，还要考虑企业自身的条件。有些产品属性，虽然是消费者比较重视的，但如果企业力所不及，也不能成为市场定位的目标。

（2）准确选择竞争优势，初步确定定位方案。通过分析，决定哪些利益对消费者最重要，研究竞争者的利益及消费者的看法。

例 6-16　某地板生产企业准备进入木地板生产领域。经过调查发现，消费者最关心价格和质量问题。目前该市场上已有 4 个生产企业。他们的市场位置及市场份额，如图 6-14 所示。

分别为：A 企业：生产高价格高质量木地板，市场份额中等。B 企业：生产中价格中质量木地板，市场份额最大。C 企业：生产低价格低质量木地板，市场份额中等。D 企业：生产高价格中质量木地板，市场份额最小。

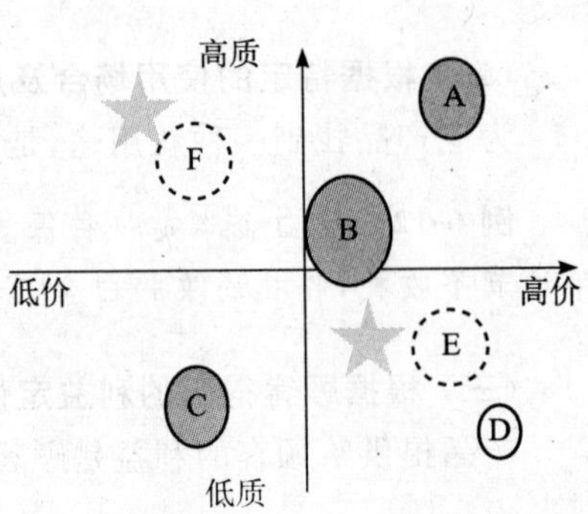

据此，从图 6-14 中分析可知，该企业可以进入任何细分市场，但厂家经过充分研究与分析后，考虑到各种因素，目前该市场上有两种细分市场可供选择，即 E 空位和 F 空位。

图 6-14　市场定位

① 若企业选择 E，则应具备以下条件：a. 企业可以制造出比 D 企业更好、更便宜的木地板；b. 企业比 D 企业拥有更多的资源；c. 该市场足够大，可以容纳两个以上竞争者。

② 若企业选择 F,则应具备以下条件:a. 虽然价格低,但企业可以盈利;b. 能有信心让消费者相信产品的确是低价格而高质量;c. 企业有实力,有丰富资源。

(3) 调整定位方案与再定位。

定位方式不同,竞争态势也不同,可以从以下 3 种定位方式进行调整与再定位。

① 避强定位,这是一种避开强有力的竞争对手的市场定位。其优点是:能够迅速地在市场上站稳脚跟,并能在消费者或用户心目中迅速树立起一种形象。由于这种定位方式市场风险较少,成功率较高,常常为多数企业所采用。

② 对抗性定位。这是一种与在市场上占据支配地位的,亦即最强的竞争对手"对着干"的定位方式。显然,这种定位有时会产生危险,但不少企业认为能够激励自己奋发上进,一旦成功就会取得巨大的市场优势。

例 6-17 可口可乐与百事可乐之间持续不断地争斗,"肯德基"与"麦当劳"对着干等。实行对抗性定位,必须知己知彼,尤其应清醒估计自己的实力,不一定试图压垮对方,只要能够平分秋色就已经是巨大的成功。

③ 重新定位。是对销路少、市场反应差的产品进行二次定位。这种重新定位旨在摆脱困境,重新获得增长与活力。这种困境可能是企业决策失误引起的,也可能是对手有力反击或出现新的强有力竞争对手而造成的。不过,也有重新定位并非因为已经陷入困境,而是因为产品意外地扩大了销售范围引起的。

例 6-18 专为青年人设计的某种款式的服装在中老年消费者中也流行开来,该服饰就会因此而重新定位。

(4) 显示独特的竞争优势,准确传播企业定位观念。企业在做出市场定位决策后,这些优势不会自动地在市场上显示出来。要使这些独特的优势发挥作用,影响消费者的购买决策,需要以产品特色为基础树立鲜明的市场形象,还必须大力广告宣传,积极主动而又巧妙地与消费者沟通,把企业的定位观念准确无误地传播给消费者。引起消费者的注意与兴趣,求得消费者的认同。建立与市场定位相一致的形象,让目标消费者对企业的定位知道、了解和熟悉,认同、喜欢和偏爱。巩固与市场定位相一致的形象,强化印象、保持了解、稳定态度、加深感情。矫正与市场定位不一致的形象,如定位过低或过高,定位模糊与混乱。

(二) 市场定位战略

(1) 先入为主。率先在市场上推出独有品牌,鲜明突出该品牌"第一说法、第一事件、第一位置"形象。

例 6-19 2002 年 4 月,光明乳业"铁娘子"王佳芬在国家经贸委市场司召集的乳业巨头会上宣称:在上海实现"无抗奶",随后又把范围扩大到全国,6 月起,光明包装盒上也印出"无抗生素"的字样。"无抗奶"要领的推广成为光明投向国内乳业的一枚原子弹,迅速引起行业震荡。要领一推出,三元、伊利等乳业巨头纷纷效仿打出"无抗"牌,想从"无抗"牌中分到一杯羹。光明首先提出"无抗",使消费者对其产品先入为主,形成一种心理定式。当其他牌子再打出"无抗"的招牌后,会令消费者再次想起光明这个品牌。无疑是再次加强消费者对光明这个牌子的印象。

(2) 填空补缺。寻找新的尚未被占领,但为许多消费者所重视的位置,即填补市场上的空位。这种定位战略有两种情况:一种情况是这部分潜在市场即营销机会没有被发现,在这种情况下,企业容易取得成功;另一种情况是许多企业发现了这部分潜在市场,但无力去占领,这就需要有足够的实力才能取得成功。

例 6-20　力士香皂的定位策略。在香皂市场,多数品牌强调清洁、杀菌,力士香皂就定位在美容这个空当上。相较清洁与杀菌,美容是更高层次的需求和心理满足,它巧妙地抓住了消费者爱美之心,再通过国际影星推荐,力士很快成为全球认知品牌。

(3) 针锋相对。把产品定位在与竞争者相似的位置上,同竞争者争夺同一细分市场。实行这种定位战略的企业,必须具备以下 3 个条件:能比竞争者生产出更好的产品;该市场容量足够吸纳这两个竞争者的产品;比竞争者有更多的资源和实力。上述"可口可乐"与"百事可乐"、"肯德基"与"麦当劳"都是典型实例。

(4) 另辟蹊径。当企业认为自己没有能力与竞争者相抗衡从而在市场上占有一席之地,获得绝对优势时,可根据自己的条件取得相对优势。即突出宣传自己与众不同的特色,在某些有价值的产品属性上取得领先地位。

例 6-21　20 世纪 30 年代,百事可乐瓶装容量由 6.5 盎司改为 12 盎司,与可口可乐 6.5 盎司展开加量不加价的竞争。

本 章 小 结

通过本章的学习,要求了解市场细分的概念与作用;掌握市场细分的具体方法;解释如何利用市场细分识别具有吸引力的市场,并能应用市场细分理论解决具体问题。要求掌握目标市场的概念与特征;学会评价细分市场的方法;了解选择目标市场范围模式以及目标市场策略;认识影响目标市场选择的因素;掌握市场定位的概念与差异化前提;懂得如何进行企业与产品的市场定位。

技 能 训 练

一、名词解释

市场细分　目标市场　市场定位　无差异性市场营销战略　差异性市场营销战略集中性市场营销战略

二、单项选择题

1.(　　)因素是最明显、最容易衡量和运用的细分变数。

　　A. 人口环境　　　B. 地理环境　　　C. 消费心理　　　D. 购买行为

2. 根据消费者的兴趣来细分市场,这是依据(　　)标准来细分市场。

A. 消费心理　　　B. 人口环境　　　C. 地理环境　　　D. 购买行为

3. 显微镜生产商为不同市场提供相同的显微镜或不同的显微镜,这样的目标市场范围选择,属于(　　)。

　　A. 产品—市场集中化　　　　　　B. 选择性专业化

　　C. 市场专业化　　　　　　　　　D. 产品专业化

4. 对进入(　　)的产品,应采用集中性市场营销战略,以维持和延长产品的生命周期,避免或减少企业损失。

　　A. 介绍期　　　B. 成长期　　　C. 成熟期　　　D. 衰退期

三、判断题

1. 差异性指细分市场之间客观存在着对某种产品购买和消费上明显的差异性,不同的细分市场对营销组合应该有不同的反应。　　　　　　　　　　　　　　　(　　)

2. 食油、白糖等日用生活消费品可采取差异性市场营销战略。　　　　　(　　)

3. 针锋相对,就是把产品定位在与竞争者相似的位置上,同竞争者争夺同一细分市场。　　　　　　　　　　　　　　　　　　　　　　　　　　　　　(　　)

四、简答题

1. 市场细分的客观依据是什么?

2. 消费者市场细分的标准有哪些?

3. 一般有哪几种目标市场营销战略可供企业选择? 各种战略的含义及优缺点是什么?

4. 市场定位战略有哪些?

5. 市场细分、目标市场、市场定位三者之间有何关系?

五、案例分析

定位鲜明——奇瑞 QQ 诠释"年轻人的第一辆车"

奇瑞 QQ 作为微型轿车市场的霸主,在众多的消费群体中进行细分,把握了消费者的心态,突出微型轿车年轻时尚的特征与轿车的高档配置,在众多的消费群体中进行细分,有效地锁住目标客户。令人惊喜的外观、内饰、配置和价格是奇瑞公司占领微型轿车这个细分市场成功的关键。

一、明确的市场细分,锁定时尚男女

奇瑞 QQ 的目标客户是收入并不高但有知识、有品位的年轻人,同时也兼顾有一定事业基础,心态年轻、追求时尚的中年人。一般大学毕业两三年的白领都是奇瑞 QQ 潜在的客户。人均月收入 2 000 元即可轻松拥有这款轿车。许多时尚男女都因为 QQ 的靓丽、高配置和优性价比就把这个可爱的小精灵领回家了,从此与 QQ 成了快乐的伙伴。

为了吸引年轻人,奇瑞 QQ 除了轿车应有的配置以外,还装载了独有的"I-say"数码听系统,成为"会说话的 QQ",堪称目前小型车时尚配置之最。据介绍,"I-say"数码听是奇瑞公司为用户专门开发的一款车载数码装备,集文本朗读、MP3播放、U盘存储多种时尚数码功能于一身,让QQ与计算机和互联网紧密相连,完全迎合了离开网络就像鱼儿离开水的年青一代的需求。

二、独特的品牌策略,诠释"年轻人的第一辆车"

QQ的目标客户群体对新生事物感兴趣,富于想象力、崇尚个性,思维活跃,追求时尚。虽然由于资金的原因他们崇尚实际,对品牌的忠诚度较低,但是对汽车的性价比、外观和配置十分关注,是容易互相影响的消费群体;从整体的需求来看,他们对微型轿车的使用范围要求较多。奇瑞把QQ定位于"年轻人的第一辆车",从使用性能和价格比上满足他们通过驾驶QQ所实现的工作、娱乐、休闲、社交的需求。

奇瑞公司根据对QQ的营销理念推出符合目标消费群体特征的品牌策略。

(1)在产品名称方面:QQ在网络语言中有"我找到你"之意,QQ突破了传统品牌名称非洋即古的窠臼,充满时代感的张力与亲和力,同时简洁明快,朗朗上口,富有冲击力。

(2)在品牌个性方面:QQ被赋予了"时尚、价值、自我"的品牌个性,将消费群体的心理情感注入品牌内涵。引人注目的品牌语言:富有判断性的广告标语"年轻人的第一辆车",及"秀我本色"!等流行时尚语言配合创意的广告形象,将追求自我、张扬个性的目标消费群体的心理感受描绘得淋漓尽致,与目标消费群体产生情感共鸣。

三、整合营销传播,形成市场互动

QQ作为一个崭新的品牌,在进行完市场细分与品牌定位后,投入了立体化的整合传播,以大型互动活动为主线,具体的活动包括QQ价格网络竞猜,QQ秀个性装饰大赛,QQ网络Flash大赛等,为QQ 2003年的营销传播大造声势。

(1)相关信息的立体传播:选择目标群体关注的报刊媒体、电视、网络、户外、杂志、活动等,将QQ的品牌形象、品牌诉求等信息迅速传达给目标消费群体和广大受众。

(2)各种活动"点"、"面"结合:从新闻发布会和传媒的评选活动,形成全国市场的互动,并为市场形成了良好的营销氛围。在所有的营销传播活动中,特别是网络大赛、动画和内装饰大赛,都让目标消费群体参与进来,在体验之中将品牌潜移默化地融入消费群体的内心,与消费者产生情感共鸣,起到了良好的营销效果。

QQ作为奇瑞诸多品牌战略中的一环,抓住了微型轿车这个细分市场的目标用户。

【案例思考】

1. 奇瑞公司的QQ是如何选择目标市场客户的?

2. 目前奇瑞公司的市场定位能适应未来汽车市场的变化和发展吗?

六、实训操作

实训内容:对本班同学进行市场细分训练。自选一产品类别,如饮料、牙膏、洗发水、化妆品等。

实训目标:培养确定市场细分标准的能力。

实训组织:学生分组,每组6~8人。每组选择一类商品,对全班同学进行调查、分析。

实训提示:注意选择细分标准、变量的确定。

实训成果:各组汇报,教师讲评。

第七章

产 品 策 略

学习目标

通过完成本章学习,应该能够:

(1) 制订产品生命周期各阶段营销策略;

(2) 进行品牌决策;

(3) 制订包装策略;

(4) 操作新产品开发。

核心能力

(1) 制订产品生命周期各阶段营销策略;

(2) 谋划品牌策略和包装策略;

(3) 新产品开发。

案例导入

"雅芳"是全美最大的 500 家企业之一,1886 年创立于美国纽约。"雅芳之父"大卫·麦可尼,出于对诗人莎士比亚的仰慕,以莎翁故乡一条名为"Avon"的河流为公司命名。现今,"雅芳"全球年销售额达 52 亿美元,通过 280 余万名独立营业代表和拓展中的零售渠道,向全球 135 个国家和地区的女性提供 2 万余种产品,在 45 个国家和地区有直接投资。

"雅芳"以丰富的品牌种类为消费者提供可选择的余地和众多的可能。在全球范围内,"雅芳"向 135 个国家和地区的女性提供 2 万余种产品。在中国市场,"雅芳"在广州从化太平工业区拥有一座占地 8 万平方米的现代化生产基地,引进最先进的生产设备,年生产能力可达 1 亿 2 000 万件产品。"雅芳"产品博及护肤品、化妆品、个人护理品、香品、流行首饰、女性内衣/时装、健康食品等,而每一类产品又拥有众多系列品牌。以护肤品为例,目前"雅芳"销售的就有新活系列、美白系列、新自然系列、高效保养品、萃妍系列、嫩白保湿系列、雅芳护肤系列、采唐韵中药系列、夏日之恋防晒系列、净碧系列、基础护肤系列、洁容系列、面膜系列、美容沙龙系列、雅芳润白抗皱系列等。再以香品为例,又有地球·女人系列、阳光之吻喷雾香水、小黑裙系列、男士香水、色彩符号淡香水、X-Fresh 香氛、幻变走珠系列、走珠止汗香露、香粉等。值得一提的是,这每一个品牌都是系列产品,有各自的名称、形象、个性、价位,就像是"雅芳"大家族中每个小家庭的成员,又像是一架高速运转的机器中每个部件中的零件。丰富的品牌种类为"雅芳"赢得了"面"上的优势。

第一节　产品概述

一、产品整体概念

产品是市场营销组合因素中的基础因素,价格、渠道、促销等组合因素皆因产品的存在而存在,也会因产品的变化而随之变化。因此,产品的好坏决定着市场营销活动的内容,也决定着企业的销售额、利润和市场占有率等。产品对企业如此重要,那么,究竟什么是产品,学术界如何定义,实际工作中又该如何运用呢?

(一)产品的定义

(1)拉泽尔的定义:产品是指解决买主和卖主之间的问题的一种手段。这一定义指出,对于买主来说,产品是满足自己尚未得到满足的需求的一种手段,对于卖主来说,则是能获取所追求利益的一种手段。

(2)戴维·W.克雷文斯的定义:产品是指满足目标市场需求的任何东西,它包括物品、服务、组织、场所、人和创意等。

(3)菲利普·科特勒的定义:产品是指能够提供给市场以满足需求和欲望的任何东西。显然,戴维·W.克雷文斯和菲利普·科特勒如出一辙,都是以购买者的利益为起点来定义产品,解释产品概念的。

由此可知,对产品的思考必须超越有形产品或服务本身,而应从消费者的角度来认识和理解产品概念,也就是说,消费者购买产品,想真正从中获得什么,如同塞多利·勒维早在1960年所指出,消费者购买的是"实惠",而不是产品本身,某一行业是让顾客满意的过程,而不是产品生产过程。

例7-1　IBM——"IBM不销售任何产品,它销售的是解决问题的方案",即为顾客排忧解难,为用户解决问题,真正满足用户的需求。

"金吉列"——当20世纪90年代初一场衬衫大战打得北京市民眼花缭乱时,"一匹黑马"突然冲了出来。金吉列牌男衬衫以每件666元的价格,在北京衬衫市场上雄踞榜首。高出进口名牌产品价格一倍,金吉列到底在卖什么?

"金吉列"卖的是舒适。男子汉都长有粗大的喉结,传统衬衫的领口系在喉结处,再扎上条漂亮的领带,天气一热,又痒又憋得慌,应了市民们那句老话:"死要面子活受罪。"把衬衫领口往下移了一厘米,把喉结"亮"了出来,从而使颇有派头儿的男子汉们"死要面子不受罪"。

"金吉列"卖的是吉祥。金吉列衬衫除舒适外,还在流行了近百年的硬领衬衫的领角上,剪一剪子,创造出了申请国家专利保护的如意领,出奇制胜,震惊了制衣界。如意领除线条比较柔和外,两片领子各自和组合起来,还形成了3个"八字",暗含了中国市场上颇为流行的一组数字"888"。穿高档衬衫,穿的就是这份吉祥,这个喜兴劲儿。

"金吉列"卖的是典雅。选料严格,是金吉列制衣厂制作名牌衬衫的准则。此外,还在小小的纽扣上大做文章。金吉列普通衬衫,选用的是日本进口镀金边白珠光纽扣,进口的成本价每枚3元。高档衬衫的第一枚纽扣,是在北京首饰厂定做的18K金扣,以重量论价,每枚1.6~1.7克重,大约在157~162元之间。金光闪闪的纽扣配上洁白挺括的面料,显得更加华贵、典雅。

金吉列能够在衬衫大战中异军突起,独领风骚,关键是把"优、新、特"的文章做足了。别人想不到的地方他们想到了,终于创造出了制衣奇迹。

(二)产品的构成要素

产品,在传统概念上只是被当作一种单纯的有形物体,而市场营销学则认为它是由多种要素即多层次构成。菲利普·科特勒将产品分成5个层次,即核心产品、基础产品、期望产品、附加产品、潜在产品,而国内学者一般将产品分为3个层次,即核心产品、有形产品和附加产品。本书拟采用三分法加以阐述。

(1)核心产品。产品的第一个层次是核心产品,是指消费者购买某种产品时所追求的利益,是顾客真正要买的东西,因而在产品整体概念中也是最基本、最主要的部分。消费者购买某种产品,并不是为了占有或获得产品本身,而是为了获得能满足某种需求的效用或利益。

例7-2　女士购买口红并不是为了获得口红本身,而是要满足爱美的需求,也就是购买一种美的梦想,期望口红能使自己更漂亮,更有魅力。住旅馆,购买旅馆产品的旅客真正要购买的是"休息与睡眠"。旅游者到张家界旅游,购买"张家界"旅游产品,真正想获得的核心利益是观赏自然风光,享受大自然之美。

(2)有形产品。第二个层次为有形产品,是指产品的基本形式。产品的核心利益就是通过其基本形式体现出来的。这些形式包括品牌、质量、包装、式样、特色等。市场营销管理者在制造产品之前,应首先规定好它将给消费者提供的核心利益,然后设计、制造出围绕产品核心利益的产品形式。

例7-3　奔驰轿车就是由其著名的品牌名、精美造型、高质量、合理结构、乘坐舒适感及其他属性巧妙地构成,从而给予消费者一种作为核心利益的满足感受和高地位象征。

(3)附加产品。第三个层次是附加产品,即顾客购买有形产品时所获得的全部附加服务和利益,包括提供送货、安装、维修、服务、保证、信用等,而且这些已成为全面满足消费者需求必不可少的重要因素。正如李维特指出,现代竞争并不是各公司在其工厂生产什么,而是他们能为其产品增加些什么附加利益,诸如包装服务、广告、顾客咨询、融资、送货、仓储,以及顾客所重视的其他价值。

例7-4　IMC——肥料原料公司之一,获得了大量的购买其肥料原料的肥料公司并成为其固定顾客,销售额飞速增长。IMC的成功秘诀,决不是物质性产品的肥料原料(其他公司也可以提供),而是配置在其物质产品周围的非物质产品的各种利益,即为肥料公司提供了制造法、销售法及职工训练法等方面的指导。这才是顾客最需要而且又是竞争对手难以效仿的。的确,"帮助顾客就是帮助自己"。

（三）产品整体概念的意义

（1）指明了产品是有形特征和无形特征构成的综合体，如表 7-1 所示。

表 7-1　产品的有形特征和无形特征

有 形 特 征		无 形 特 征	
物质因素	具有化学成分、物理性能	信誉因素	知名度、偏爱度
经济因素	效率、维修保养、使用效果	保证因素	"三包"和交货期
时间因素	耐用性、使用寿命	服务因素	运送、安装、维修、培训
操作因素	灵活性、安全可靠		
外观因素	体积、重量、色泽、包装、结构		

（2）产品整体概念是一个动态的概念。

（3）它体现了以消费者需求为中心的营销观念。

（4）有助于企业实施产品差异化策略。

二、产品类别

产品按照购买者的购买意图可以分为两大类：①消费品指为满足自己及家属的需要而购买的产品；②产业用品指以营业或生产为目的而购买的产品。

（一）消费品的种类

消费品分类的方法很多，按一般的方法即消费者购买行为的特征可将其分为四类：便利品、选购品、特殊品和非寻购品。

（1）便利品。是指消费者通常购买频繁，希望只要需要时即可买到，并且只花最少精力和最少时间去比较品牌、价格的消费品。

例 7-5　香烟、报纸等。考查便利品时应注意两个问题：①便利品都是非耐用品，且多为消费者日常生活必需品，因而，经营便利品的零售商店一般都分散设置在居民住宅区、街头巷尾、车站、码头、工作地点和公路两旁，以便消费者随时随地购买；②消费者在购买前，对便利品的品牌、价格、质量和出售地点等都很熟悉，所以对大多数便利品只花较少的时间与精力去购买。

（2）选购品。是指消费者为了物色适当的物品，在购买前往往要去许多家零售商店了解和比较商品的花色、式样、质量、价格等的消费品。

例 7-6　儿童衣物、女装、家具等。选购品挑选性强，消费者不知道哪家的最合适，且因其耐用程度较高，不需经常购买，所以消费者有必要和可能花较多的时间和精力去多家商店物色合适的物品。

（3）特殊品。是指消费者能识别哪些牌子的商品物美价廉，哪些牌子的商品质次价高，而且愿意多花时间和精力去购买的消费品。

例 7-7　特殊品牌和造型的奢侈品、名牌男服、供收藏的特殊邮票和钱币等。消费者在购买前对要物色的特殊品的特点、品牌等有充分认识，这一点同便利品相似；但是，消费者只愿购买特定品牌的某种产品,而不愿购买其他品牌的某种特殊品,这又与便利品有所不同。

(4)非寻购品。是指顾客不知道的物品,或者虽然知道却没有兴趣购买的物品。

例7-8 刚上市的新产品、人寿保险、百科全书等。非寻购品的性质决定了企业必须加强广告、推销工作,使消费者对这些物品有所了解,产生兴趣,千方百计吸引潜在顾客,扩大销售。

(二)产业用品的种类

产业用品是指企业制造产品所需的原材料和零部件或用于业务活动的产品。产业用品按其使用目的分为原材料、主要设备、辅助设备、零部件、加工材料、业务用消耗品和业务服务。

(1)原材料。原材料可根据其性质分为农畜产品和自然资源,前者有大米、棉花、蔬菜、水果、家禽、家畜等;后者包括木材、原油、铁矿石等。

(2)主要设备。是指诸如车床、起重机、粉碎机等生产产品所需要的大型工具和机械。通常主要设备价格昂贵,使用时间较长。购买决策往往由主管部门领导,甚至最高决策者制订。

(3)辅助设备。辅助设备并非产品的一部分,而是生产活动和办公业务中所使用的物品,如电脑、打字机、传真机等。

(4)零部件。是指最终产品的构成要素。例如,轮胎、时钟、火花塞、仪表、发动机等都是汽车的构成部件。大多数零部件都是生产者直接卖给用户的,所以,一般不太重视品牌和广告,而注重产品规格、交货期、价格和服务等。

(5)加工材料。加工材料是生产其他产品所使用的材料。加工材料和零部件不同,经加工后才能变成像零部件和完成品一样具有完整形状的物品,如合成纤维、合成树脂等。这些物品经加工后,最终可以加工成衣服和塑料制品等。

(6)业务用消耗品。是指为促进生产和业务活动而消费和使用的物品,如纸张、笔、油、涂料等。业务用消耗品和一般消耗品一样频繁交易,店铺数量多,并分散在全国各地,购买者需要时即唾手可得。

(7)业务服务。是指企业在开展其业务过程中所使用的各种无形财产,它包括金融服务、法律咨询服务、市场调研服务、市场营销策划服务等。

三、产品组合

(一)产品组合的概念

(1)产品组合。是指企业生产或销售的全部产品线和产品项目的组合。

(2)产品线又称产品大类,是指一组密切相关的同类产品,一条产品线就是一个产品类别,产品线由若干产品项目组成。

(3)产品项目。是指某一产品或产品大类中各种不同品种、规格、质量、档次和价格的特定产品。

从表7-2可以看出,宝洁公司有洗发护发、护肤美容、个人清洁、口腔护理、妇女婴儿、织物家居和食品 7 条不同的产品线。表 7-2 中显示，宝洁公司共有 20 个产品项目。

表 7-2　P&G 的产品组合

洗发护发	护肤美容	个人清洁	口腔护理	妇女婴儿	织物家居	食品
飘柔 海飞丝 潘婷 沙宣 伊卡璐	玉兰油 SK-Ⅱ 封面女郎 OLAY	舒肤佳 玉兰油 激爽	佳洁士	护舒宝 丹碧丝 帮宝适	碧浪 汰渍 熊猫	品克

（二）产品组合的宽度、长度、深度和相关性

（1）产品组合的宽度。是指产品组合中，包含的产品线的多少，产品线越多，产品组合就越宽。

例 7-9　宝洁有洗发护发、护肤美容、个人清洁、口腔护理、妇女婴儿、织物家居和食品 7 条不同的产品线，则产品组合的宽度就是 7。一般来说，拓宽产品组合的宽度，有利于扩展企业的经营领域，发挥企业的潜在优势，并可分散企业的投资风险。

（2）产品组合的长度。是指一个企业的产品组合中所包含的产品项目的多少。以产品项目总数除以产品线数目即可得出产品线的平均长度。一般来说，增加产品组合的长度，可以使产品线更丰满充裕。

例 7-10　宝洁公司产品组合的长度是 20。

（3）产品组合的深度。是指一条产品线中每一产品项目所包含的不同花色、规格、尺码、型号、功能、配方等的数目的多少。表 7-2 中宝洁公司每条产品线的深度就为 20÷7＝2.85。一般说来，加深产品组合的深度，可以占领同类产品的更多细分市场，满足更广泛的市场需求。

（4）产品组合的相关性。是指各产品线之间在最终用途、生产条件、销售渠道或其他方面相关联的程度。产品组合的相近程度大，其相关性也就大。相反，产品组合的相近程度小，其相关性也就小。表 7-2 中宝洁这 7 条产品线为 6 条日用品类加 1 条食品类，所以相关度高。相反，若企业同时涉及若干不同相关行业的经营时，则其产品组合的关联性就低。如某公司经营饮料、服装等，几乎没有（相关性）联系，其相关性小。一般来说，加强产品组合的相关性，则有利于发挥企业在相关专业上的经营能力，发挥连带优势，提高企业的声誉。

（三）产品组合调整策略

一个企业的产品组合，应当根据市场竞争状况和销售、利润的变动进行适时调整，从而使产品组合保持动态优化。在对现有产品组合的未来发展趋势进行分析和评价的基础上，要对其进行调整。其主要策略如下。

（1）扩大产品组合。是指拓宽产品组合的广度和加强产品组合的深度。前者是在原产品组合中增加一个或几个产品线，扩大经营范围；后者是在原有产品线内增加新的产品项目。当企业预测现有产品线的销售额和盈利率在未来一两年内可能下降时，就须考虑增加新的产品线;当企业打算增加产品特色,或为更多的细分市场提供产品时,则可选择在原产品线内增加新的产品项目。

(2)缩减产品组合。是指缩减产品线或产品项目。随着企业产品组合在广度和深度上的扩展,用于市场的调查研究、产品设计、促销、仓储、运输等方面的费用也随之上升。当市场不景气或能源、原材料供应紧张时,从产品组合中剔除那些获利很小,甚至不获利的产品线或产品项目,可使企业集中资源,发展那些获利多的产品线或产品项目,获利水平反而会提高。

(3)产品延伸。是指全部或部分地改变公司原有产品的市场定位。每一个企业的产品都有其特定的市场定位。具体做法有以下3种。

① 向下延伸。是指企业原来定位于高档市场的产品线向下延伸,在高档产品线中增加中低档产品项目。采取这种策略,可以使企业利用高档名牌产品的声誉,吸引不同层次的顾客,从而增加产品销售,扩大市场份额,充分利用原有的物质技术力量。但这种策略也会给企业带来一定的风险,如果处理不当,低档产品会对企业原有产品的市场形象和声誉造成不利的影响。

例 7-11　早年,美国"派克"钢笔质优价贵,是身份和体面的标志,许多社会上层人物都喜欢带一支派克笔。然而,1982 年新总经理上任后,把派克品牌用于每支售价仅 3 美元的低档笔上。结果,派克公司非但没有顺利打入低档笔市场,反而丧失了一部分高档笔的市场。其市场占有率大幅下降,销售额只及其竞争对手克罗斯的一半。

② 向上延伸。是指企业原来定位于低档市场的产品线向上延伸,在原有产品线内增加高档产品项目。采取这一策略的原因,是因为高档产品市场具有较大的市场潜力和较高的利润率,企业在技术设备和营销能力方面已经具备进入高档市场的条件,需要对产品线进行重新定位等。这一策略的最大风险在于,低档产品在消费者心目中地位的改变比较困难。因而需要通过大量的营销努力,经过一段时间才能奏效。

③ 双向延伸。是指企业原来定位于中档市场的产品线掌握了一定的市场优势后,决定向产品线的上下两个方向延伸,一方面,增加高档产品;另一方面,增加低档产品,力求全方位占领某一市场。采取这一策略的主要问题是,随着产品项目的增加,企业的营销费用和管理费用会相应增加,因此,要求企业对高、低档产品的市场需要有准确的预测,以使企业产品的销售在抵补费用的增加后有利可图。

第二节　产品生命周期理论

一、产品生命周期

(一)产品生命周期的含义

产品生命周期(Product Life Cycle)又称为产品循环理论,是指产品在完成研制以后,从投入市场开始到被市场淘汰,最终退出市场所经历的时间过程。正确理解产品的生命周期应该注意的几个问题:产品的生命周期不同于产品的使用寿命;市场营销中研究的产品生命周期,严格讲是指产品形式的生命周期;在不同国家、不同地区,同一产品可能处于生命周期的不同阶段。

（二）产品生命周期的划分及各阶段的特征

典型的产品生命周期按照产品的市场占有率、销售额和利润额的变化为标志分为
4 个阶段：导入期、成长期、成熟期、衰退期，如图 7-1 所示。产品生命周期各阶段的特点
各不相同，如表 7-3 所示。

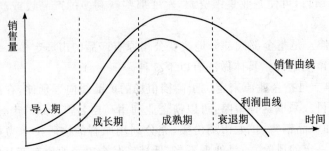

图 7-1　产品生命周期曲线图

表 7-3　产品生命周期各阶段的特征

	导入期	成长期	成熟期	衰退期
销售量	低	剧增	最大	衰退
销售速度	缓慢	快速	减慢	负增长
成本	高	一般	低	回升
价格	高	回落	稳定	回升
利润	亏损	提升	最大	减少
顾客	创新者	早期使用者	中间多数	落伍者
竞争	很少	增多	稳中有降	减少
营销目标	知名度,鼓励试用	最大限度地占有市场	保护市场,争取利润	压缩开支,榨取最后价值

（1）导入期的特点。产品导入市场阶段销售额缓慢增长。这一阶段，由于产品研发
费用和市场开发费用巨大，所以基本上是亏损经营，只是在导入阶段末段，可能产生微量
利润。这一阶段，效仿者尚不多，因而竞争并不激烈。

（2）成长期的特点。产品处于成长期，产品已被市场接受，销售额迅速增长。由于规
模效应，产品单位成本费用下降，因而利润大幅度增加。此阶段，因利益所致，竞争强度开
始增大。

（3）成熟期的特点。产品处于成熟期，产品已被大多数潜在购买者所接受，因而销售
额增长缓慢，到成熟期末段，销售额甚至会有所下降。这一阶段，由于竞争的日益激化而
使利润维持，甚至有所下降。

（4）衰退期的特点。产品进入衰退期以后，销售额明显下降。由于销售量的减少和
竞争中费用的增加而使利润进一步减少。

认识产品生命周期各个阶段的特点，是为了有针对性地设计营销对策。

二、产品生命周期的营销策略

(一)导入阶段的营销战略

新产品首次导入市场,销售成长处于缓慢发展状态。在这一阶段,企业一方面应尽量完善产品技术性能,尽快形成批量生产能力;另一方面应采取有效的营销组合策略,来缩短产品导入期。企业可以按主要营销变量,如价格、促销、分销渠道和产品质量等分别设计不同水平的营销组合,促使产品迅速进入成长期。企业将价格和促销活动作为战略侧重点,则导入期的营销战略有以下 4 种组合方式(见图 7-2)。

图 7-2　导入阶段的市场营销战略

(1)快速撇脂战略。这种战略采用高价格和高促销费用的方式,以求迅速扩大产品的销售量,并获得较高的市场占有率。采用该战略必须具备下列市场环境:大多数潜在的消费者还不了解这种产品;已经了解该产品的消费者则急于求购,并愿意按高价购买;企业面临着潜在的竞争威胁,需要尽快地建立顾客的品牌偏好。这一战略一旦成功,企业可较快地收回产品投资,获取较高的市场回报。

(2)缓慢撇脂战略。这种战略就是以高价格、低促销费用的形式进行经营,获取尽可能高的市场占有率。采用该战略应具备下列市场环境:总体市场规模有限;市场上大多数消费者已熟悉该产品;购买者愿意支付高价;竞争者的加入有一定的困难,潜在的竞争威胁不大。

(3)快速渗透战略。这种战略是以低价格、高促销费用方式推出产品,以求达到最快的市场渗透和最高的市场份额。采用该战略的市场环境为:市场容量大;消费者对产品不熟悉;大多数消费者对价格反应敏感;潜在竞争十分激烈,需抢先建立品牌偏好;产品成本会随产量的增加和生产经验的积累而下降。

(4)缓慢渗透战略。这种战略是以低价格、低促销费用的方式推出新产品。低价格可以使市场较快地接受该产品;而低促销费用又可以降低营销成本,使企业获取更多的早期利润。采用该战略的市场环境为:市场容量大;消费者熟悉这种产品;购买者对价格反应敏感;存在一些潜在的竞争者。

在选用上述战略时,企业应把产品市场寿命作为一个整体来加以考虑,而不应就某一阶段来选择营销战略;并且应努力保持产品生命周期各个阶段营销战略的连续性和一致性。

例 7-12　在中国提起 VCD,不能不提起曾经辉煌一时的安徽万燕公司,更不能不提起它的创始人姜万勐。在安徽现代电视技术研究所里,记者见到了这位充满传奇色彩的人物,同时也见到了那台至今仍牵动着世人目光的 VCD 机,它静静地坐在凝聚着主人无数心血的科技成果展览室里,一张用打印纸制成的小纸板上赫然写着它的名字——世界上第一台 VCD 机。

1992 年,在美国举办的国际广播电视技术展览会上,美国 C-CUBE 公司展出的一项不起眼的 MPEG(图像解压缩)技术引起了当时为安徽现代集团总经理姜万勐的兴趣,他凭直觉立刻想到,用这一技术可以把图像和声音同时存储在一张小光盘上。此后,姜万勐先后出资 57 万美元,于 1993 年 9 月,将 MPEG 技术成功地应用到音像视听产品上,研制出一种物美价廉的视听产品——VCD。同年 12 月,他又与美籍华人孙燕生共同投资 1 700 万美元成立了万燕公司,各取了姜万勐、孙燕生名字中的一个字作为公司名称。面对记者的采访,姜万勐显得异常平静,对于过去的事情,他仿佛不愿意再提。在 1993 年安徽现代电视技术研究所的 VCD 可行性报告中,有这样的一段描述:这是本世纪末消费类电子领域里,中国可能领先的唯一机会。为此,姜万勐进行了一系列的市场调查,得到了一系列的数字:1993 年中国市场上组合音响的销售量是 142 万台,录像机的销售量是 170 余万台,LD 影碟机 100 万台,CD 激光唱机是 160 余万台。当时的 LD 光盘是四五百元一张,而 VCD 机的光盘价格却只有它的 10% 左右,因此可以预测,VCD 机每年的销售量将会达到 200 万台左右。

中国的老百姓到了 1994 年年底才逐渐认识 VCD。在这一年,万燕生产了几万台 VCD 机。不仅如此,姜万勐还要开发碟片,总不能让老百姓买了枪而没子弹。为此,他又向 11 家音像出版社购买了版权,推出了 97 种卡拉 OK 碟片。在最初成立不到一年的时间里,万燕倾其所有,开创了一个市场,确立了一个响当当的品牌,并形成了一整套成型的技术,独霸于 VCD 天下。可以说,万燕的初创是成功的,也是辉煌的。但是,万燕也给自己酿下了一杯苦酒。令姜万勐感到伤心的是,万燕推出的第一批 1 000 台 VCD 机,几乎都被国内外各家电公司买去做了样机,成为解剖的对象。有人认为,姜万勐所犯的最大的错误是不懂专利保护,在记者向他问及此事的时候,他的回答相当坦率:"在当时的情况下,自己认为申请不申请专利似乎意义不大,关键是要让产品尽快占领市场。"也许正是这一念之差,使姜万勐失去了一次极好的统领市场的机会,同时也使中国在这一产业的发展中失去了本应占有主动权的半壁江山。当事隔多年后的今天,记者问他是否对此感到后悔时,他只是淡淡地一笑,这笑中带着几分无奈,也带着几分愧疚,更带着他永久的遗憾。姜万勐创办万燕树起了中国 VCD 机的旗帜,他也应该为此得到国人的赞许。但从万燕最终的结局上看,万燕的兴衰多少又有些悲怆。如果说,当姜万勐开发出第一台 VCD 机时就立刻申请了专利;如果说,当时国家投资 2.4 亿元,将安徽作为中国 VCD 机的生产开发基地的计划成为现实;如果说……中国,乃至世界的 VCD 机发展史,也许应该是另外一种写法——一部由中国人唱响主旋律的史诗! 由此,有人把姜万勐比作中国数字光盘技术开发道路上的"革命先烈"。

(二)成长阶段的营销战略

针对成长阶段的特点,企业为了争取持续和较高的市场增长率,获取更大的市场份额和利润,可以采取以下几种战略。

（1）寻找并进入新的细分市场。通过市场细分，找到新的尚未满足的细分市场，根据需要组织生产，并迅速进入这一新的市场。

（2）不断提高产品质量，增加产品式样和特色。增加产品新的功能和花色品种，逐步形成本企业的产品特色，提高产品的竞争能力，以增强产品对消费者的吸引力。

（3）在适当的时机降价。企业应在适当的时机降低价格，以激发那些对价格较为敏感的潜在消费者产生购买动机并采取购买行动，从而扩大产品市场份额，增加产品的销售量。

（4）进入新的分销渠道。当产品进入成长阶段后，为了适应产品扩大销售的需要，企业应开拓市场，这就需要利用更多的中间商，利用原来不曾用过的分销渠道模式。如利用代理形式的渠道或直接形式的渠道。

（5）适时改变传播目标。企业的广告目标，应从介绍和传达产品信息和建立产品知名度转移到树立品牌形象，说服和诱导消费者偏好和购买产品上来。

（三）成熟阶段的营销战略

产品进入成熟阶段以后，企业应将营销重点放在维持并尽量扩大市场份额，战胜竞争对手，采取主动出击的策略，力争延长成长阶段。为此，对处于成熟阶段的产品应采取以下战略。

1. 市场改良

市场改良战略不是要改变产品本身，而是要使产品的销售量得以扩大。产品销售量主要受品牌的使用人数和每个使用者的使用量的影响。因此，要扩大产品的销售量，应从以下两方面考虑。

（1）扩大产品的使用人数，其做法为：①寻求并进入新的细分市场。企业通过对市场的进一步细分或对现有细分市场需求的分析，确定产品新的消费对象；②使市场上未使用过该产品的人接受并使用该产品。企业可以通过有针对性的措施，如将产品对这些消费者的适用性更好地向他们进行宣传；③争取竞争对手的顾客。企业可以通过分析竞争对手的顾客，采用竞争者产品的主要想法，有针对性地向顾客介绍本企业的产品，具有相同于竞争对手的特点，从而使其在品牌转换中，成为本企业产品的购买者。

（2）寻求能够刺激消费者增加产品使用率的方法。

① 增加产品的使用次数。

例 7-13 洁齿和去垢牙膏的生产者向顾客说明，要想达到洁齿和去垢的最佳效果，应在每餐饭后刷牙，这样就可以使原来只有早晚刷牙习惯的顾客，每天增加了一次使用。

② 增加每次的使用量。企业可以通过宣传，向顾客暗示产品的使用量，应比顾客所认为的使用量要大，只有这样产品的效力才能更好地发挥出来。

例 7-14 橘汁饮料的生产厂商，向顾客暗示，橙汁应在餐前和餐后都饮用，才能既开胃又助消化。又如洗发水的生产厂商向顾客介绍，洗发水能够去头屑的关键，是每次洗发应该涂抹两次并冲洗干净。这样就增加了顾客对产品的使用量。但这种宣传一定要有科学依据，不能违背道德。

③ 企业应努力发现产品所具有的一些顾客不了解或不知道的新用途,通过介绍和宣传,使顾客增加产品的使用量。

例 7-15　小苏打的生产厂商就曾发现过,小苏打除了能够用作发酵食品的中和剂以外,还具有两个其他的用途:一个是可以用作高效除臭剂;另一个是可以用作对皮肤没有任何伤害的清洁剂。通过采用不同的包装,向顾客表明小苏打的不同用途,从而使小苏打的使用量成倍地增加。

2. 产品改良

产品改良是通过产品的改变来满足顾客的不同需要,以扩大产品的销售量。从产品定义所包含的内容出发,产品改良可从以下几个方面着手进行。

(1) 质量改进。质量改进的目的是增加产品的功能特性。生产商可以通过“新颖和改进过的”产品来压倒竞争对手,使本企业的同类产品比竞争对手“更强”、“更大”或“更好”。但是,顾客并不一定接受“改进”的产品。因此,质量改进的关键是质量确有改进,而且买方相信质量被改进和有一定数量对质量要求较高的用户。

(2) 特点改进。特点改进的目的是增加产品的新特点,扩大产品的功能性、安全性和便利性。特点改进有许多优点:它可以为公司建立进步和领先地位的形象;它能迅速被采用;它能赢得某些细分市场的忠诚;它还能给企业带来免费的大众化宣传;它会给销售人员和分销商带来热情。当然,特点改进很容易被模仿,有可能会得不偿失。

(3) 式样改进。式样改进的目的是增加对产品的美学诉求。如引进新的汽车模型,包装食品和家庭用品引进颜色和结构的变化,以及对包装式样的不断更新等。式样改进的优点是每家厂商都可以获得一个独特的市场个性。但是,式样改进也会带来一些问题。一是难以预料是否有人和有哪些人会喜欢改进的新式样。二是式样改进意味着不再生产老式样,企业将可能承担失去某种喜爱老式样顾客的风险。

3. 营销组合其他要素的改进

营销组合改进,是成熟期刺激销售的有效办法,一般可以从以下几个方面入手。

(1) 采用价格竞争手段。企业可以通过直接降低价格、加大价格的数量折扣、提供更多免费服务的项目等办法,以保持老顾客的数量或吸引新顾客。

(2) 向更多的分销网渗透或建立一些新的分销网。扩大产品的市场覆盖面,争取一些新顾客或保持原有的市场份额。

(3) 有效地利用广告等宣传工具。在产品的成熟期,企业应检测原有广告的有效性,如果效果并不理想,就应重新进行广告的创意和设计。

(4) 采取更加灵活的促销方式。积极开展促销活动,以保持既有的产品销量,甚至掀起新一轮的消费热潮。采用营销组合改进的主要问题是降价、改变广告宣传方式、进行分销渗透等方法,很容易被竞争对手模仿而加剧竞争,也可能会使销售费用增加而导致利润的损失。对此,企业必须事先做好充分的准备,以防不测。

(四) 衰退阶段的营销战略

产品进入衰退期以后,企业应视其经营实力和产品是否具有市场潜力,对老化的产品及时谨慎地做出放弃或保留的决策。简单的放弃或不顾实际的保留,都会使企业付出昂贵的代价。在衰退期,企业可以选择的营销战略如下。

（1）增加投资。进一步扩大经营规模,使企业在衰退的市场取得支配甚至垄断地位。这一战略比较适宜产品占市场份额最大的企业采用,因为可以抢占某些竞争对手所放弃的市场,或争取其顾客。

（2）维持原有的投资水平。即在该行业前景未明确前,采取以静制动的对策。这一战略比较适宜产品占市场份额较大的企业,在产品仍具有一定的潜力或不能清楚地预见市场前景的情况下采用。

（3）有选择地减少投资。即放弃某些销售额过小的细分市场,保持或扩大较具潜力的细分市场的规模。这一战略较适宜于市场份额中等的企业采用。

（4）尽快收回投资。即不考虑具体后果,快速从现经营的业务或产品中收回资金。这一策略比较适于市场份额较小的企业。

（5）迅速放弃业务。即尽可能采用有利的方式,处理与该衰退产品有关的资产。企业可以采取完全放弃的形式,如把产品完全转移出去或立即停止生产,也可以采取逐步放弃的方式,使其占用的资源逐步转向其他产品。

第三节　品牌决策

一、品牌及相关术语

（一）品牌的含义

美国营销协会定义品牌为"一个名称、术语、标志、符号或设计,或者是它们的结合体,以识别某个销售商或某一群销售商的产品或服务,使其与它们的竞争者的产品或服务区别开来。"

因此,品牌是指企业给自己的产品所起的商业名称,通常由文字、标记、符号、图案和颜色等要素或这些要素的组合构成,用作一个卖主或卖主集团的标示,以便同竞争者的产品相区别。

品牌实质上代表着卖者对交付给买者的产品特征、利益和服务的一贯性的承诺。最佳品牌就是质量的保证,但品牌还是一个更复杂的象征。品牌的整体含义可分成6个层次。

（1）属性。品牌首先代表某种属性。

例7-16　"奔驰"牌意味着昂贵、工艺精湛、马力强大、高贵、转卖价值高、速度快等。公司可以采用一种或几种属性为汽车做广告。多年来"奔驰"的广告一直强调它是"世界上工艺最佳的汽车"。

（2）利益。顾客不是买属性,而是买利益。因此,属性需要转化成功能性或情感性的利益。耐久的属性可转化成功能性的利益:"多年内我不需要买新车"。昂贵的属性可转化成情感性利益:"这辆车让我感觉到自己很重要并受人尊重"。制作精良的属性可转化成功能性和情感性利益:"一旦出事时我很安全"。

（3）价值。品牌体现生产者价值。例如,"奔驰牌"代表着高绩效、安全、声望及其他体现价值的要素。品牌的市场营销人员必须分辨出对这些价值感兴趣的消费者群体。

（4）文化。品牌代表着一种文化。"奔驰"汽车代表着德国文化：组织严密、高效率和高质量。

（5）个性。品牌反映出个性。如果品牌是一个人、动物或物体的名字，会使人们想到什么呢？"奔驰"（Benz）可能会让人想到严谨的老板、凶猛的狮子或庄严的建筑。

（6）用户。品牌暗示着购买或使用产品的消费者类型。如果我们看到一位20来岁的秘书开着一辆"奔驰"时会感到很吃惊。我们更愿意看到开车的是一位50岁的中年人。

以上说明品牌是一个复杂的符号。如果公司只把品牌当成一个名字，那就错过了品牌化的要点。品牌化的挑战在于制订一整套品牌含义。当受众可以识别品牌的6个方面时，称为深度品牌；否则只是一个肤浅品牌。"奔驰"就是一个深度品牌，因为我们能从6个方面理解它；"奥迪"的品牌深度差一些，因为我们不太容易了解它的独特利益、个性和用户特征。

了解了6个层次的品牌含义，市场营销人员必须决定品牌特性的深度层次。人们常犯的错误是只注重品牌属性。但是购买者更重视品牌利益而不是属性，而且竞争者很容易模仿这些属性。另外，现有属性会变得没有价值，品牌与特定属性联系得太紧密反而会伤害品牌。但是，只强调品牌的一项或几项利益也是有风险的。假如"奔驰"汽车只强调其"性能优良"，那么竞争者可能推出性能更优秀的汽车，或者说顾客可能认为性能优良的重要性比其他利益要差一些，此时"奔驰"需要调整到一种新的利益定位。

品牌最持久的含义是其价值、文化和个性。它们构成了品牌的实质。"奔驰"代表着"高技术、杰出表现和成功"等。奔驰公司必须在其品牌战略中反映出这些东西。

（二）品牌相关术语

（1）品牌名称。是指品牌中可以用文字表述的部分，如 SONY、日立、Haier（海尔）、联想、五粮液等。

（2）品牌标志。是指品牌中可以识别但不能用文字表述的部分，其区别如图 7-3 所示。

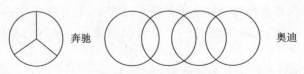

奔驰　　　　　　　　　　　　　　　奥迪

图 7-3　奔驰与奥迪的区别

（3）商标。商标是一个法律术语，是指已获得专用权并受法律保护的一个品牌或一个品牌的一部分。企业在政府有关主管部门注册登记以后，就享有使用某个品牌名称和品牌标志的专用权，这个品牌名称和品牌标志受到法律保护，其他任何企业都不得仿效使用。

二、品牌策略

品牌策略是企业依据产品状况和市场情况，最合理、有效地运用品牌，以达到预期的营销目的。

（一）品牌化决策

（1）使用品牌，特别是运作比较成功的品牌，它给企业带来的益处是不可低估的。

（2）不使用品牌，因为建立品牌必然要付出相应的费用（包括设计费、制作费、注册登记费、广告费等），增加企业经营总成本，并且当品牌不受顾客欢迎时，企业还要承担相应的风险，所以出于对产品的特征和生产者降低成本的考虑，有些产品有可能不使用品牌，而只注明产地或生产厂家的名称。一般来说，以下几种情况可以不使用品牌：①产品技术要求简单，不会因为企业不同而形成产品的不同特点；②顾客习惯上不是认品牌购买的产品；③小范围的生产、销售、没有明确技术标准的产品；④企业临时性或一次性生产的产品。

（二）品牌使用决策

品牌使用决策是指在决定使用品牌后，对要使用谁的品牌做出的决策。一般有 3 种选择。

（1）生产商品牌也称生产者品牌，即企业使用属于自己的品牌。生产商品牌又可以分为 3 个类型，即个别品牌、多品牌、统一品牌等。

（2）中间商品牌也称经销商品牌，即企业把产品销售给中间商，由中间商使用他自己的品牌将产品转卖出去。

（3）混合品牌。即企业对一部分产品用自己的品牌，而对另一部分产品用中间商的品牌。

（三）品牌名称决策

产品走向市场必须有名字，企业如何为产品命名，一般有以下几种策略可供选择。

（1）个别品牌策略。个别品牌策略是企业给它的不同产品分别冠以不同的品牌。

例 7-17　每种产品有一个品牌——P&G 公司。

（2）统一品牌策略。统一品牌策略也叫家族品牌，即生产者的各种产品使用相同的品牌推向市场。

例 7-18　夏华电视机，夏华 DVD，夏华影院；如亨氏和通用电气，在所有的产品范围上都使用公司名称。

（3）分类品牌策略。即企业对所有产品在分类的基础上，各类产品使用不同的品牌。

例 7-19　西尔斯使用的是单独的家族名称，如电器用 KENMORE，家庭设备用 HOMART。

（4）主副品牌策略。通常以企业名称作为主品牌，同时给各产品打一个副品牌，以副品牌来突出产品的个性形象。

例 7-20　如 GM——卡迪拉克。

（四）品牌延伸策略

品牌延伸策略指企业利用已经成功的品牌推出改良产品或新产品。公司可能决定利用现有品牌名称来推出一个新的产品品目。

例 7-21 "乐百氏"奶,"乐百氏"AD钙奶。改进型产品与原产品属同一产品线,故其相关性很大。在原有品牌的基础上,加上说明产品属性的文字,既能借原有品牌迅速提高认知度,又能够突出新产品的个性。但弊端在于如果市场细分不明确,很可能会瓜分原有产品的市场。

(1)品牌延伸战略有许多优点:①一个受人注意的好品牌名称能给予新产品即刻的认知和较容易地被接受,它使企业更容易进入一个新的产品领域;②品牌延伸节约了大量广告费,而在正常情况下使消费者熟悉一个新品牌名称花费较大。

例 7-22 1984年后,15年以来,海尔公司利用品牌延伸策略共兼并18家企业,盘活亏损额超过5亿元的15亿元资产。现在海尔集团已拥有包括白色家电、黑色家电、米色家电在内的58大门类9 200多个规格品种的家电群几乎覆盖了所有家电产品,在消费者心目中树立了海尔家电王国的形象。

(2)品牌延伸战略也有风险:①新产品可能使买者失望从而损坏对公司其他产品的信任;②原有品牌名称可能不适用于新产品;③过度延伸会使品牌失去在消费者中的特定的定位。出现品牌稀释现象:消费者不再把品牌与一个特定的产品或类似的产品相联系。

例 7-23 皮尔卡丹是一位著名的时装设计师,他创作的时装作品别具一格且价格昂贵。因此,皮尔卡丹牌成了社会上层人物身份和体面的象征。"皮尔卡丹"时装一度与"香奈尔(Chanel)"香水、"路易威登(Louis Vuitton)"皮包齐名,以高贵的品质拥有自己的优越地位。为了吸引更多的消费者,皮尔卡丹品牌延伸到日常生活用品上,从家具到灯具,从钢笔到拖鞋,甚至包括廉价的厨巾。后果是"皮尔卡丹"在大多数市场上丧失了高档名牌的形象,也丢掉了追求独特的品牌忠诚者。

例 7-24 "金利来,男人的世界"这句耳熟能详的广告语把品牌定位表达得简洁明了。然而,当精巧的"金利来"女用皮包上市后,就模糊了品牌的定位,它削弱了品牌原有的男子汉的阳刚之气,也没有赢得女士们的欢心。这就是品牌延伸不当所带来的品牌淡化效应。

(五)多品牌策略

多品牌策略指同一企业在同一种产品上设立两个或多个相互竞争的品牌。在相同产品种类中采用多个品牌。如P&G在清洁剂领域有9个品牌。

(1)采用多品牌的动机和可能带来的优势:①公司看到这是一种为不同消费者提供不同性能和/或诉求的方法;②能使公司占领更多的分销商货架;③通过建立侧翼品牌来保护它的主要品牌;④公司通过获取竞争公司的品牌,从而继承不同的品牌名称。

(2)采用多品牌的劣势是:①每个品牌可能仅占领了很小的市场份额,也可能毫无利润或利润下降;②资源分散,不能集中于高绩效的品牌;③可能是自相残杀而不是蚕食竞争者。

例 7-25 如世界著名的化妆品生产厂商欧莱雅集团,旗下的品牌包括兰蔻、碧欧泉、巴黎欧莱雅、契尔氏、卡尼尔、羽西、小护士、美体小铺、美宝莲、薇姿、理肤泉等;再如全球最大的食品生产商之一卡夫公司拥有众多世界知名的品牌,其中包括有奥利奥、趣多多、太平、闲趣、甜趣、乐之、优冠、王子、鬼脸嘟嘟等饼干品牌,还包含吉百利、怡口莲和荷氏等糖果品牌,以及饮料品牌果珍、麦斯威尔。

(六)重新定位策略

重新定位策略指全部或部分调整或改变品牌原有市场定位的做法。也许一种品牌在市场上最初定位是适宜的,但是到后来公司可能不得不重新定位。竞争者可能在公司品牌之后推出他自己的品牌,来削减公司的市场份额。此外,顾客偏好发生转移,从而对公司品牌的需求减少。

例 7-26　"七喜"的"非可乐"定位是品牌重新定位的成功范例。

第四节　产品包装

一、包装及包装策略

包装是产品实体的一个重要组成部分,在西方国家,包装一向受到生产者和经营者的高度重视,有些营销学家甚至把包装称为营销因素 4 个 P 之外的第 5 个 P(Package)。

(一)包装的概念

包装是指产品的容器或外部包扎物,有着识别、便利、美化、增值和促销的功能。产品包装一般包括 3 个层次。

(1)内包装,即产品的直接容器或包装物,如牙膏的软管、酒类的瓶子、香烟的小纸盒(20 支/盒)等。

(2)中层包装,即保护内包装的包装物,如每条香烟的包装、装入一定数量牙膏的纸盒等。

(3)外包装(运输包装),即便于储运和识别的外包装,如装运香烟的纸板箱等。

(二)包装的作用

包装之所以越来越受到重视,是因为它越来越发挥着重要作用的缘故。

(1)保护产品,即保护产品的使用价值,良好的包装可以使产品在流通过程中,在消费者保存产品期间完整无损,清洁卫生。

(2)促进销售。精美的包装可美化产品,提高产品档次和身价,增加吸引力,促进销售。产品包装后,首先进入消费者视觉的往往不是产品本身而是产品的包装。能否引起消费者的兴趣,触发其购买动机,在一定程度上取决于产品的包装,因而包装是一种"无声的推销员"。

(3)创造价值。一是提高产品附加价值,日益富裕的消费者愿意为良好包装所带来的方便、可靠性和声望而多付些钱;二是加深企业及其品牌印象。三是创新机会,新颖的包装既给消费者带来好处,也为生产商带来利润。例如,旁氏公司推出新颖的指甲上光笔包装后,指甲油销售额增长了 22%。

例 7-27　金宝汤料公司估计平均每个购买者一年中看到它的熟悉的红与白标志颜色 76 次,等于创造广告价值 2 600 万美元。

(4) 提供便利。一是便于识别产品,包装作为产品的特定标志,以便于同竞争者产品相区别,也可区别不同类型的产品;二是便于运输、携带和储存;三是便于使用。

(三) 类似包装策略

(1) 类似包装策略。指企业生产经营的各种产品,均采用相同或相近的图案、色彩、造型等共同的特征以使消费者容易辨认。

(2) 等级包装策略。对于同一种产品,按照其价值、品质,分成若干等级,不同的等级采用不同的包装,使包装与产品的价值相称。

(3) 配套包装策略。把几种相关的产品放在同一包装内销售的做法。

(4) 附赠品包装策略。即在包装里面附有赠品或奖券,以吸引消费者,扩大销售量。

(5) 再使用包装策略。指在原包装的产品使用完后,其包装物还可以作其他用途。

(6) 性别包装策略。根据性别的不同而设计不同的包装。

(7) 习惯使用量包装。根据消费者的使用习惯来设计不同分量的包装。

二、包装设计

(1) 独具特色。

(2) 便利消费。

(3) 安全卫生,绿色环保。

(4) 与质量或价值水平相适应。

(5) 尊重风俗习惯和宗教禁忌。

第五节　新产品开发策略

一、新产品的类别

(一) 新产品的概念

什么是新产品? 从不同的角度去理解,可以得出不同的概念。市场营销学中所说的新产品,可以从市场和企业两个角度来认识。对市场而言,第一次出现的产品是新产品;对企业而言,第一次生产销售的产品也是新产品。所以市场营销学中所讲的新产品同科学技术发展意义上的新产品是不相同的。市场营销学上新产品的概念指:凡是消费者认为是新的、能从中获得新的满足的、可以接受的产品都属于新产品。

(二) 新产品的类别

新产品按照不同的标准有多种分类方法。按新颖程度可将新产品分为 5 类。

(1) 全新新产品。指采用新原理、新材料及新技术制造出来的前所未有的产品。全新新产品是应用科学技术新成果的产物,它往往代表科学技术发展史上的一个新突破。

它的出现,从研制到大批量生产,往往需要耗费大量的人力、物力和财力,这不是一般企业所能胜任的。因此它是企业在竞争中取胜的有力武器。

例7-28 宝丽莱"傻瓜"相机、吉尼斯啤酒公司"In-can"罐装系统。

(2)换代新产品。指在原有产品的基础上采用新材料、新工艺制造出的适应新用途、满足新需求的产品。它的开发难度较全新新产品小,是企业进行新产品开发的重要形式。一家电子公司推出一种新的微型光盘播放器。公司进一步开发它现有的光盘产品,现在能提供一种更小、更轻的版本。

(3)改进新产品。指在材料、构造、性能和包装等某一个方面或几个方面,对市场上现有的产品进行改进,以提高质量或实现多样化,满足不同消费者需求的产品。它的开发难度不大,也是企业产品发展经常采用的形式。惠普的彩色喷墨打印机是它在已有喷墨打印机上新增的功能。

(4)仿制新产品。指对市场上已有的新产品在局部进行改进和创新,但保持基本原理和结构不变而仿制出来的产品。落后国家对先进国家已经投入市场的产品的仿制,有利于填补国家生产空白,提高企业的技术水平。在生产仿制新产品时,一定要注意知识产权的保护问题。

(5)新牌子产品。指在对产品实体微调的基础上改换产品的品牌和包装,带给消费者新的消费利益,使消费者得到新的满足的产品。

在新产品中,只有不到10%的产品属于新问世产品。这些产品包含非常高的成本和风险。大多数企业都着力于改进现有产品,而不是创造全新的产品。如索尼公司80%以上的新产品都是现有产品的改进。

二、新产品的开发方式

新产品的开发方式包括独立研制开发、技术引进、研制与技术引进相结合、协作研究、合同式新产品开发和购买专利等。

(1)独立研制开发。指企业依靠自己的科研力量开发新产品。它包括3种具体的形式:①从基础理论研究开始,经过应用研究和开发研究,最终开发出新产品。一般是技术力量和资金雄厚的企业采用这种方式;②利用已有的基础理论,进行应用研究和开发研究,开发出新产品;③利用现有的基础理论和应用理论的成果进行开发研究,开发出新产品。

(2)技术引进。指企业通过购买别人的先进技术和研究成果,开发自己的新产品,既可以从国外引进技术,也可以从国内其他地区引进技术。这种方式不仅能节约研制费用,避免研制风险,而且还节约了研制的时间,保证了新产品在技术上的先进性。因此,这种方式被许多开发力量不强的企业所采用。但难以在市场上形成绝对的优势,也难以拥有较高的市场占有率。

(3)研制与技术引进相结合。指企业在开发新产品时既利用自己的科研力量研制又引进先进的技术,并通过对引进技术的消化吸收与企业的技术相结合,创造出本企业的新产品。这种方式使研制促进引进技术的消化吸收,使引进技术为研制提供条件,从而可以加快新产品的开发。

（4）协作研究。指企业与企业、企业与科研单位、企业与高等院校之间协作开发新产品。这种方式有利于充分使用社会的科研力量，发挥各方面的长处，有利于把科技成果迅速转化为生产力。

（5）合同式新产品开发。指企业雇用社会上的独立研究的人员或新产品开发机构，为企业开发新产品。

（6）购买专利。指企业通过向有关研究部门、开发企业或社会上其他机构购买某种新产品的专利权来开发新产品。这种方式可以大大节约新产品开发的时间。

三、开发新产品的程序

开发新产品是一项十分复杂而风险又很大的工作。为了减少新产品的开发成本，取得良好的经济效益，必须按照科学的程序来进行新产品开发。开发新产品的程序因企业的性质、产品的复杂程度、技术要求及企业的研究与开发能力的差别而有所不同。一般要经历产生构思、筛选构思、概念开发与测试、初拟营销计划、商业分析、产品开发、市场试销和正式上市8个阶段。

（1）产生构思。新产品构思是指新产品的设想或新产品的创意。企业要开发新产品，就必须重视寻找创造性的构思，构思的来源很多，主要有以下6个方面。

① 顾客。生产产品是为了满足消费者的需求，因此顾客的需求是新产品构思的重要来源。了解消费者对现有产品的意见和建议，掌握消费者对新产品有何期望，便于产生构思的灵感。

② 企业职工。企业职工最了解产品的基本性能，也最容易发现产品的不足之处，他们的改进建议往往是企业新产品构思的有效来源。

③ 竞争对手。分析竞争对手的产品特点，可以知道哪些方面是成功的，哪些方面是不成功的，从而对其进行改进。

④ 科技人员。许多新产品都是科学技术发展的结果。科技人员的研究成果往往是新产品构思的一项重要来源。

⑤ 中间商。中间商直接与顾客打交道，最了解顾客的需求。收集中间商的意见是构思形成的有效途径。

⑥ 其他来源。可作为新产品构思来源的其他渠道比较多，如大学、科研单位、专利机构、市场研究公司、广告公司、咨询公司、新闻媒体等。

（2）筛选构思。这一阶段是将前一阶段收集的大量构思进行评估，研究其可行性，尽可能地发现和放弃错误的或不切实际的构思，以较早避免资金的浪费。一般分两步对构思进行筛选。第一步是初步筛选，首先根据企业目标和资源条件评价市场机会的大小，从而淘汰那些市场机会小或企业无力实现的构思；第二步是仔细筛选，即对剩下的构思利用加权平均评分等方法进行评价，筛选后得到企业所能接受的产品构思。

（3）概念开发与测试。产品概念是指企业从消费者角度对产品构思所做的详尽描述。企业必须根据消费者对产品的要求，将形成的产品构思开发成产品概念。通常，一种产品构思可以转化为许多种产品概念。企业对每一个产品概念，都需要进行市场定位，分析它可能与现有的哪些产品产生竞争，以便从中挑选出最好的产品概念。

（4）初拟营销计划。产品概念确定后，企业就要拟订一个初步的市场营销计划，并在以后阶段不断发展完善。

（5）商业分析。它是指对新产品的销售额、成本和利润进行分析，如果能满足企业目标，那么该产品就可以进入产品的开发阶段。

（6）产品开发。新产品构思经过一系列可行性论证后，就可以把产品概念交给企业的研发部门进行研制，开发成实际的产品实体。产品开发包括设计、试制和功能测试等过程。这一过程是把产品构思转化为在技术上和商业上可行的产品，需要投入大量的资金。

（7）市场试销。新产品开发出来后，一般要选择一定的市场进行试销，注意收集产品本身、消费者及中间商的有关信息，以便有针对性地改进产品，调整市场营销组合，并及早判断新产品的成效。值得注意的是，并不是所有新产品都必须经过试销，通常是选择性大的新产品需要进行试销，选择性小的新产品不一定试销。

（8）正式上市。如果新产品试销成功，企业就可以将新产品大批量投产，推向市场。

四、新产品采用者类型及过程

潜在消费者认识新产品、试用或拒绝新产品，通常表现出几种类型，并且采用新产品有一个过程。

（一）新产品采用者类型

埃费里特·罗杰斯认为，在不同的产品领域，都有人成为消费先驱和早期采用者，也有人成为晚期采用者和落伍者。新产品采用者的消费者类别有 5 种，如图 7-4 所示。

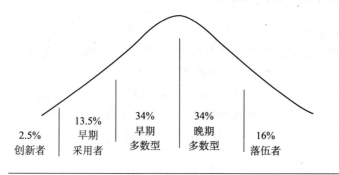

图 7-4　新产品采用者的时间分类

（1）创新者。他们愿意冒风险试用新产品。

（2）早期采用者。他们被自尊所支配，是社会上的意见带头人，采用新产品较早但态度谨慎仔细。

（3）早期多数型。虽然他们态度谨慎，不是意见带头人，但比一般的人先采用新产品。

（4）晚期多数型。他们所持的是怀疑观点，要等到大多数人都已试用后才采用新产品。

（5）落伍者。他们受传统观念的束缚，怀疑任何变革，他们只有在新产品变成老产品后才采用。

上述采用者分类方法,要求开发新产品的企业研究创新者和早期采用者的人文统计、心理统计和媒介特征,以及如何具体地同他们互通信息。

(二) 采用过程中的各个阶段

新产品采用者的发展有以下 5 个阶段。

(1) 知晓。消费者对新产品有所察觉,但缺少有关新产品的信息。

(2) 兴趣。消费者受到某种刺激,以寻找该新产品的信息。

(3) 评价。消费者考虑试用该新产品是否是正确选择。

(4) 试用。消费者小规模试用了该产品,以改进对其价值的评价。

(5) 采用。消费者决定全面和经常使用该新产品。

上述过程分析,对新产品营销人员的启发在于如何适应消费者的心理过程而开展有效的营销活动。

本 章 小 结

(1) 产品的整体概念包括核心产品、有形产品和附加产品 3 个层次。产品组合是指某一企业生产或者销售的全部产品线和产品项目的组合。产品组合策略是根据企业的经营目标,对产品组合的宽度、深度、长度和关联度进行最优决策。产品从投入市场到最终退出市场的全过程称为产品生命周期。典型的产品生命周期可以分为导入期、成长期、成熟期和衰退期 4 个阶段。对处于不同生命周期阶段的产品,应该使用不同的营销策略。

(2) 品牌是企业的一种最重要的无形资产。品牌策略包括要不要品牌、用谁的品牌和品牌延伸等策略。包装是产品不可分割的一部分。包装策略包括类似包装、等级包装、配套包装、附赠品包装、再使用包装、性别包装、习惯使用量包装等策略。

(3) 企业必须不断开发新产品,才能迎合市场需求快速变化,满足顾客需求,从而获取利润。一个完整的新产品开发过程需要经历产生构思、筛选构思、概念开发与测试、初拟营销计划、商业分析、产品开发、市场试销、正式上市 8 个阶段。

技 能 训 练

一、名词解释

产品　核心产品　产品组合　产品组合的相关性　产品延伸　品牌资产　商标　产品生命周期　新产品采用过程

二、单项选择题

1. 产品说明书、保证、安装等属于(　　)。

　　A. 核心产品　　　　B. 潜在产品　　　　C. 延伸产品　　　　D. 期望产品

2. 消费者能够识别哪些牌子的商品物美价廉,哪些牌子的商品质次价高,而且许多消费者习惯上愿意花时间和精力去购买的消费品属于(　　)。

　　A. 便利品　　　　B. 耐用品　　　　C. 特殊品　　　　D. 选购品

3. 一般情况下,刚上市的新产品、人寿保险、百科全书属于(　　)。

　　A. 便利品　　　　　B. 特殊品　　　　　C. 选购品　　　　　D. 非渴求物品

4. 产品类别中具有密切关系的一组产品称为(　　)。

　　A. 产品集　　　　　B. 产品类别　　　　C. 产品大类　　　　D. 产品类型

5. 拓展产品组合的宽度和增强产品组合的深度的策略叫做(　　)。

　　A. 产品延伸　　　　　　　　　　　B. 产品大类现代化

　　C. 扩大产品组合　　　　　　　　　D. 缩减产品组合

6. 一个企业生产的产品类型、性质不同,需要加以区别,可采用(　　)。

　　A. 个别品牌名称　　　　　　　　　B. 统一品牌名称

　　C. 系列品牌名称　　　　　　　　　D. 企业名称与个别品牌名称并用

7. 在产品生命周期中,丰厚的利润一般在(　　)。

　　A. 引入期　　　　　B. 成长期　　　　　C. 成熟期　　　　　D. 衰退期

8. 除了提供质量合格的产品,还必须提供相应的附加服务,如保养、售后服务等,这对生产商来说(　　)。

　　A. 售后服务是由经销商来承担的,与生产商无关

　　B. 如果是优质产品则无必要

　　C. 这是产品整体概念的一部分,很有必要

　　D. 只要售出产品即可,服务完全没有必要

9. 某种产品在市场上销售迅速增长,利润显著上升,该产品这时正处在其市场生命周期的(　　)阶段。

　　A. 导入期　　　　　B. 成长期　　　　　C. 成熟期　　　　　D. 衰退期

10. 新产品开发的第一个阶段是(　　)。

　　A. 提出目标,搜集构想　　　　　　B. 形成产品概念

　　C. 营业分析　　　　　　　　　　　D. 评核与筛选

三、多项选择题

1. 有形产品的特征有(　　)。

　　A. 品质　　　　　　　B. 式样　　　　　　　C. 特征

　　D. 商标　　　　　　　E. 包装

2. 根据消费者的选购习惯,产品可分为(　　)。

　　A. 耐用品　　　　　　B. 便利品　　　　　　C. 选购品

　　D. 特殊品　　　　　　E. 非渴求物品　　　　F. 产品大类现代化

3. 品牌持久的含义是其(　　)。

　　A. 个性　　　　　　　B. 利益　　　　　　　C. 属性

　　D. 价值　　　　　　　E. 文化

4. 成长期营销策略有(　　)。

　　A. 改善产品品质　　　　　　　　　B. 寻找新的子市场

　　C. 改变广告宣传的重点　　　　　　D. 缓慢渗透策略

　　E. 降价策略

5. 新产品采用者的类型有（　　）。

   A. 创新采用者　　　　　B. 早期采用者　　　　　C. 早期大众

   D. 晚期大众　　　　　　E. 落伍者

四、判断题

1. 核心产品必须具有满足需求的基本效用或利益以及特定的形式。（　　）

2. 产品整体概念的内涵和外延都是以追求优质产品为标准的。（　　）

3. 产品项目是指产品线中不同的品种、规格、品牌、价格的特定产品，例如：某商店经营的服装、食品、化妆品等。（　　）

4. 创名牌的根本措施是确保产品的高质量。（　　）

5. 产品可以分为核心产品和延伸产品这两个层次。（　　）

6. 电视机、汽车是属于非耐用品，而家具、房屋等则属于耐用品。（　　）

五、简答题

1. 对成熟期的产品，可采取的策略有哪些？

2. 简述企业采取向上延伸策略的原因和可能承担的风险。

3. 简述产品延伸的利弊。

4. 简述建立自己的品牌和商标的好处。

5. 企业采取多品牌策略的原因。

6. 简述新产品采用过程包括的阶段。

7. 简述新产品扩散与新产品采用的区别。

8. 早期大众有哪些特征？

六、案例分析

娃哈哈啤儿茶爽能否"爽"起来？

娃哈哈是国内首屈一指的饮料公司，然而这样的大公司却难掩其品牌战略的缺失。近来娃哈哈又推出了一个新产品——啤儿茶爽。

年轻漂亮的女老师，看见女生在课堂上拿着一个啤酒瓶子，惊叹道："上课还喝啤酒！"。学生说："老师，你 out 了！"。放学了，老师坐在车上，男朋友惊叹道："开车还喝啤酒！"。年轻漂亮的女老师撒娇地说："你 out 了！"。这是娃哈哈啤儿茶爽的广告——你 out 了！啤儿茶爽，你是"爽"起来还是"out"？ 你的命运将会如何呢？

一、融合的产品是一个复杂的产品

复杂的产品概念。啤儿茶爽是一个什么样的产品？ 娃哈哈说：啤儿茶爽萃取天然绿茶添加香浓麦芽，采用混比充气，二位一体灌装技术，零酒精，低热量，高营养，像啤酒一样酷爽，像绿茶一样健康……

您看明白了吗？像啤酒一样爽，但它不是啤酒；像绿茶一样健康，但它不是绿茶。那它到底是一个什么产品？ 没有答案。

复杂的产品名称。产品复杂,导致这个产品到底是什么搞不清楚,因此也就无法定义品类,最终这一产品缺少一个品类名。而一个产品要在消费者心智中立足,需要两个名称:一个是品类名,一个是产品名。消费者首先将新产品在自己的心智中进行归类,随后取一个符合常识的名称,即品类名。比如,将水进行分类,分为天然水、矿泉水、蒸馏水等品类名;将酒进行分类,分为白酒、红酒和啤酒,啤酒又可细分为普通啤酒、纯生、干啤、冰啤、黑啤等。消费者将品类名存入心中,然后将符合这一类的产品存进这一品类的格子里,这一格子是阶梯形的,每一个产品都要取一个名字即产品名放在阶梯上。只有产品名在品类的阶梯上占据一个位置的时候,才有可能成为消费者购买时的选择。比如,农夫山泉之于天然水,茅台之于白酒,张裕之于红酒,青岛啤酒之于啤酒等。现在,啤儿茶爽竟然没有一个品类名,在消费者心智中自然也就无法存在,如此,当消费者有了解渴的需求的时候,根本想不到有这样一个品类,购买啤儿茶爽也就无从谈起了。

娃哈哈也许意识到了这一点,干脆给它起了一个名字——啤儿茶爽,是产品的名字,又是品类的名字,结果就成了一个混乱的名字、复杂的名字。啤儿茶爽是产品的名字,但它不够简单,不够顺口,也谈不上独特;如果说它是品类的名字,却又不符合消费者的认知,因为消费者的心智中不存在啤儿茶爽这样一个品类。

二、融合的产品为什么容易失败

融合的产品不符合品牌发展规律。品牌的发展规律与自然界的物种一样,都处在不断的分化之中。在自然界,环境的变化创造了促使物种分化的条件。而在商业界,技术、文化和传播环境的变化创造了促使品类分化的条件。市场越成熟,竞争越激烈,品类分化的程度就越高。

融合的产品不符合品牌竞争规律。品牌竞争就是一场战争。一个新品面市,首先要明确自己的竞争品类和对手,并找到其战略性的弱点,然后集中一切力量攻击它。而融合的产品,是两个或两个以上产品的组合,分跨多个品类,融合的产品是同多个品类的专家级对手作战,这就像体育比赛中的全能冠军,如果他接受单项比赛冠军的挑战,他必将失败。分散兵力在多条战线上同众多敌人同时作战,是兵法之大忌。同样,在营销中,与众多品牌同时竞争,对于融合产品来说,也是一场灾难。

融合的产品不符合心智运行规律。人们心智运行的一个规律,是喜欢简单而厌恶复杂,将复杂的信息拒之于心智之外。一个融合的产品,是对两个或两个以上的产品进行组合,其功能必然繁杂,难以得到消费者的喜爱,当然也就难以进入消费者的心了。人们心智运行的另一个规律,是将外部信息进行简化归类并以类别名进行储存。但融合产品是多个产品的大杂烩,其概念复杂,消费者难以对融合产品进行归类,而不能归类,融合产品就无法进入人们的心智,因此,当消费者有需求的时候,融合的产品也就进入不了消费者的选择序列中。

【案例思考】

试述娃哈哈啤儿茶爽品牌策略的特点及可能给企业带来的影响。

七、实训操作

实训内容:实际体验产品策略的制订。

实训目标：选择自己熟悉并感兴趣的产品类型，并为该类型的产品推出相关的新产品。

实训组织：人员 3～5 人组成一个小组，以小组为单位训练。

实训提示：通过调查、分析，界定这一新产品的目标顾客及主要顾客需求，界定这一新产品的基本属性；为这一新产品设计品牌名称及品牌标志；为这一新产品设计包装。

实训成果：各组展示，教师讲评。

第八章

定 价 策 略

第八章

学 习 目 标

通过完成本章学习,应该能够:

(1) 掌握影响营销定价的因素;

(2) 运用定价方法和技巧;

(3) 实施定价策略。

核 心 能 力

(1) 灵活运用定价方法和技巧;

(2) 实施定价策略。

案 例 导 入

"平价药店"掀起价格冲击波

2002 年 8 月 31 日,作为江西第一家平价药房的"开心人"大药房在南昌首次亮相。"开心人"承诺:16 大类、5 000 多种药品售价比国家核定零售价平均低 45%。"开心人"开张 5 天,每天客流量超过 1 万人,最高日销售额达 10 万元。"开心人"经媒体报道在南昌城内一夜成名。9 月 24 日,200 多名供货商在医院、药店等联手施压下,突然从"开心人"集体撤货,有的还自己掏钱买走自己的药品。一位供货商说:"我如果不来撤货,其他药店就会威胁我,不销售我的药。"与此同时,恶意的投诉举报致使工商等执法部门对"开心人"频繁检查,据说有人质疑"开心人"有不规范经营行为。"开心人"的经营受到重挫。期间威胁电话更是不断:要么调价,要么关门。

对于此类"平价药店"的出现,业界褒贬不一,各执一词。它的出现打破了原有的市场平衡,被同行视为是一种"抢钱"行为,因此受到了同行业者的质疑与排挤。除了供货商的围攻,在武汉、成都,甚至有药品平价超市遭打砸抢、遭火焚。

背景资料:一般医药产品进入零售药店的通路要经过以下几个环节:生产企业—总经销—大区或省级代理—地市级代理—医药批发公司—配送中心—药店—消费者。目前市场上近 90% 的药价已经放开,实行市场自由调节价。发改委多次颁布限价令,根据药品的成本进行限价。政府也在医疗机构大力推行招标采购。

【案例思考】

1. 药店怎样能够做到"平价"? 平价药店为什么会出现?
2. 平价药店出现后对药品流通业会产生什么影响?

第一节 影响企业产品定价的因素

所谓价格,应从两个方面来理解:一是从企业角度来看,价格是对有价值的东西所索要的货币;二是从顾客角度来看,价格是消费者购买产品、服务所支付的货币。产品价格是最灵活的营销组合要素,相比其他营销组合变量,价格是最可控的因素,应尽可能在其他变量确定的基础上定价。也正因为如此,企业最容易想到的是调价,然而价格对消费者来说是最敏感的。因为给产品定价,并非随心所欲,产品价格的高低,受诸多因素的制约和影响,企业在产品定价时必须对那些主要因素给予充分的考虑。影响企业产品定价的主要因素有以下几方面。

一、产品成本

成本是指企业为生产产品、提供劳务而发生的各种耗费。企业的产品成本是产品价格的底数。产品的价格不可能长期低于成本,所以,产品成本是影响产品价格的最重要因素之一。产品成本不仅包括它的所有生产、营销成本,还应包括对企业的努力与承担的风险的一个公允的报酬。一个企业的成本有两种形式:固定成本和变动成本。

固定成本是指在一定时期内,不随生产或销售收入的变化而变化的成本。例如一个企业每月必须支付的账款,如办公室的租金、取暖费、借款利息、固定资产摊销、行政员工的工资等,基本上与企业的产量无关。

变动成本是指在一定时期内,随着生产水平的变化而直接发生变化的成本,如原材料、零部件、车间工人的工资等。企业定价所考虑的成本是固定成本和变动成本的总和。企业管理当局所制订的价格,必须能冲减掉一定生产水平下所需要的全部成本。由于成本与产量也就是与销量相关,那么,就必须了解不同的生产水平下的成本变化。

一般地说,有一个最佳生产区间,在这个生产区间里,固定成本恰好发挥得最好,超过这个区间,则变动成本过多,利用效率低下,固定成本缺乏;而在这个区间之前的情况则相反,固定成本过多,利用效率低下,变动成本缺乏。

不过在一些特殊条件下,企业也会采取低于成本的定价方法。如希望打击竞争者、清存货、短期内取得现金(套现)、打开知名度的时候。

二、市场供求状况

市场供求状况决定着价格背离或趋向价值的方向、程度和力度。供求关系直接决定价格的运动状况,价格运动也影响供求关系的变化。根据微观经济学的供给需求定律,价格与供给呈正方向变化,与需求呈反方向变化,如图 8-1 所示。

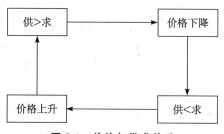

图 8-1 价格与供求关系

市场需求作为产品定价应考虑消费者愿意负担的价格,以此价格作为定价上限。因此,企业可能收取的每一价格都将导致一个不同水平的需求以及由此对它的营销目标产生不同的效果。企业至少需要知道需求对于价格的变动将如何反应。即需求的价格弹性,它反映需求量对价格变动的反应程度,或者说,价格变动百分之一将会使需求量变动百分之几。需求的价格弹性大,则价格小幅变动会造成需求的大幅变动;弹性小则价格变动不太影响需求。产品越独特、越不容易替代时,价格弹性越小,因此越适合定高价。

三、企业的定价目标

定价目标是指通过制订产品价格来谋求经济效益最大化的目标。它是定价决策的基本前提和首要依据。企业给产品定高价、低价或是中价,跟企业的定价目标有着密不可分的关系。企业的定价目标有以下几个方面。

(一)利润导向目标

(1)利润最大化目标。以最大利润为定价目标,指的是企业期望获取最大限度的销售利润。这几乎是所有企业的共同愿望。很多企业就是在面临严峻的价格竞争时,也还在力争最大利润。小企业,尤其是那些成功地打开销路的中小企业,最常用这种目标。

追求最大利润并不代表追求最高价格,当一个企业的产品在市场上处于某种绝对优势地位时,如有专卖权或垄断等,固然可以实行高价策略,以获得超额利润,然而,由于市场竞争的结果,任何企业要想在长时期内维持一个过高的价格几乎是不可能的,因为这必然会遭到来自各方面的抵制。诸如,需求减少,代用品加入,竞争者增多,购买行为推迟,甚至会引起公众的不满而遭到政府干预等。

(2)目标利润。企业把某项产品或投资的预期利润水平,规定为销售额或投资额的一定百分比,即销售利润率或投资利润率。产品定价是在成本的基础上加上目标利润,根据实现目标利润的要求,企业要估算产品按什么价格销售、销售多少才能达到目标利润。以目标利润作为定价目标的企业,应具备以下两个条件:①该企业具有较强的实力和竞争力,在行业中处于领导地位;②采用这种定价目标的多为新产品、独家产品以及低价高质量的标准化产品。

(二)市场占有率导向目标

市场占有率是企业经营状况和企业产品在市场上的竞争能力的直接反映,对于企业的生存和发展具有重要意义。所以,有时企业把保持或扩大市场占有率看得非常重要。因为,市场占有率一般比最大利润容易测定,也更能体现企业努力的方向。一个企业在一定时期的盈利水平高,可能是由于过去拥有较高的市场占有率的结果。如果市场占有率下降,盈利水平也会随之下降。因此,许多资金雄厚的大企业喜欢以低价渗透的方式来建立一定的市场占有率。如初入我国市场的某些外资企业,为挤垮本土企业,采取了高质低价的策略,以至于在照相机、胶卷等行业,我国企业所剩无几。一些中小企业为了在某一细分市场获得一定优势,也十分注重扩大市场占有率。一般来讲,只有当企业至少处于以下几种情况之一时,才适合采用该种定价目标。

(1) 该产品的价格弹性较大,低价会促使市场份额的扩大。

(2) 产品成本随着销量增加呈现逐渐下降趋势,而利润有逐渐上升的可能。

(3) 低价能阻止现有和可能出现的竞争者。

(4) 企业有雄厚的实力能承受低价所造成的经济损失。

(三) 质量领先目标

这是指企业要在市场上树立产品质量领先地位的目标而在价格上做出的反应。优质优价是一般的市场供求准则,研究和开发优质产品必然要支付较高的成本,自然要求以高的价格得到回报。从完善的市场体系来看,高价格的商品自然代表着或反映着商品的质量及其相关的服务质量。采取这一目标的企业必须具备以下两个条件:一是高质量的产品;二是提供优质的服务。如果企业不具备以上条件,而采取高价位策略,只会吓跑顾客,失去市场。

(四) 生存导向目标

当企业遇到生产能力过剩或者激烈的市场竞争或者消费者的需求改变时,它要把维持生存作为自己的主要目标。为了保持工厂继续开工和使存货减少,企业必然要制订一个低的价格,并希望市场是价格敏感型的。生存比利润更重要,不稳定的企业一般都求助于大规模的价格折扣,为的是能保持企业的活力。对于这类企业来讲,只要他们的价格能够弥补变动成本和一部分固定成本,即单价大于单位变动成本就暂时满足了。

(五) 分销渠道导向目标

为了使得分销渠道畅通,企业必须研究价格对中间商的影响,充分考虑中间商的利益,保证对中间商有合理的利润,促使中间商有充分的积极性去推销商品。在现代市场经济中,中间商是现代企业营销活动的延伸,是一个具有独立利益的实体,不是生产商的附属物。企业在激烈的市场竞争中,有时为了保住完整的销售渠道,促进销售,不得不让利于中间商。

例 8-1　1974 年的石油危机发生后,国际汽车市场受到严重冲击,因而汽车市场竞争异常激烈,为了推销产品,日本的 MAZDA 公司规定每推销一辆汽车给予中间商 500 美元的回扣奖励。这一政策的结果,使该公司保持住了完整的销售渠道,保证了在 1976 年向市场投放新型车型的销售获得了成功,使该公司受益匪浅。

四、市场竞争结构

市场竞争也是影响产品定价的重要因素。根据竞争的程度不同,企业定价策略会有所不同。按照市场竞争程度,可以分为完全竞争、不完全竞争与完全垄断 3 种情况。

(1) 完全竞争。也称自由竞争,它是一种理想化了的极端情况。在完全竞争条件下,买者和卖者都大量存在,产品都是同质的,不存在质量与功能上的差异,企业自由地选择产品生产,买卖双方能充分地获得市场情报。在这种情况下,无论是买方还是卖方都不能对产品价格进行影响,只能在市场既定价格下从事生产和交易。

(2) 不完全竞争。它介于完全竞争与完全垄断之间,它是现实中存在的典型的市场竞争状况。不完全竞争条件下,最少有两个以上买者或卖者,少数买者或卖者对价格和交易数量起着较大的影响作用,买卖各方获得的市场信息是不充分的,它们的活动受到一定的限制,而且它们提供的同类商品有差异,因此,它们之间存在着一定程度的竞争。在不完全竞争情况下,企业的定价策略有比较大的回旋余地,它既要考虑竞争对象的价格策略,也要考虑本企业定价策略对竞争态势的影响。在不完全竞争下有两种典型市场模式:一是垄断竞争,在这种市场模式下,产品价格是在各企业彼此竞争中形成。二是寡头垄断,在这种市场模式下,行业巨头的产品定价是其他企业定价的主要依据。

(3) 完全垄断。它是完全竞争的反面,是指一种商品的供应完全由独家控制,形成独占市场。在完全垄断竞争情况下,交易的数量与价格由垄断者单方面决定。完全垄断在现实中也很少见。

企业的价格策略,要受到竞争状况的影响。完全竞争与完全垄断是竞争的两个极端,中间状况是不完全竞争。在不完全竞争条件下,竞争的强度对企业的产品定价有重要影响。所以,企业首先要了解竞争的强度。竞争的强度主要取决于产品制作技术的难易,是否有专利保护,供求形势以及具体的竞争格局。其次,要了解竞争对手的价格策略,以及竞争对手的实力。最后,还要了解、分析本企业在竞争中的地位。

五、其他因素

(一) 消费者心理和习惯

价格的制订和变动在消费者心理上的反映也是价格策略必须考虑的因素。在现实生活中,很多消费者存在"一分钱一分货"的观念。面对不太熟悉的商品,消费者常常从价格上判断商品的好坏,从经验上把价格同商品的使用价值挂钩。消费者心理和习惯上的反应是很复杂的,某些情况下会出现完全相反的反应。例如,在一般情况下,涨价会减少购买,但有时涨价会引起抢购,反而会增加购买。因此,在研究消费者心理对定价的影响时,要持谨慎态度,要仔细研究消费者心理及其变化规律。

(二) 产品特性

产品特性是产品自身构造所形成的特色,一般指产品的外形、质量、功能、商标和包装等,它能反映产品对顾客的吸引力。产品特性好,该产品就有可能成为名牌产品、时尚产品和高档产品,就会对顾客产生极大的吸引力。如果顾客购买名牌产品更看重的是心理上的满足,那些顾客对产品的价格则不太敏感,企业定价的自由度就较大。

(三) 政府或行业组织干预

政府为了维护经济秩序,或为了其他目的,可能通过立法或者其他途径对企业的价格策略进行干预。政府的干预包括规定毛利率,规定最高、最低限价,限制价格的浮动幅度或者规定价格变动的审批手续,实行价格补贴等。

例 8-2　美国某些州政府通过租金控制法将房租控制在较低的水平上,将牛奶价格控制在较高的水平上;法国政府将宝石的价格控制在低水平,将面包价格控制在高水平;我国某些地方为反暴利对商业毛利率的限制等。一些贸易协会或行业性垄断组织也会对企业的价格策略进行影响。

(四) 宏观经济因素

企业定价时要考虑当前所处的宏观经济环境、利率、经济形势、通货膨胀等。这些因素对产品的价格的影响很大。如经济发展快,人们的收入增长快,易出现需求膨胀,导致物价总水平上涨;而经济发展缓慢,则易出现需求不足,影响物价总水平基本稳定。

第二节　定价的基本方法

一、成本导向定价法

成本导向定价法是以产品的成本为依据,分别从不同的角度制订对企业最有利的价格的定价方法。它可以分为成本加成定价法、目标利润定价法和边际成本定价法。

(一) 成本加成定价法

(1) 成本加成定价法是指在单位产品成本的基础上,加上一定比例的预期利润作为产品的售价。售价与成本之间的差额即为利润(这里的成本中包含了税金)。由于利润的多少是按一定比例反映的,这种比例习惯上称为"几成",所以这种方法称为成本加成定价法。其计算公式为:

$$单价产品价格＝单位产品成本×(1＋加成率)$$

其中,加成率即为预期利润占产品成本的百分比。

例如,某种产品的单位产品成本为 100 元,加成率为 20%,则:

$$单位产品价格＝100×(1＋20\%)＝120 元$$

(2) 成本加成定价法的优点是:①简便易行,因为确定成本要比确定需求容易,价格盯住成本,企业可简化定价工作,也不必经常依据需求情况而作调整;②采用这种方法可以保证各行业取得正常的利润,从而可以保障生产经营的正常进行;③如果同行都采取此种方法定价,价格竞争就会大大削弱。

在零售业中,大都采用加成定价。它们是对各种商品加上预先规定的不同幅度的加成。

例 8-3　百货商店一般对烟类加成 20%,照相机加成 28%,书籍加成 34%,衣物加成 41%,珠宝饰品加成 46% 等。

(3) 成本加成定价法的缺点是:①它是从卖方的利益出发进行定价的,其基本原则是将本求利和水涨船高,没有考虑市场需求和竞争因素的影响,因而这是一种卖方市场条件的产物；②另外,加成率是一个估计数,缺乏科学性,由此计算出来的价格,很难说一定能为顾客所接受,更谈不上在市场上具有竞争力；③同时此种方法过分强调了历史实际成本在定价中的作用。

因此,在应用这种方法时,加成率只能作为一个参照,实际价格应当根据市场需求、竞争情况等因素的变化作必要的调整。

(二)目标利润定价法

(1)目标利润定价法是指在成本的基础上,加上可接受的目标利润需要以什么价格来出售与其可以售出的产量。其计算公式如下：

$$目标利润价格＝单位成本＋(目标利润率×投资成本)÷预期销售量$$

(2)目标利润定价法的优缺点如下。

如果企业的成本和预测的销售量都计算得很准确,那么就能实现企业想要的目标利润。其优点表现为：可以保证企业既定目标利润的实现。也存在着缺点：这种方法只是从卖方的利益出发,没有考虑竞争因素和市场需求情况。这种方法是以先确定销量以后,再确定和计算出产品的价格,这在理论上是说不通的。因为,对于任何商品而言,一般是价格影响销售,而不是销售决定价格。因此,按此种方法计算出来的价格,不可能保证预计销售量的实现。尤其是那些价格弹性较大的商品,不同的价格,有不同的销售量,而不是先有销售量,然后再确定价格。

所以,目标利润定价法一般适应于需求的价格弹性较小,而且在市场中有一定影响力,市场占有率较高或具有垄断性质的企业,对于大型的公用事业单位更为适用。因为这类企业的投资大,业务具有垄断性,又和公众利益息息相关,需求弹性较小。政府通常为保证其有一个稳定的收益率,常允许这类企业采用目标收益进行定价,而政府则只对其目标收益率进行限制和控制。

以上两种定价方法的共同特点是：以产品的成本为基础,在成本的基础上加上一定的利润来定。所不同的只是对利润的确定方法略有差异。它们的共同缺点是没有考虑市场需求和市场竞争情况。

(三)边际成本定价法

(1)边际成本定价法是指以产品的单位变动成本为基础,加上产品的边际收益来确定价格的一种定价方法。

(2)边际成本是指企业生产产品所花费的变动成本。

例 8-4　某企业每月生产产品 1 万台,总成本 5 万元,平均每台成本 5 元。但当产量翻一番时,总成本为 9 万元,即增加了 1 万台产品,总成本的增量为 4 万元,所增产品实际成本为每台 4 元,这里的 4 万元与 4 元就是边际成本,即所增产品的真实成本。此时翻一番的产品成本比之前减少了 1 万元和 1 元,这就是边际成本带来的边际收益。

边际收益的计算公式可以写成：

$$边际收益＝售价－变动成本$$

这一部分收入可以用来补偿生产中的固定成本,甚至超过固定成本,为企业带来利润。边际收益可以分为以下 3 种情况：①当销售收入低于保本点时,收益不足以补偿固定成本；②当销售收入等于保本点时，收益刚好补偿固定成本；③当销售收入高于保本点时，收益除补偿固定成本外，还能产生利润。

（3）边际成本定价法主要适合于以下3种场合。

① 企业的生产能力超过市场需求。在企业生产能力有余，而市场也有需求的情况下，企业生产产品会增加变动成本而不会增加固定费用。只要新增加产品的销售价格高于变动成本，即可以采用此方法。

② 利用降价战胜竞争对手，赢得订货。在市场不景气和市场竞争激烈的情况下，企业可以用此种方法吸引订货，补偿一部分固定成本支出，减少企业亏损。

③ 为提高市场占有率，制订经营价格。即当企业为了提高产品的市场占有率，或者想用一种产品刺激消费者对相关产品的购买，也可以采取此方法。

二、需求导向定价法

需求导向定价法是以消费者对产品价值的理解和需求强度为基础来制订价格的方法，主要有认知价值定价法、价值定价法、需求差异定价法、反向定价法。

（一）认知价值定价法

（1）认知价值定价法的含义。这种方法的基本指导思想是，认为决定商品价格的关键因素是顾客对商品价值的认知水平，而不是卖方的成本。因此，在定价时，先要估计和测量在营销组合中的非价格变量在顾客心目中建立起来的认知价值，然后根据顾客对商品的认知价值，制订出商品的价格。

一般说来，每一种商品的性能、用途、质量、外观及其价格等在消费者心目中都有一定的认知和评价。当卖方的价格水平与消费者对商品价值的认知水平大体一致时，消费者才能接受这种价格。

（2）认知价值定价法的意义。认知价值定价法与现代产品定位思想很好地结合起来，成为当代一种全新的定价思想和方法，被越来越多的企业所接受。

例 8-5　假如某电视公司认为普通电视机的市场价为 2 000 元，而该公司通过市场调查发现，在消费者心目中，该电视机的一些鲜明特点使顾客愿意付出溢价（见表 8-1）。该公司衡量了各种添加利益的认知价值，总额为 900 元，最后，可能为消费者打一个 400 元的折扣，选择定价 2 500 元。这样，该电视公司的经销商和促销员就能大方地向顾客解释为什么该电视的价格高于同档次的国内品牌电视。

表 8-1　某电视公司认知价值定价　　　　　　　　　　　单位：元

特　点	标准水平	溢价水平	增加价值
超薄	576mm	470mm	400
无线音频	无	有	200
某数码光程眼	无	有	200
数字逼真画面	无	有	100
价格	2 000	2 900	900

（二）价值定价法

（1）价值定价法的含义。价值定价法认为价格应该代表了向消费者供应高价值的产品，即用相当低的价格出售高质量的商品。随着同业竞争的白热化，产业的平均利润率逐步下降，采用价值定价法的企业也越来越多。

例 8-6　美国西南航空公司只收取竞争者 1/3 的价格，但提供舒适的飞行和出色的朋友式服务，全部是实实在在的。西南航空公司已成为美国少数取得稳定盈利的航空公司之一。

（2）价值定价法的应用。目前，宝洁公司对某些产品改变了它的定价政策而引起相当大的震动。帮宝适和露肤尿布、液体的汰渍清洁剂和富卡咖啡，现在实行价值定价而非溢价政策。为了推行价值定价法，宝洁公司进行了彻底改革，它重新设计了它的发展、制造、分销、定价、市场和产品销售政策，以便为每一个供应连锁点提供更多的价值。价值定价并非是简单地在某一产品上的售价比竞争者低。它是需要逆工程地设计公司操作过程，以便真正地成为低成本的生产而不牺牲质量，用更低的售价来吸引大量的关注价值的客户参与购买。

（三）需求差异定价法

（1）需求差异定价法是一种利用需求价格弹性原理，根据在不同的时间、地点和不同细分市场上的顾客对价格的灵敏度不同，对相同成本的同一产品实行不同的价格，以优化企业的顾客群，实现利润最大化的定价方法。需求差异定价法的使用条件如下。

① 该产品是可以进行市场细分的，且细分子市场可以显示不同的需求程度。

② 各细分子市场之间是有间隔的，有进入壁垒。

③ 竞争对手不能在需要付高价的子市场将产品以低价售给顾客。

④ 细分市场和管理市场的成本不应超过从价格差异化过程中获得的差异。

⑤ 差异化应当符合顾客的心理和国家的有关法律规定。

（2）需求差异定价法的形式有以下几种。

① 不同顾客，即对不同顾客在销售同一产品是实行不同的价格或针对不同的顾客在同一价格下，享受不同的配套服务，如对大客户与一般客户的区别。

② 不同形式，即对不同形式的产品采用不同的价格与成本差异不成比例。

③ 不同时间，即对同一产品在不同时间制订不同的价格，如根据淡、旺季决定价格。

④ 不同地点，即同一产品在不同地点销售的价格有所不同。

（3）需求差异定价法的优、缺点。这种定价的优点在于能够对不同的市场需求状况有针对性地制订价格，其价格特别有竞争性；其缺点在于由于需求的差异性因素很多，在短时间内很难予以正确地估算和准确地把握，因此容易产生误差。

（四）反向定价法

反向定价法也叫倒推定价法，是指在产品设计以前就先按照消费者能接受的价格来确定产品的市场零售价，然后逆向推出批发价和出厂价的定价方法。因其定价程序与成本加成法相反，故称为反向定价法。这种定价不仅以市场需求、购买力情况、消费者愿意支付的价格为依据,而且能满足在价格上与现有类似产品竞争的需求,设计出在价格方面能够参与竞争,并具备竞争能力的产品。这种方法的计算公式是:

$$出厂价＝市场可销售零售价×(1－批零差率)×(1－进销差率)$$

三、竞争导向定价法

竞争导向定价法是指企业通过研究竞争对手的生产条件、服务状况、价格水平等因素,依据自身的竞争实力,参考成本和供求状况来确定产品价格的一种定价方法,主要方法如下。

(一)竞争参照定价法

竞争参照定价法是根据不同的竞争环境,参照竞争对手的价格,并以此为基准价来确定本企业产品价格的定价方法。具体形式如下。

(1)以低于竞争对手的价格定价。

(2)以高于竞争对手的价格定价。

(3)与竞争对手的价格一致。

(二)随行就市定价法

随行就市定价法是以本行业平均定价水平作为本企业的定价标准,使企业的产品价格保持在同行业的平均水平上,而较少地考虑自己的成本与需求。这也是一种比较常见的定价方法。这种方法一般在以下两种场合中应用。

(1)基于产品的成本测算比较困难,竞争对手不确定以及企业希望得到一种公平的报酬和不愿打乱市场现有正常秩序的情况。

(2)在寡头垄断市场,市场价格通常由属于寡头垄断地位的企业确定,那些小型企业不得不跟随寡头定价。小型企业变动自己的价格,与其说是根据自己的需求变化或者是成本变化,不如说是依据寡头的价格变动。这些小型企业可以支付一些微小的赠品或折扣,但是他们保持着价格的大体一致。

(三)密封投标定价法

密封投标定价法也是一种依据竞争情况来定价的方法,是招标人通过引导卖方竞争的方法来寻找最佳合作者的一种有效途径。它主要用于建筑工程承包、产品设计和政府采购等方面。其中,密封价格就是投标者愿意承担的价格。这个价格主要是考虑了竞争者的报价和本企业的成本。在投标中,报价的目的是中标,所以报价要力求低于竞争者。

例8-7 某企业参加一次建筑工程承包投标,企业根据对竞争者的分析,对招标单位的要求以及企业自身条件的分析,设计了几种不同报价以及中标概率,结果如表8-2所示。

表8-2　报价方案表

方案	企业报价/万元	利润/万元	中标概率/%
1	90	10	70
2	100	12	60
3	105	18	20
4	110	20	10

（四）拍卖定价法

拍卖定价法是指卖方委托拍卖行，以公开叫卖方式引导买方报价，利用买方竞争求购的心理，从中选择高价格成交的一种定价方法。这种方法历史悠久，常见于出售古董、珍品、高级艺术品或大宗商品的交易中。

第三节　产品定价的策略

一、新产品定价策略

在激烈的市场竞争中，企业开发的新产品能否及时打开销路、占领市场和获得满意的利润，这不仅取决于企业适宜的产品策略，而且还取决于其他市场营销手段和策略的协调配合，其中新产品定价策略就是一种必不可少的营销策略。新产品价格就是指产品处于导入期的价格。新产品的定价合理与否，关系到新产品的开发与推广。在确定新产品的价格时，最重要的是充分考虑消费者愿意支付的价格。常见的新产品定价技巧和策略如下。

（一）撇脂定价策略

（1）撇脂定价策略的含义。撇脂定价策略是一种高价格策略，是指在新产品上市初期，价格定得很高，以便在较短的时间内获得最大利润。

（2）撇脂定价策略的优点：①新产品初上市，竞争者还没有进入，利用顾客求新心理，以较高价格刺激消费，开拓早期市场；②由于价格较高，因而可以在短期内取得较大利润；③定价较高，在竞争者大量进入市场时，便于主动降价，增强竞争能力，同时也符合顾客对待价格由高到低的心理。

（3）撇脂定价策略的缺点：在新产品尚未建立起声誉时，高价不利于打开市场，有时甚至会无人问津。如果高价投放市场销路旺盛，则很容易引来竞争者，加速本行业竞争的白热化，容易导致价格下跌、经营不长就会转产的局面。因此，在采用高价策略时，要注意这种方法的适用条件。

（4）撇脂定价策略的适用条件。

① 拥有专利或技术诀窍。研制这种新产品难度较大，用高价也不怕竞争者迅速进入市场。

② 高价仍有较大的需求，而且具有需求价格弹性不同的顾客。例如，初上市的电视机、录像机等，先满足部分价格弹性较小的顾客，然后再把产品推向价格弹性较大的顾客。由于这种产品是一次购买，享用多年，因而高价市场也能接受。

③ 生产能力有限或无意扩大产量。尽管低产量会造成高成本，高价格又会减少一些需求，但由于采用高价格，比之低价增产，仍然有较多收益。

④ 对新产品未来的需求或成本无法估计。定价低则风险大，因此，先以高价投石问路。

⑤ 高价可以使新产品一投入市场就树立高级、质优的形象。

（二）渗透定价策略

（1）渗透定价策略的含义。渗透定价策略是一种低价格策略，即在新产品投入市场时,价格定得较低,以便消费者容易接受,很快打开和占领市场。

(2) 渗透定价策略的优点。一方面可以利用低价迅速打开产品销路,占领市场,从多销中增加利润,另一方面又可以阻止竞争者进入,有利于控制市场。因此,渗透定价策略又戏称为"别进来"策略。

(3) 渗透定价策略的缺点。这种方法的缺点是,投资的回收期较长,见效慢、风险大,一旦渗透失利,企业就会一败涂地。

(4) 渗透定价策略的适用条件。

① 制造新产品的技术已经公开,或者易于仿制,竞争者容易进入该市场。企业利用低价排斥竞争者,占领市场。

② 企业新开发的产品,在市场上已有同类产品或替代品,但是企业拥有较大的生产能力,并且该产品的规模效益显著,大量生产定会降低成本,收益有上升趋势。

③ 供求相对平衡,市场需求对价格比较敏感。低价可以吸引较多的顾客,可以扩大市场份额。

采用哪一种策略更为合适,应根据市场需求、竞争情况、市场潜力、生产能力和成本等因素综合考虑。各种因素的特性及影响作用如表8-3所示。

表 8-3　各种因素的特性及影响作用

考 虑 因 素	撇脂定价策略	渗透定价策略
市场需求水平	高	低
与竞争产品的差异性	较大	不大
价格需求弹性	小	高
生产能力扩大的可能性	小	高
消费者购买力水平	高	低
市场潜力	不大	大
仿制的难易程度	难	易
投资回收期长度	较短	较长

（三）满意定价策略

满意定价策略是一种介于撇脂定价策略和渗透定价策略之间的价格策略。其所定的价格比撇脂价格低,而比渗透价格要高,是一种中间价格。这种定价策略由于能使生产者和顾客都比较满意而得名。有时它又被称为"君子价格"或"温和价格"。

由于这种价格介于高价和低价之间,因而比前两种策略的风险小,成功的可能性大。但有时也要根据具体情况进行具体分析。

二、价格折扣策略

价格折扣策略指企业根据产品的销售对象、成交数量、交货时间、付款条件等因素的不同,给予不同价格折扣的一种定价决策,其实质是减价策略。价格折扣策略主要有以下几种。

（一）现金折扣

现金折扣是对早日付清全款的购买者的一种折扣。在消费者购买时遇到的一些大额的交易中,常见一次付清全款可享受一定数额的现金返还,如购房;在企业与企业的交易中,常见诸如"2/10,1/20,n/30"的符号,意思是在 30 天内付清货款可获得 n％的折扣,而在 20 天内付清可获得 1％的折扣,10 天内付清可获得 2％的折扣。

(二)数量折扣

数量折扣是指因购买者购买数量大而给予的一种折扣。例如超市中的团购业务。当然数量折扣不能超过与进行大量销售相联系的卖方所节约的费用。这些节约的费用包括销售、储存和运输这些费用的减少。常采用的数量折扣有两种形式。

(1)累计数量折扣。指规定顾客在一定期间内,购买商品累计达到一定购买金额或数量时,按总量大小给予不同的折扣。这可鼓励顾客长期向企业购买,成为可信赖的长期顾客。

(2)非累计数量折扣。卖方可以在一次大规模购买的基础上提供折扣,顾客每次购买量达到此标准就给予相应折扣。这是鼓励大量购买的一种策略。

(三)季节折扣

季节折扣是卖主向那些购买非当令商品或服务的买者提供的一种折扣,它使生产者的生产在一年之中得以稳定。例如,旅馆、旅游景点、航空公司在他们的经营淡季会提供季节折扣,服装商场对反季节购买服装的顾客也会提供季节折扣。

(四)交易折扣

交易折扣又称功能折扣。这是生产企业给予中间商或零售商的价格折扣。有的商家称为"返点"。

例 8-8　某生产企业报价为 200 元,按价目表给中间商和零售商分别为 10％和 15％的职能折扣,以鼓励他们经销自己的产品。

(五)折让

折让是价格折扣的另一种类型。例如,"以旧换新"活动允许顾客购买新品时交还旧品,而在新品价格上给予折让。

常采用的折让有 3 种形式。

(1)推广让价。推广折让是卖方为了报答经销商参加广告或支持销售活动而支付的款项或给予的价格折让。

(2)运费让价。对较远的顾客,销售企业为顾客送货困难大,便减价或补运费给顾客以弥补部分运费或全部运费,这样有利于扩大市场的范围。

(3)回扣和津贴。回扣是间接折扣的一种形式,是指购买者在按价格目录将货款全部付给销售者后,销售者再按一定比例将货款的一部分返还给购买者。津贴是企业为特殊目的,对特殊顾客以特定形式所给予的价格补贴。

三、心理定价策略

心理定价是一种根据消费者心理要求所使用的定价策略,是运用心理学的原理,依据不同类型的消费者在购买商品时的不同心理要求来制订价格,以诱导消费者增加购买,扩大企业销售量。具体策略包括以下 5 种。

（一）整数定价策略

整数定价策略在定价时，把商品的价格定成整数，不带尾数，使消费者产生"一分钱一分货"的感觉，以满足消费者的某种心理，提升商品的形象。这种策略适用于高档商品、名牌商品、礼品和消费者对性能不太了解的商品。

例 8-9　某珠宝核算出来的价格为 9 800 元，则定价时就定为 10 000 元以上，价格从四位数上升到五位数，更有利于争取顾客，扩大销售。

（二）尾数定价策略

尾数定价策略是指在商品定价时，取尾数，而不取整数的定价方法。这种定价策略可使消费者购买时在心理上产生大为便宜的感觉。常用的尾数有 5、6、8、9，但连续的 9 一般不用，如 9.99 元一般不被采纳。

（三）声望定价策略

声望定价策略是指在定价时，把在顾客中有声望的商店、企业的商品的价格定得比一般的商品要高，这是根据消费者对某些商品、某些商店或企业的信任心理而使用的价格策略。在长期的市场经营中，有些商店、生产企业的商品在消费者心目中有了威望，认为其产品质量好，服务态度好，不经营伪劣商品、不坑害顾客等，因此，这些经营企业的商品可以定价稍高一些。

（四）招徕定价

特意将某几种商品的价格定得较低，以吸引顾客经常来采购廉价商品，同时选购其他正常价格的商品。

（五）习惯定价

市场上许多产品由于销售已久，形成一种习惯价格或便利价格，消费者习惯于按此价格购买，对此类产品，任何企业要进入市场，必须依照习惯定价。即使产品成本降低也不要轻易降价，降价易引起消费者对产品质量的怀疑；而产品成本升高，也不要轻易提价，提价易导致消费者不满，若要提价，也要尾随市场领导者之后。

四、产品组合定价策略

组合定价策略是指企业营销的是一组相互关联的产品，对这些产品定出一系列价格，从而使这组产品取得整体最大利润的定价策略。主要包括以下 5 种形式。

（一）产品大类（产品线）定价

产品大类是一组相互关联的产品，产品大类中每个产品都有不同的特色。确定这类商品的价格差额，一般要分析各种产品成本之间的差额、顾客对商品的评价、竞争者的价格等。如果产品大类中前后两个相联产品的价格差额较小，顾客就会更多地购买性能较先进的产品。此时，若这两个产品的成本差异小于价格差额，企业的利润就会增加。

（二）任选品定价

任选品是指那些与主要产品密切关联的可任意选择的产品。例如，顾客去饭店吃饭，除了要饭菜之外,可能还会要酒、饮料、烟等。在这里,饭菜是主要商品,烟酒、饮料等就是任选品。企业为任选品定价有两种策略可供选择:一种是为任选品定高价,靠它来盈利;另一种策略是定低价,把它作为招徕顾客的项目之一。

(三)互补产品定价

互补产品是指各产品要一同使用的产品。例如,胶卷与照相机,剃须刀架与剃须刀等。大多数企业采用这种策略时,成本高、购买频率低的主件产品定价较低,降低盈利水平,扩大销售;而把成本低、购买频率高的附件产品定价较高,以高价的附件产品获取高利,补偿主件产品因低价造成的损失。

例 8-10　佳能公司给它的型号为 ip1180 喷墨打印机定低价 200 元左右,而附件墨粉定高价 80 元左右,增强了打印机在同行业中的竞争实力,又保证了原有的利润水平。

(四)副产品定价

在生产加工肉类、石油产品和其他化学产品时,常常有副产品。如果副产品没有价值,而且事实上在处理它们时花费也很大,这将会影响主要产品的定价。制造厂商为这些副产品寻找市场,并接受比储存和利用这些副产品的费用更多些的任何价格。

(五)成组产品定价

企业将生产经营的产品组合在一起成套销售,一方面便于顾客购买,另一方面可以扩大销售额,如化妆品组合、手机套餐、学生用具组合等。对这些成组产品,其价格应低于分别购买其中每件产品价格的总和。

五、地区定价策略

地区定价策略是指企业要决定对卖给不同地区顾客的某种产品,是分别制订不同的价格,还是制订相同的价格,也就是说,企业是否要制订地区差价。这种策略,在对外贸易中更为普遍,根据商品的流通费用在买卖双方中分担的情况,表现为各种不同的价格。地区定价策略具体形式如下。

(一)产地价格

产地价格又称离岸价格(FOB),是指顾客在产地按出厂价购买产品,卖主负责将产品运至顾客指定的运输工具上,交货前的有关费用由卖方负担,交货后的有关运费、保险费等由买方负担。我国企业的商品进口中,多选择这种方式。

(二)买主所在地价格

买主所在地价格又称到岸价格(CIF)。这种策略与前者相反,企业的产品不管卖向何方,也不管买方路途的远近,一律实行统一运送价格,即把商品运到买方指定的目的地,到达目的地前的一切运费、保险等费用均由卖方负担。

(三)分区运送价格

分区运送价格是买方所在地价格的一种变化形式,是指把整个市场划分为几个大的价格区域,在每个区域内实行统一价格。一般是原材料和农产品实行此种价格策略。

（四）运费补贴价格

运费补贴价格是指卖方对距离远的买方给予适当的价格补贴,以补偿买方较大的运输费用。

六、差别定价策略

差别定价策略是指企业出售同一种产品,在不存在任何成本和费用差异的情况下,可根据不同需求强度、不同购买力、不同购买地点和不同购买时间等因素,采取不同的价格。

（一）以顾客为基础的差别定价

对不同的消费者,可以采用不同的价格。例如,对老客户和新客户,采用不同价格,对老客户给予一定的优惠;同一产品卖给批发商、零售商或消费者,采用不同的价格等。

（二）以产品式样为基础的差别定价

对于同一品质的产品,由于其款式、结构、颜色、式样、需求群体、需求量等方面不同,制订不同的价格。

例 8-11　矿泉水 1 升装与 500 毫升、300 毫升装的价格不一样;啤酒听装与瓶装的价格也不一样。

（三）以产品部位差别定价

对于处于不同位置的产品或服务分别制订不同价格。

例 8-12　影剧院的前、中、后排的票价不同;火车卧铺的上、中、下铺的票价不同等。

（四）以时间为基础的差别定价

不同季节、不同日期,甚至在不同时点的商品或劳务可以制订不同的价格。

例 8-13　旅游宾馆、饭店在旅游旺季和淡季的收费标准不同;公用事业(如电话、电报等)在不同时间(白天、夜晚、节假日、平日等)的收费标准不同;出租、小摊贩车在白天和夜晚的收费标准不同等。

采用差别定价法要具备一定的前提条件。首先是要分析需求差别,搞好市场细分;其次要防止引起顾客反感和敌意。

第四节　价格调整及价格变动反应

一、企业主动调整价格

企业对价格主动进行调整,采取的策略有两种:调高价格策略和调低价格策略。

（一）调高价格策略

(1)调高价格策略的含义。调高价格策略是指在市场营销活动中,企业为了适应市场环境和自身内部条件的变化,而把原有的价格调高。

（2）调高价格的主要原因。

①应付成本上涨。这是企业调高价格的最主要原因。如果企业的原材料、工资等费用上升,企业成本提高,产品继续维持原价,则会妨碍企业合理利润的获得,甚至会影响企业再生产的进行。这时企业只好通过涨价来转嫁成本上涨的压力,维持正常的盈利水平。

②通货膨胀。由于通货膨胀、货币贬值,使得产品的市场价格低于其价值,迫使企业不得不通过涨价形式来减少因货币贬值造成的损失。

③产品供不应求,市场需求旺盛。企业通过调高价格,抑制部分需求。

④改进产品。企业通过技术革新,提高了产品质量,改进了产品性能,增加了产品功能。企业为了补偿改进产品过程中支付的费用和显示其产品的高品位而提高了产品价格。

⑤竞争策略的需要。有的企业涨价,并非出于前几个原因,而是由于竞争策略的需要。以产品的高价格来显示产品的高品位,即将自己产品的价格提高到同类产品价格之上,使消费者感到其产品的品位要比同类产品高。

（3）消除调高价格带来的后遗症。调高价格通常会阻碍销售,也可能给买方带来某些积极的意义:这种产品是非常"热门"的,除非马上购买它,否则可能买不到。那么企业可以采取哪些方式与技巧来减轻（因调高价格而可能带来的）销售不畅呢? 主要有以下几种。

①公开真实成本。企业通过公共关系、广告宣传等方式,在消费者认知的范围内,把产品的各项成本上涨情况真实地告诉消费者,以获得消费者的理解,使涨价在没有或较少抵触的情况下进行。

②提高产品质量。为了减少顾客因涨价感受到的压力,企业应在产品质量上多下工夫。如改进原产品、设计新的同类产品,在产品性能、规格、式样等方面给顾客更多的选择机会,使消费者认识到,企业在提供更好的产品,索取高价是应该的。

③增加产品含量。即涨价同时,增加产品供应分量,使顾客感到,产品分量增多了,价格自然要上涨。

④附送赠品或优待。涨价时,以不影响企业正常的收益为前提,随产品赠送一点小礼物,提供某些特殊优待。例如买一赠一、有奖销售等,这种方式在零售商店最常见。

（二）调低价格策略

（1）调低价格策略的含义。调低价格策略是指企业为了适应市场环境和内部条件的变化,把原有的产品的价格调低。

（2）调低价格的主要原因。

①竞争压力。企业在竞争对手降价或者新加入者增多的强大竞争压力下,企业的市场占有率下降,迫使企业以降价方式来维持和扩大市场份额。

②企业的生产能力过剩,需要扩大销售,而又不能通过产品改进和加强销售等措施来扩大销售,在这种情况下,企业就必须考虑降价。

③企业的成本比竞争者低。企业希望通过削价方式来提高市场占有率,从而扩大生产和销售,控制市场。

④ 需求曲线的弹性大。在这种情况下,降价可以扩大销量,增加收入。

⑤ 经济形势。在经济紧缩的形势下,由于币值上升,价格总水平下降,企业的产品价格也应降低。

(3) 调低价格的常见方式与技巧。为减轻竞争者的注意力,调低价格的常见方式与技巧如下。

① 增加额外费用支出。在价格不变的情况下,企业增加运费支出,实行送货上门,或免费安装、调试、维修以及为顾客保险等。这些费用本应该从价格中扣除,因而实际上降低了产品价格。

② 改进产品的性能,提高产品的质量,增加产品功能。在价格不变的情况下,实际上等于降低了产品的价格。

③ 增加或增大各种折扣比例。增加折扣,或者在原有的基础上扩大各种折扣比例,在其他条件不变的情况下,实际上是降低了产品的价格。

④ 馈赠礼品。在其他条件不变的情况下,给购买商品的顾客馈赠某种礼品,如玩具、工艺品等。赠送礼品的费用应从商品价格中补偿,这实际上也等于降低了商品的价格。

二、企业被动调整价格

被动调整是指在竞争对手率先调价之后,本企业在价格方面所作的反应。

(一) 对竞争者的研究

(1) 竞争者变动价格的目的是什么:是想扩大市场份额,还是因为成本变化,或者是充分发挥以获得有利需求?

(2) 竞争者的价格变动是长期的,还是暂时的?

(3) 其他竞争者对此会做出什么反应?

(4) 本企业对竞争者的调价反应后,竞争者和其他企业又会采取什么措施?

(二) 对本企业情况的研究

(1) 本企业的竞争实力,包括产品质量、售后服务、市场份额、财力状况等。

(2) 本企业产品的生命周期以及需求的价格弹性。

(3) 竞争对手调价对本企业有何影响。

(三) 对竞争者和企业自身进行分析研究

(1) 一般情况下,对调高价格的反应比较容易,方法主要有跟随提价与价格不变。

(2) 对调低价格的反应比较复杂,需要慎重对待。在这方面,企业做出的反应主要有以下 3 种方式。

① 置之不理。这就是在竞争者降价幅度较小时采用的方法。因为企业认为,随之削价会减少利润,而保持价格不变,市场份额损失不大,必要时很容易夺回来。

② 价格不变,运用非价格手段出击。这是在竞争者降价幅度稍大时采用的方法。例如,企业改进产品、服务和信息沟通等。一般来讲,价格不动而增加给顾客的利益比削价更有竞争力。

③ 跟着降价。即跟随着竞争者降价,这是在竞争者的降价幅度较大时采用的。这种方法一般是企业认为市场对价格非常敏感,而且竞争对手的降价幅度又很大,如果企业不跟着降价,就会丢失太多的市场份额,影响企业以后的市场竞争和生产经营活动,损害企业长远的利益。至于降低到与竞争者相同的幅度,还是较小幅度,或更大幅度,要根据具体情况进行具体分析。总的来说,企业降价的幅度或极限,要能使销量的增加足以维持企业原有的利润。

三、竞争者对价格变动的反应

竞争者对价格变动的反应,也是企业调整价格时需要认真考虑的重要因素。分析竞争者的反应,需要建立在企业长期对竞争市场及竞争对手的了解上。调价前,企业必须了解竞争者目前的财务状况,近年来的生产、销售、顾客的忠实程度和企业目标等情况。由于每个竞争者对企业调价的理解不同,因此问题比较复杂,但企业必须尽可能地去了解竞争对手。因为,竞争者对企业的降价行为可能会认为:企业想夺去它的市场;企业想引起全行业降价,以刺激需求;企业经营不善,想改进销售状况;企业可能有替代产品上市。

不同的认知导致竞争者不同的对应行为。如果竞争者事先已有一组价格反应政策,企业至少可以通过3种途径来了解竞争者的政策。第一种途径,从竞争者那儿挖墙脚或者雇用因小事而获解聘的员工,直接地获得关于竞争者价格反应的政策;第二种途径,通过顾客、金融机构、中间商、供应商等间接渠道来获得对方的一些信息和线索,根据这些信息和线索进行逻辑推理,从而得出竞争者的政策;第三种途径,通过同业协会和各种统计资料,借助于统计模型来了解竞争者的政策。

如果竞争者不止一个,企业必须估计每一个竞争者的反应。如果所有竞争者的反应都比较接近,只要分析一个典型就行了。困难的是,市场的竞争者比较多而且由于规模、市场占有率和政策等问题上又有所不同,因此需要分别做出分析。为了简化分析对象,一般是采取归类分析的方法,即把实力相近的竞争者划为一类,再从每类竞争者中找出有代表性的竞争者进行分析。

四、顾客对价格变动的反应

分析顾客对价格变动的反应,不得不分析顾客的价格意识。价格意识是指顾客对产品价格高低的感觉程度,直接表现为顾客对价格敏感性的强弱,包括知觉速度、清晰度、准确度和知觉内容的充实程度。它是掌握顾客态度的主要方面和重要依据,也是解释市场需求对价格变动的关键变量。价格意识和收入呈负相关关系。收入越高,价格意识越弱,价格的调整一般不会对需求产生较大的影响。反之,则直接影响购买量。根据以上分析,可以把顾客对价格变动的反应归纳为以下几点。

(1) 在一定范围内的价格变动是可以被顾客接受的。

(2) 在产品知名度因广告而提高、收入增加及通货膨胀等条件下,顾客可接受价格上限会提高。

(3) 在顾客对产品质量有明确的认识、其收入减少、价格连续下跌等条件下,顾客可接受价格下限会降低。

（4）顾客对降价的反应可能是：产品因式样陈旧、质量低劣而被淘汰；企业遇到财务困难，很快将会停产或转产；价格还需要进一步下降；产品成本降低了。

（5）顾客对产品提价的反应可能是：很多人购买这种产品，我也应尽快购买，以免价格继续上涨；提价意味着产品的改进；企业将高价作为一种策略，以树立名牌形象；卖主想尽快取得更多利润；各种产品价格都在上涨，提价是正常的。

本 章 小 结

价格是商品价值的货币表现。价格制订是否合理，直接影响着企业的生存与发展。在市场经济条件下，所有企业都要完成给产品定价的任务。因此，首先要了解定价的主要影响因素，其次要掌握产品定价方法——成本导向定价、需求导向定价和竞争导向定价等一般定价方法和基本策略，最后还要了解价格变动反应及价格调整原理。

技 能 训 练

一、名词解释

价格　成本　成本导向定价法　需求导向定价法　竞争导向定价法　声望定价策略　心理定价策略　差别定价策略

二、单项选择题

1. 在（　　）条件下，买方只能是价格的接受者，而不是价格的决定者。

　　A. 垄断竞争　　　　B. 寡头垄断　　　　C. 完全竞争　　　　D. 纯粹垄断

2. 在企业定价方法中，目标投资收益率定价法属于（　　）。

　　A. 成本导向定价法　　　　　　　　B. 需求导向定价法

　　C. 竞争导向定价法　　　　　　　　D. 市场导向定价法

3. 企业将市场划分为若干个区域，不同的区域，产品价格可以不一样，同一区域产品价格相同，这种定价策略属于（　　）。

　　A. 产地定价　　　B. 运费补贴定价　　C. 统一运货定价　　D. 分区运送定价

4. 如果甲产品价格下降引起乙产品需求的增加，那么（　　）。

　　A. 甲和乙产品是互替商品　　　　　B. 甲和乙产品是互补商品

　　C. 甲为低档商品，乙为高档商品　　D. 甲为高档商品，乙为低档商品

5. 随行就市定价法最适用于（　　）。

　　A. 同质产品　　　B. 异质产品　　　C. 无形产品　　　D. 工业品

6. 产品的最高价格取决于（　　）。

　　A. 市场需求　　　B. 供给水平　　　C. 质量标准　　　D. 规格型号

三、判断题

1. 产品成本是产品定价的基础因素。　　　　　　　　　　　　　　（　　）

2. 在任何情况下，降低产品价格，都能扩大产品的销售量。　　　　（　　）

3. 给产品制订最高价格,就能提高企业信誉和产品形象。 （　　）

4. 随行就市定价法是根据平均定价水平作为本企业定价标准的一种定价方法。 （　　）

5. "酬宾大减价"是一种招徕定价的策略。 （　　）

四、简答题

1. 企业为什么要实施价格折扣策略? 折扣程度的依据是什么?

2. 影响企业产品定价的主要因素有哪些?

3. 企业在什么情况下可能需要采取降价策略?

4. 如果企业的主要目标是获取最大利润,为什么不把产品价格定在期望利润上?

5. 消费者对价格变动可能有哪些反应?

五、案例分析

Intel 公司的定价策略

一个分析师曾这样形容英特尔公司的定价政策:"这个集成电路巨人每12个月就要推出一种新的,具有更高盈利的微处理器,并把旧的微自查器的价格定在更低的价位上以满足需求。"当英特尔公司推出一种新的计算机集成电路时,它的定价是1 000美元,这个价格使它刚好能占有市场的一定份额。这些新的集成电路能够增加高级个人电脑和服务器的性能。如果顾客等不及,他们就会在价格较高时去购买。随着销售额的下降及竞争对手推出相似的集成电路对其构成威胁时,英特尔公司就会降低其产品的价格来吸引下一层次对价格敏感的顾客。最终价格跌落到最低水平,每个集成电路仅售200美元多一点,使该集成电路成为一个热线大众市场的处理器。通过这种方式,英特尔公司从各个不同的市场中获取了最大量的收入。

【案例思考】

1. 英特尔公司采取的是什么定价策略?

2. 请说出英特尔公司采取这种定价策略成功的原因。

六、实训操作

实训内容:讨价还价实践。

实训目标:通过训练,培养学生讨价还价技巧。

实训组织:学生分组,每组6～8人。在教师指导下,利用周末,选择某小商品市场,最好是服装市场进行讨价还价实践。

实训提示:

(1) 掌握讨价还价技巧,即要掌握市场行情,购买之前不动声色、挑选过程中无情批评、尽量挑剔缺点,狠心还价,佯装假走等。

(2) 精心准备,参见《讨价还价情景——超级砍价》。

实训成果:各组写好讨价还价的方法和技巧及心得体会,各组汇报,教师讲评。

《讨价还价情景——超级砍价》

顾客：老板，请问这条裤子多少钱？

老板：180元，广州正宗货，要不要？

顾客：我先看看……

老板：别看了，东西是好东西，给你优惠点170元。

顾客：这也叫优惠啊？

老板：呵呵，好吧就140元，这回可以了吧。

顾客：哈哈哈哈，我笑！

老板：你笑什么，难道嫌贵？

顾客：不，何止是贵，简直就是用水泵抽我的血！

老板：哪里有那么夸张，看你是本地人就120元吧。

顾客：……

老板：你不会还嫌贵吧，我最多只挣你几块钱。

顾客：不，我没有说贵，这条裤子值这个价钱。

老板：你真有眼光，快买吧。

顾客：裤子是好裤子，只是我口袋里的票子有限啊。

老板：那你口袋里有多少钱啊？

顾客：90元。

老板：天啊，你开玩笑，赔死我了，再添10元

顾客：没的添，我很想给你120元，可无能为力。

老板：好吧，交个朋友，你给90元拉倒。

顾客：我不会给你90元的，我还要留10元的车费。

老板：车费？ 这和你买裤子有什么关系？

顾客：当然，我来自很远很远的地方，我必须坐长途汽车回去，车费10元。

老板：你骗人！

顾客：我从十八岁以后再也没有骗过人，相信我。你看我的脸，多么的真诚啊。

老板：虽然我看不出来你的真诚，但我认赔了，算你80元好了。

顾客：等等，我还要补充一点，我还没有吃早饭，我很饿。

老板：你！ 天啊，你太过分了，你在耍花招。

顾客：相信我，我很真诚。如果再不吃饭的话，我会昏倒在你面前。

老板：我真是倒霉，遇到你这样的滑头。可你的确过分，一会要坐车，一会又要吃早饭。是不是你一会还要说你口渴，想喝饮料呢？

顾客：你太小瞧我了。相信我，我没有要求了。

老板：相信你？ 最后一次？

顾客：是的，相信我。

老板：好吧，痛快些，70 元。

顾客：我这就给你钱。

老板：快些。

顾客：等等，这里的颜色好像有点不对劲啊。

老板：不，不是，这是磨砂颜色，故意弄成这个样子的，这叫流行。

顾客：是吗，怎么看起来像旧裤子，怪怪的。

老板：什么？你侮辱我人没有关系，请你不要侮辱我的裤子。这是真东西。

顾客：……

老板：好吧，我给你看我的进货单……你瞧，进货日期是上个礼拜，进货单位是广州某某服装厂，这怎么能是旧裤子呢？

顾客：哦，对不起我误会了，不过……天啊，进货价每件 20 元。

老板：哦，不对，不对。这是没有上税前的价钱，缴税后每条成本价是 40 元。

顾客：你在撒谎，你以为我是傻瓜吗，这是增值税发票，是缴税后的价格。这条裤子只值 20 元，可你……

老板：嘿嘿……做生意吗，你要知道我每天的门面房租金上百呢，不赚钱我吃什么？

顾客：光天化日、朗朗乾坤，你心太黑！

老板：30 元行不？我的好兄弟，让我赚点。

顾客：钱是小意思。只是你的行为让我气愤。你深深伤害了一个消费者的心灵。

老板：有那么严重？

顾客：难道你认为欺骗行为不严重吗？再发展下去，可就是诈骗，就是犯罪！

老板：妈呀，好夸张啊。这样，你消消火，我 25 元卖给你，就赚 5 元。

顾客：什么？25 就是二百五的意思，你瞧不起我？

老板：没有没有，就 24 吧。

顾客：有一个 4，就是"死"，不吉利，我很迷信的。

老板：天，23 没有毛病吧？

顾客：好吧，成交！

第九章

分销渠道策略

学 习 目 标

通过完成本章学习,应该能够:
(1) 识记分销渠道的类型;
(2) 设计与管理分销渠道;
(3) 熟悉中间商的类型和功能。

核 心 能 力

(1) 设计与管理分销渠道;
(2) 区别批发与零售。

案 例 导 入

如今经过几年的发展橡果国际在美国纽交所成功上市,募集资金1.13亿美元,成为中国首家国外上市的电视购物公司。根据橡果国际披露的数据,2006年其全年收入为1.96亿美元,电视广告总时长50多万分钟,平均每天播放超过20小时。2006年3月才创办的快乐购有限责任公司也获得了快速发展,其最新统计数据也显示:自创办至今,快乐购总销售规模已达近8亿元人民币,会员近70万;收视用户超过1 000万,并已与1 000余家厂商构建了合作关系。电视购物以如此成绩发展在国外并非什么新鲜事,但是其真正打开国内市场成为重要的零售渠道,却是最近几年的事。

在美国、韩国等国家,电视购物销售额已占到社会消费品零售总额的5%~8%。据商务部公布的数字,2006年中国社会消费品零售总额已达到7.6万亿元,按照前述5%~8%的比例计算,我国电视购物的市场规模可达3 700亿元至6 080亿元;而业内普遍认为目前它在零售总额中所占比例甚至不到1%,应该说有相当的渗透发展空间。首先,中国有最庞大的收视人群,消费能力以等同甚至超过GDP的速度逐年增长;其次,现代人越来越追求便捷、快速的生活节奏和消费方式,为国内电视购物的发展提供了契机。而电子商务和网上商城的流行,也为融合电视、网络、产品目录等多种渠道的电视购物经营者提供了更多机会。

一方面是内需发展的广阔空间;另一方面是国内电视频道中还有大量空闲时段需

要内容去填补,电视购物的发展前景应该十分广阔。但是电视购物在国内的早期发展却每每遭人诟病,鱼龙混杂,缺乏诚信,假冒伪劣虚假低俗的产品都假借电视购物之名登堂入室,一些频道被长篇累牍的丰胸减肥广告弄得污秽不堪。不过这也让有着明确经营理念和战略的公司能够很快脱颖而出,于是便有了篇首提到的橡果和快乐购的飞速发展。橡果国际和快乐购也代表了国内电视购物发展的两种主要形式。橡果是第三方电视购物直销公司的代表,在无法直接介入电视媒体的情况下,往往是自己组织货源并制作成电视节目,再租用各个电视台的频道和非黄金时段循环播放,以售卖商品。而快乐购则是拥有渠道资源的电视台自己开办的专业家庭购物电视频道,即由电视台自己组织货源,或生产商品并制作成电视节目,在自有频道播出,由自己的公司销售。

打一个形象的比方:前者更像专卖店,以新产品的推广和服务为主,经营差异化产品,利润率通常也比较高;后者更像百货公司,经营琳琅满目的各大品牌,通过提高收视率,招揽回头客。这种通过电视节目或不同的媒介渠道实现跨地区覆盖的连锁方式,只需要节目、产品和服务的部分延伸,而不需要经营中心和后台的转移。既最大限度地节约了成本,实现了资源整合;也可以充分利用我国丰富的电视通路。目前,快乐购已经覆盖了广西及湖南省全境、南京、扬州、徐州、广州、东莞、宁波、泰州、台州等地,并仍处于进一步扩张中。

第一节　分销渠道概述

一、分销渠道的含义与特征

(一)分销渠道的含义

分销渠道是指产品(服务)从生产领域进入消费领域过程中,由与提供产品或服务有关的一系列相互联系的机构所组成的通道。即促使产品(服务)能顺利地经由市场交换过程,转移给消费者(用户)消费使用的一整套相互依存的组织。渠道的成员包括:生产商、中间商、服务性企业和用户。

(二)分销渠道的特征

(1)分销渠道反映某产品(服务)价值实现全过程所经由的整个通道。其起点是生产商,终点是最终消费者或工业用户。

(2)分销渠道是一群相互依存的组织和个人。

(3)分销渠道的实体是购销环节。商品在分销渠道中通过一次或多次购销活动转移所有权或使用权,流向消费者或工业用户。购销次数的多少,说明了分销渠道的层次和参与者的多少,表明了分销渠道的长短。

(4)分销渠道是一个多功能系统。它不仅要发挥调研、购销、融资、储运等多种职能,在适宜的地点,以适宜的价格、质量、数量提供产品和服务,满足目标市场需求,而且要通过分销渠道各个成员的共同努力,开拓市场、刺激需求,同时还要面对系统之外的竞争,自我调节与创新。

二、分销渠道的功能及重要性

（一）分销渠道的功能

（1）市场调研：收集、整理有关现实与潜在消费者、竞争者及营销环境的有关信息，并及时向分销渠道其他成员传递。

（2）促进销售：通过各种促销手段，以消费者乐于接受的、富有吸引力的形式，把商品和服务的有关信息传播给消费者。

（3）寻求顾客：寻求潜在顾客，针对不同细分市场的特点，针对消费者提供不同的营销业务。

（4）分类编配：按买方要求分类整理供应产品，如按产品相关性分类组合，改变包装大小、分级等。

（5）洽谈生意：在分销渠道的成员之间，按照互利互惠的原则，彼此协商，达成有关商品的价格和其他条件的最终协议，实现所有权或持有权的转移。

（6）物流运输：从商品离开生产线起，就进入了营销过程，分销渠道自然承担起商品实体的运输和储存功能。

（7）财务信用：分销渠道的建设、运转、职工工资支付、渠道成员之间货款划转、消费信贷实施都需要财务上的支持。

（8）承担风险：分销渠道成员通过分工分享利益的同时，还应共同承担商品销售、市场波动带来的风险。

（二）分销渠道管理的重要性

在营销组合策略中，产品是营销的基础；价格是营销的核心；渠道是营销的关键；促销是营销的手段。因此，分销渠道管理在营销组合中占有重要地位。

（1）只有通过分销，企业产品（或服务）才能进入消费领域，实现其价值。

（2）充分发挥渠道成员，特别是中间商的功能，是提高企业经济效益的重要手段。

（3）良好的渠道管理可降低市场费用，既为消费者（用户）提供合理价格的产品（服务），也为企业提高经济效益创造了空间。

（4）渠道是企业的无形资产，良好的渠道网络可形成企业的竞争优势。

三、分销渠道的流程与结构

（一）分销渠道的流程

（1）实体转移流程是指产品实体在渠道中从生产商向消费者转移的运动过程，其主要部分是产品运输和储存。物流的持续、有效是渠道保证运行质量与效率的重要条件。一般来说，渠道成员在任何时候都要持有存货，但过量存货又会造成过高的备货成本。因此，合理组织商品储运或物流，是提高分销渠道效率和效益的关键之一，如图9-1所示。

（2）所有权转移流程是指产品所有权或持有权从一个渠道成员转到另一成员手中的流转过程。这一流程通常伴随购销环节在渠道中向前移动。在租赁业务中，该流程转移的是持有权和使用权，如图9-2所示。

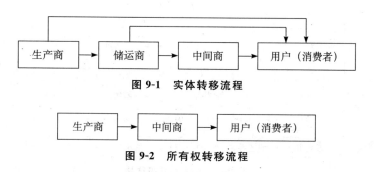

图 9-1　实体转移流程

图 9-2　所有权转移流程

（3）货款转移流程是指客户通过银行账户向代理商支付货款，代理商扣除佣金后再付给生产商，并支付运费和仓储费，如图 9-3 所示。

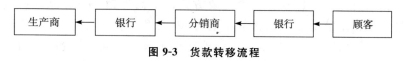

图 9-3　货款转移流程

（4）信息转移流程是各成员之间相互传递信息的流程。这一流程在渠道的每一环节均必不可少。通常分销渠道中两个相邻的机构之间要进行信息交流，互不相邻的机构之间有时也会有一定的信息交流，如图 9-4 所示。

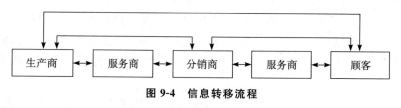

图 9-4　信息转移流程

（5）促销转移流程，促销流是渠道成员的促销活动流程，具体而言，是指通过广告、人员推销、宣传报道、销售促进等活动由一个渠道成员对另一个渠道成员施加影响的过程。促销流从生产商流向中间商，称为贸易促销；直接流向最终消费者则称为最终使用者促销。所有渠道成员都有对顾客的促销责任，既可以采用广告、公共关系和营业推广等大规模促销方式，也可以采用人员推销等针对个人的促销方式，如图 9-5 所示。

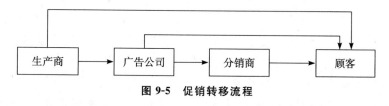

图 9-5　促销转移流程

（二）分销渠道的基本结构

分销渠道的结构会随着商品的特点、渠道成员的多少、不同渠道的长短先后等因素的不同而发生变化。分销渠道的结构主要包括渠道的层级结构、宽度结构和系统结构。

（1）层级结构。分销渠道按照商品从生产商转移到消费者的过程中所包含的渠道层级的多少，可以分为零阶渠道，一阶、二阶和三阶渠道，据此也可以分为直接渠道和间接渠道、短渠道和长渠道等几种类型。渠道的层级结构如图 9-6 所示。

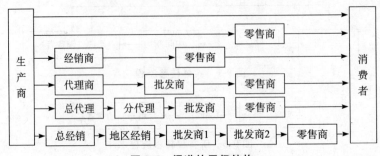

图 9-6　渠道的层级结构

①零阶渠道(直接销售)是生产商将产品直接销售给最终消费者,中间不经过任何中间商的分销渠道类型。这种直销的主要方式有上门推销、邮销、互联网直销及厂商自设机构销售。直销是工业品销售的主要方式,大型设备、专用工具及需要提供专门服务的工业品,几乎都采用直销渠道。随着科学手段的完善,消费品直销渠道也得到长足发展。

②一阶渠道包括一级中间商。在消费品市场上,中间商通常是零售商;而在工业品市场上,它可以是一个代理商或经销商。

③二阶渠道包括两级中间商。消费品二阶渠道的典型模式是经由批发和零售两级转手销售。在工业品市场上,两级中间商大多是由工业品批发商和销售代理商组成。

④三阶渠道是包含三级中间结构的渠道类型。一些消费面宽的日用品,如肉类食品及包装方便面,需要大量零售机构营销,其中许多小型零售商通常不是大型批发商的服务对象。

⑤四阶渠道、五阶渠道等层级更高的分销渠道也有,但极罕见。一般来说,对生产商而言,渠道层级越多越难协调和控制,会给分销渠道的管理与控制带来许多不便。

例 9-1　美国戴尔电脑公司经过 20 年的努力从 1 000 美元起家发展为年营业额达 410 多亿美元的全球性大企业。这个商业奇迹的创造者——戴尔电脑公司创始人迈克尔·戴尔在谈到戴尔成功的秘诀时说:"我们取胜主要是因为我们拥有一个更好的商业模式。"这就是著名的"戴尔模式",或曰"直销模式"。正是依靠它,使戴尔获得了占全球 PC 市场 20%的份额,攫取了全行业 70%的利润的成功。"戴尔模式"的具体内容为:戴尔公司根据顾客的订单装配产品,然后直接将产品寄送到顾客手中。这个模式的要义就是抛开传统商业销售链的中间商和零售商环节,节省了成本,降低了产品价格。这种模式没有现成的理论,归纳起来有以下主要特点。

①按单生产:戴尔根据顾客通过网站和电话下的订单来组装产品,这使顾客有充分的自由来选择自己喜欢的产品配置。公司则根据订单订购配件,无须囤积大量配件,占用资金。

②直接与顾客建立联系:戴尔通过直销与顾客建立了直接联系,不仅节省了产品通过中间环节销售所浪费的时间和成本,还可以更直接、更好地了解顾客的需求,并培养一个稳定的顾客群体。

③高效流程降低成本:戴尔通过建立一个超高效的供应链和生产流程管理,大大降

低了生产成本。

④ 产品技术标准化：戴尔经营的技术产品多是标准化的成熟产品，因此该公司总是能让顾客分享到有关行业进行大量技术投资和研发而取得的最新成果。

⑤ 低成本＋高效率＋好服务。

低成本一直是戴尔的生存法则，也是"戴尔模式"的核心，而低成本必须通过高效率来实现。戴尔的生产流程和销售流程，以其精确管理、流水般顺畅和超高效率而著称，有效地将成本控制在最低水平。

力求精简是戴尔提高效率的主要做法。公司把电话销售流程分解成简单的 8 个步骤，其自动生产线全天候运转，配件从生产线的一端送进来，不到 2 小时就变成成品从另一端出去，然后直接运往客户服务中心。戴尔在简化流程方面拥有 550 项专利。这些专利也正是其他公司无法真正复制貌似简单的"戴尔模式"的最主要原因。

注重树立产品品牌和提高服务质量是戴尔的另一个法宝。戴尔不仅拥有一个严格的质量保证体系，而且还建立了一个强大的售后服务网络。戴尔的工作人员不仅通过网站和电话为顾客提供全面的技术咨询和维修指导服务，而且在售出产品后会主动向客户打电话征求意见。

（2）宽度结构。渠道宽窄取决于渠道的每个环节中使用同类型中间商数目的多少。企业使用的同类中间商多，产品在市场上的营销面广，称为宽渠道。反之，企业使用的同类中间商少，分销渠道窄，称为窄渠道，它一般适用于专业性强的产品，或贵重耐用的消费品，通常由一家中间商统包，几家经销。它使生产企业容易控制营销，但市场营销面受到限制。分销渠道的宽窄是相对而言的。受产品性质、市场特征和企业营销战略等因素的影响，分销渠道的宽度结构大致有以下 3 种类型。

① 独家式分销渠道。独家式分销是指企业在目标市场上或目标市场的一部分地区内，仅指定一家中间商经营其产品。独家分销渠道是窄渠道，如图 9-7 所示。

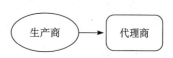

图 9-7　独家式分销渠道

独家式分销渠道的优点是：中间商能获得企业给定的产品的优惠价格，不能再代销其他竞争性的相关产品。对于独家经销商而言，经营有名气的企业产品，可凭名牌产品树立自己在市场上的声望和地位，同时可获得生产商广泛的支持，所以能提高中间商的积极性。对于企业而言，易于控制产品的零售价格，易取得独家经销商的合作。其缺点为：因缺乏竞争，顾客的满意度可能会受到影响，经销商对生产商的反控力较强。

此种模式适用于技术含量较高，需要售后服务的专用产品的营销，如机械产品、耐用消费品、特殊商品等。具体而言，如新型汽车、大型家电、某种品牌的时装等。例如，东芝在进入美国市场的早期，将 80% 的产品交给史勒伯百货连锁店销售。

② 精选式分销渠道。精选式分销是指在同一层次上或一定区域内，精选少数符合要求的中间商经销本企业的产品，即从入围者中选择一部分作为经销商。精选式分销渠道通常由实力较强的中间商组成，能有效地维护生产商品牌信誉，建立稳定的市场和竞争优势。这类渠道多为消费品中的选购品和特殊品以及工业品中的零配件等。精选式分销渠道是中宽度渠道，如图 9-8 所示。

　　精选式分销渠道的优点是：比密集性营销能取得经销商更大的支持，同时又比独家营销能够给消费者购物带来更大的方便，一般来说，消费品中的选购品和特殊品适宜采用精选式分销渠道。其缺点为：中间商的竞争程度比独家式分销渠道激烈，而且选择符合要求的中间商较困难。消费者和用户在选购商品时会进行商品的比较，所以没有广泛式分销渠道那么方便顾客。

　　③ 广泛式分销渠道。广泛式分销是指在同一层次上使用较多的中间商，即凡符合厂家最低要求的中间商均可参与分销渠道。一般来说，产品的营销密度越大，销售的潜力也就越大。广泛式分销渠道是宽渠道，如图 9-9 所示。

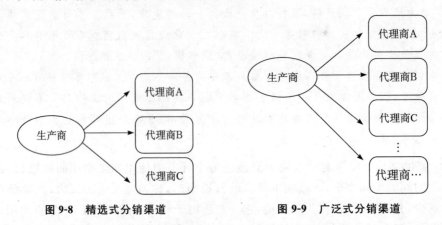

图 9-8　精选式分销渠道　　　　　　　图 9-9　广泛式分销渠道

　　广泛式分销渠道的优点是：市场覆盖率高、便利顾客。其缺点为：市场竞争激烈，价格竞争激烈，导致市场混乱，有时会破坏厂家的营销意图；渠道的管理成本（包括经销商的培训、营销系统支持、交易沟通网络的建设等费用）很高。

　　例 9-2　耐克在 6 种不同类型的商店中销售其生产的运动鞋和运动服装：①体育用品专卖店，如高尔夫职业选手用品商店；②大众体育用品商店，供应许多不同样式的耐克；③百货商店，集中销售最新样式的耐克产品；④大型综合商场，仅销售折扣款式；⑤耐克产品零售商店，设在大城市中的耐克城，供应耐克的全部产品，重点是销售最新款式；⑥工厂的门市零售，销售的大部分是二手货和存货。

　　（3）分销渠道系统。包括传统渠道系统和整合渠道系统两种，如图 9-10 所示。

　　传统渠道系统是指由独立的生产商、批发商、零售商和消费者组成的分销渠道。其特点为：松散、各自为政、只追求自身的最大利益。

　　整合渠道系统是指渠道成员通过不同程度的业态一体化整合形成的分销渠道。其特点为：分工、合作、优势互补，以严格的契约规范每个成员的行为，包括以下几种。

　　① 垂直渠道系统。这是由生产企业、批发商和零售商纵向整合组成的统一系统。该渠道成员或属于同一家公司，或将专卖特许权授予其合作成员，或有足够的能力使其他成员合作，因而能控制渠道成员的行为，消除某些冲突。垂直分销渠道的特点是专业化管理、集中计划，销售系统中的各成员为共同的利益目标，都采用不同程度的一体化经营或联合经营。在我国，这种垂直分销渠道也逐渐成为主要的发展趋势。垂直渠道系统主要

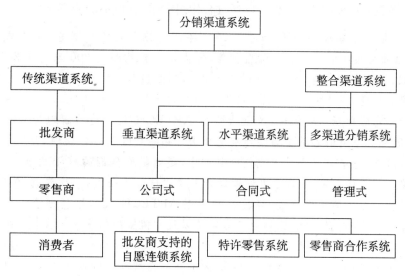

图 9-10　分销渠道系统

有 3 种形式。

　　a. 公司式垂直系统,是指一家公司拥有和统一管理若干工厂、批发机构和零售机构,能够控制市场分销渠道的若干层次,甚至控制整个市场的分销渠道,综合经营生产、批发、零售业务。

　　例 9-3　美国火石轮胎橡胶公司拥有橡胶种植园,拥有轮胎制造厂,还拥有批发系列的轮胎机构和零售机构,其销售门市部门点(网络)遍布全国。

　　b. 管理式垂直系统,指通过渠道中某个有实力的成员来协调整个分销渠道的销售管理业务,其业务涉及销售促进、库存管理、定价、商品陈列、购销活动等,该系统不是由同一个所有者属下的相关生产部门和分销部门组织而成,而是由某一家规模大、实力强的企业出面组织,渠道成员承认相互之间的依赖关系,并且愿意接受这家企业的统一领导,对整个分销渠道的产品流通活动进行协调与管理。

　　例 9-4　宝洁公司与其零售商共定商品陈列、货架位置、促销、定价。

　　c. 合同式垂直系统也称契约式垂直系统,指不同层次的独立生产商和经销商为了获得单独经营达不到的经济利益,而以契约为基础实行的联合体。它主要分为 3 种形式。

　　Ⅰ. 特许经营组织。它是近年来发展最快和最令人感兴趣的零售组织,包含以下3种形式:生产商倡办的零售特许经营或代理商特许经营、生产商倡办的批发商特许经营系统和服务企业倡办的零售商特许经营系统。

　　Ⅱ. 批发商倡办的连锁店。即批发商组织独立的零售商成立自愿连锁组织,帮助他们和大型连锁组织抗衡。批发商制订一个方案,根据这一方案,使独立零售商的销售活动标准化,并获得采购方面的好处,这样,就能使这个群体有效地和其他连锁组织竞争。

　　Ⅲ. 零售合作组织。即零售商可以带头组织一个新的企业实体来开展批发业务和可能的生产活动。成员通过零售商合作组织集中采购,联合进行广告宣传,利润按成员的购买比例进行分配,非成员零售商也可以通过合作组织采购,但不能分享利润。

例 9-5　北大青鸟 APTECH 组建于 2000 年,7 年来公司依照稳健的伙伴发展原则在国内 70 个城市发展 100 多家特许加盟伙伴,开办培训机构超过 200 家。在 2006 年中全体系收入 12.5 亿元,以占国内 IT 培训市场 32.1% 的份额,连续 5 年高速增长并以明显优势超越同业厂商,成为中国 IT 职业培训市场的领导品牌!

北大青鸟总经理杨明介绍说:"北大青鸟 APTECH 将坚持不懈地走'特许经营'的道路,在巩固现有渠道的基础上谨慎而有选择地开拓特许经营合作伙伴,我们将给渠道更大的支持和服务,把渠道完全纳入我们的监控中,不断提升他们的核心竞争力,并最终实现合作伙伴与我们的共赢。"为了更好地提升渠道的核心竞争力,北大青鸟 APTECH 把"特许经营"作为公司的运作模式,经过北大青鸟 APTECH 授权培训向合作伙伴提供从教学机构建设、教学内容实施,到招生广告宣传以及增值服务的全方位支持。通过标准化的课程、管理流程和统一的品牌以及统一的市场运作,给加盟商提供全方位的支持。加盟商需要向北大青鸟总部缴纳加盟费,享受北大青鸟的品牌和全方位的指导。

② 水平式渠道系统,指由两家或两家以上的公司横向联合起来的渠道系统。它们可实行暂时或永久的合作。当面临一个新的市场机会时,这些公司或因资本、生产技术、营销资源不足,无力单独开发市场机会;或因惧怕独自承担风险;或因与其他公司联合可实现最佳协同效益,因而组成共生联合的渠道系统。这是在同一层次的若干生产商之间、若干批发商之间、若干零售商之间采取的横向联合方式。总之,这种系统可发挥群体作用,共担风险,获取最佳效益。

③ 多渠道营销系统,指对同一或不同的细分市场采用多条渠道营销系统。这种系统一般分为两种形式:一种是生产企业通过多种渠道销售同一商标的产品,这种多渠道营销系统也称为双重营销;另一种是生产企业通过多渠道销售不同商标的差异性产品。多渠道系统为生产商提供了三方面的利益:扩大产品的市场覆盖面、降低渠道成本和更好地适应不同顾客要求。但该系统也容易造成渠道之间的冲突,给渠道控制和管理工作带来很大难度。

第二节　中间商的含义与类型

一、中间商的含义

中间商是指介于生产商与消费者之间,参与流通业务,促成买卖行为发生的企业或个人。

二、中间商的类型

(一) 按照在商品流通转让过程中是否取得商品的所有权划分

(1) 代理商与经销商。代理商与经销商以货物的所有权是否发生转移来确定的,代理商不拥有产品的所有权,而经销商则拥有产品的所有权。

(2) 经纪人。既无商品所有权,也不持有和取得现货,其主要职能在于为买卖双方牵线搭桥,协助谈判,促成交易,由委托方付给佣金,不承担产品销售的风险。

3 种类型中间商的比较如表 9-1 所示。

表 9-1　3 种类型中间商的比较

类　型	商品所有权	利润来源	销售风险	业务特点
经销商	取得	购销差价	自己承担	购进售出商品
代理商	不取得	佣金	不承担	代理销售商品
经纪人	不取得	佣金	不承担	不取得商品,撮合交易

（二）按照在流通转让过程中的地位和作用划分

1. 批发商

批发商是指那些主要从事批发经营的组织或个人。批发商处于商品流通的起点或中间环节,其销售对象不是最终消费者,当商业交易职能结束时商品仍处于流通领域。批发商的主要功能如表 9-2 所示。

表 9-2　批发商的主要功能

职　能	说　明
销售与促销	批量向生产者进货,颇受生产者欢迎,因此能以较低价成交。批发商具有较广泛业务关系,客户基本不受区域限制。将产品批量销售给零售商和企业单位
购买与编配商品	批发商有力量也有条件选择顾客需要编配的商品,从而方便顾客并省时间
分装	批发商整买商品,拆零销售,可满足小客户的需要,为顾客节约了成本
仓储	多数批发商备有仓库和存货
运输	批发商有自运设备,充分利用社会运力系统
融资	无论是买方卖方,长期建立信誉后即可代销或赊销,有的还可向客户(零售商或生产厂)提供信贷
承担风险	帮助持有商品的所有权的批发商,承担商品因失窃、破损、腐烂、过时的费用开支及经营风险
市场信息	批发商经常向生产者和零售商提供有关信息(如新产品、价格变动、竞争者动态等)
管理服务与咨询	批发商通过为零售商训练销售人员,帮助布置店堂和商品陈列,建立会计与存货管理制度帮助他们改善经营,同时也可通过提供培训与技术服务,帮助生产者

2. 零售商

零售商是指向最终消费者直接销售商品的,从事零售业务的企业或个人。

(1) 零售商的分类。零售商的分类繁多,常见的有以下几种。

① 便利店。它的规模一般较小,主要特点是为广大消费者提供购物地点和时间上的便利。便利店店址通常深入到居民住宅区,使顾客可以就近购买商品。此外,便利店营业时间很长,通常营业到深夜甚至通宵营业,而且节假日都不休息,使顾客随时都能买到商品。便利店一般经营饮料、面包、日用杂品、小食品、报纸杂志等,并设有多种方便顾客的服务项目,例如微波炉加热食品、电话订货、送货上门等。便利店由于小而分散,缺点是经营品种有限,进货成本高,因而商品价格较高,如果是连锁便利店,还存在管理和控制上的困难。

② 百货公司。百货公司由多个专业商品部组成,经营商品品种多、范围广。百货公

司的规模一般较大,经营的每大类商品都有相当多的花色品种和品牌供消费者选择,且内部装饰华丽,讲究商品陈列与橱窗布置。百货公司经营的另一特色是向顾客提供广泛的服务,有较多的售货服务人员,提供商品咨询、送货、维修、礼品包装、赊销、邮购,甚至餐厅、娱乐、儿童照顾等服务。与其他零售形态相比,百货公司提供齐全的商品品种与全方位的服务,因此经营成本较高,商品加价率也高,传统百货公司商品加价率高达40%。从单位营业面积获利能力上看,百货公司在各种零售形态中不具竞争优势,它的优势在商品品类齐全,购物环境好,服务项目多。百货公司因采购量大,希望越过批发商直接向生产商进货,以得到优惠的采购价格和生产商较好的售后服务,但由于其经营品种繁多,做到这一点也并不容易。

③ 折扣百货店。其突出的特点是以比一般商店便宜得多的价格大量销售商品。为达到低价目的,折扣商店的主要经营措施包括:一般设在郊区或小城镇且租费较低的建筑物内;简单的内外装修及店内设施;雇用少数职工自助购物,提供很少的服务项目;经营商品以易耗日用品为主,还有品种较少的各种家用电器,多为销路较好的全国性品牌商品,以减少推销费用,加快周转,同时,顾客也容易比较价格便宜了多少;大规模发展连锁经营,以扩大销售规模,降低费用率。

例 9-6 2007 年来,周黑鸭卖得红火,让一些不吃鸭架的市民也爱上了这种熟食,据业内人士介绍,周黑鸭之所以受到追捧,在于它努力研究市民口味,并不断地进行改进。

早期的周黑鸭以香酥口味为主,但武汉市民口味偏重,所以,它曾遭遇过"水土不服"的尴尬。后来,根据市民的反馈,周黑鸭不断调整口味,两年后,它发展为以麻辣为主,五味俱全,这种口味得到了顾客认同。

除独特的口味、考究的用料外,周黑鸭一直坚持直营连锁模式和规模化生产,这也是它制胜的法宝。周黑鸭直营模式也是摸索出来的。创业初,周黑鸭在酒店、超市销售,均以失败告终。"进场费太贵了!"朱於龙感慨道,这让当时还不具规模的周黑鸭对这两个市场望而却步。1998 年,周黑鸭主动供货给艳阳天、太子、湖锦等几家大型酒店,但酒店高额的进场费、一月一结账的方式,都让他们无力承担。在中商平价超市,周黑鸭入驻一年,但销售不佳,几经周折,他们悟出直营方式最适合周黑鸭的发展。据悉,周黑鸭刚到南昌时,也采取加盟形式,但后来经营不善,收回了经营权。在周黑鸭的官网上可以看见周黑鸭的申明:不做加盟和任何形式的合作经营。目前,除了武汉,周黑鸭在北京、南昌等地也设有分公司,全部都是直营店。朱於龙明确表示,周黑鸭 5 年内不涉及特许经营,"不想做加盟,以免经营不善,砸了周黑鸭的牌子。"

④ 超级市场。这是一种大型综合型食品零售店。超级市场开创了自我服务的经营方式。由于采用自助服务,可以雇佣较少的营业人员,并以大规模、快周转、低加价、低成本为其经营特色,其商品加价率一般在 20%左右,大大低于专业食品店。现代超级市场的发展趋势是营业面积更大,平均已超过 1 800 平方米;经营的非食品类商品越来越多,鼓励消费者一次性购齐日常生活必需品,与折扣百货店、便利店竞争。

⑤ 专业商店。它的特色是经营单一大类花色、品种、规格齐全的商品,例如妇女服装商店、鞋店、体育用品商店、电子产品商店、音像制品商店等。这类商店通常以经营该类商

品中各具特色的高中档品种为主,价格亦偏高,但能给消费者广泛、充分的选择余地,满足各种特殊需求,服务项目齐备。

⑥ 批发俱乐部。它起源于欧洲,起初主要面对小型公司、个体企业的批量购买,后来逐渐扩大到一般消费者,但采取会员制,定期交纳会费,凭卡进店采购。店的面积非常大(上万平方米),店址偏僻,经营产品线宽,但每类商品品种不多,以周转快的全国性品牌商品为主。商品均直接码放在货架上,店内很少装修,最低购买包装较大,与一般零售店比,可称得上是批量购买。

(2) 零售商的营销决策与经营管理。零售商的营销决策主要包括以下几种。

① 目标市场及市场定位决策:在零售经营中,目标市场处于关键地位,零售商要想成功,首先就要正确选择目标市场,并进行科学的市场定位。

② 地点决策。主要应考虑以下几点:商圈,也就是指零售店的顾客分布的地区范围,经营者要对商圈的构成、特点、范围以及影响商圈规模变化的情况进行实地调查和分析;交通条件,一方面要方便顾客到达,客流通畅,周边有足够的停车场地;另一方面要方便零售店装卸货物和经营作业;客流情况,包括街道特征、客流类型、客流规模、客流目的、速度和滞留时间等;地形特点,包括地理、地形、地貌、顾客能见度以及对流动顾客的注意力吸引度等;城市规划,包括全市及附近的短期规划和长期规划。

③ 经营商品组合与服务决策。主要应考虑以下几点:产品配置,包括经营范围和档次、商品质量、商品组合的宽度和深度;服务组合,零售商应根据其主要消费群来构建其服务组合;商店气氛,包括店面装饰、殿堂陈设、卫生与人文气氛;价格决策,零售商一般要从消费者、竞争和成本3个方面来分析研究其价格策略;促销决策,包括策略指导、方法采用和效果评估3个方面。促销方法一般有以下4个方面:广告促销、销售促进、公共关系和个人推销;形象决策,零售企业形象是企业的无形资源,企业形象的建立一般要经过外部情报、店铺印象、销售行动、建立感情4个阶段。

(3) 零售与批发的差异。

① 选点差异:批发商的选址则以生产群体、交通和批发群为依据;零售商选择其经营地点要以消费者群体为依据。

② 销区差异:批发商业务覆盖的地区范围(市场面)比零售商大。

③ 促销手段差异:批发商一般不设专人进行促销,不营造单个营销氛围,零售商则相反。

④ 存货差异:批发商通常有大量的存货,仓储容纳量大,而零售商只有少量周转性库存。

第三节 分销渠道设计

一、营销渠道设计的目标和原则

营销渠道设计是指为实现营销目标,对各种备选渠道结构进行评估和选择,从而开发新型的营销渠道或改进现有营销渠道的过程。

（一）渠道设计的目标

渠道目标是渠道设计者对渠道功能的预期，体现着渠道设计者的战略意图。分销渠道目标的确定首先必须是以消费者的需求为核心。渠道设计的目标主要有以下几个方面。

（1）顺畅，保证产品以最短的时间送到消费者手中。这主要是满足目标消费者时间上便利的要求。

（2）便利，使顾客方便购买。

（3）开拓市场，增加新顾客、发现新用途。非传统渠道使得消费者能在方便的地方购买商品和得到服务。

（4）提高市场占有率，增加新顾客、提高重复购买率、激活休眠客户。

（5）扩大品牌知名度，增强顾客对产品的认知，树立产品在顾客心目中的地位。

（6）经济性，建立低成本上的分销策略使企业能赢得需求弹性大的市场部分，将费用节约的好处让给消费者，并通过挑战竞争对手的价格而获得满意的利润。

（7）市场覆盖面及密度，销售网点的建立和维护。生产商往往通过两条以上竞争的分销通路销售同一商标的货物，或销售两种商标的基本相同的产品。

（8）控制渠道，实现高效率的渠道网络和渠道整合。为了实现以上目标，要考虑两个匹配，即产品与市场的匹配，渠道与客户购买行为的匹配。

（二）企业渠道设计的原则

（1）畅通高效原则，畅通的分销渠道应以消费者需求为导向，将产品尽快、尽好、尽早地通过最短的路线，以尽可能优惠的价格送达消费者方便购买的地点。

（2）覆盖适度原则，随着市场环境的变化及整体市场的不断细分，原有渠道已不再能达到厂商对市场份额及覆盖范围的要求，而且消费者购物偏好也在变化，他们要求购买更便捷，更物有所值，或更有选择余地，这样，厂商应深入考察目标市场的变化，及时把握原有渠道的覆盖能力，并审时度势，对渠道结构做相应调整，勇于尝试新渠道。

（3）稳定可控原则，只有保持渠道的相对稳定，才能进一步提高渠道的效益。但由于影响分销渠道的各个因素总是在不断变化，一些原来固有的分销渠道难免会出现某些不合理的问题。这时，就需要分销渠道具有一定的调整功能，以适应市场的新情况、新变化，保持渠道的适应力和生命力。调整时应综合考虑各个因素的协调，使渠道始终都在可控制的范围内保持基本的稳定状态。

（4）协调平衡原则，企业在选择、管理分销渠道时，不能只追求自身的效益最大化而忽略其他渠道成员的局部利益，应合理分配各个成员间的利益。

（5）发挥优势原则，企业在选择分销渠道模式时为了争取在竞争中处于优势地位，要注意发挥自己各个方面的优势，将分销渠道模式的设计与企业的产品策略、价格策略、促销策略结合起来，增强营销组合的整体优势。

二、企业渠道设计因素分析

（一）目标市场特性对渠道选择的影响

（1）顾客的规模与分布：顾客需求大、顾客数量多的话，采用长宽渠道，否则采用短窄渠道。

（2）购买特点：购买批量大、购买频率低、购买形式单一以及购买稳定的话，采用短窄渠道，否则采用长宽渠道。

（3）竞争状况：竞争激烈则采用短宽渠道，进行深度分销，否则采用长窄渠道。

（二）产品特性对渠道选择的影响

（1）产品的价值、体积与重量：价值高、体积大、重量大采用短窄渠道，否则采用长宽渠道。

（2）产品的易损性与时尚性：易损、易腐蚀、流行性的产品采用短窄渠道，否则采用长宽渠道。

（3）标准化程度与附加服务：标准化程度高、附加服务少的采用长宽渠道，否则采用短窄渠道。

（4）产品寿命周期：成长期、成熟期的采用长宽渠道，其他时期采用短窄渠道。

（三）企业特性对渠道决策的影响

（1）企业的规模与声誉：规模大、声誉好的采用短渠道，否则采用长渠道（宽窄酌情而定）。

（2）企业销售人员的经验与服务能力：经验丰富、服务能力强的采用短渠道，否则采用长渠道。

（四）环境特性对渠道决策的影响

（1）经济环境：高速经济增长时期采用长渠道，否则采用短渠道。
（2）市场经营环境：市场不规范采用短渠道，否则采用长渠道。

三、企业分销渠道设计评估标准

分销渠道方案确定后，生产厂家就要根据各种备选方案，进行评价，找出最优的渠道路线，通常渠道评估的标准有 3 个，即经济性、可控性和适应性，其中最重要的是经济标准。

（一）经济性标准评估

经济性标准评估主要是比较每个方案可能达到的销售额及费用水平。主要比较由本企业推销人员直接推销与使用销售代理商哪种方式销售额水平更高。同时比较由本企业设立销售网点直接销售所花费用与使用销售代理商所花费用，看哪种方式 支出的费用大，企业对上述情况进行权衡，从中选择最佳分销方式。

（二）可控性标准评估

一般来说，采用中间商可控性较弱，企业直接销售可控性强；分销渠道长，可控性实施难度大，渠道短可控性实施较容易些。企业必须进行全面比较、权衡，选择最优方案。

（三）适应性标准评估

如果生产企业同所选择的中间商的合约时间长，而在此期间，其他销售方法，如直接邮购更有效，但生产企业不能随便解除合同，这样企业选择分销渠道便缺乏灵活性。因此,生产企业必须考虑选择策略的灵活性,不签订时间过长的合约,除非在经济或控制方面具有十分优越的条件。

四、渠道管理日常工作

(一)明确销售部门充当的角色

(1)织网:扮演蜘蛛的角色,把厂家、中间商、用户(消费者)连接起来。

(2)服务:全方位的服务——进行服务营销。

① 向工厂提供的服务:市场需求与竞争消息、产品开发方向、以市场为导向产品设计、建议弹性生产等。

② 向用户提供的服务:售前、售中、售后服务,让顾客买得放心、用得踏实。

③ 向中间商提供的服务:存货管理、培训、促销员管理、促销活动组织与实施、资金管理、现代营销意识传播等。

(二)分销渠道中存在的窜货问题

窜货又称倒货或冲货,是经销网络中的企业分支机构或中间商受到利益驱动,使所经销的产品跨地区销售,造成市场价格混乱,从而使其他经销商对产品失去信心,消费者对品牌失去信任的营销现象。窜货很大程度上在于利益驱使。跨区销售行为与市场发育程度具有十分密切的联系。许多著名外资企业,已经在窜货控制方面为我们提供了可供借鉴的经验。这些经验集中到一点便是经销管理到位、管理方法严谨、经销策略严密周到,特别是在对经销商、对市场的管理方面比较到位。

(三)冲突的处理

1. 冲突的形式

(1)横向冲突:是指同一渠道中同一渠道层次的中间商之间的冲突,可能出现在同类中间商之间,也可能出现在同一渠道层次不同类型的中间商之间。某些经销商为了牟取利益而违反与生产商签订的销售合同,将商品在应由生产商的其他经销商销售的区域低价销售,结果冲击了其他经销商的合法利益,在现阶段这种窜货行为的冲突比较常见。

(2)纵向冲突:是指同一渠道中不同层次成员之间的冲突,如批发商与零售商之间的冲突、批发商与生产商之间的冲突。

(3)交叉冲突:是指当某个生产商建立了两条或两条以上的渠道向同一市场出售其产品或服务时,发生于渠道之间的冲突。

2. 冲突的内容

冲突的内容一般为降价、跨区域销售、减少 SP、承诺不兑现等。

3. 冲突的原因

(1)角色错位。一个渠道成员的角色,是其在渠道中应当承担什么样的任务,以及使每一个渠道成员都可以接受、预见的行为规范。如果一个渠道成员的行为超出了其他渠道成员预期可接受的范围,就会出现角色错位。

(2)目标差异。如果同一渠道系统中的所有成员都有共同的目标,那么各自的效率和效益将会实现最大化。然而,事实上每个公司都是一个独立的法人实体,有自己的利益,有自己的目标,这些目标有些可能会重叠,而另一些则可能不相关,甚至背道而驰,这样就会产生冲突。

(3) 观点差异。观点差异是指渠道成员对同一情景或对同一刺激做出的不同的反应。

(4) 沟通困难。沟通困难是指渠道成员之间不沟通、沟通缓慢或不准确甚至是错误的信息传递。

(5) 决策权分歧。决策权分歧是指渠道成员对于其应当控制的特定领域生意的强烈感受。

(6) 期望差异。期望差异是指不同的渠道成员对未来发展的不同估计、不同预期。

(7) 资源稀缺。资源稀缺是指由于渠道资源的分配不均而造成的冲突。

4. 处理冲突预防型方法

(1) 信息强化机制,是指通过渠道成员之间充分的信息交流与沟通,实现信息共享,从而达到预防和化解渠道冲突的目的。通过信息强化机制,加强了渠道成员彼此的信任,从而能建立和维护彼此间的良好合作关系。对于信息强化机制的具体实现方法有以下几种主要形式:建立会员制度,加强彼此的定期沟通和意见反映;渠道成员间通过互派人员来加强沟通,增强了相互了解;渠道成员之间共享信息和成果,加强彼此的合作关系;邀请渠道成员参与本企业的咨询会议或董事会议,达到互相尊重和互相理解,有助于减少冲突。

(2) 第三方机制,指冲突双方不是通过协商、说服等充分沟通的方式来达到彼此谅解和理解,最终达成共识、解决冲突,而是需要第三方通过调解或仲裁方式介入来解决冲突。调解机制的存在能够制止冲突,仲裁也同样是制止冲突的有效途径。仲裁可以是强制性的,也可以是自愿的。在强制性的仲裁程序中,法律要求各方把争端交由第三方,而第三方的决定是最终的和具有约束力的。

(3) 建立产销战略联盟,是指从长远发展的角度出发,"产"方与"销"方(生产商与中间商、代理商与中间商、上游中间商与下游中间商)之间通过签订协议的方式,形成风险—利益联盟共同体,按照商定的营销策略和游戏规则,共同开发市场,共同承担市场责任和风险,共同管理和规范销售行为,并共同分享销售利润的一种战略联盟。对付渠道冲突最有效的办法是让渠道成员建立产销战略联盟,形成利益共同体,使矛盾双方成为一家人。

5. 处理冲突的治理型方法

(1) 回避、冷处理。即从冲突中退出,听任其发展变化。当冲突微不足道时,当冲突双方情绪过于激动而需要时间使他们恢复平静时,或当采取行动后所带来的负面影响超过冲突解决后获得的利益时,回避就是一种不失为理智的策略。

(2) 迁就、忍让。这是将他人的需要和利益放在高于自己的位置之上,以"他赢你输"来维持和谐关系的策略,是通过成全另一个渠道成员来强化关系的主动手段。他标志着一种合作的、互惠的真诚意愿,相应地将在一个更长时期内建立信任和承诺。

(3) 强制、竞争。是指追逐自己的目标而忽视他人的利益,以牺牲一方为代价而满足另一方的需要。这种方式不做任何让步,导致的结果会加剧冲突,助长不信任和合作的破灭。在长期的合作关系中,渠道成员一般应尽量避免使用这种方式。

（4）折中、妥协。即要求双方都做出一定的让步，取得各方都有所赢、有所输的效果。当冲突双方势均力敌时，当希望对复杂的问题取得暂时的解决办法时，或者当时间要求过紧而需要一个权宜之计时，折中是合适的策略。

（5）合作、协同。这是一种双赢的解决方式，此时冲突各方都满足了自己的利益，使渠道成员获得双赢。这种策略要求各方之间开诚布公进行讨论，积极倾听并理解双方的差异，对有利于双方的所有可能的解决办法加以认真考察。合作是一种理想的冲突解决策略，但并不是在任何条件下都可能采用。它需要双方的承诺，当双方都希望互利时，没有时间压力时，当问题十分重要而不宜妥协折中时，合作是最佳策略。

第四节　实体分配

一、实体分配系统

（一）实体分配的含义

实体分配也称为"货物分流"或"物流"，即有计划地将原材料、半成品及成品由其生产地运到消费者（用户）的流通活动。这些流通活动包括：需求预测、信息传递、订单处理、物料搬运、选址、采购、包装、运输、装卸、废物处理、仓库管理等。

（二）实体分配的运载工具

（1）铁路运输。铁路货物运输的运量大，连续性强，而且运输成本低廉，适用于运距长、批量大的情况。

（2）公路运输。公路运输主要是从事短途运输，具有机动、灵活的特点，有高度的适应性。装卸时间短，换装环节少，货物在途中损耗小，对货物包装的要求不像其他运输方式那样严格，从而节省包装费用。

（3）水路运输。水路运输包括内河运输和海运，突出特点是载运量大，运输成本和运输费用低廉，特别适合运送一些笨重的、超大型货物。但水路运输受到自然条件的限制，受气候条件的影响很大，如河流的宽度、长度、通航季节、自然流向等。且水路运输是最慢的运输。

（4）管道运输。管道运输主要适用于液体货物和气体货物，如石油、天然气、煤粉及煤气等。它的优点是基建投资及运输成本较低。不足之处是运输量的变化范围小，输送品种单一。

（5）航空运输。航空运输的优点是飞行速度快，但成本高、运输能力小。故一般只适宜运输急需及高价值产品（如珠宝等）、保鲜产品（如鲜花等）或精密产品（如技术仪器等）。

（6）集装箱运输。集装箱运输将商品装于箱内或挂在车内，方便了两种运输方式转换时货物的搬运。

二、实体分配决策

实体分配决策即企业物流管理决策，是指企业如何运用物流管理方案使商品及时、有效地从供应商到消费者（用户）手中的方案的制订。

（一）顾客服务标准的决策

（1）在正确的时间向顾客提供商品。及时供货是顾客服务标准中一个非常重要的内容，对顾客而言，"及时供货"意味着不论什么时间发生需要，都可以得到满足。

（2）在合适的地点向顾客提供商品。顾客服务标准包括让顾客获得商品最方便、最容易这一服务水平。

（3）提供正确的商品品种。关键是让顾客得到他所需要的商品，实体分配系统必须根据顾客需求实际内容，组织合理品种的供货。

（4）提供良好的售中和售后服务。向顾客提供多少和哪些服务，也是影响顾客服务标准的重要因素。向顾客提供服务，应当从顾客的需要出发，提出能够真正解决顾客问题的服务项目。

（5）在不降低服务质量的前提下降低服务成本。提高服务水平通常会增加成本，企业可以考虑通过收费来补偿有关的增量成本，但收费要以不影响市场竞争力为条件。

（6）用铺货率来评价顾客的方便性。铺货率是指在某市场的某段时间内，销售本企业商品的终端数量与销售同类商品的终端数量之比。铺货率越高，表明顾客购买就越方便，但铺货成本就越高。

例 9-7 广州有 50 000 家酒饮料的销售终端（包括零售店和餐厅酒楼），而健力宝饮料在 3 000 个终端有销售，则健力宝饮料的铺货率为：

$$3\ 000 \div 50\ 000 \times 100\% = 6\%$$

（二）货运方案的决策

货运方案的决策是企业就其目标市场对工厂、仓库和运输方面的协调与配合。

（1）在工厂方面决策有以下几种。

① 单一工厂/单一市场方案。绝大多数生产企业只有一个工厂，并且仅在一个市场上销售商品，该方案所考虑的是工厂所在的地域市场范围很小，给顾客送货上门的成本很小，以至于与生产成本相比可以忽略的情况。

② 单一工厂/多个市场方案。当一个工厂所生产的商品需要销往几个市场时，企业将面临几种货运策略可供选择，例如直接运送策略，设置中间仓库策略等。

③ 多个工厂/多个市场方案。当企业打算进入多个市场时，还可以考虑在该市场建立地区性工厂，在那里制造、装配并销售。许多企业（特别是跨国公司）就用该方案来开拓距离较远的市场或国外市场，以取得较大的竞争利益。

（2）在仓库方面的决策有以下两种。

① 不设置中间仓库，也就是指直接运输。这种策略是指生产商在各个地域市场只设立销售代表或代理商，没有展示商品的商店或货栈，也不设立仓库，在接收顾客订货以后，从工厂直接发货运送到顾客手上。

② 设置中间仓库。在市场附近设立仓库，可以节省运费，还具有其他优势，例如，有了当地仓库，企业就可以较及时地向顾客提供送货服务；当地仓库同时也可以装修用做商店，进行商品展示和销售，这样可以提高顾客的惠顾率。

（三）实体分配管理

实体分配管理程序：接收订单→存货检查→运输→顾客服务。具体内容如下。

（1）订单处理与订货安排。

① 订单审查。审查内容包括：客户资信、产品品种与规格、数量、质量标准、包装、交货时间与地点、运输与保险责任、货款支付时间与方式、其他特殊条款等。

② 订单处理方式。分单件处理与批量处理两种方式，包括：订单登记与分组、检查存货与下达生产、进货指令、接受顾客查询和订单修改、财务沟通与监督等。

（2）确定运输方案与选择运输工具。

① 单一工厂/单一市场：方案简单。但需要多次转运、运输路线分段衔接时，用图上分析法（最短路线法）寻找最优方案。

② 单一工厂/多个市场，有方案一：采用零担运输方式把产品成品从工厂直接运往各地市场；方案二：将零配件运到各地市场进行装配；方案三：运用整车货运方式将成品运送到某个靠近市场的中心仓库（周转仓库），再由仓库转运到各个市场。

③ 多个工厂/多个市场，常用的规划方法有：表上作业法，根据运筹学原理，采用"线性规划"方法根据产品的单位运价、运用作业表进行路线选择；综合比算法，对各种运输工具、方式及运转环节进行分析、比较；距离差比较法，将从产地到销地的运输距离进行比较，选择最短的运输方案；五比法，比里程、比环节、比时间、比费用、比安全，确定运输的最佳方案。

本 章 小 结

通过本章的学习，我们掌握了制订渠道策略的基本理论和基本方法。本章主要内容包括以下几方面。

（1）分销渠道的概念与意义。分销渠道是指某种产品和服务在从生产者向顾客转移的过程中，取得这种产品和服务的所有权或帮助所有权转移的所有企业和个人。

（2）中间商。中间商指的是在生产者与消费者之间，专门从事商品流通活动的具有法人资格的组织或者个人。中间商是连接生产厂商和消费之间的桥梁和纽带，它提高了流通的效率，并且能节约企业的成本，从而扩大商品的销售区域，最大限度地被消费者见到，增加商品的见货率。中间商有批发商、零售商、代理商、经销商。

（3）分销渠道设计因素和评估标准。通常渠道评估的标准有 3 个，即经济性、可控性和适应性，其中最重要的是经济标准。

技 能 训 练

一、名词解释

中间商　水平渠道系统　特许经营　物流

二、单项选择题

1. 分销渠道不包括（　　）。

A. 中间商　　　　　B. 代理中间商　　　C. 辅助商　　　　D. 最终消费者

2. 寻找潜在消费者并与其进行有效沟通的职能是分销渠道的(　　　)。

A. 促销职能　　　　B. 配合职能　　　　C. 接洽职能　　　　D. 谈判职能

3. 分销渠道中,帮助转移所有权的是(　　　)。

A. 供应商　　　　　B. 中间商　　　　　C. 代理中间商　　　D. 辅助商

4. 主要用于分销产业商品的分销渠道是(　　　)。

A. 直接分销渠道　　B. 一阶渠道　　　　C. 二阶渠道　　　　D. 三阶渠道

5. 某生产商采取邮购方式,将其产品直接销售给最终消费者。该生产商采取的分销渠道是(　　　)。

A. 直接分销渠道　　B. 一阶渠道　　　　C. 二阶渠道　　　　D. 三阶渠道

6. 消费品中的便利品和产业用品中的供应品通常采用的分销渠道是(　　　)。

A. 直接分销　　　　B. 密集分销　　　　C. 选择分销　　　　D. 独家分销

7. 消费品中的选购品和特殊品最易于采取(　　　)。

A. 直接分销　　　　B. 密集分销　　　　C. 选择分销　　　　D. 独家分销

8. 特许零售系统属于(　　　)。

A. 水平渠道系统　　　　　　　　　　　B. 公司式垂直渠道系统

C. 管理式垂直渠道系统　　　　　　　　D. 合同式垂直渠道系统

9. 在渠道方案的评估标准中,最重要的是(　　　)。

A. 经济性标准　　　B. 控制性标准　　　C. 适应性标准　　　D. 激励性标准

10. 激励渠道成员的时候,如果激励过分,其结果是(　　　)。

A. 销售量降低、利润减少　　　　　　　B. 销售量提高、利润减少

C. 销售量降低、利润提高　　　　　　　D. 销售量提高、利润提高

三、多项选择题

1. 分销渠道包括(　　　)。

A. 生产者　　　　　　　　B. 供应商　　　　　　　　C. 中间商

D. 代理中间商　　　　　　E. 最终消费者

2. 整合渠道系统包括(　　　)。

A. 直接分销系统　　　　　B. 一阶渠道系统　　　　　C. 垂直渠道系统

D. 水平渠道系统　　　　　E. 多渠道系统

3. 影响渠道设计的企业特许有(　　　)。

A. 总体规模　　　　　　　B. 财务能力　　　　　　　C. 产品组合

D. 过去的渠道经验　　　　E. 现行的市场营销策略

4. 渠道冲突是渠道成员合作过程中出现的渐次发展过程,其包括的阶段有(　　　)。

A. 潜在冲突　　　　　　　B. 知觉冲突　　　　　　　C. 感觉冲突

D. 行为冲突　　　　　　　E. 冲突余波

5. 目前主要的运输方式有(　　　)。

A. 铁路运输　　　　　　　B. 水运　　　　　　　　　C. 卡车运输

D. 管道运输　　　　　　　E. 空运

四、判断题

1. 间接渠道是指产品从生产者流向最终消费者的过程中不经过任何中间商转手的分销渠道。 （　　）

2. 企业的营销渠道越长越好。 （　　）

3. 中间商对所销售的商品拥有所有权。 （　　）

4. 产品是影响渠道结构的唯一因素。 （　　）

5. 选购品适宜选择分销。 （　　）

五、简答题

1. 影响分析渠道设计的因素有哪些？

2. 渠道方案主要涉及的基本因素有哪些？

3. 何谓分销渠道？分销渠道有哪些模式？

4. 企业分销渠道有哪些类型？

5. 常见的零售商有哪几种？企业选择中间商的主要标准有哪些？

六、案例分析

青啤在济南的烦恼

作为中国啤酒业的"龙头老大"，青岛啤酒在全国笑傲江湖，却迟迟无法攻下近在眼前的济南市场，济南趵突泉啤酒在济南牢牢占据80％的市场占有率，对于青啤来说，不能不说是一种痛！山东省一年的啤酒消费量能占到全国的12％，而光是济南市区近200万的人口，一年就能够喝掉22万吨的啤酒。啤酒行业的人曾经说过一句并非全无道理的话："得济南者得山东，得山东者得天下。"这几年啤酒巨头都曾来济南考察过，来者无不感叹这是"一块肥肉"、"一方重地"，这样的一个好市场是谁都不愿放弃的！"卧榻之旁，岂容酣睡"，青岛啤酒对趵突泉啤酒更是想除之而后快。

在1997年和2001年，为抢占济南市场，青岛啤酒曾前后发起两次攻势，但最后皆无功而返！

第一次进攻。1997年，青岛啤酒向趵突泉啤酒发动了第一次"战争"。当时青岛啤酒推出低价位"青岛大众"，每一瓶比趵突泉啤酒便宜一毛钱左右，意图通过价格优势占领市场。但"战事"只持续了一个夏季，除了在中、高档酒店里有青岛啤酒的影子之外，济南市场80％以上的地盘仍牢牢掌握在"地头蛇"趵突泉啤酒的手中。1997年年末，青啤便从济南市场撤回这种未能发威的低价位"武器"，第一次败下阵来。

第二次进攻。2001年，青岛啤酒再杀回马枪，祭出"火锅城攻势"战法，即青岛啤酒在济南的部分火锅城里派出推销员，试图以此来打开济南市场的缺口。但即使推销小姐的笑容再甜美，最终也难以动摇济南趵突泉啤酒的霸主地位。同时，国内其他啤酒霸主如燕京啤酒和华润啤酒，甚至济南周边大大小小的啤酒厂商都对济南市场觊觎已久，但是都未能撼动趵突泉近80％的市场垄断。

第三次进攻。2002年4月,青啤在汲取前两轮进攻不利的教训后,发动了第三轮攻势。

这次,青岛啤酒先从攻心入手,针对趵突泉啤酒的本土亲和力,打出"青岛啤酒——咱省城人自己的啤酒"的广告,从心理上对消费者进行安抚,拉近与济南消费者的心理距离。

青岛还利用自己强大的资金实力,在大、中酒店中推行"青岛啤酒专卖店"(经调研发现酒店终端是趵突泉啤酒的较薄弱之处)。有20多家达到一定档次和规模的酒店加入了"青岛啤酒专卖示范店",这对趵突泉啤酒的杀伤力很大,青岛啤酒对各酒店开出的专卖条件是相当优惠的,有的是由青岛啤酒赠送一二十万元的车,有的则是一年给每个店5万~10万元的专卖费(以啤酒充抵)。

除了示范店,还有近200家酒店与青岛啤酒达成协议,以卖青岛啤酒为主,凡挂有"青岛啤酒专卖店"的商家,都和青岛啤酒厂家签有协议,把更大的利润空间都让给了商家,鼓励商家多卖青岛啤酒。青啤的"专卖店"方式取得了较好的效果,销量上涨了60%。

【案例思考】

1. 在青岛啤酒的两次攻坚战中,都没有太大的成绩,原因何在?

2. 青岛啤酒第三次进攻取得成功的主要原因是什么?

七、实训操作

实训内容:对淘宝的运作模式进行分析。

实训目标:了解企业分销渠道中的有关理论是如何在企业产品销售中应用的。

实训组织:以10人左右为一组进行训练。

实训提示:通过对淘宝的关注,了解该企业所应用的分销渠道模式及该模式如何沟通生产企业和最终消费者的。

实训成果:每组写出小结,并与其他学生交流,老师讲评。

第十章

促 销 策 略

学 习 目 标

通过完成本章学习,应该能够:

(1) 独立进行产品推广;

(2) 应用广告;

(3) 实施营业推广。

核 心 能 力

(1) 产品推广;

(2) 广告应用;

(3) 营业推广。

案 例 导 入

"2001 新年快乐"宝洁依旧传统

"宝洁这次以'十年误会'为一个创意,有效传达了 OLAY 的品牌意识,同时在网络上引起了较大的反响,网民转发及议论的次数也比较多,可以说起到了一个病毒营销的效果。"近日,知名营销专家、中国营销资源在线总策划段传敏在谈及宝洁新年发动的广告运动时如是评价。

2011 年元旦,新年第一天,各主要媒体显著位置刊登的一则广告引起大家的广泛注意:明明已进入 2011 年,但广告上出现了"2001 新年快乐"的标题。除了报纸之外,国内许多大中城市的公交站牌,甚至是几大卫视跨年晚会的插播广告、主要互联网的广告中,都同样见到了这则同样主题的"乌龙"贺岁广告。开始人们以为这是个排版错误,后来人们才发现,这是 OLAY 故意制造的"美丽错误",意指使用其产品可以年轻十岁。在广告中,OLAY 继续写道:"新一年,当全世界大一岁,肌肤却梦想年轻十岁! OLAY 与你,以更年轻的肌肤,更精彩的自己,迎接新一年!"

段传敏认为,从这则广告上可以看出,宝洁不愧为传统营销方面的一流企业,一个简单的创意,外加上标题党的噱头,就可以将所要表达的核心诉求清晰地传播出来,并且起到出人意料的效果。不过,段传敏也指出,宝洁这次的广告传播运动固然堪称完美,但总体上它走的营销、传播路子还是比较传统的,宝洁未来需要更多地与网络、户外的媒介互动行销,展开更多维的营销思维。

第一节　促销与促销组合

促销是现代营销的关键。在现代营销环境中,企业仅有一流的产品、合理的价格、畅通的销售渠道是远远不够的,还需要有一流的促销。市场竞争是产品的竞争、价格的竞争,更是促销的竞争。企业的营销力特别体现在企业的促销能力上。

一、促销的实质

促销是指企业通过人员和非人员的方式把产品和服务的有关信息传递给顾客,以激起顾客的购买欲望,影响和促成顾客购买行为的全部活动的总称。

菲利普·科特勒曾经说过这样一句话:"科学完整的促销理念是公司促销中的理论指南。"市场促销之所以受到高度重视,是因为它具有相比其他市场营销策略更为独特的优势。

（1）企业在策划促销活动时,能够较自主地控制作用的方向和对象。

（2）它可以实现短期利益,在短时间内发挥作用。

（3）它易于引起公众的注意和兴趣。

在市场经济中,社会化的商品生产和商品流通决定了生产者、经营者与消费者之间存在着信息上的分离,企业生产和经营的商品和服务信息常常不被消费者所了解和熟悉,或者尽管消费者知晓商品的有关信息,但缺少购买的激情和冲动。这就需要企业通过对商品信息的专门设计,再通过一定的媒体形式传递给顾客,以增进顾客对商品的注意和了解,并激发起购买欲望,为顾客最终购买提供决策依据。因此,促销从本质上讲是一种信息的传播和沟通活动。

二、促销组合

（一）促销组合的含义

现代营销学认为,促销的具体方式包括广告、人员推销、公共关系和营业推广（销售促进）4 种。因此,所谓促销组合是一种组织促销活动的策略思路,主张企业运用广告、人员推销、公共关系、营业推广宣传这 4 种基本促销手段组合成一个策略系统,使企业的全部促销活动互相配合、协调一致,最大限度地发挥整体效果,从而顺利实现企业目标。

各种促销方式在具体应用上都有其优势和不足,都有其实用性。所以,了解各种促销方式的特点是选择促销方式的前提和基础。

（1）广告。广告的传播面广,形象生动,比较节省资源,但广告只能对一般消费者进行促销,针对性不足;广告也难以立即促成交易。

（2）人员推销。人员推销能直接和目标对象沟通信息,建立感情,及时反馈,并可当面促成交易。但占用人员多,费用大,而且接触面比较窄。

（3）公共关系。公共关系的影响面广,信任度高,对提高企业的知名度和美誉度具有重要作用。但公共关系花费力量较大,效果难以控制。

（4）营业推广。营业推广的吸引力大,容易激发消费者的购买欲望,并能促成立即购买。但营业推广的接触面窄,效果短暂,特别不利于树立品牌。

（二）影响促销组合的因素

企业的促销组合受到多方面因素的影响,因此,要充分考虑各因素。

（1）产品的类型。按照促销效果由高到低的顺序,消费品企业的促销方式分为广告、营业推广、人员推销和公共关系;产业用品则分为人员推销、营业推广、广告和公共关系。

（2）促销总策略。企业的促销总策略有"推动策略"和"拉引策略"之分。推动策略是企业把商品由生产者"推"到批发商,批发商再"推"到零售商,零售商再"推"到消费者。显然,企业采取推动策略,人员推销的作用最大。拉引策略是以最终消费者为主要促销对象。企业首先设法引起购买者对产品的需求和兴趣,购买者对中间商产生购买需求,中间商受利润驱动向厂商进货。可见,企业采用拉引策略,广告是最重要的促销手段。

（3）购买者所处的阶段。顾客的购买过程一般分为6个阶段,即知晓、认识、喜欢、偏好、确信和购买。

① 知晓。当目标受众还不了解产品时,促销的首要任务是引起注意并使其知晓。这时沟通的简单方法是反复重复企业或产品的名称。

② 认识。当目标受众对企业和产品已经知晓但所知不多时,企业应将建立目标受众对企业或产品的清晰认识作为沟通目标。

③ 喜欢。当目标受众对企业或产品的感觉不深刻或印象不佳时,促销的目标是着重宣传企业或产品的特色和优势,使之产生好感。

④ 偏好。当目标受众已喜欢企业或产品,但没有特殊的偏好时,促销的目标是建立受众对本企业或产品的偏好,这是形成顾客忠诚的前提。这需要特别宣传企业或产品较其他同类企业或产品的优越性。

⑤ 确信。如果目标受众对企业或产品已经形成偏好,但还没有发展到购买它的信念,这时促销的目标就是促使他们做出或强化购买决策,并确信这种决策是最佳决策。

⑥ 购买。如果目标受众已决定购买但还没有立即购买时,促销的目标是促进购买行为的实现。

在知晓阶段,广告和公关的作用较大;在认识和喜欢阶段,广告作用较大,其次是人员推销和公共关系;在偏好和确信阶段,人员推销和公共关系的作用较大,广告次之;在购买阶段,人员推销和营业推广的作用最大,广告和公共关系的作用相对较小。

（4）产品所处的生命周期阶段。产品所处的生命周期阶段不同,促销的重点不同,所采用的促销方式也就不同。一般来说,当产品处于投放期,促销的主要目标是提高产品的知名度,因而广告和公共关系的效果最好,营业推广也可鼓励顾客试用。在成长期,促销的任务是增进受众对产品的认识和好感,广告和公共关系需加强,营业推广可相对减少;到成熟期,企业可适度削减广告,应增加营业推广,以巩固消费者对产品的忠诚度;到衰退期,企业的促销任务是使一些老用户继续信任本企业的产品,因此,促销应以营业推广为主,辅以公共关系和人员推销。

（5）促销费用。4种促销方式的费用各不相同。总的来说，广告宣传的费用较大，人员推销次之，营业推广花费较少，公共关系的费用最少。企业在选择促销方式时，要根据综合考虑促销目标、各种促销方式的适应性和企业的资金状况进行合理的选择，符合经济效益原则。

三、促销的步骤

为了成功地把企业及产品的有关信息传递给目标受众，企业需要有步骤、分阶段地进行促销活动。

（一）确定目标受众

企业在促销开始时就要明确目标受众是谁，是潜在购买者还是正在使用者，是老人还是儿童，是男性还是女性，是高收入者还是低收入者。确定目标受众是促销的基础，它决定了企业传播信息应该说什么（信息内容），怎么说（信息结构和形式），什么时间说（信息发布时间），通过什么说（传播媒体）和由谁说（信息来源）。

（二）确定沟通目标

确定沟通目标就是确定沟通所希望得到的反应。沟通者应明确目标受众处于购买过程的哪个阶段，并将促使消费者进入下一个阶段作为沟通的目标。

（三）设计促销信息

设计促销信息，需要解决4个问题：信息内容、信息结构、信息形式和信息来源。

（1）信息内容。信息内容是信息所要表达的主题，也被称为诉求。其目的是促使受众做出有利于企业的良好反应。一般有3种诉求方式。

① 理性诉求。针对受众的兴趣指出产品能够产生的功能效用及给购买者带来的利益。

例10-1 洗衣粉宣传去污力强，空调宣传制冷效果好，冰箱突出保鲜等。一般工业品购买者对理性诉求的反应最为敏感，消费者在购买高价物品时也容易对质量、价格、性能的等诉求做出反应。

② 情感诉求。通过使受众产生正面或反面的情感，来激励其购买行为的一种诉求方式。

例10-2 使用幽默、喜爱、欢乐等促进购买和消费，也可使用恐惧、羞耻等促使人们去做应该做的事（如刷牙、健康检查等）或停止做不该做的事（如吸烟、酗酒）等。

③ 道德诉求。诉求于人们心目中的道德规范，促使人们分清是非，弃恶从善。

例10-3 遵守交通规则，保护环境，尊老爱幼等。这种诉求方式特别用在企业的形象宣传中。

（2）信息结构。信息结构也就是信息的逻辑安排，主要解决3个问题：一是是否做出结论，即是提出明确结论还是由受众自己做出结论；二是单面论证还是双面论证，即是只宣传商品的优点还是既说优点也说不足；三是表达顺序，即沟通信息中把重要的论点放在开头还是结尾的问题。

（3）信息形式。信息形式的选择对信息的传播效果具有至关重要的作用。

例 10-4　在印刷广告中，传播者必须决定标题、文案、插图和色彩，以及信息的版面位置；通过广播媒体传达的信息，传播者要充分考虑音质、音色和语调；通过电视媒体传达信息，传播者除要考虑广播媒体的因素外，还必须考虑仪表、服装、手势、发型等体语因素；若信息经过产品及包装传达，则特别要注意包装的质地、气味、色彩和大小等因素。

（4）信息来源。由谁来传播信息对信息的传播效果具有重要影响。如果信息传播者本身是接收者信赖甚至崇拜的对象，受众就容易对信息产生注意和信赖。

例 10-5　玩具公司请儿童教育专家推荐玩具，高露洁公司请牙科医生推荐牙膏，长岭冰箱厂请中科院院士推荐冰箱等，都是比较好的选择。

（四）选择信息沟通渠道

信息沟通渠道通常分为两类：人员沟通与非人员沟通。

（1）人员沟通渠道。人员沟通渠道是指涉及两个或更多的人的相互间的直接沟通。人员沟通可以是当面交流，也可以通过电话、信件甚至网络聊天等方式进行。这是一种双向沟通，能立即得到对方的反馈，并能够与沟通对象进行情感渗透，因此效率较高。在产品昂贵、风险较大或不常购买及产品具有显著的社会地位标志时，人员的影响尤为重要。

人员沟通渠道可进一步分为倡导者渠道、专家渠道和社会渠道。倡导者渠道由企业的销售人员在目标市场上寻找顾客；专家渠道通过有一定专业知识和技能的人员的意见和行为影响目标顾客；社会渠道通过邻居、同事、朋友等影响目标顾客，从而形成一种口碑。在广告竞争日益激烈、广告的促销效果呈下降趋势的情况下，口碑营销成为企业越来越重视的一种促销方式。

（2）非人员沟通渠道。非人员沟通渠道指不经人员接触和交流而进行的一种信息沟通方式，是一种单向沟通方式，包括大众传播媒体、气氛和事件等。大众传播媒体面对广大的受众，传播范围广；气氛指设计良好的环境因素制造氛围。

例 10-6　商品陈列、POP 广告、营业场所的布置等，促使消费者产生购买欲望并导致购买行动；事件指为了吸引受众注意而制造或利用的具有一定新闻价值的活动，如新闻发布会、展销会等。

（五）制订促销预算

促销预算是企业面临的最难做的营销决策之一。行业之间、企业之间的促销预算差别相当大。

例 10-7　在化妆品行业，促销费用可能达到销售额的 20%～30%，甚至 30%～50%，而在机械制造行业中仅为 10%～20%。

企业制订促销预算的方法有许多，常用的主要有以下几种。

（1）量力支出法。这是一种量力而行的预算方法，即企业以本身的支付能力为基础确定促销活动的费用。这种方法简单易行，但忽略了促销与销售量的因果关系，而且企业每年财力不一,从而促销预算也经常波动。

(2)销售额百分比法。即依照销售额的一定百分比来制订促销预算。

例 10-8 企业今年实现销售额 100 万元,如果将今年销售额的 10% 作为明年的促销费用,则明年的促销费用就为 10 万元。

(3)竞争对等法。主要根据竞争者的促销费用来确定企业自身的促销预算。

(4)目标任务法。企业首先确定促销目标,然后确定达到目标所要完成的任务,最后估算完成这些任务所需的费用,这种预算方法即为目标任务法。

(六)确定促销组合

企业在确定了促销总费用后,面临的重要问题就是如何将促销费用合理地分配于 4 种促销方式的促销活动。4 种促销方式各有优势和不足,既可以相互替代,更可以相互促进,相互补充。所以,许多企业都综合运用 4 种方式达到既定目标。这使企业的促销活动更具有生动性和艺术性,当然也增加了企业设计营销组合的难度。企业在 4 种方式的选择上各有侧重。

例 10-9 同是消费品企业,可口可乐主要依靠广告促销,而安利则主要通过人员推销。

第二节 广 告 策 略

"商品如果不做广告,就好像一个少女在黑暗中向你暗送秋波。"西方流行的这句名言充分表现了广告在营销中的独特地位。

一、广告的含义和功能

(一)广告的含义

广告是广告主以付费的方式,通过一定的媒体有计划地向公众传递有关商品、劳务和其他信息,借以影响受众的态度,进而诱发或说服其采取购买行动的一种大众传播活动。这种活动是有偿的、有组织的、综合的和劝说性的。

因此,广告的构成要素包括:广告主,这是进行广告活动的主体;广告受众(客体),指广告所针对的目标消费者,即广告信息的接收者;广告媒体是指传播广告信息的中介物;广告信息指广告要传达的具体内容;广告费用即从事广告活动所需支付的费用。

从以上定义可以看出,广告主要具有以下特点。

(1)广告是一种有计划、有目的的活动。

(2)广告的主体是广告主,客体是消费者或用户。

(3)广告的内容是商品或劳务的有关信息。

(4)广告的手段是借助广告媒体直接或间接传递信息。

(5)广告目的是促进产品销售或树立良好的企业形象。

(二)广告的功能

在当代社会,广告既是一种重要的促销手段,又是一种重要的文化现象。广告对企业、消费者和社会都具有重要作用。

1. 广告对企业的功能

(1) 传播信息,沟通产销。广告对企业的首要功能是沟通产销关系。所以,一个企业不善于做广告,就好像在黑暗中向情人暗送秋波。

(2) 降低成本,促进销售。从绝对成本的角度看,上述 4 种促销方式中,广告的成本是最高的。但如果从相对成本的角度看,因为广告的大众化程度高,广告的成本又是较低的。

例 10-10   可口可乐,每年的巨额广告费平均分摊到每一个顾客身上只有 0.3 美分,如用人员推销成本则需 60 美元。据统计,在发达国家,投入一元广告费,可收回 20 元的收益。

(3) 塑造形象。广告是塑造企业形象的重要手段。

2. 广告对消费者的功能

(1) 指导消费。消费者获取商品信息的来源主要有 4 种,即商业来源、公共来源、人际来源和个人来源。广告则是消费者最重要的商业来源。可以说,在现代社会,面对琳琅满目的商品,如果离开了广告,消费者将无所适从。

(2) 刺激需求。广告的一个重要功能就是刺激消费者的购买欲望,促使消费者对商品产生强烈的购买冲动。广告刺激的需求包括初级需求和选择性需求。所谓初级需求是指通过广告宣传,促使消费者产生对某类商品的需求。

例 10-11   对电脑、汽车等的需求。选择性需求是指通过广告宣传,促使消费者产生对特定品牌的商品的需求,如联想电脑、红旗汽车等,引导消费者认牌购买。

(3) 培养消费观念。广告引导着消费潮流,促使消费者树立科学的消费观念。

3. 广告对社会的功能

(1) 美化环境,丰富生活。路牌广告、POP 广告、霓虹灯广告等,优化了城市形象,使都市的夜晚变得星光灿烂,绚丽多姿。因此,广告被称为现代城市的脸。优美的广告歌曲、绚丽的广告画、精彩的广告词,也无不给人以艺术的享受。

(2) 影响意识形态,改变道德观念。据调查,一个美国人从出生到 18 岁在电视中看到的广告达 1 800 多个小时,相当于一个短期大学所用的学时。所以,广告对社会的价值观念、文化传承都具有非常重要的影响。

二、广告促销方案的制订

对于广告在促销中的作用尽管存在争论,尽管中国的企业家对做不做广告表现得非常无奈,发出"不做广告是等死,做广告是找死"的感叹。但在市场上,中国企业对广告却始终情有独钟。这从中央电视台每年黄金时段的广告招标金额节节攀升可见一斑。显然,在市场早已走出了"酒好也怕巷子深"的时代,当代企业所要考虑的并不是要不要做广告的问题,而是如何做出精品广告,从而赢得消费者对广告的信任的问题,这需要企业进行科学的广告决策。企业的广告决策,一般包括 5 个重要的步骤。

（一）确定广告目标

企业广告决策的第一步是确定广告目标。广告目标是企业通过广告活动要达到的目的，其实质就是要在特定的时间对特定的目标受众完成特定内容的信息传播，并获得目标受众的预期反应。

企业的广告目标取决于企业的整个营销目标。由于企业营销任务的多样性和复杂性，企业的广告目标也是多元化的。美国市场营销专家罗希尔·科利在《确定广告目标、衡量广告效果》一书中曾列举了 52 种不同的广告目标。根据产品生命周期不同阶段中广告的作用和目标的不同，一般可以把广告的目标大致分为告知、劝说和提示 3 大类。

（1）告知性广告。告知性广告主要用于向市场推销新产品，介绍产品的新用途和新功能，宣传产品的价格变动，推广企业新增的服务，以及新企业开张等。告知性广告的主要目标是为了促使消费者产生初始需求。

例 10-12　恒源祥的导入期告知广告——"恒源祥，羊羊羊"、"恒源祥，羊羊羊"，几乎没有人不知道这个广告。毋庸置疑，在恒源祥产品的导入期，它起到了很好的效果。这个广告在中央电视台黄金时间播放，每次重复三遍，让全国人民迅速知道了这个品牌。

（2）劝说性广告。在产品进入成长期、市场竞争比较激烈的时候，消费者的需求是选择性需求。此时企业广告的主要目标是促使消费者对本企业的产品产生"偏好"。具体包括，劝说顾客购买自己的产品，鼓励竞争对手的顾客转向自己，改变消费者对产品属性的认识，以及使顾客有心理准备乐于接受人员推销等。劝说性广告一般通过现身说法、权威证明、比较等手法说服消费者。

例 10-13　美乐淡啤酒通过指出百威淡啤酒中含有更高热量夺取了百威的部分市场份额。

（3）提示性广告。在产品的成熟期和衰退期使用的主要广告形式，其目的是提示顾客购买。比如提醒消费者购买本产品的地点，提醒人们在淡季时不要忘记该产品，提醒人们在面对众多新产品时不要忘了继续购买本产品等。

例 10-14　比如产品的销售终端就可能被作为提示性广告与主诉性广告同时发布的场所。整齐醒目的产品陈列，花样翻新的 POP 展示均是一种发布于终端的提示性广告。

（二）制订广告预算

广告目标确定后，企业必须确定广告预算。广告预算是否合理对企业是一个至关重要的问题。预算太少，广告目标不能实现；预算太多，又造成浪费，有时甚至决定企业的命运。

例 10-15　中央电视台曾经的标王如秦池、爱多的命运对此作了很好的注解。

确定广告预算的方法，主要也是第一节的 4 种方法，即量力支出法、销售额百分比法、竞争对等法和目标任务法。基本操作如第一节所述，但企业在确定广告预算时必须充分考虑以下因素。

（1）产品生命周期。产品在投放期和成长期前期的广告预算一般较高，在成熟期和衰退期的广告预算一般较低。

（2）市场占有率的高低。市场占有率越高,广告预算的绝对额越高,但面向广大消费者的产品的人均广告费用却比较低;反之,市场占有率越低的产品广告预算的绝对额也较低,但人均广告费并不低。

（3）竞争的激烈程度。广告预算的多少与竞争激烈程度的强弱成正比。

（4）广告频率的高低。广告频率的高低与广告预算的多少成正比。

（5）产品的差异性。高度同质性的产品,消费者不管购买哪家企业生产的都一样,广告的效果不明显,广告预算低;高度差异性的产品,因为具有一定的垄断性,不做广告也会取得较好的销售效果。而具有一定的差异性但这种差异又不足以达到垄断地位的产品,因为市场竞争激烈,广告预算反而应该比较多。

（三）确定广告信息

广告的效果并不主要取决于企业投入的广告经费,关键在于广告的主题和创意。广告主题决定广告表现的内容,广告创意决定广告表现的形式和风格。只有广告内容迎合目标受众的需求,广告表现具有独特性,广告才能引人注意,并给目标受众带来美好的联想,并促进销售。广告的信息决策一般包括 3 个步骤。

（1）确定广告的主题。广告主题是广告所要表达的中心思想。广告主题应当显示产品的主要优点和用途以吸引消费者。对于同一类商品,可以从不同角度提炼不同的广告主题,以满足不同消费者的需要和同一消费者的不同需要。

广告信息的产生,可以通过对顾客、中间商、有关专家甚至竞争对手的调查获得创意。西方的营销专家认为消费者购买商品时期望从中获得 4 种不同的利益:理性的、感性的、社会的和自我实现的。产品使用者从用后效果的感受、使用中的感受和附加效用的感受3 种途径实现这些满足。将上述 4 种利益和 3 种途径结合起来,就产生了 12 种不同的广告信息,从每一广告信息中可以获得一个广告主题。在企业广告活动中,常用的广告主题主要有:快乐、方便、传统、健康、3B(宠物、小孩和美女)等。

从广告主题设计所侧重的不同角度,可以将广告主题分为以下几种类型:①以产品和服务为主题;②以企业、产品的历史、现状、规模为主题;③以技术或实力为主题;④以销售状况或信息反馈为主题;⑤以情感诉求为主题。

（2）广告信息的评估与选择。一个好的广告总是集中于一个中心的促销主题,而不必涉及太多的产品信息。

例 10-16 "农夫山泉有点甜",就以异常简洁的信息在受众中留下深刻的印象。如果广告信息过多、过杂,消费者往往不知所云。

广告信息的载体就是广告文案。对广告文案的评价标准有许多,但一般要符合三点要求:其一,具有吸引力,即广告信息首先要使人感兴趣,引人入胜;其二,具有独特性,即广告信息要与众不同,独具特色,而不要人云亦云;其三,具有可靠性,广告信息必须从实际出发,实事求是,而不要以偏概全,夸大其词,甚至无中生有。只有全面客观的广告传播,才能增加广告的可信度,才能持久地建立企业和产品的信誉。

（3）信息的表达。广告信息的效果不仅取决于"说什么",更在于怎么说,即广告信息的表达。广告表现的手段包括语言手段和非语言手段。语言在广告中的作用是其他任何手段所不及的,因为语言可以准确、精练、完整、扼要地传达广告信息。

例 10-17　铁达时手表的"不在乎天长地久,只在乎曾经拥有"、统一润滑油的"多一份润滑,少一份摩擦"、中国移动通信公司的"我的地盘听我的"等,既简明扼要,又朗朗上口,都取得了意想不到的效果。

非语言就是语言以外的、可以传递信息的一切手段,主要包括构图、色彩、音响、体语等。进行广告表现,要做到图文并茂,善于根据不同产品的不同广告定位,把语言手段和非语言手段有机地结合起来。

任何一个广告信息都可以用不同的表现风格加以表现。例如,生活片段,表现人们在日常生活中正在满意地使用某产品;生活方式,借助广告形象强调产品如何适应人们的某种生活方式;音乐,包括背景音乐和广告歌曲;幻想,针对本产品或其用途,设计出一种幻想意境;气氛,可以为产品制造引起某种联想的氛围,给人以暗示;人格化,创造一个人物或拟人化的形象来代表或象征某产品;专门技术,表现企业在生产某产品过程中的技术和专长;科学证据,借助于科学研究成果或调查证明,表现产品的优越之处;旁证,由值得信赖的权威人士推荐或普通用户的"现身说法",以证明产品的功能和用途。

阅读资料:世界经典广告语

雀巢咖啡:"味道好极了"。这是人们最熟悉的一句广告语,也是人们最喜欢的广告语。简单而又意味深远,朗朗上口。

M&M 巧克力:"只溶在口,不溶在手"。这是著名广告大师伯恩巴克的灵感之作,堪称经典,流传至今。它既反映了 M&M 巧克力糖衣包装的独特 USP,又暗示 M&M 巧克力口味好,以至于我们不愿意使巧克力在手上停留片刻。

百事可乐:"新一代的选择"。在与可口可乐的竞争中,百事可乐终于找到突破口,它们从年轻人身上发现市场,把自己定位为新生代的可乐,邀请新生代喜欢的超级歌星作为自己的品牌代言人,终于赢得青年人的青睐。

大众甲壳虫汽车:"想想还是小的好"。20 世纪 60 年代的美国汽车市场是大型车的天下。伯恩巴克提出"think small"的主张拯救了大众的甲壳虫,运用广告的力量,改变了美国人的观念,使美国人认识到小型车的优点。

耐克:"just do it"。耐克通过以 just do it 为主题的系列广告,和篮球明星乔丹的明星效应,迅速成为体育用品的第一品牌。

(四)选择广告媒体

广告表现的结果就是广告作品。广告作品只有通过恰当的广告媒体投放才能实现广告传播的目标。广播、电视、报纸和杂志是传统的四大大众传播媒体,网络媒体被称为第五大大众媒体。除大众传播媒体以外,还有招牌、墙体等户外媒体,车身、车站等交通媒体,信函、传单等直接媒体等众多种类。

1. 几种主要媒体及特点

(1)广播媒介的主要优点:①广播的信息传播迅速,时效性强;②广播的信息受众广泛,覆盖面大;③广播的信息传播方便灵活,声情并茂;④广播的制作简便,费用低廉。其缺点为:①对于需要表现外在形象的产品,广播媒介难以适应;②广播的信息转瞬即逝,不易存查。

(2) 电视媒介的主要优点:①电视集形、声、色、语于一体,感染力强;②电视媒介的覆盖面广,公众接触率高;③娱乐性强。其缺点为:①电视广告的费用昂贵,制作成本高;②电视媒介信息转瞬即逝,不易存查;③电视频道多,互相干扰。

(3) 报纸媒介的主要优点:①可信度高,影响力强;②信息量大,便于阅读和存查;③报纸的发行面广,覆盖面宽。其缺点为:①报纸内容分版编排,广告安排在次要的版面,读者关注比较低;②印刷不够精美,色彩感差;③报纸在发行上寿命短,利用率低。

(4) 杂志媒介的主要优点:①杂志面向的对象明确,针对性较强;②杂志编排精细,印刷精美,图文并茂;③杂志的有效使用期长,保存期长;④读者群较稳定,较易接受杂志的宣传。其缺点为:①发行周期较长,灵活性较差;②杂志的专业性强,影响面窄;③广告效果不均衡,封面、封二、封三以及特殊插页上的广告效果均不同。

(5) 网络媒体的主要优点:①传播范围广,速度快;②跨越时空和文化限制;③形式多种多样;④广告费用低廉。其缺点为:广告效果难以评价、网络媒介技术要求高,以及受众不明确等。

2. 选择广告媒体应考虑的因素

(1) 广告产品的特征。一般生产资料适合选择专业性的报纸、杂志、产品说明书;而生活资料则适合选择生动形象、感染力强的电视媒体和印刷精美的彩色杂志等媒体。

(2) 目标市场的特征。其一,目标市场的范围。全国性市场适合选择全国性媒体,如中央电视台、《经济日报》等;区域性市场适合选择地区性媒体,如《东南早报》、福建电视台。其二,目标市场的地理区域。农村市场需要选择适合农民的媒体,如《南方农村报》等;城市市场则适合选择都市类媒体,如《南方都市报》等。其三,目标市场的媒体习惯。每种媒体都有自己独特的定位,每类消费者也都有自己的媒体习惯。所以,媒体选择要有针对性。如针对中产阶级的广告,适合选择《新快报》等时尚类媒体。

(3) 广告目标。以扩大市场销售额为目的的广告应选择时效性快、表现性强、针对性强的媒体;树立形象的广告则适合选择覆盖面广、有效期长的媒体。

(4) 广告信息的特征。情感诉求的广告适合选择广播、电视媒体等媒体;理性诉求的广告适合选择报纸、杂志等印刷类媒体。

(5) 竞争对手的媒体使用情况。一般情况下,应尽可能避免与竞争对手选择同一种媒体,特别是同种媒体的同一时段或同一版面。如果中国移动和中国联通的广告登在同一种报纸的同一版面上,或者在电视的同一时段投放,效果就可能大打折扣。

(6) 广告媒体的特征。各类广告媒体都有各自的广告适应性,选择广告媒体一定要对各类媒体的广告属性进行充分的把握。

(7) 国家广告法规。广告法规关于广告媒体的规定是选择广告媒体的重要依据。

(五)评估广告效果

广告的效果主要体现在 3 个方面,即广告的传播效果、广告的促销效果和广告的社会效果。广告的传播效果是前提和基础,广告的促销效果是广告效果的核心和关键,企业的广告活动也不能忽视对社会风气和价值观念的影响。

（1）广告传播效果的评估。主要评估广告是否将信息有效地传递给目标受众。这种评估传播前和传播后都应进行。传播前，既可采用专家意见综合法，由专家对广告作品进行评定；也可以采用消费者评判法，聘请消费者对广告作品从吸引力、易读性、好感度、认知力、感染力和号召力等方面进行评分。传播后，可再邀请一些目标消费者，向他们了解对广告的阅读率或视听率，对广告的回忆状况等。

（2）广告促销效果的评估。促销效果是广告的核心效果，主要测定广告所引起的产品销售额及利润的变化状况。测定广告的促销效果，一般可以采用比较的方法。在其他影响销售的因素一定的情况下，比较广告后和广告前销售额的变化；或者其他条件基本相同的甲和乙两个地区，在甲地做广告而在乙地不做广告，然后比较销售额的差别，以此判断广告的促销效果等。

（3）广告社会效果的评估。主要评定广告的合法性以及广告对社会文化价值观念的影响。一般可以通过专家意见法和消费者评判法进行。

第三节　人员推销策略

一、人员推销及其特点

（一）人员推销及要素

人员推销是一种古老的推销方式，也是一种非常有效的推销方式。根据美国市场营销协会的定义，人员推销是指企业通过派出销售人员与一个或一个以上的潜在消费者通过交谈，作口头陈述，以推销商品，促进和扩大销售的活动。推销主体、推销客体和推销对象是构成推销活动的 3 个基本要素。商品的推销过程，就是推销员运用各种推销术，说服推销对象接受推销客体的过程。

（二）人员推销的特点

相对于其他促销形式，人员推销具有以下特点。

（1）注重人际关系，与顾客进行长期的情感交流。情感的交流与培养，必然使顾客产生惠顾动机，从而与企业建立稳定的购销关系。

（2）具有较强的灵活性。推销员可以根据各类顾客的特殊需求，设计有针对性的推销策略，容易诱发顾客的购买欲望，促成购买。

（3）具有较强的选择性。推销员在对顾客调查的基础上，可以直接针对潜在顾客进行推销，从而提高推销效果。

（4）及时促成购买。人员推销在推销员推销产品和劳务时，可以及时观察潜在顾客对产品和劳务的态度，并及时予以反馈，从而迎合潜在消费者的需要，及时促成购买。

（5）营销功能的多样性。推销员在推销商品过程中，承担着寻找客户、传递信息、销售产品、提供服务、收集信息、分配货源等多重功能，这是其他促销手段所没有的。

二、企业的人员推销决策

企业进行人员推销，必须做好以下决策。

（一）确定推销目标

人员推销的具体目标的确定，取决于企业面临的市场环境，以及产品生命周期的不同阶段。主要包括以下几点。

（1）发现并培养新顾客。

（2）将企业有关产品和服务的信息传递给顾客。

（3）将产品推销给顾客。

（4）为顾客提供服务。

（5）进行市场调研，搜集市场情报。

（6）分配货源。

（二）选择推销方式

推销主要有以下方式。

（1）推销员对单个顾客。推销员当面或通过电话等形式向某个顾客推销产品。

（2）推销员对采购小组。一个推销员对一个采购小组介绍并推销产品。

（3）推销小组对采购小组。一个推销小组向一个采购小组推销产品。

（4）会议推销。通过洽谈会、研讨会、展销会或家庭聚会等方式推销产品。

（三）确定推销队伍的组织结构

一般说来，可供选择的推销组织形式有以下 4 种。

（1）区域型结构。每一个（组）推销员负责一定区域的推销业务，这适用于产品和市场都比较单纯的企业。主要优点是：第一，推销员责任明确，便于考核；第二，推销员活动地域稳定，便于与当地建立密切联系；第三，推销员活动范围小，节约旅差费用；第四，容易熟悉当地市场，便于制订有针对性的推销策略；第五，售后服务能做得比较到位。

（2）产品型结构。每个推销员（组）负责某种或某类产品的推销业务。其最大优点是能为顾客提供相对比较专业的服务。这种结构适用于产品技术性比较强、工艺复杂、营销技术要求比较高的企业。

（3）顾客型结构。主要根据不同类型的顾客配备不同的推销人员，其主要优点是能更深入地了解顾客的需求，从而为顾客提供差异化的服务。

（4）复合式结构。即将上述 3 种结构形式混合运用，有机结合。如按照"区域—产品"、"产品—顾客"、"区域—顾客"，甚至"区域—产品—顾客"的形式进行组合，配备推销员。其优点是能吸收上述 3 种形式的优点，从企业整体营销效益出发开展营销活动。这种形式比较适合那些顾客种类复杂、区域分散、产品也比较多样化的企业。

（四）建立推销队伍

（1）确定推销队伍的规模。企业推销队伍的规模必须适当。西方企业一般采用工作负荷量法确定推销队伍的规模。

例 10-18   假设某企业有 250 个客户，若每个客户每年平均需要 20 次登门推销，则全年就需要 5 000 次登门推销。若平均每个推销员每年能上门推销 500 次，则该企业就需要 10 名推销员。

（2）选拔、培训推销员。企业的推销员主要有两个来源，即企业内部选拔和向外部招聘。不管推销员来自何方，一个合格的推销员都要具备良好的思想政治素质、文化修养和较强的实际工作能力，以及适宜的个性素质。西方营销专家麦克墨里给超级推销员列出了五项特质："精力异常充沛，充满自信，经常渴望金钱，勤奋成性，并有把各种异议、阻力和障碍看做是挑战的心理状态。"

企业必须对推销员进行专业培训。推销员培训的一般内容包括：企业历史、现状、发展目标，产品知识、市场情况、推销技巧、法律常识和有关产品的生产技术和设计知识等。

（3）推销员的评价和激励。对推销员的合理评价决定了推销员的积极性。企业必须建立一套合理的评估指标体系，并随时注意收集有关的信息和资料。合理的报酬制度是调动推销员积极性的关键。确定推销员的报酬应以推销绩效为主要依据，一般有以下几种形式：固定工资制、提成制、固定工资加提成制。由于推销工作的复杂性，固定工资加提成制是一种比较理想的选择。

调动推销员的积极性除了对推销员的绩效的合理评价以及合理的报酬制度外，对推销员的激励也必不可少。一般，对推销员的激励手段主要有：奖金、职位的提升、培训机会、表扬及旅游度假等。

三、人员推销的步骤及策略

人员推销一般经过 7 个步骤。

（一）寻找潜在顾客

寻找潜在顾客即寻找有可能成为潜在购买者的顾客。潜在顾客是一个"MAN"，即具有购买力（Money）、购买决策权（Authority）和购买欲望（Need）的人。寻找潜在顾客的方法主要有：①向现有顾客打听潜在顾客的信息；②培养其他能提供潜在顾客线索的来源，如供应商、经销商等；③加入潜在顾客所在的组织；④从事能引起人们注意的演讲与写作活动；⑤查找各种资料来源（工商企业名录、电话号码黄页等）；⑥用电话或信件追踪线索；等等。

（二）访问准备

在拜访潜在顾客之前，推销员必须做好必要的准备。具体包括：了解顾客、了解和熟悉推销品、了解竞争者及其产品、确定推销目标、制订推销的具体方案等方面。不打无准备之仗，充分的准备是推销成功的必要前提。

（三）接近顾客

接近顾客是推销员征求顾客同意接见洽谈的过程。接近顾客能否成功是推销成功的先决条件。推销接近要达到 3 个目标：给潜在顾客一个良好的印象；验证在准备阶段所得到的信息；为推销洽谈打下基础。

（四）洽谈沟通

洽谈沟通是推销过程的中心。推销员向准客户介绍商品，不能仅限于让客户了解你的商品，最重要的是要激起客户的需求，产生购买的行为。养成 JEB 的商品说明习惯，能使推销事半功倍。

JEB,简而言之,就是首先说明商品的事实状况(Just Fact);然后将这些状况中具有的性质加以解释说明(Explanation);最后再阐述它的利益(Benefit)及带给客户的利益。熟练掌握商品推销的三段论法,能让推销变得非常有说服力。

营销人员在向潜在顾客展示介绍商品时可采用 5 种策略:①正统法。主要强调企业的声望和经验;②专门知识。主要表明对产品和对方情况有深刻了解;③影响力。可逐步扩大自己与对方共有的特性、利益和心得体会;④迎合。可向对方提供个人的善意表示,以加强感情;⑤树立印象。在对方心目中建立良好的形象。

(五)应付异议

推销员应随时准备应付不同意见。顾客异议表现在多方面,如价格异议、功能异议、服务异议、购买时机异议等。有效地排除顾客异议是达成交易的必要条件。一个有经验的推销员面对顾客争议,既要采取不蔑视、不回避、注意倾听的态度,又要灵活运用有利于排除顾客异议的各种技巧。

例 10-19　不需要——张先生,我能了解您的意思,事实上很多客户在一开始都有和您一样的想法,但是他们真正了解这个服务项目内容的时候,都会感到这样的财务保障计划是有必要的,而且只需要花 20~30 分钟时间了解一下,是否对您有帮助,谈过之后则由您自己来决定,所以是看您是本周一比较方便还是本周四比较方便?

例 10-20　没兴趣——张先生,我了解您的想法,但是人的需要是不断改变的,我们这套服务在我做了解释之后,您就可以自己来判断是否这项服务对您是有帮助的,如果您听了还是没有兴趣,那也没关系,至少我们可以交个朋友,这对我们互相来说是没有什么太大的损失,所以看您是本周一比较方便还是本周四比较方便?

例 10-21　没时间——张先生,这一点我当然理解,正因为我知道像您这样的客户时间一向安排紧凑,所以我才特地打个电话和你预约一下时间,我们这套服务时间大致需要20~30 分钟,所以看您是本周一上午腾出这样的一个时间还是本周四下午腾出这样的一个时间?

(六)达成交易

达成交易是推销过程的成果和目的。在推销过程中,推销员要注意观察潜在顾客的各种变化。当发现对方有购买的意思表示时,要及时抓住时机,促成交易。为了达成交易,推销员可提供一些优惠条件。

(七)事后跟踪

现代推销认为,成交是推销过程的开始。推销员必须做好售后的跟踪工作,如安装、退换、维修、培训及顾客访问等。对于 VIP 客户,推销员特别要注意与之建立长期的合作关系,实行关系营销。

阅读资料:推销的 3H1F

推销是由三个 H 和一个 F 组成的。第一个 H 是"头"(Head)。推销员需要有学者的头脑,必须深入了解顾客的生活形态、顾客的价值观,以及购买动机等,否则不能成为推销高手;第二个 H 代表"心"(Heart)。推销员要有艺术家的心,对事物具有敏锐的洞察力,能经常地对事物感到一种惊奇和感动;第三个 H 代表"手"(Hand)。推销员要有技术员的手。推销员是业务工程师,对于自己推销产品的构造、品质、性能、制造工艺等,必须具有充分的知识;F 代表"脚"(Foot)。推销员要有劳动者的脚。不管何时何地,只要有顾客、有购买力,推销员就要不辞劳苦,无孔不入。

因此,具有"学者的头脑"、"艺术家的心"、"技术员的手"和"劳动者的脚"是一个的推销员的基本条件。

第四节 营业推广策略

一、营业推广及其适用性

营业推广又称销售促进。按照美国市场营销学会(AMA)的定义,指人员推销、广告和公共关系以外的,用以增进消费者购买和交易效益的那些促销活动。诸如陈列、展览会、展示会等不规则的、非周期发生的销售努力是刺激消费者迅速购买商品而采取的各种促销措施。其目的是扩大销售和刺激人气。由于市场竞争的激烈程度加剧、消费者对交易中的实惠的日益重视、广告媒体费用上升、企业经常面临短期销售压力等原因,营业推广受到企业越来越多的青睐。

营业推广比较适合于对消费者和中间商开展促销工作,一般不太适用于产业用户。对于个人消费者,营业推广主要吸引三类人群:一是已经使用本企业产品的消费者,促使其消费更多;二是已使用其他品牌产品的消费者,吸引其转向本企业的产品;三是未使用过该产品的消费者,争取其试用本企业的产品。对于中间商,营业推广主要是吸引中间商更多地进货和积极经销本企业的产品,增强中间商的品牌忠诚度,争取新的中间商。在产品处于生命周期的投放期和成长期时,营业推广的效果较好;在成熟阶段,营业推广的作用明显减弱。对于同质化程度较高的产品,营业推广可在短期内迅速提高销售额,但对于高度异质化的产品,营业推广的促销作用相对较小。

一般来说,市场占有率较低、实力较弱的中小企业,由于无力负担大笔的广告费,对所需费用不多又能迅速增加销量的营业推广往往情有独钟。

有时,企业也可以将营业推广与广告、公共关系等促销方式结合起来,以营业推广吸引竞争者的顾客,再用广告和公共关系使之产生长期偏好,从而争取竞争对手的市场份额。

二、营业推广的组织和实施

企业进行营业推广活动,应重点做好以下几项工作。

(一)确定推广目标

企业在进行营业推广活动之前,必须确定明确的推广目标。推广目标因不同的推广对象而不同。对消费者来说,推广目标主要是促使他们更多地购买和消费产品;吸引消费者试用产品;吸引竞争品牌的消费者等。对中间商而言,推广目标主要是吸引中间商经销本企业的产品;进一步调动中间商经销产品的积极性;巩固中间商对本企业的忠诚度等。对推销员来说,推广目标就是激发推销员的推销热情,激励其寻找更多的潜在顾客。

(二)选择恰当的营业推广方式

企业可以根据市场类型、营业推广目标、竞争情况、国家政策以及各种推广工具的特点灵活选择推广方式。

(1)生产商对消费者的推广形式。如果企业以抵制竞争者的促销为推广目的,企业可设计一组降价的产品组合,以取得快速的防御性反应;如果企业的产品具有较强的竞争优势,企业促销的目的在于吸引消费者率先采用,则可以向消费者赠送样品或免费试用样品。

(2)零售商对消费者的推广形式。零售商促销的目的是吸引更多的顾客光临和购买。因此,促销工具的选择必须能够给顾客带来实惠。实惠就是吸引力。在推广中,零售商经常采用以下推广形式。

① 赠送样品。向消费者赠送样品或试用品,赠送样品是介绍新产品最有效的方法,缺点是费用高。样品可以选择在商店或闹市区散发,或在其他产品中附送,也可以公开广告赠送,或入户派送。

② 包装促销。以较优惠的价格提供组合包装和搭配包装的产品。

③ 折扣券、折价券。在购买某种商品时,持券可以免付一定金额的钱。折价券可以通过广告或直邮的方式发送。

④ 现场示范。派促销员在销售现场演示本企业的产品,向消费者介绍产品的特点、用途和使用方法等。

⑤ 抽奖促销。顾客购买一定的产品之后可获得抽奖券,凭券进行抽奖获得奖品或奖金,抽奖可以有各种形式。

⑥ 联合推广。零售商与企业联合促销,将一些能显示企业优势和特征的产品在商场集中陈列,边展销边销售。

(3)生产商对中间商的推广形式。生产商为了得到批发商和零售商的合作与支持,主要运用购买折扣、广告折让、商品陈列折让和经销奖励等方式进行推广。

① 批发回扣。企业为争取批发商或零售商多购进自己的产品,在某一时期内给经销本企业产品的批发商或零售商加大回扣比例。

② 推广津贴。企业为促使中间商购进企业产品并帮助企业推销产品,可以支付给中间商一定的推广津贴。

③ 销售竞赛。根据各个中间商销售本企业产品的实绩,分别给优胜者以不同的奖励,如现金奖、实物奖、免费旅游奖、度假奖等,以起到激励的作用。

④ 扶持零售商。生产商对零售商专柜的装潢予以资助,提供 POP 广告,以强化零售网络,促使销售额增加;可派遣厂方信息员或代培销售人员。生产商这样做的目的是提高中间商推销本企业产品的积极性和能力。

(4)生产商对推销员的推广形式。生产商为了调动推销员的积极性,经常运用销售竞赛、销售红利、奖品等工具对推销员进行直接刺激。

（三）塑造适宜的商业氛围

商业氛围对于激发消费者的购买欲望具有极其重要的作用。因此,商店布局必须精心构思,使其具有一种适合目标消费者的氛围,从而使消费者乐于购买。

（1）营业场所设计。在当代,消费者购物的过程越来越成为一种休闲的过程。人们在忙碌之余逛逛商场,享受五光十色的商品所形成的色彩斑斓的世界,可以使疲惫的身心得到松弛和愉悦。因此,购物环境的好坏已经成为消费者是否光顾的重要条件。

优美的购物环境体现在视觉、听觉、嗅觉等多方面。当我们走进一家大型购物中心,富有特色的店堂布置,宽广宜人的购物空间,井井有条的商品陈列,轻松悦耳的音乐,总使我们流连忘返。一位女士这样描绘她心中的购物环境:空气像大自然一样清新,环境像五星酒店一样优雅,购物像海边散步一样轻松……

（2）商品陈列设计。商品陈列既可以将商品的外观、性能、特征等信息迅速地传递给顾客,又能起到改善店容店貌、美化购物环境、刺激购买欲望的作用。

① 商品陈列设计要达到的要求:引起顾客的注意和兴趣;具有亲和力,一般来说,所有商品应允许顾客自由接触、选择和观看;具有美感,独特的造型和色彩搭配容易给人以赏心悦目之感,从而激发顾客的购买欲望;传达的信息简单、明确,使顾客容易理解;丰富的陈列可以制造气势,也可以增加顾客的挑选余地。

② 商品陈列可以采用的方法。

a. 便利型的售点陈列。

例 10-22 少儿用品的陈列高度要控制在 1～1.4 米之内,以便少儿发现和拿取;而老人用品则不能放得太低,因为老人下蹲比较困难。

b. 集客型售点陈列。

例 10-23 如百事可乐的售点展示往往以大型的产品堆头为主,各种各样的 POP,还摆放譬如百事流行鞋、陆地滑板、个性腕表、背包等时尚用品,整个售点显得时尚、个性,吸引得少男少女们争先恐后地光顾其售点。

c. 档次提升型陈列。

例 10-24 如服装厂商们巧妙地运用陈列背景,装修氛围、灯光的颜色与照射方向等展示手段,衬托出服装的档次来,使得顾客一见就心生喜爱。

d. 凸显卖点的陈列。这是一种为了强调产品独特卖点的售点展示方法。

例 10-25 如宝洁公司的海飞丝洗发水在夏季促销中为了在其原有的"去屑"的卖点上加以"清凉"的概念,在终端展示的方法上采用了用冰桶盛放海飞丝的方式,非常直观地给消费者"去屑又清凉"的感觉。

e. 热点比附型陈列。运用这种策略可以拉近品牌与热点事件的关系。

例 10-26 "非典"流行时期,许多书店将与防治"非典"有关的书籍进行集中陈列,并放在比较显要的位置。

（四）制订合理的营业推广方案

一个完整的营业推广方案必须包括以下内容。

（1）诱因的大小。即确定使企业成本/效益最佳的诱因规模。诱因规模太大，企业的促销成本就高；诱因规模太小，对消费者又缺少足够的吸引力。因此，营销人员必须认真考察销售和成本增加的相对比率，确定最合理的诱因规模。

（2）刺激对象的范围。企业需要对促销对象的条件做出明确规定，比如赠送礼品，是赠送给每一个购买者还是只赠送给购买量达到一定要求的顾客等。

（3）促销媒体选择。即决定如何将促销方案告诉给促销对象。

例 10-27　如果企业将要举行一次赠送礼品的推广活动的话，可以采用以下方式进行宣传：一是印制宣传单在街上派送；二是将宣传单放置销售终端供顾客取阅；三是在报纸等大众媒体上做广告；四是邮寄给目标顾客；等等。

（4）促销时机的选择。企业可以灵活地选择节假日、重大活动和事件等时机进行促销活动。

（5）确定推广期限。推广期限要恰当，不可太短或太长。根据西方营销专家的研究，比较理想的推广期限是 3 个星期左右。

（6）确定促销预算。一般有两种方式确定预算：一种是全面分析法，即营销者对各个推广方式进行选择，然后估算它们的总费用；另一种是总促销预算百分比法。

例 10-28　这种比例经常按经验确定，如奶粉的推广预算占总预算的 30% 左右，咖啡的推广预算占总预算的 40% 左右等。

（7）测试营业推广方案。为了保证营业推广的效果，企业在正式实施推广方案之前，必须对推广方案进行测试。测试的内容主要是推广诱因对消费者的效力、所选用的工具是否恰当、媒体选择是否恰当、顾客反应是否足够等。发现不恰当的部分，要及时进行调整。

（8）执行和控制营业推广方案。企业必须制订具体的实施方案。实施方案中应明确规定准备时间和实施时间。准备时间是指推出方案之前所需的时间，实施时间是从推广活动开始到 95% 的推广商品已到达消费者手中这一段时间。

（9）评估营业推广的效果。营业推广的效果体现了营业推广的目的。企业必须高度重视对推广效果的评价。评价推广效果，一般可以采用比较法（比较推广前后销售额的变动情况）、顾客调查法和实验法等方法进行。

第五节　公 共 关 系

一、公共关系的要素及特征

根据菲利普·科特勒的定义，公共关系是指争取对企业有利的宣传报道，协助企业与有关的各界公众建立和保持良好的关系，建立和保持良好的企业形象，以及消除和处理对企业不利的谣言、传说和事件。

从营销的角度讲,公共关系是企业利用各种传播手段,沟通内、外部关系,塑造良好形象,为企业的生存和发展创造良好环境的经营管理艺术。

(一)公共关系的要素

公共关系的构成要素分别是社会组织、传播和公众,它们分别作为公共关系的主体、中介和客体相互依存。

社会组织是公共关系的主体,它是指执行一定社会职能、实现特定的社会目标,构成一个独立单位的社会群体。在营销中,公共关系的主体就是企业。

公众是公共关系的客体。公众是面临相同问题并对组织的生存和发展有着现实或潜在利益关系和影响力的个体、群体和社会组织的总和。企业在经营和管理中必须注意处理好与员工、顾客、媒体、社区、政府、金融等各类公众的关系,为自己创造良好和谐的内外环境。

社会组织与公众之间需要传播和沟通。传播是社会组织利用各种媒体,将信息或观点有计划地对公众进行交流的沟通过程。社会组织开展公关活动的过程实际上就是传播沟通过程。

(二)公共关系的特征

作为一种促销手段,公共关系与前述其他手段相比,具有自己的特点。

(1)注重长期效应。公共关系是企业通过公关活动树立良好的社会形象,从而创造良好的社会环境。这是一个长期的过程。良好的企业形象也能为企业的经营和发展带来长期的促进效应。

(2)注重双向沟通。在公关活动中,企业一方面要把本身的信息向公众进行传播和解释,同时也要把公众的信息向企业进行传播和解释,使企业和公众在双向传播中形成和谐的关系。

(3)可信度较高。相对而言,大多数人认为公关报道比较客观,比企业的广告更加可信。

(4)具有戏剧性。经过特别策划的公关事件,容易成为公众关注的焦点,可使企业和产品戏剧化,引人入胜。

二、公共关系的实施

(一)确定公关目标

目标的确定是公共关系活动取得良好效果的前提条件。企业的公关目标因企业面临的环境和任务的不同而不同。一般来说,企业的公关目标主要有以下几类。

(1)新产品、新技术开发之中,要让公众有足够的了解。

(2)开辟新市场之前,要在新市场所在地的公众中宣传组织的声誉。

(3)转产其他产品时,要树立组织新形象,使之与新产品相适应。

(4)参加社会公益活动,增加公众对组织的了解和好感。

(5)开展社区公关,与组织所在地的公众沟通。

(6)本组织的产品或服务在社会上造成不良影响后,进行公共关系活动以挽回影响。

（7）创造一个良好的消费环境，在公众中普及同本组织有关的产品或服务的消费方式等。

（二）确定公关对象

公关对象的选择就是公众的选择。公关的对象决定于公关目标，不同的公关目标决定了公关传播对象的侧重点的不同。如果公关目标是提高消费者对本企业的信任度，毫无疑问，公关活动应该重点根据消费者的权利和利益要求进行。如果企业与社区关系出现摩擦，公关活动就应该主要针对社区公众进行。

选择公关对象要注意两点：一是侧重点是相对的。企业在针对某类对象进行公关活动时不能忽视了与其他公众沟通；二是在某些时候（如企业出现重大危机时），企业必须加强与各类公关对象的沟通，以赢得各方面的理解和支持。

（三）选择公关方式

公共关系的方式是公共关系工作的方法系统。在不同的公关状态和公关目标下，企业必须选择不同的公关模式，以便有效地实现公共关系目标。一般来说，供企业选择的公关方式主要有以下两类。

（1）战略性公关方式。下列 5 种公关方式，主要针对企业面临的不同环境和公关的不同任务，从整体上影响企业形象，属于战略性公关。

① 建设性公关。主要适用于企业初创时期或新产品、新服务首次推出之时，主要功能是扩大知名度，树立良好的第一印象。

例 10-29　"请留心你家的后窗"：20 世纪 50 年代，好莱坞影片《后窗》曾风靡香港，该片描写了一个脑部受伤的新闻记者，在家养伤时闲极无聊，便买来一架望远镜，每日坐在屋子里从对面楼层的后窗窥视住户的家庭隐私，从而卷入了一场谋杀案。影片上映后，香港人竞相观看，形成了"后窗热"。这时，香港的一家生产百叶窗的企业成功地抓住了这一事件。他们在报上连续刊登题目为"请留心你家的后窗"的销售广告，其生意一下子兴隆起来。

② 维系性公关。适用于企业稳定发展之际，用以巩固良好企业形象的公关模式。

③ 进攻性公关。企业与环境发生摩擦冲突时所采用的一种公关模式，主要特点是主动。

④ 防御性公关。企业为防止自身公共关系失调而采取的一种公关模式，适用于企业与外部环境出现了不协调或摩擦苗头的时候，主要特点是防御与引导相结合。

⑤ 矫正性公关。企业遇到风险时采用的一种公关模式，适用于企业公共关系严重失调，从而企业形象严重受损的时候，主要特点是及时。

（2）策略性公关方式。下列 5 种公关方式，属于公共关系的业务类型，主要是公共关系的策略技巧，属于策略性公关。

① 宣传性公关。运用大众传播媒介和内部沟通方式开展宣传工作，树立良好企业形象的公共关系模式，分为内部宣传和外部宣传。如运用报纸、杂志、广播、电视等各种传播媒介，采用撰写新闻稿、演讲稿、报告等形式，向社会各界传播企业有关信息，以形成有利的社会舆论，创造良好气氛的活动。这种方式传播面广，推广企业形象效果较好。

② 交际性公关。通过人际交往开展公共关系的模式，目的是通过人与人的直接接触，进行感情上的联络。其方式是开展团体交际和个人交往，这种方式是通过语言、文化的沟通，为企业广结良缘，巩固传播效果。可采用宴会、座谈会、招待会、谈判、专访、慰问、电话、信函等形式。交际性公关具有直接、灵活、亲密、富有人情味等特点，能深化交往层次。

③ 服务性公关。以提供优质服务为主要手段的公共关系活动模式，目的是以实际行动获得社会公众的了解和好评。这种方式最显著的特征在于实际的行动。企业可以以各种方式为公众提供服务，如消费指导、消费培训、免费修理等。事实上，只有把服务提到公关这一层面上来，才能真正做好服务工作，也才能真正把公关转化为企业全员行为。

④ 社会性公关。利用举办各种社会性、公益性、赞助性活动开展公关，带有战略性特点，着眼于整体形象和长远利益。其方式有 3 种：一是以企业本身为中心开展的活动，如周年纪念等；二是以赞助社会福利事业为中心开展的活动；三是资助大众传播媒介举办的各种活动。

例 10-30　BMW 儿童交通安全训练营自 2005 年首次登陆中国，从模拟真实交通环境的 BMW 交通安全主题公园，到生动有趣的木偶剧；从向全国 500 家幼儿园发放交通安全大礼包到 BMW 在线儿童交通安全游乐场等活动陆续展开，不仅受到孩子们的欢迎，还受到了各地政府、老师和家长的好评。同时，在成都 BMW 还通过中华慈善总会宝马爱心基金为地震灾区的小朋友举办交通安全训练营爱心专场，用关爱和知识帮助孩子们在新建家园中健康成长。

点评："儿童交通安全"这不被社会重视，但确实存在的交通安全问题被 BMW 作为一个常年的项目来抓，充分显示了 BMW 作为一个高档汽车品牌的社会责任感和公益心。

例 10-31　美国 IBM 公司每年都要举行一次规模隆重的庆功会，对那些在一年中做出过突出贡献的销售人员进行表彰。这种活动常常是在风光旖旎的地方，如百慕大或马霍卡岛等地。对 3% 的做出了突出贡献的人所进行的表彰，被称做"金环庆典"。在庆典中，IBM 公司的最高层管理人员始终在场，并主持盛大、庄重的颁奖酒宴，然后放映由公司自己制作的表现那些做出了突出贡献的销售人员工作情况、家庭生活，乃至业务爱好的影片。在被邀请参加庆典的人中，不仅有股东代表、工人代表、社会名流，还有那些做出了突出贡献的销售人员的家属和亲友。整个庆典活动，自始至终都被录制成电视（或电影）片，然后被拿到 IBM 公司的每一个单位去放映。

IBM 公司每年一度的"金环庆典"活动，一方面是为了表彰有功人员；另一方面也是同企业职工联络感情，增进友情的一种手段。在这种庆典活动中，公司的主管同那些常年忙碌，难得一见的销售人员聚集在一起，彼此毫无拘束地谈天说地，在交流中，无形地加深了心灵的沟通，尤其是公司主管那些表示关心的语言，常常能使那些在第一线工作的销售人员"受宠若惊"。正是在这个过程中，销售人员更增强了对企业的"亲密感"和责任感。

⑤ 征询性公关。以提供信息服务为主的公关模式，如市场调查、咨询业务、设立监督

电话等。

（四）实施公关方案

实施公共关系方案的过程，就是把公关方案确定的内容变为现实的过程，是企业利用各种方式与各类公众进行沟通的过程。实施公关方案是企业公关活动的关键环节。再好的公关方案，如果没有实施，都只能是镜花水月，没有任何价值。实施公关方案，需要做好以下工作。

（1）做好实施前的准备。任何公共关系活动实施之前，都要做好充分的准备，这是保证公共关系实施成功的关键。公关准备工作主要包括公关实施人员的培训、公关实施的资源配备等方面。

（2）消除沟通障碍，提高沟通的有效性。公关传播中存在着方案本身的目标障碍，实施过程中语言、风俗习惯、观念和信仰的差异以及传播时机不当、组织机构臃肿等多方面形成的沟通障碍和突发事件的干扰等影响因素。消除不良影响因素，是提高沟通效果的重要条件。

（3）加强公关实施的控制。企业的公关实施如果没有有效的控制，就会产生偏差，从而影响到公关目标的实现。公关实施中的控制主要包括对人力、物力、财力、时机、进程、质量、阶段性目标以及突发事件等方面的控制。公关实施中的控制一般由制订控制标准、衡量实际绩效、将实际绩效与既定标准进行比较和采取纠偏措施 4 个环节组成。

（五）评估公关效果

公共关系评估就是根据特定的标准，对公共关系计划、实施及效果进行衡量、检查、评价和估计，以判断其成效。需要说明的是，公共关系评估并不是在公关实施后才评估公关效果，而是贯穿于整个公关活动之中。公共关系评估的内容如下。

（1）公共关系程序的评估。即对公共关系的调研过程、公关计划的制订过程和公关实施过程的合理性和效益性做出客观的评价。

（2）专项公共关系活动的评估。主要包括对企业日常公共关系活动效果的评估、企业单项公共关系活动（如联谊活动、庆典活动等）效果的评估、企业年度公共关系活动效果的评估等方面。

（3）公共关系状态的评估。企业的公共关系状态包括舆论状态和关系状态两个方面。企业需要从企业内部和企业外部两个角度对企业的舆论状态和关系状态两个方面进行评估。

例 10-32　比亚迪旗下车型热销已不是什么新闻，该如何突破品牌在消费者心中的定位，从而走向高位，其中品牌定位、策划与营销显得尤为重要。显然，比亚迪利用自身在能源方面的优势，成功搭了一回政策的直通车，推出了在国内自主品牌中具有超前意识的F3 DM 双模电动车。

点评：环保营销正是巴菲特青睐比亚迪的重要原因。当郭台铭质问巴菲特是否敢开着比亚迪 F3 DM 上下班时，巴菲特就去试驾了比亚迪电动车，还有比这更好的宣传吗？

本 章 小 结

（1）促销是企业通过人员和非人员的方式把产品和服务的有关信息传递给顾客，以激起顾客的购买欲望，影响和促成顾客购买行为的全部活动。促销的实质是信息的传播和沟通。广告、公关、人员推销和营业推广是促销的基本方式，确定目标受众、确定沟通目标、设计促销信息、选择信息沟通渠道、制订促销预算和确定促销组合是促销的基本步骤。

（2）在当代社会，广告既是一种重要的促销手段，又是一种重要的文化现象。广告对企业、对消费者和社会都具有重要作用。确定广告目标、设计广告信息、选择广告媒体、制订广告预算和评估广告效果是企业的主要广告决策。

（3）人员推销是一种非常有效的促销方式。企业进行人员推销，必须确定合理的推销目标、选择恰当的推销方式、建立有效的推销队伍并加强对推销队伍的管理。

（4）营业推广是企业刺激消费者迅速购买商品而采取的各种促销措施。进行营业推广，企业必须确定明确的促进目标、塑造适宜的商业氛围和选择恰当的推广工具、制订科学的推广方案并保证方案的实施。

（5）公共关系是企业利用各种传播手段，沟通内外部关系，从而为企业的生存和发展创造良好环境的经营管理艺术。企业在公关活动中，必须明确公关目标、选择合适的公关对象和公关方式、有效地实施公关方案并重视对公关效果的评估。

（6）随着媒体细分化和信息技术的发展所出现的整合营销传播，以消费者为核心，以各种传播媒介的整合运用为手段，以"一种声音"为内在支持点，以建立消费者和品牌之间的关系为目的，体现了促销的新趋势。

技 能 训 练

一、名词解释

人员推销　公共关系　营业推广　促销组合　广告目标　告知性广告

二、单项选择题

1. 广告被广泛用于大多数（　　）的促销。

　　A. 消费品　　　　　B. 选购品　　　　　C. 特殊品　　　　　D. 商业用品

2. 人员推销区别于其他促销手段的重要标志是（　　）。

　　A. 寻找开拓　　　　B. 双向沟通　　　　C. 方式灵活　　　　D. 提供服务

3. 不同广告媒体所需成本是有差别的，其中最昂贵的是（　　）。

　　A. 报纸　　　　　　B. 电视　　　　　　C. 广播　　　　　　D. 杂志

4. 为建立良好的企业形象，企业应大力开展（　　）活动。

　　A. 广告宣传　　　　B. 营业推广　　　　C. 人员推销　　　　D. 公共关系

5. （　　）一直是生产者市场营销的主要促销工具。

　　A. 广告　　　　　　B. 公共关系　　　　C. 人员推销　　　　D. 营业推广

6. 某省机械厂生产纺织机械，目标顾客是全国纺织企业。根据产品性质，销售范围及媒介特点,应选择的广告媒介是(　　)。

    A. 中央电视台、人民日报　　　　　　B. 省电视台、省广播电台

    C. 中国纺织报、邮政广告　　　　　　D. 地方电视台、广播电台

7. 营业推广的主要标志是(　　)。

    A. 短期效益明显　　B. 方式灵活　　　　C. 双向沟通　　　　D. 提供服务

8. 促销工作的核心是(　　)。

    A. 出售商品　　　　B. 沟通信息　　　　C. 建立关系　　　　D. 寻找顾客

9. 促销的目的是引发、刺激消费者产生(　　)。

    A. 购买行为　　　　B. 购买欲望　　　　C. 购买决定　　　　D. 购买倾向

10. 下列因素中,不属于人员推销基本要素的是(　　)。

    A. 推销员　　　　　B. 推销品　　　　　C. 推销对象　　　　D. 推销条件

11. 公共关系是一项(　　)的促销方式。

    A. 一次性　　　　　B. 偶然　　　　　　C. 短期　　　　　　D. 长期

12. 人员推销的缺点主要表现为(　　)。

    A. 成本低、顾客量大　　　　　　　　B. 成本高、顾客量大

    C. 成本低、顾客有限　　　　　　　　D. 成本高、顾客有限

13. 营业推广是一种(　　)的促销方式。

    A. 常规性　　　　　B. 辅助性　　　　　C. 经常性　　　　　D. 连续性

三、多项选择题

1. 促销作为促成商品交易的经济活动,必须包括(　　)。

    A. 公共关系　　　　　B. 营业推广　　　　　C. 促销主体

    D. 载体　　　　　　　E. 促销对象

2. 以下属于公共关系的活动有(　　)。

    A. 展销　　　　　　　B. 赞助事件　　　　　C. 降价销售

    D. 公益活动　　　　　E. 在电视台播放介绍企业的节目

3. 下列因素属于促销组合的有(　　)。

    A. 产品质量　　　　　B. 营业推广　　　　　C. 广告

    D. 公共关系　　　　　E. 人员推销

4. 广告设计的原则包括(　　)。

    A. 真实性　　　　　　B. 社会性　　　　　　C. 针对性

    D. 艺术性　　　　　　E. 广泛性

5. 人员推销策略有(　　)策略。

    A. 沟通式　　　　　　B. 试探式　　　　　　C. 针对式

    D. 目的式　　　　　　E. 诱导式

四、判断题

1. 宣传性公关公益性强,影响力大。　　　　　　　　　　　　　　　　(　　)

2. 营业推广是一种经常的,无规则的促销活动。　　　　　　　　　　(　　)

3. 营业推广又称销售促进。　　　　　　　　　　　　　　　　　　　(　　)

4. 公共关系也叫"免费广告"。 （　　）

5. 促销的作用在于传递信息、提供情报。 （　　）

6. 双向的信息沟通是人员推销区别于其他促销手段的重要标志。 （　　）

7. 促销的目的是与顾客建立良好的关系。 （　　）

8. 广告的生命在于真实。 （　　）

9. 促销组合是促销策略的前提。 （　　）

10. 拉式策略一般适用于单位价值较高、性能复杂的产品。 （　　）

五、简答题

1. 营业推广最重要的特点是什么？

2. 公共关系的作用体现在哪些方面？

3. 简述促销组合及其影响因素。

4. 论述广告媒体选择的影响因素。

六、案例分析

苏泊尔和金龙鱼的联合促销

从"安全到家"到"做什么样的菜，用什么样的锅"再到"创意厨房好生活"，苏泊尔在品牌塑造上一直走在行业的前列，倡导的是健康快乐的饮食文化。苏泊尔拥有优异的研发与制造工艺，在选材上也独具匠心，采用的是进口优质素材，与普通材料比具备无毒，良好的延展性等特征，因此产品造型美观而且少油烟，安全又健康，这些都是构筑品牌的扎实基础。然而在品牌传播方面仅仅体现在广告层面上，由于行业的低关心度，这些信息并没有有效地传递给消费者，如何能在促销活动中体现呢？一个大胆的念头突然冒出来，邀请一家快速消费品公司一起来进行联合促销，利用快速消费品高关心度的特点来共同传递这些信息岂不是事半功倍吗？此时，"金龙鱼"，一个倡导健康饮食，家喻户晓的食用油品牌闪现在苏泊尔眼前……

金龙鱼是嘉里粮油旗下的著名食用油品牌，最先将小包装食用油引入中国市场。多年来，金龙鱼一直致力于改变国人的食用油健康条件，并进一步研发了更健康、营养的二代调和油和 AE 色拉油。苏泊尔是中国炊具第一品牌，金龙鱼是中国食用油第一品牌，两者都倡导新的健康烹调观念。如果两者结合在一起，岂不是能将"健康"做得更大？

2003 年，双方共同策划了苏泊尔和金龙鱼两个行业领导品牌"好油好锅，引领健康食尚"的联合推广，在全国 800 家卖场掀起了一场红色风暴……首先我们对两大品牌做了详细的分析，发现彼此品牌的内涵有着惊人的相似。

"健康与烹饪的乐趣"是双方共同的主张，也是双方合作可能的基础，如果围绕着这个主题双方共同推出联合品牌，在同一品牌下各自进行投入，这样既可避免双方行业的差异，更好地为消费者所接受，双方又可以在合作时透过该品牌进行关联，由于双方都是行业领袖,强强联合使得品牌的冲击力更加强大,双方都能从投入该品牌中获益。经过双方磋商决定将联合品牌合作分为两个阶段:第一阶段透过春节档的促销活动将双方联合的信息告之消费者;第二阶段是品牌升华期,在第一阶段的基础共同操作联合品牌。

"好油好锅,引领健康食尚"活动在全国 36 个城市同步举行。活动期间(2003 年 12 月 25 日至 2004 年 1 月 25 日),顾客凡购买一瓶金龙鱼二代调和油或色拉油,即可领取红运双联刮卡一张,刮开即有机会赢得新年大奖,包括丰富多样的苏泊尔高档套锅(价值 600 元)、小巧动人的苏泊尔 14 厘米奶锅、一见倾心的苏泊尔"一口煎"。同时,凭红运双联刮卡购买 108 元以下苏泊尔炊具,可折抵现金 5 元;购买 108 元以上苏泊尔炊具,还可获赠 900ml 金龙鱼二代调和油一瓶。同时,苏泊尔和金龙鱼还联合开发了"新健康食谱",编撰成册送给大家。并举办健康烹调讲座,告诉大家怎样选择健康的油和锅。

活动正值春节前后,人们买油买锅的欲望高涨。此次活动,不仅给消费者更多让利,让购物更开心。更重要的是,教给了消费者健康知识,帮助消费者明确选择标准。通过优质的产品和健康的理念,提升了国人的健康生活素质。所以这一活动一经推出,立刻获得了广大消费者的欢迎,不仅苏泊尔锅、金龙鱼油的销售大幅上涨,而且其健康品牌的形象也深入人心。在这次合作中,苏泊尔、金龙鱼在成本降低的同时,品牌和市场得到了又一次提升:金龙鱼扩大了自己的市场份额,品牌美誉度得到进一步加强;而苏泊尔,则进一步强化了中国厨具第一品牌的市场地位。

【案例思考】

1. 苏泊尔和金龙鱼的开展的促销活动有哪些?
2. 苏泊尔和金龙鱼的联合促销起到了什么作用?

七、实训操作

实训内容:实际体验与操作促销广告的设计与推广策略的制订。

实训目标:为移动手机报促销完成任务,开发新的客户群。

实训组织:10 人一组对中国移动手机报作进一步了解,认真把握其广告及推广策略,根据你对消费者开通手机报业务的调查和了解,分析消费者对其广告、推广策略的看法,评估其效果。

实训提示:以你身边的同学为受众目标,为手机报业务推广设计一份广告或推广策略。

实训成果:老师讲评。

国际市场营销

通过完成本章学习,应该能够:

(1) 了解国际市场营销的含义与特点;

(2) 知道国际市场环境的分析方法;

(3) 明确国际市场细分的方法及目标市场的选择;

(4) 知道国际市场的各种进入方式及其基本特点;

(5) 掌握国际市场营销的产品、价格、渠道及促销策略。

核心能力

(1) 根据实际情况选择进入国际市场的方式;

(2) 能运用国际市场营销组合策略进行相关案例分析。

案例导入

诺基亚全球竞争谋略

从一家名不见经传的芬兰集团公司发展为世界上最大的手机生产商,诺基亚实现了引人注目的转型。诺基亚的成功一部分归功于其广阔的商业眼光:向全世界各式各样的消费者销售种类多样的产品。诺基亚对于竞争对手的定义也十分广泛,除了传统对手摩托罗拉和三星之外,它同样把苹果、索尼和佳能看做对自己的威胁。为了保持自己的市场领先地位,诺基亚推出了 N 系列手机。这一系列产品具有包括音乐播放、录制影像和浏览邮件等在内的多种先进功能。但是要成为全球市场的领导者,诺基亚不能仅仅销售高端产品,为了抓住发展中国家市场的增长机遇,诺基亚在中国、印度和拉丁美洲国家推出了物美价廉而又可以盈利的低端产品。它的产品既包括售价 750 美元、内置全球定位接收器的高端手机,也包括仅售 45 美元的基本款手机。虽然诺基亚在北美市场并不是一帆风顺,部分原因是北美网络是 CDMA 标准,不同于欧洲的 GSM 标准,但它的全球化进程仍然让人印象深刻。2006 年全球手机销售额为 9 亿美元,其中诺基亚的销售额为 3.2 亿美元。

【案例思考】

1. 诺基亚是如何开展全球竞争,成为世界最大的手机生产商的?
2. 在进入全球市场时,企业应该要考虑到哪些不同于国内市场的因素?

第一节　国际市场营销概述

随着我国的改革开放经济规模越来越大,政治、经济、文化、军事等诸多方面都在不断加速融入国际社会,国内市场对国际市场、国内民生对国际生活、中国的一举一动、世界的任何脉动,都会对国内和国际不可避免地产生深刻影响。争夺国际市场已不再仅仅是某些大公司的事情。

一、国际市场营销类型及特点

(一)国际市场营销类型

国际市场营销(International Marketing)是指商品和劳务流入一个以上国家的消费者或用户手中的过程。换言之,国际市场营销是一种跨国界的社会和管理过程,是企业通过计划、定价、促销和引导,创造产品和价值并在国际市场上进行交换,以满足多国消费者的需要和获取利润的活动。

国际市场营销是市场营销或国内市场营销向国外的延伸,由于各企业营销目标、经济实力及营销经验不同,其国际营销开展的程度也会不同。因此,可以把国际市场营销分为4种类型。

(1) 被动的国际市场营销。这类企业的目标市场在国内,内部未设专业的出口机构,也不主动面向国际市场,只是在国外企业或本国外贸企业求购订货时,产品才考虑进入国际市场。其产品虽进入国际市场,但显然是被动而非主动出击,因此属于最低层次的国际市场营销。如国内有很多生产型的企业主要市场在国内,而其国内的客户中又包括一些纯贸易型的公司,那么这些生产企业的产品就被这些外贸公司带入了国际市场。

(2) 偶然的国际市场营销。这类企业的目标市场仍然在国内,一般也不设立对外出口的机构,但在某一特定情况下却主动面向国际市场。企业偶然面向国际市场,主要是因为某一时期国内市场供过于求、竞争激烈或因其他原因一次性外销产品,视国外市场为短期销售地。当国内供求及竞争趋于缓和又趋于转向国内时,生产本国市场所需要的产品。

(3) 固定的国际市场营销。这类企业的目标市场既有国内市场也有国际市场,企业内部会成立专门的出口机构,甚至在国外成立分销机构。虽然以满足国内市场为基本前提,但这类企业也会根据国外市场的需求情况制订国际市场营销战略,专门开发国外消费者所需的产品,针对国际市场营销环境,制订国际市场营销组合策略,参与国际竞争,企图在市场上建立持久的市场地位。

(4) 完全的国际市场营销。这里趋于完全把国际市场作为目标市场,甚至把本国市场视为国际市场的一个组成部分,从而在国际市场范围内寻求机会,提供满足不同国家市场需求的产品或服务。这类企业一般在本国设立公司总部,在世界各国发展参股比例不等的子公司,并在这些国家从事生产经营活动,其产品、资源在国际市场流通,依靠国际市场获得利润,即成为所谓的"全球性企业"。

(二)国际市场营销特点

国际市场营销与国内市场营销从本质上来看,并无根本的不同,两者都是以企业为主体进行市场营销活动。但是由于各国的政治制度、政策法令、经济水平、自然条件、销售渠道、竞争力量、人口状况、社会文化、消费习惯各有差异,国际营销又有不同于国内营销的特征。

(1)国际市场营销环境更复杂。这是国际市场营销与国内市场营销的最大差异。主要表现在以下方面:自然环境不同、语言上的困难、法律和法规不同,文化背景及社会传统的差异、贸易障碍多,市场调查不易、了解贸易对手资信情况困难、商务谈判不便、交易技术困难等。

(2)国际营销策略的手段更多。在进行国际市场营销时,其营销方案具有多样性。企业需要在对国际市场环境及不同国家市场环境的各种因素进行深入推测、分析的基础上,运用政治力量、公共关系等其他超经济手段方能制订适应当地市场的营销策略。

例 11-1　第二次世界大战期间,可口可乐通过游说五角大楼,使可口可乐饮料成为军需品,这样可口可乐的罐装厂随之建到世界各地,并成功培养出一大批各国当地消费者,这些罐装厂在第二次世界大战结束后大多留在当地,为可口可乐公司的国际化经营奠定坚实基础。

(3)国际市场营销的风险更高。由于进行跨国界的交易活动,而各国的政治制度不同;商业习惯复杂,海关制度及其他贸易法规不同,造成了在营销活动中一系列可能发生的风险,如信用风险、汇总风险、价格风险、运输风险、政治风险、文化冲突等。

(4)国际市场营销管理难度更大。企业除了把每个国外市场的营销活动管理好以外,还要根据企业目标进行全球统一规划,对国外市场营销活动进行协调和控制,合理地调配资源,使各个分散的国外市场成为一个有机整体,以实现企业整体利益最大化。

(三)企业开展国际市场营销的意义

经济全球化是当今世界不可阻挡的潮流,因此企业开展国际市场营销具有重要意义,主要体现如下几点。

(1)加速国家经济发展。企业通过国际市场营销,将国内产品打入国际市场,顺利实现产品的价值并获得更多的盈利,通过出口创汇,引进先进的科学技术和设备,推动国内经济的迅速发展。

(2)增大了企业的营销活动空间。积极开展国际市场营销,为企业开拓了营销领域,可以寻求更广泛的市场,扩大企业的产品销售。既增加自己的销售收入,又由于销售规模的扩大而使得企业可以进行批量化生产而降低生产成本,取得规模经济效益。

(3)规避经营风险。企业开展国际市场营销后,在全球范围内建立起自己的一体化空间和内部体系,从而在降低交易成本、维持和提高市场占有率、保证资源供应等方面表现出更大的灵活性,进而有效地克服外部市场的缺陷所造成的障碍,分散经营风险。

(4)形成全球视野。企业通过广泛的国际市场营销活动在世界各地建立起有效的信息网络,不断地寻求新的国外资源和新的国外市场,并学习其他企业先进的技术及管理经验。

例 11-2　意大利奥利维公司是一家生产打字机的企业,它兼并了一家美国打字机生产企业安伍德公司,其目的是学习美国跨国公司是如何在母国经营的,然后将这些经验应用于欧洲,以便同其他美国公司的欧洲子公司进行更有效的竞争。

二、国际市场营销环境分析

(一)国际政治法律环境

国际政治法律环境是影响国际营销的一个重要的强制因素,并且比国内市场营销环境更具复杂性、多样性和不可控性。企业在进入国际市场时,应对以下情况有所了解。

(1)政局的稳定性。政局的稳定与政策的连续性是增强投资者信心与信任感的重要因素。如果一个国家政局不稳定,政府频繁更迭、人事频繁变动,甚至发生政变、战争等动荡因素,则易给国际市场营销企业带来严重损失。

(2)政治体制。政治体制的差异决定了国家的政治主张和经济政策的差异。该国是社会主义国家还是资本主义国家;是总统制、议会制还是民主制;这个国家的政党制是一党制、两党制还是多党制。不同政党所控制的政府,其政策也各不相同。

(3)行政体制。一个国家或地区的行政结构和办事效率、政府对经济的干预程度、政府对外国企业经营的态度等都对企业进入该国市场的营销决策起着重大的影响作用。

(4)国际关系。企业在东道国经营过程中,必然会与其他国家发生业务往来。因此,必须考虑东道国与母国之间、东道国与其他国家之间的国际关系状况。

例 11-3　美国为了制裁伊朗,不仅禁止本国企业与伊朗发生经济联系,还对外国在伊公司进行制裁。

(5)国际公约。国际公约是两国或多国之间缔结的关于确定、变更或终止它们权利与义务的协议。一国只有依法定程序参加并接受某一国际公约,该条约才对该国具有法律约束力。进行国际市场营销活动的企业,必然要遵循有关国际公约,才能在经营中获得相应的法律保护。

(6)专利与商标保护。专利是指依据法律规定,发明者在一定时间内对其革新、创造发明成果所拥有的权益。专利权是由国家依法予以的一种排化性权利,旨在保护技术发明者的利益。商标是一种工业产权,在国际上和国内享有各有关国家的专门法律保护。

(7)关税政策及贸易壁垒。国家为了保护本国贸易,通过各种关税来鼓励出口和限制进口。有时为了外交政策的需要实行国别税率,如特税率、最惠国税率、差别税率等来影响进口。此外,国家也往往会对其进出口物品采取各种直接或间接限制的措施,一般称为贸易壁垒或非关税壁垒,如进口许可证和进口配额制。

(二)国际经济环境

(1)经济制度。不同的经济制度,其具体的组织形式和经济调控程度也不尽相同。在国际市场营销中,企业首先要对东道国的经济体制予以充分了解,才能制订相应的营销策略。

（2）经济发展水平。按照国民经济发展水平的不同，可以将国家分为原始农业型、原料输出型、工业发展中型和工业发达型四大类。不同经济发展水平的国家出口的产品类型与优势各不相同，企业如果想以一种商品进入一个国家的市场，就必须了解这个国家的经济发展情况。

（3）经济特征。企业进行国际市场营销一方面要分析该国的人口因素，如总人口数、人口增长率、人口的区域分布、人口的年龄结构、人口的性别结构及家庭数目等；另一方面还要考虑这个国家人口的收入因素。国家的收入标志着国家的经济实力和水平；个人的收入，是构成消费的基础。

例 11-4　达能（Danone）法国食品巨头达能最近在孟加拉与孟加拉乡村银行合作，生产销售强化营养的 Shokidoi 牌酸奶。孟加拉乡村银行是小额信贷组织。这一合资企业为当地数以千计供应牛奶和运送酸奶的农民提供了收入（其中不少人是从乡村银行获得小额贷款来饲养奶牛的）。这种酸奶每罐 80 克，售价 8 美分，现在来看它并不能为达能盈利。但是公司相信：除去有形的收入，公司还从扶贫之中获得了无形的收入。达能将孟加拉作为开发产品的实验室，这些产品既可以是专门为贫困国家的营养不良的儿童设计的，也可以是供应给成熟富裕的市场的。这些实验成本都很低廉。

（4）经济基础结构。经济基础结构指的是一国的基础设施与结构、资源供应、交通运输和通信设施、商店、银行、金融机构、经销组织等作为国民经济基础的结构状况。一国的基础设施数量越多，业务量越大，业务水平越高，整个经济的运行就越顺利有效。如果不了解一国的经济基础结构，可以说是无法顺利开展国际市场营销活动的。

（5）外汇汇率。一个国家的外汇汇率以及对外汇进出的管制，对国际市场营销的影响极大。一个国家对另一个国家货币的比率定得过低，则该国必须为进口支付更多的本国货币，对依赖原材料进口的国家会造成困难，反之若货币升值则通常给某些商品出口带来困难。进行国际营销活动的企业必须掌握汇率波动特点，全面衡量货币对出口销售所产生的影响，努力做好出口销售工作。

（三）国际社会文化环境

由于世界各国社会文化的差异，决定了各国消费者在购买方式、消费偏好、需求指向都具有较大差别。在一个国家行之有效的营销策略，在另一个国家未必可行。企业以适应该国社会文化的感性形式进入该国市场，往往能取得良好的营销效果。

（1）教育文化水平。由于各国的教育文化水平不一样，这就对推销宣传，接受新产品、新技术产生很大的影响。所以，在教育文化水平低的国家，复杂程度高、技术性能强的产品往往没有市场；在识字率低的国家，文字广告难以成功，而现场示范会更有效。

（2）语言文字。不同的国家和民族都有自己的语言和文字，企业在进行国际营销活动过程中，要在商标、包装上注意不同语言文字的使用习惯、语言歧义、语言禁忌和语言敌视，防止消费者误解。

（3）宗教信仰。宗教信仰是一种意识形态。在日常生活中，教徒们严格地遵守着所信仰的教规和教义，对吃、穿、用和婚丧嫁娶以及宗教活动、宗教节日等，在各自的经典中都有明确的规定。在宗教色彩浓重的地区,撇开宗教因素的营销将寸步难行。

(4) 民风民俗。民族是历史上形成的人的稳定的共同体,一般有共同的语言、共同的居住地、共同的经济生活和表现在共同文化上的共同心理素质。不同的民族具有不同的民风、民俗,而一地的民风民俗又可以在很大程度上决定人们的消费习惯、消费方式。所以,国际营销人员的"本土化"营销努力必须充分考虑市场所在地的风俗民情。

(5) 价值观念。价值观念是人们对事物的态度和评估标准,是一种能明确或含蓄地影响个人和集团抉择行为方法和行为目的的基本观念,它阐释什么是正确的,什么是错误的,不同的价值观念对人们的消费习惯和审美标准有很大影响,从而制约企业的营销决策。

第二节　国际目标市场选择

一、国际市场细分

国际市场是一个庞大、多变的市场,其环境又各具特点,也存在着一些相似的因素。为了识别企业应进入的市场,进而拓展国际市场,企业就必须对国际市场进行细分。所谓的国际市场细分就是企业根据各国顾客的不同需要和不同的购买行为,将其划分为不同的购买者群。

国际市场或按不同的标准进行细分:按经济发展水平,可以把国际市场细分为原始农业型、原料出口型、工业发展型和工业发达型四类市场;按国别和地区,可以以国别划分为不同的市场,也可以按地区分为北美、欧洲、拉美、东南亚等市场;按商品性质,可以分为工业品、消费品和服务市场;按人均国民收入,可以划分为高、中、低收入三类市场。此外,还可以按家庭规模、性别、年龄、文化程度、宗教、种族、气候、社会阶层、爱好程度、个性、生活方式等因素作进一步区分,使其成为一个个具体的、有特性的市场。

二、国际目标市场的选择

在市场细分的基础之上,企业就要根据自己对市场的把握及自身资源状况,确定具体的服务对象,即选择必要的国际目标市场。通常,企业选择国际目标市场的标准主要有以下几个方面。

(一)市场规模

没有规模的市场,就不存在规模经济;没有市场规模,市场的发展便非常有限。一个国家或地区的市场规模,取决于人口总量和人均收入水平。

(二)市场增长速度

有的市场尽管目前规模不大,但是其发展潜力很大,未来市场的增长速度很快,因某些条件的创造便会产生出一个巨大的市场。近些年,各个行业的市场领导者都将目光放在了发展中市场,这些市场包括巴西、俄罗斯、印度、中国以及南非,这些市场领导者都常依赖发展中市场来支持企业的成长。

（三）交易费用

市场交易所发生的费用多少,直接关系到产品成本和利润的高低。在中国进出口总额中,日本一直居于领先地位。在其他贸易条件相同的情况下,中日两国的成交机会要远远多于中美两国的成交机会,因为其中有可观的运输费用的差异。此外,除了运费之外,还有市场营销调研费用、保险费用、劳动力成本、税收的因素以及有关雇员的规定等。所以,企业通常选择可以使自己交易费用减少的目标市场。

（四）竞争优势

国际市场的竞争优势是保证企业在国际营销过程中制胜的重要基础。企业在选择目标市场时,要同竞争对手相比较,选择在产品质量和花色品种、企业规模、经营组织上竞争对手较弱的市场作为自己的目标市场,同时,还应不断提升自己的核心竞争力,寻找、明确并有效地向目标市场凸显自己的竞争优势。

（五）风险程度

国际市场营销是跨国界的营销活动,市场风险是十分突出的问题。自然灾害、意外事故、战争、政局不稳定、两国关系不正常以及原料供求变化、货币贬值、通货冻结等,都会给企业造成合同废除、货物丢失、交货不到以及没收财产等事实,从而导致企业承受巨大的营销风险。因而原则上说,目标市场应选择风险较小的市场。当然高收益往往伴随着高风险,企业要视具体情况而定,具体问题具体分析。

三、国际目标市场的潜力分析

企业在初步选定目标市场之后,还要进一步深入地研究分析,对市场潜力、市场占有率、经营收益以及投资收益与风险等因素认真评估,最终选择进入目标市场。

（一）估计目标市场潜量

企业可以采取表 11-1 所示的市场潜力指数,进行目标市场的市场潜力估测。

表 11-1　市场潜力指数

潜 力 因 素	内　　　容
人口特征因素	人口规模、人口增长速度、城市化程度、人口密度、年龄结构与人口构成等
地理特征因素	国家领土大小、地形特征、气候条件等
经济因素	人均国内生产总值、收入分配、国民生产总值增长速度、投资与国民生产总值的比率等
技术因素	技术熟练程度、现有生产技术、现有消费技术、教育水平等
社会文化因素	占统治地位的价值观念、生活方式、少数民族、语言构成等
国家目标和计划因素	优先产业、基础设施投资计划等

（二）预测未来市场潜量

未来目标市场需求的发展变化,对企业组合营销策略至关重要。而国外市场潜量的预测比国内市场预测困难,因为市场调查研究人员不一定熟悉外国的经济、政治、文化及企业环境的可能变化,而且对外国政权的稳定与否、货币政策及法律更改等变化都难以事先获悉。所以，在用比较粗略的预测方法进行预测后，还需运用其他调整因素，加以综合判断。

（三）预测市场占有率

在国外市场上，市场营销调研人员不仅要估计当地消费者对产品及市场营销方法的感觉，还要探究他们对竞争品牌的印象与态度，此外，有些政府可能会设置种种障碍，如配额限制、进口关税、内地租税、规格限制以及直接管理等。在估计市场占有率时，必须考虑这些因素。

（四）预测成本和利润

成本高低与进入市场的策略或方式有关。如以出口商品方式进入，商业责任与销售成本由合同标明；如果以投资设厂方式进入，则成本估计尚要涉及折旧、利息、员工工资、税款、原材料及能源价格等因素。成本估算出来后，从预计销售额中减除成本，即可测算出企业利润。

（五）估计投资收益率与分析风险

估计投资收益率与分析风险指将某一产品在国外市场的预测利润流量与投资流量进行比较，估计投资收益率。估计的投资收益率必须高于公司正常的投资收益率或货款率，并能抵消在国外市场营销可能遇到的各种风险，如商业风险、政治风险、货币风险及其他各种风险。

第三节　国际市场的进入方式

一旦公司决定了将一个国家作为目标市场，它就必须决定进入市场的最佳模式。可选择的模式包括：出口贸易、合作经营、合资公司以及直接投资 4 种方式。

一、出口贸易

进入国际市场最常见的方法就是出口。国际营销的出口贸易策略有两种：间接出口和直接出口。

（一）间接出口

国内的出口商买下生产商的产品然后到国外销售。国内的出口代理寻找国外的需求并谈好价格，从中获取佣金，贸易公司也在此列。它的优点是：第一，投资少。公司不需要组建出口部门，不用组织国外销售队伍，也不用签订一系列国际合同。第二，风险小。中介机构熟知国际市场上的操作方法，为贸易提供服务，使得出口厂商可以少犯错误。缺点是：企业不能拥有外销控制权，而要依赖于中间商；另外，企业由于无法直接获得国际营销经验，缺少及时的市场信息反馈中，而难以准确把握国际市场。

（二）直接出口

如果企业希望逐渐掌握自己的出口业务，可通过以下方法实现直接出口。第一，成立出口部。这一部门可能逐渐从纯服务部门转变成为自负盈亏、独立运作的利润中心。第二,海外销售分公司/子公司。销售分公司负责管理销售和配送,可能也管理当地的库存和促销活动,一般还作为展示和客服中心。第三,海外分销商或代理。这些分销商或代理可以在一定程度上代理公司在外国的运作,也可以成为独家代理。

二、合作经营

（一）颁发许可证

颁发许可证是融入国际市场的一种较为简单的方法。发证企业向国外公司授权使用某种生产流程、商标、专利、商业秘密等,以收取费用或版税。发证企业只需要冒很小的风险就可以进入当地市场;而持证企业则从中获得生产经验,或者得以生产某种知名产品,或使用某知名品牌。颁发许可证也有着一些潜在劣势,如企业对受证方控制较少。如果持证企业非常成功,那说明发证企业放弃了一部分利润。一旦合约到期,发证企业会发现给自己培养了一个竞争者。为了避免这种情况发生,发证企业(如可口可乐)一般会提供一些自有的产品配方或者配件。不过发证企业的最佳策略是保持创新上的领先性,这样持证企业会对其产生持续的依赖。

（二）协议生产

协议生产是指企业与国外企业通过签署协议,为国外市场生产或提供服务。对企业而言,协议生产减弱了公司对于生产过程的控制,也使企业不能拥有更多的生产过程中的潜在利润。不过协议生产提供了快速进入市场的机会,同时也为以后建立合作关系或购买当地生产厂商做出了准备。

例 11-5　奇瑞汽车在马来西亚协议生产。2004 年 11 月 12 日,马来西亚 ALADO 公司与中国奇瑞汽车有限公司在人民大会堂举行了规模盛大的授权签字仪式。奇瑞汽车集团将全面授权马来西亚 ALADO 公司制造、组装、配售和进口代理奇瑞牌轿车。根据协议,ALADO 公司获权制造、组装、销售和进口代理 6 种类型的奇瑞牌汽车。按照分阶段执行的计划,12 月月初,ALADO 公司将以整车进口形式进口一万辆奇瑞 QQ 轿车,然后再按计划逐渐转成散件组装方式,新的厂房设在南马来西亚佛柔当地一家著名的汽车装配厂,该工厂有 30 年汽车装配经验。

（三）管理协议

通过管理协议的方式,企业将为对自己出资的国外企业提供自己的管理诀窍,从而进入国外市场。显然,管理协议出口的是管理服务而不是产品。所以,这是一种低风险的进入国外市场的方式。

（四）特许经营

特许经营比颁发许可证的竞争更激烈一些。特许店提供完整的品牌概念以及运营系统。相对地,经销商向特许授权者投资,并缴纳一定的费用。麦当劳、肯德基都在许多国家运用特许连锁店进行零售业务,并保证他们的营销是与当地文化相关的。

例 11-6　肯德基(KFC)。肯德基是世界最大的快餐鸡肉连锁店。在超过 80 个国家和地区拥有 11 000 家分店或特许连锁店——它们之中 60% 不在美国,每天为全球超过

800万顾客提供服务。肯德基在进入日本市场的时候遇到一些阻碍。日本人认为快餐是机器制造的人造食品,很不健康。为了建立起对肯德基品牌的信任,肯德基推出了反映早期肯塔基地区殖民者生活的广告,广告表现出南方式的热情、美国传统,以及实实在在的家常菜。这个系列广告取得了巨大的成功,在不到8年的时间里肯德基的门店数从400多家增加到1 000多家。在中国,肯德基是规模最大、经营时间最长、最受欢迎、增长最快的连锁快餐店,拥有1 800家店面。它在中国建立了自己的供给和配送系统,使得它可以进入小型城市。公司同时根据当地口味量身打造菜谱,推出了老北京鸡肉卷,一种用去皮鸡肉配合北京烤鸭酱、黄瓜和大葱做成的肉卷。肯德基甚至有一个中国吉祥物——备受孩子喜爱的鸡宝宝"奇奇"。

三、合资公司

出于经济或政治的原因,合资企业可能是可取或者必要的选择。很多企业会与国外投资者共同建立当地企业,并以分享所有权和管理权的方式进入国外市场。企业之所以选择合资经营的方式进入国际市场,原因在于:企业可能因为缺乏独资经营的资金、物力或管理资源而选择合资经营;国外政将合资经营作为进入其国家市场的条件。

例11-7 宝洁和其在意大利的主要竞争对手Fater建立合资公司在英国和意大利生产婴儿纸尿布。惠而浦为了进入欧洲市场,购入了荷兰电器集团飞利浦的白色家电企业53%的股份。

四、直接投资

进入国外市场的终极形式是在国外直接拥有生产或者组装厂。外国公司可以购买当地公司的大部分或全部股份,也可以自己建厂。通用汽车在全球投资了数十亿美元建立汽车制造厂,比如上海通用汽车、菲亚特汽车公司、五十铃、大宇、铃木等。直接投资可以使企业及时、充分地了解国际市场需求,更好地提供当地市场需要的产品与服务;同时,企业充分利用所在国优势资源,节省生产、营销成本,使公司对其投资有完全的控制,更能建立起利于长期国际发展的投资和营销策略。但是,直接投资使企业面对包括货币管制、货币贬值、市场萎缩以及政局不稳等更多的风险。

例11-8 中国企业"走出去"的5种模式。

(1) 在国外建厂或买厂的模式。海尔、TCL等企业基本上都属于这种模式。

(2) 在国外买店或借店的模式。新疆德隆集团主要采取这种模式。

(3) 国内生产、大进大出的模式。格兰仕集团的战略是做全球名牌家电的制造中心,并且把这个制造中心放在中国。

(4) 国内生产、国际经销商采购的模式。中国小商品城(浙江义乌小商品市场)在这方面充当了表率。

(5) 反向OEM(授权贴牌生产)模式。这种模式是万向集团首创。其主要做法是,收购一家国外公司,然后为这家国外公司进行授权贴牌生产。

第四节　国际市场营销策略

一、国际市场营销产品策略

有些产品比较容易进入其他国家,而食品和饮料的生产厂家则往往需要面对众口难调的挑战。因此在制订国际营销产品策略时,必须考虑以什么样的产品形式进入国际市场,是在国际市场销售与国内市场完全相同的产品,还是部分或全部改进以适应国际市场的需要,主要有以下几种情况。

(一)产品延伸

产品延伸策略即向国外市场引进原有产品。在相机、消费性电子产品和许多机械领域这一策略都曾获得成功。这种策略的优点是:可以节省研究与开发、生产与营销方面的成本;直接延伸有利于树立产品的国际市场统一形象,但从长期来看,因它不能更好地满足国际市场的需要,而使得它可能是得不偿失的。

(二)产品适应

产品适应策略是指企业根据当地条件或消费者偏好调整产品。通常企业可以按不同区域进行调整。

例 11-9　诺基亚为其各主要市场打造了不同的 6100 系列产品。研究人员为亚洲使用者设计了模糊声音识别,因为有些人不会使用键盘;他们还提高了铃声的音量,这样即便在拥挤的亚洲街道上用户也可以听到铃声。企业也可以按不同的国家进行调整,如卡夫公司为喜欢在咖啡里加奶的英国顾客、喜欢纯咖啡的法国顾客和喜欢菊苣口味的拉美顾客都调制了不同的咖啡。

产品适应策略可以有效地增强产品对不同国际目标市场的适应性,从而更好地满足不同国家购买者的需求,扩大企业的产品销量,增加企业收入。其可能产生的问题是会增加企业的生产成本,增加企业营销难度。

(三)产品创新

产品创新策略是企业针对特定的国际目标市场而开发、设计新的产品的策略。企业通常有两种产品创新方式:一是后向创新,指通过对老产品的翻新,把以前的产品加以适当的改变,适合某个国家市场现在的需求;二是前向创新,指根据另一个国家的顾客需求创造新的产品。产品创新可以更好地满足特定国际目标市场的需求,极大地提高当地市场对产品的购买热情,取得好的市场销售效果,虽然产品创新策略耗费很大,但回报也可能很高,特别是在进入新市场的时候。有时候这种创新在本国也很有效果。

例 11-10　哈根达斯在阿根廷特别研制了一种冰淇淋口味,叫做"牛奶糖浆口味",它是根据在阿根廷广受欢迎的加入焦糖的牛奶命名的。一年以后,公司在各大超市开始出售"牛奶糖浆冰淇淋",从波士顿到洛杉矶到巴黎无不如此。这种新口味在美国每月销售额达到 100 万美元,成为公司十大口味之一。在迈阿密这种口味尤其受欢迎,它的销售量比其他任何口味的两倍都要多。

二、国际市场营销价格策略

（一）影响国际市场产品定价的因素

国际市场营销定价的基本方法与国内市场营销相同,但还会受到更多复杂的国内、国际因素的影响。一般来说,国际产品价格受以下几方面因素的影响。

（1）关税。进出口关税及其附加是国际产品价格的重要构成。关税税率的高低、最惠国待遇、关税减免等直接影响国际产品的价格。例如,世界贸易组织成员国与非成员国,分别享受不同的关税税率,决定了其国际产品的价格不同。

（2）国际中间商成本。在有些国家,企业可以用比较直接的渠道把产品供给目标市场,中间商负担的储运、促销等营销职能成本也比较低。而在另外一些国家,由于缺乏有效分销系统,中间商进行货物分销必须负担较高的成本。要在日本销售消费型产品,生产厂家必须通过世界上最复杂的分销系统之一来工作。厂家将产品销售给总批发商,总批发商再销售给产品批发商,产品批发商再销售给专类批发商,专类批发商再销售给区域批发商。这些繁多的分销层级使得终端价往往是进口价的两到三倍。

（3）运输与保险费。由于各国地理分布的差异,这势必导致运输成本的不同,如运费、保险费、装卸等项费用。而且许多国家的进口关税是按到岸价计征。

（4）货币与汇率。货币与汇率对产品的销售及价格均有很大影响,是企业跨国经营中必须考虑的重要因素。

例 11-11 Gucci 的手提包在意大利卖 120 美元,而在美国可能要 240 美元。为什么会这样呢？因为 Gucci 需要在出厂价基础上加入运输成本、关税、进口商毛利、批发商毛利和零售商毛利。由于这些增加的成本,再加上汇率波动的风险,有些产品在另一个国家可能要卖到原价的二到五倍才能为生产商赢得同样的利润。

（二）国际营销的定价策略

（1）出口定价。即企业以产品出口的方式进入国际市场,定价时以成本为依据确定产品价格。

（2）转移定价。即企业在国外设立多个独立的分公司,通过母公司与子公司、子公司与子公司之间转移产品时确定某种内部转移价格,以实现整个企业全球利润最大化。企业采用转移定价策略,在母公司与子公司、子公司与子公司之间转移产品时,人为地提高内部结算价格,造成企业内部不同单位盈利或亏损的人为转移,从而达到企业整体利益最大化。

（3）市场定价。即企业不经过中间商转手,而是直接将产品售给国外用户,根据国外市场的特定环境及市场需求情况制订国际营销价格。

（4）协调定价。企业在各国或一国的多个地区市场上销售同一种产品,各个市场上的价格可能不一致。为了避免本企业产品出现相互竞争的现象,企业定价时需要对各个市场的价格关系进行协调,以求获得最大盈利。

此外,在确定不同国家市场价格水平时,企业有以下几种选择:各地标准价、各国的市场定价、各国的成本定价、世界各地使用统一的标准成本加价率。

例 11-12　香港迪士尼的价格策略。香港"迪士尼"建成后,于 2005 年 9 月开始营业,并公布了"全球最低"的门票价格。上海各旅行社已争相根据才出笼的迪士尼门票价格,开始设计与迪士尼相捆绑的香港游产品,迪士尼已成为激发新一轮香港游的最大卖点。迪士尼的开幕,将改变目前香港游的产品结构。由于迪士尼的吸引力更大,此前香港游的重要项目——香港海洋公园有可能渐渐淡出香港游的产品线。此前,上海游客到香港游玩的主要是白领,目的则以购物为主。旅行社人士估计,2005 年 9 月以后,大批上海家庭和时尚年轻人将奔着迪士尼涌入香港,成为香港游的主力客流。香港迪士尼打出的全球最低门票价对内地,乃至亚洲游客都非常有吸引力。据悉,香港迪士尼开幕后每逢周一至周五,成人票价为 295 港元,3～11 岁小童票价为 210 港元,65 岁长者为 170 港元;至于周六及假日,成人票价为 350 港元,儿童收 250 港元,长者收 200 港元,所有 3 岁以下儿童免费。以成人票价计,东京的票价约合 393 港元;美国佛罗里达州奥兰多是 427 港元;美国加州是 388 港元;巴黎是 383 港元。

三、国际市场营销分销渠道策略

选择和建立分销渠道是国际市场营销中极其重要也是十分困难的环节之一。总的来说,主要有以下几种渠道可供选择。

(一) 窄渠道策略

窄渠道策略是指出口商在国际市场上,给予客商或代理商在一定时期内独家销售特定商品或服务权力的渠道策略。这种渠道通过签订协议,明确买卖双方的利益、权利和义务。窄渠道策略包括独家包销和独家代理两种形式。独家包销是双方在互惠的前提下,把专卖权与专买权作为交易条件加以明文规定,产品的所有权发生实质性转移,即产品买断,包销商自负盈亏。独家代理则是卖方把产品交给代理商代销,双方是委托与被委托关系,代理商只收取佣金而不承担国际市场风险。窄渠道策略有利于鼓励中间商开拓国际市场,并依据市场需求订货和控制销售价格。不足之处是这种策略是独家经营,覆盖面相对较窄,而且有一定风险。

(二) 宽渠道策略

宽渠道策略指出口商在国际市场上各个层次的环节中尽可能多地选择中间商来推销其产品的分销渠道战略。这一战略的特点是:中间商之间形成强有力的竞争,有利于该产品进入更广阔的国际市场。但是,中间商一般都不愿承担广告费用,而且产品的最终市场销售价格不易控制,部分中间商削价竞争,会损害该产品在国际市场上的形象。

(三) 长渠道策略

长渠道策略是指国际营销企业选择两个或两个以上环节的中间商来销售企业的产品。国际市场营销由于受到国际政治、经济、社会文化和地理等因素的影响,其分销渠道都较国内市场营销渠道长。这一战略的特点是产品能进入更广阔的市场地理空间和不同层次的消费者群,但容易形成该产品较大的市场存量,并增加销售成本,导致最终售价上升。

（四）短渠道策略

短渠道策略指出口商在国际市场上直接与零售商或该产品用户从事交易。这一策略包括两种形式。

（1）出口商越过中间环节，直接与物资经销商、大百货公司、超级市场、大连锁商店等从事交易，降低产品成本，让利于零售商和消费者。

（2）出口商直接在世界各地建立自己的营销网络，让利于消费者，以低价战略开拓国际市场；出口商自营直销网络，但此形式经常受企业的人、财物的规模限制，只有少数跨国大企业能够采用。

四、国际市场营销促销策略

企业进入国际市场，必须通过让消费者及时、充分地了解企业及产品情况，进而对本企业产品产生购买意愿或行为，这就是国际市场促销的活动。国际促销策略主要有以下几种形式。

（一）国际广告策略

（1）广告的标准化或差异化策略。国际广告活动究竟是采取有差异的个性广告，还是无差异的标准化广告，应根据产品或服务的性质、各国市场的同质或异质性、各国政府的限制和社会文化差异的大小等来决定，绝对的标准化广告或绝对的个性化广告策略都是不正确的。

① 标准化广告策略。是指把同样的广告信息和宣传主题传递给各国市场。这种策略要求撇开各国市场的差异性，突出基本需求的一致性。其特点是可节约广告费用，有利于保持企业和产品的统一性。

例 11-13　荷兰皇家壳牌石油公司就是通过标准化广告在美国成功进行了"到壳牌要答案"的广告活动，并将其推广到其他 12 个国家，使壳牌在各国树立了一个良好的公共形象。

② 差异化广告策略。是指同一产品在不同的国家和地区传递不同的广告信息，突出各国的差异性。其依据是不同国家和地区，在政治制度、法律、自然地理、经济发展状况等方面存在着巨大的差异，广告信息的传递应对这些差异做出调整。这一策略的特点是针对性强，广告促销效果好，但广告成本较高。

例 11-14　莱维牌牛仔服在世界 70 多个国家打开销路就是一个成功实例。在欧洲电视广告性感色彩极浓；在日本的广告主题是"英雄穿莱维"，放映像詹姆斯·丁这样的偶像人物的影片片段，这项广告运动，使认识"莱维"的日本人从 35% 增加到 95%；在澳大利亚，其广告目标在于树立商业威信，为使用者带来产品利益，"合身不紧身，一夜好逍遥"这个广告词突出了莱维的质量信誉。

（2）广告媒体选择策略。国际广告媒体种类繁多，如印刷媒体、电视、广播、电影广告、直邮和户外广告等，各有其特点和不同效果。国际市场营销应根据产品的性质和各国市场的特殊性,选择不同的广告媒体传递产品信息。

① 产品性质。工业品和消费品,高技术产品和一般性产品,应选用不同的媒体。如服装应选用电视或杂志做广告效果比较好;而高技术产品则适合直接邮寄说明书更佳。

② 媒体可获性。有些被视为最合适的广告媒体在某些国家根本不存在,或受到严格限制。如法国的电视广告由国家控制,不仅对每天广告节目的播放时间有严格规定,而且对每种产品每年的广告时间都有严格的限制。

③ 法律限制。各国法律对媒体的使用及广告产品都有程度不同的限制。如英国、法国、加拿大、意大利、丹麦、挪威、瑞典、芬兰等国,都禁止香烟广告。哥伦比亚政府规定,与酒类有关的电视广告,必须经政府批准、缴税后才可播放。

(3) 国际广告控制策略。企业在规划广告策略时,还要做好广告费用的控制,企业可以采用 3 种方法来控制广告费用:一是高度集中管理广告,控制市场营销成本;二是分散管理广告,国外分销商或子公司按销售额的一定比例提取广告费,开展个性广告促销;三是按广告职能的不同分别采取分散或集中的国际广告管理。

(二) 人员推销策略

在国际营销中,人员推销最易受到目标市场国家的社会、文化和语言等因素的影响,因为这种面对面的推销活动往往是两种文化的直接接触和交流。人员推销在缺乏广告媒体和外国市场或工资水平较低的发展中国家作用较大,特别是在生产资料销售中。

(1) 销售人才的来源策略。国际市场的营销人员,首先是选择目标市场国家中能驾驭两种特定外语的当地人,特别是那些具有销售经验的人才,既可以利用他们在当地的社会关系资源,又能减弱国际企业在当地的外来形象。其次,选择母公司所在国移居到目标市场的人才。他们懂得两国的语言和文化,只需要学习推销技巧和公司的政策,就可能成为优秀的销售人员。再次,选择母公司东道国具有外语基础,并愿意到国外工作和生活者。他们最好具有推销技能,懂得目标市场的社会文化、政治、法律等环境因素。这类人才易与母公司沟通,忠诚度较高,会在新市场上加强公司的外来形象。

(2) 销售人员的培训策略。为了提高国外销售人员的工作能力,更好地完成推销任务,公司应该对销售人员进行严格培训。培训内容应根据国外推销人员的来源不同有所侧重。对于来自母国的推销人员,应侧重于外语、礼仪、生活习惯和商业习俗等方面的训练;对来自所在的或第三国的推销人员,应侧重于介绍本公司外销产品的情况,让他们了解熟悉技术资料和企业所采用的销售方法,如企业的经营目标、组织结构、主要产品销售状况、长远规划及产品的结构、成分、性能和维修方法等各方面的知识,以便为客户提供咨询和服务。

(三) 公共关系策略

在国际市场营销中,公共关系促销策略的地位越来越高。现代跨国企业为了进入目标市场国家,特别是一些封闭性较强的市场,应用各种公关策略,如与政府官员、当地名人、工会、社团、教育界人士等交往,为其产品进入市场领取钥匙,并开展各种公关活动,在东道国树立良好形象。当今国际市场营销活动中,采用的公共关系活动主要有以下 6 种方式。

（1）尊重和支持当地政府目标，与当地政府保持良好的关系，使当地政府认识到国际企业的经营活动有利于当地经济的发展。

（2）利用各种宣传媒体，以第三者身份正面宣传企业的经营活动和社会活动，使当地人对国际企业产生好感。

（3）听取和收集各种不同层次的公民对本企业的各种意见，迅速消除相互间的误解和矛盾。

（4）与国际企业业务活动有关的各重要部门和关键人物保持良好的关系。

（5）积极参加东道国的各种社交活动，对当地教育事业、文化活动、慈善机构等定期捐助，并积极组织国际教育和文化交流。

（6）协调企业内部的劳资关系，尊重当地雇员的社会文化偏好、习惯和宗教信仰，调动当地雇员的积极性。

例 11-15　白兰地的"献酒"。法国的酿酒业历史悠久，白兰地酒品质一流、清醇可口。在 20 世纪 50 年代，法国人曾向美国推销白兰地酒，却没有成功，原因是美国人对法国白兰地几乎一无所知。怎样才能让白兰地成功地进入美国？时值美国总统艾森豪威尔 67 岁寿辰，法国人抓住这个机会，策划了一个颇为壮观的"献酒"广告。他们特地选赠两桶酿造达 67 年之久的名贵白兰地酒用专机护送献给总统贺寿。美国所有报刊、电台对此事争相报道，大事炒作，把此事"炒"得家喻户晓，使白兰地酒名声传遍美国。自此，法国白兰地酒畅销美国市场。

（四）国际促销的特殊形式

（1）争取政府支持，开拓国际市场。许多国家的政府都帮助本国企业在国际市场上开展促销活动，各国驻外使馆一般都为本国企业提供一般性的当地市场信息。企业要积极参加政府组织的贸易代表团，参加并赞助有关的国际研讨会，参与组建海外贸易中心或出口开发办事处；积极争取政府制订有利于本国企业开拓国际市场的外交和外贸政策。

（2）积极参加与本企业有关的综合性和专业性国际博览会。国际博览会是一种很好的促销方式，它的主要作用是：把产品介绍给国际市场，宣传和树立企业和产品的良好形象；利用各种机会，就地开展交易活动。

（3）积极参加或主办国际巡回展览，向目标市场国家的消费者介绍企业的情况和产品信息。这是当今跨国公司常用的促销策略之一。

本 章 小 结

国际市场营销是跨越国界的市场营销活动，依据国际营销开展的程度，可划分为不同的发展阶段。开展国际市场营销对加速国家经济发展、扩大企业营销活动空间、规避经营风险和形成全球性的视野，具有重要意义。国际市场营销与国内市场营销环境相比，存在诸多差异，企业应深入了解各国的环境因素作为前提。选择国际目标市场要以国际市场细分为基础，企业应根据本国及所进入国家的各种政治经济情况以及企业自身的条件，采用合适的方式进入国际市场，并制订适当的营销组合，展开国际市场营销活动。

技 能 训 练

一、名词解释

国际市场营销　国际市场细分　直接出口与间接出口　协议生产　特许经营

二、单项选择题

1. 一个企业进入国际市场,可以把国际市场营销分为(　　)。

　　A. 二个阶段　　　B. 三个阶段　　　C. 四个阶段　　　D. 五个阶段

2. "金利来"领带原名"金狮"时,在香港少有人问津,原因是"狮"与"输"谐音,人们认为不吉利。这是由于受到(　　)方面的影响。

　　A. 教育水平　　　B. 语言　　　C. 宗教　　　D. 美学观念

3. 在国际市场中,为了选择目标市场,首先要根据各国顾客的不同需要与购买行为,对国际市场进行(　　)。

　　A. 开发　　　B. 预测　　　C. 决策　　　D. 细分

4. 对一种现有产品进行适当变动,以适应国际市场不同需求的策略称为(　　)。

　　A. 产品延伸策略　　B. 产品适应策略　　C. 产品创新策略　　D. 产品变动策略

5. (　　)是指在不同的目标市场对同一产品采用同一种广告设计、制作与发布。

　　A. 广告标准化　　　B. 广告差异化　　　C. 广告细分化　　　D. 以上都不是

三、多项选择题

1. 在以下类型中,属于国际市场营销发展形式的有(　　)。

　　A. 固定的国际市场营销　　　　　　B. 偶然的国际市场营销

　　C. 被动的国际市场营销　　　　　　D. 完全的市场营销

　　E. 联系的市场营销

2. 国际市场营销的政治法律环境包括(　　)。

　　A. 政治体　　　　　B. 行政体制　　　　　C. 政治稳定性

　　D. 国际关系　　　　E. 国际公约

3. 进入国际市场的方式主要有(　　)。

　　A. 出口贸易　　　　B. 管理协议　　　　C. 直接投资

　　D. 特许经营　　　　E. 合资公司

4. 国际市场营销中特有的产品策略主要包括(　　)。

　　A. 产品延伸策略　　　B. 产品适应策略　　　C. 整体产品策略

　　D. 产品创新策略　　　E. 产品寿命周期策略

5. 国际市场营销的定价策略包括(　　)。

　　A. 出口定价　　　　B. 市场定价　　　　C. 国家定价

　　D. 协调定价　　　　E. 转移定价

四、判断题

1. 中小企业初进入国际市场时,为提高经济效益,一般应采用差别营销策略。(　　)

2. 按照经济发展水平,可以把国际市场细分为高、中、低收入三类市场。(　　)

3. 直接出口进入国际市场方式与间接出口进入相比的优点在于投资少、风险小。（   ）

4. 转移价格的根本目标是获取公司的整体长期利润。（   ）

5. 渠道宽度是指企业在某市场上并列地使用多少中间商的决策。（   ）

五、简答题

1. 按照企业参与国际营销的不同程度分，可以分为哪几种情况？

2. 开展国际营销有哪些重要意义？

3. 简述企业进入国际市场的经营方式。

4. 分析国际营销中有几种产品策略可供企业选择？

5. 如何理解国际广告的标准化与差异化？

六、案例分析

宝马汽车公司位于德国南部的巴伐利亚州。宝马公司拥有 16 个制造工厂，10 万余名员工。公司汽车年产量 100 万辆，并且生产飞机引擎和摩托车。20 世纪 80 年代中期，美国国内汽车市场趋于饱和，竞争非常激烈，汽车行业出现不景气；20 世纪 90 年代之后，日本、欧洲等国家的汽车制造业都发展缓慢，全球汽车行业进入了调整阶段。汽车行业需要新的经济增长点。而此时亚洲经济正以惊人的速度发展，被喻为"四小龙"的新加坡、中国香港特区、中国台湾省、韩国的人均收入水平已接近中等发达国家水平，此外中国、泰国、印尼等国的具有汽车购买能力的中产阶级的数量正飞速增长。世界汽车巨头都虎视着亚洲，尤其是东亚这块世界汽车业最后争夺的市场。宝马公司也将目标定向了亚洲。

（1）产品策略。宝马公司试图吸引新一代寻求经济和社会地位成功的亚洲商人。宝马的产品定位是：最完美的驾驶工具。宝马要传递给顾客"创新，动力，美感"的品牌魅力。这个诉求的三大支持是：设计、动力和科技。公司的所有促销活动都以这个定位为主题，并在上述三者中选取至少一项作为支持。每个要素的宣传都要考虑到宝马的顾客群，要使顾客感觉到宝马是"成功的新象征"。要实现这一目标，宝马公司欲采取两种手段，一是区别旧与新，使宝马从其他品牌中脱颖而出；二是明确那些期望宝马成为自己成功和地位象征的车主有哪些需求，并去满足他。宝马汽车种类繁多，分别以不同系列来设定。在亚洲地区，宝马公司根据亚洲顾客的需求，着重推销宝马三系列，宝马五系列，宝马七系列，宝马八系列。这几个车型的共同特点是：节能。

（2）定价策略。宝马的目标在追求成功的高价政策，以高于其他大众车的价格出现。宝马公司认为宝马制订高价策略是因为：高价也就意味着宝马汽车的高品质，高价也意味着宝马品牌的地位和声望，高价表示了宝马品牌与竞争品牌相比具有的专用性和独特性，高价更显示出车主的社会成就。总之，宝马的高价策略是以公司拥有的优于其他厂商品牌的优质产品和完善的服务特性，以及宝马品牌象征的价值为基础的。宝马汽车的价格比同类汽车一般要高出 10%～20%。

（3）渠道策略。宝马公司早在 1985 年就在新加坡成立了亚太地区，负责新加坡、中国香港特区、中国台湾省、韩国等分支机构的销售事务。

在销售方式上,宝马公司采取直销的方式。宝马是独特、个性化且技术领先的品牌,宝马锁定的顾客并非是大众化汽车市场,因此,必须采用细致的、个性化的手段,用直接、有效的方式把信息传递给顾客。直销是最能符合这种需要的销售方式。宝马公司在亚洲共有3 000多名直销人员,由他们直接创造宝马的销售奇迹。

宝马在亚洲直销的两个主要目标是:一是要有能力面对不确定的目标市场,二是要能把信息成功地传递给目标顾客。这些目标单靠传统的广告方式难以奏效。宝马还把销售努力重点放在提供良好服务和保证零配件供应上。对新开辟的营销区域,在没开展销售活动之前,便先设立服务机构,以建立起一支可靠的销售支持渠道。

(4) 促销策略。宝马公司的促销策略并不急功近利地以销售量的提高为目的,而是考虑到促销活动一定要达到如下目标:成功地把宝马的品位融入潜在顾客中;加强顾客与宝马之间的感情连接;在宝马的整体形象的基础上,完善宝马产品与服务的组合;向顾客提供详尽的产品信息。最终,通过各种促销方式使宝马能够有和顾客直接接触的机会,相互沟通信息,树立起良好的品牌形象。宝马公司考虑到当今的消费者面对着无数的广告和商业信息,为了有效地使信息传递给目标顾客,宝马采用了多种促销方式。所采用的促销方式包括:广告、直销、公共关系活动。

① 广告。宝马公司认为:当今社会越来越多的媒体具备超越国际的影响力,因而要使广告所传达的信息能够一致是绝对必要的。宝马为亚洲地区制订了一套广告计划,保证在亚洲各国通过广告宣传的宝马品牌形象是统一的。同时这套广告计划要通过集团总部的审查,以保证与公司在欧美地区的广告宣传没有冲突。

② 公关活动。广告的一大缺陷是不能与目标顾客进行直接的接触,而公关活动能够达到这一目的。宝马公司在亚洲主要举办宝马杯国际高尔夫金杯赛和宝马汽车鉴赏巡礼两个公关活动。此外,宝马公司还定期举行新闻记者招待会,在电视和电台的节目中与顾客代表和汽车专家共同探讨宝马车的性能,让潜在顾客试开宝马车,这些活动也加强了宝马与顾客的沟通。

【案例思考】

1. 你认为企业设计营销组合策略的步骤是什么?

2. 宝马公司的营销组合策略是如何组织成一个有机统一体的?

七、实训操作

实训内容:寻找有代表性的案例以小组形式展开讨论分析。

实训目标:通过各小组自行寻找有代表性的案例,并进行深入讨论分析,从而加深对国际营销环境的每一方面的内容的理解。

实训组织:学生6~8人为一组,成为案例小组,分别找出国际营销环境的每一方面因素有代表性的案例,并进行讨论分析。

实训提示:注意选择的案例在各环境因素方面具有明显的倾向性。

实训成果:各组汇报,教师讲评。

第十二章

市场营销的新发展

学 习 目 标

通过完成本章学习,应该能够:

运用绿色营销、整合营销、关系营销、网络营销原理、方法,实施营销策略。

核 心 能 力

实施绿色营销、整合营销、关系营销和网络营销策略。

案 例 导 入

突破才有创新

哥伦布是15世纪著名的航海家。他经历千辛万苦终于发现了新大陆。对于他的这个重大的发现,人们给予了很高的评价和很多荣誉,但也有人对此不以为然,认为这没有什么了不起,言辞中暗藏讥讽。一次,朋友在哥伦布家中做客,谈笑中又提起了哥伦布航海的事情,哥伦布听了,只是淡淡一笑,并不与大家争辩。他起身来到厨房,拿出一个鸡蛋对大家说:"谁能把这个鸡蛋竖起来?"大家一哄而上,这个试试,那个试试,结果都失败了。"看我的,"哥伦布轻轻地把鸡蛋的一头敲破,鸡蛋就竖起来了。"你把鸡蛋敲破了,当然能够竖起来呀!"人们不服气地说。"现在你们看到我把鸡蛋敲破了,才知道没有什么了不起,"哥伦布意味深长地说:"可是在这之前,你们怎么谁都没有想到呢?"过去讽刺哥伦布的人,脸一下子变得通红。

营销启示:营销的创新与哥伦布发现新大陆一样,结果出来后人们会评头论足,但是在这之前却没有人想到这一点,没有人去突破。所以努力研究营销规律,创新的方法,其余的让别人去说吧,你只要能打动你的顾客就行!

第一节　绿　色　营　销

一、绿色营销的概述

绿色营销就是指企业以环境保护观念作为其经营哲学,以绿色文化为其价值观念,以消除或减少对地球生态环境的破坏为中心,以满足消费者绿色消费需求为出发点,创造和发掘市场机会,并采取适宜的营销手段获取盈利和谋求发展的一种新型营销观念与营销策略。

具体来说,企业在开发新产品、选择生产技术、生产原料、制造程序时应符合环境保护的标准;在产品设计和包装设计时,应尽量降低产品包装或产品使用的剩余物,以降低对环境的不利影响;在分销和促销过程中,要积极引导消费者在产品使用、废弃物处理等方面尽量减少对环境的污染;在产品售前、售中、售后服务中,要注意节约资源,减少污染。可见,绿色营销不仅考虑企业自身利益,还应考虑全社会的利益。绿色营销的目标是使经济发展目标同生态发展和社会发展目标相协调,促进可持续发展战略总体目标的实现。

二、企业绿色营销策略

(一)树立绿色营销观念

绿色营销观念是在绿色营销环境条件下企业生产经营的指导思想。企业生产经营研究的首要问题不是在传统营销因素条件下,通过协调三方面关系使自身取得利益,而是与绿色营销环境的关系。企业营销决策的制订必须首先建立在有利于节约能源、资源和保护自然环境的基点上,促使企业市场营销的立足点发生新的转移。

对市场消费者需求的研究,是在传统需求理论基础上,着眼于绿色需求的研究,并且认为这种绿色需求不仅要考虑现实需求,更要放眼于潜在需求。企业与同行竞争的焦点,也不在于传统营销要素的较量,争夺传统目标市场的份额,而在于最佳保护生态环境的营销措施,并且认为这些措施的不断建立和完善,是企业实现长远经营目标的需要,它能形成和创造新的目标市场,是竞争制胜的法宝。

与传统的社会营销观念相比,绿色营销观念注重的社会利益更明确定位于节能与环保,立足于可持续发展,放眼于社会经济的长远利益与全球利益。

(二)设计绿色产品

绿色营销的基础是绿色产品,是指对社会或环境的改善有所贡献的产品,或指较少损害社会和环境的产品,对环境及社会生活品质的改善优于传统产品的产品。在绿色营销中,绿色产品策略包括以下几个方面。

(1)从产品整体概念考虑产品的设计、产品形体及售后服务,要节约资源及使用无公害养护型的新能源和资源。

(2)企业在选择生产何种产品及应用何种技术时,必须考虑到尽可能减少对环境的不利影响。

(3)生产中要考虑安全性,应采用少废的工艺和高效的设备,物料应循环使用。

(4)包装物应选择低杂质等无毒害、少公害易处理分解的材料,并在包装物上说明处理废包装物的知识。

(5)考虑产品的功能延伸和再利用,废弃物的回收和处理的方便性,并提供相应的服务来方便消费者处理废弃物,减少其对环境的污染。

(三)制订绿色产品的价格

绿色价格的主要特征是反映了环境成本,即绿色产品通常会吸收保护环境及改善环境所支出的成本,并将其计入绿色价格中。所以,绿色产品定价的基本原则是按环境消耗与保护含量使价格适度上浮。在实践中,企业一般采取以下几种定价策略。

(1)心理定价策略。绿色产品往往能满足消费者的某种心理需求,如保护环境、利他主义、回归自然、安全、赶时尚等,这些为绿色产品进行心理定价提供了依据。

(2)目标价格策略。即根据企业预期的目标利润,同时考虑绿色产品的成本费用,以及本绿色产品的市场需求量,来综合确定绿色产品的价格。

(3)随行就市定价策略。这是一种较安全而简易的做法。这是一种企业根据市场上相同或相似的绿色产品的价格水平来定价的策略。

(4)新产品定价策略。许多绿色产品可以视同新产品,而一些新开发的绿色产品本来就属于新产品,这些产品可以采用新产品定价策略。例如有的产品具有绿色特性,但以前一直未发掘这一点,现在可以对产品外观稍作改动或产品性能稍加改进,作为新产品重新推出,并强调其绿色特性,使用新的绿色价格,吸引消费者。

(四)绿色营销的渠道策略

开辟绿色渠道是有效开展绿色营销的重要环节,绿色渠道与传统渠道相比,包含更多的内容。例如在运输工具上,要选择无污染传递的交通工具,要统筹运输路线,缩小运输距离,应减少储运过程中的浪费,简化供应和配送体系。

因为绿色营销是一个系统,它强调企业经营过程的整体性。而实现"绿色",必须对企业的供应、销售的全过程进行严格控制和管理,所以企业应严格选择自己的绿色渠道,目前绿色的渠道模式有以下几种。

(1)直接渠道。指绿色产品由生产者直接零售给消费者的渠道类型。直接渠道使消费者与生产者直接接触,最大限度地确保绿色产品的品质。

(2)间接渠道。选择绿色信誉好,可提供多项专门服务的中间商,借其声誉,推出企业的绿色产品。绿色中间商主要包括绿色商店和绿色专柜,推出系列绿色产品,产生群体效应,便于消费者识别和购买。

(3)售后服务。主要包括折价回收本企业以前的旧产品和回收旧包装。目前已有一些中间商和生产商成立回收中心、专业废品收购企业,以节约资源,减少对环境的危害。

(五)开展绿色营销的促销活动

绿色促销与传统促销相比,有其不同的特点。绿色促销多了许多"绿色"特性,它通过"绿色"媒体传递"绿色"产品及"绿色"企业的信息,引起消费者对绿色产品的需求及购买行为。在绿色促销中,绿色广告、绿色公关、绿色人员推销、绿色营业推广具有重要作用。

(1)绿色广告。绿色广告更强调企业产品的"绿色"特性,宣传企业的绿色形象,把绿色产品信息传递给广大消费者,刺激消费需求。例如,美国市场上布尿布和纸尿布竞争激烈,后来生产布尿布的企业从环保角度强调纸尿布用后埋在地里起码要经过500年才能分解,而布尿片埋在地里不用多久就会分解腐烂被植物吸收。于是那些具有环保意识的父母纷纷转向使用布尿片。仅三年时间,布尿片的销量猛增1.8倍,而纸尿片的销量却急剧下降。

(2)绿色公关。绿色公关是树立企业及产品绿色形象的重要传播渠道。绿色公关能帮助企业更直接、更广泛地将绿色信息传到广告无法到达的细分市场,给企业带来竞争优势。绿色公关的方式很多,例如可以通过演讲、发表文章、环境保护教材及资料、有声影像材料、信息服务中心等大众媒体进行,还可通过诸如绿色赞助活动、慈善活动等开创与环保有关的有价值的公关活动来宣传企业的绿色形象。

(3)绿色人员推销。绿色产品作为一种新产品,很多消费者并不是很了解,此外大多消费者缺乏绿色产品知识。通过推销人员可以直接向消费者宣传产品的功能、产品的使用方法及其对环境的保护作用,并可当场回答消费者的提问,来激发消费者的兴趣,促进消费者购买绿色产品。

(4)绿色营业推广。绿色营业推广是企业用来传递绿色信息的促销补充形式。绿色产品作为一种新型产品,它需要新顾客及新用户,所以营业推广不失为一种好的促销方式。可以通过免费试用样品、竞赛、赠送礼品和产品保证等形式来鼓励消费者试用新的绿色产品,提高企业知名度。

例 12-1　宝洁:绿色到底。宝洁宣布其可持续发展的措施包括到 2012 年计划削减碳足迹至 40%(碳足迹是指通过温室气体的产生量来衡量人类活动对环境的影响,以二氧化碳为单位来计算),还宣布在未来五年内计划在减少对环境的影响下创造至少 200 亿美元的销售总额。《金融时报》报道说,那些产品对环境的影响将比其之前的产品对环境的影响降低 10%。宝洁公司的营销目标不仅是针对绿色消费者,而且包括主流消费者。绿色消费者当然会购买绿色产品,因为那是他们的一项核心消费需要。宝洁公司可持续发展部的总监怀特(Peter White)分析说,"但是,假如你的产品方便了主流消费者,同时不要求他们做出让步,那么他们就会以可持续发展的方式来消费你的产品,公司要把环保要求和实际利益结合起来,以争取赢得普通消费者的支持。举例来说,宝洁的更环保更浓缩的产品均设计为轻巧携带型的,而节能清洗运动可以帮助客户节省支出。"宝洁公司的营销工具之一是利用产品包装。宝洁公司通过减小包装的尺寸来实现绿色营销。自去年秋天起,宝洁开始更换其在北美价值 40 亿美元的全部液体洗涤剂组合,换成双强度洗涤剂包,是常规尺寸的一半大小。该项目被宣传为一个环境的突破,因为它减少了 44% 的用水和 22% 的包装。使用的另一种营销工具是,通过沟通来影响消费者使用产品的方法。通过碧浪这一洗涤剂,宝洁把洗衣温度降低至 30℃ 的理念进行了推广。这样可以节约40% 的能源。

第二节　整合营销

一、整合营销概述

整合营销理念是鉴于企业在不断希望兼顾企业、顾客、社会三方的共同利益这一目标驱动下,为了更好地协调企业内、外系统的关系和活动,在营销概念日益丰富和完善的基础上,演变和发展起来的一种更适合现代市场营销需求的理念。

(一)整合营销的概念

整合营销就是为了建立、维护和传播品牌,以及加强客户关系,而对品牌进行计划、实施和监督的一系列营销工作。整合就是把各个独立的营销综合成一个整体，以产生协同效应。这些独立的营销工作包括广告、直接营销、销售促进、人员推销、包装、事件、赞助和客户服务等。

整合营销是以市场为调节方式，以价值为联系方式，以互动为行为方式，是现代企业面对动态复杂环境的有效选择，它是一种通过对各种营销工具和手段系统化结合、根据环境进行即时性动态修正，以使交换双方在交互中实现价值增值的营销理论和营销方法。整合营销发生在两个层次，一是不同的营销功能（如销售力量、广告、产品管理、市场研究等）之间必须相互配合；二是营销部门和企业的其他部门之间必须相互协调。

（二）整合营销的特点

（1）形成合力。让企业的各种营销方法的作用统一方向，共同为企业目标服务。

（2）动态适应性强。整合营销能适应市场竞争变化趋势，使各种营销手段的要素组合最佳、系统匹配最优、实现价值满意。

（3）互动满意。整合营销的价值观是超越"我成功你失败"的高度满意观，消费者的价值是期待从某种产品或服务中获得利益的集合。生产商和经销商的价值驱动是为了竞争而合作，靠合作来竞争的"竞合双赢战略"，实现互动满意效果。

（4）系统思考。整合营销以市场竞争作用力为基础，分析各种作用力的现状因果的互动关系，系统地采取动态适应性对策实现企业市场目标。

二、整合营销传播

整合营销传播是指企业在经营活动过程中，以由外而内的战略观点为基础，为了与利益关系者进行有效沟通，以营销传播管理者为主体所展开的传播战略。整合营销传播具有以下两个特性。

（1）战术的连续性。战术的连续性是指在所有营销传播中的创意要素要有一贯性。譬如在一个营销传播战术中可以使用相同的口号、标签说明以及在所有广告和其他形式的营销传播中表现相同行业特性等。心理的连续性是指对该机构和品牌的一贯态度，它是消费者对公司的"声音"与"性格"的知觉，这可通过贯穿所有广告和其他形式的营销传播的一贯主题、形象或语调等来达成。

（2）战略的导向性。战略的导向性是设计来完成战略性的公司目标。许多营销传播专家虽然制作出超凡的创意广告作品，能够深深地感动受众甚至获得广告或传播大奖，但是未必有助于本机构的战略目标，例如销售量市场份额及利润目标等。能够促使一个营销传播战术整合的就是其战略焦点，信息必须设计来达成特殊的战略目标，而媒体则必须通过有利于战略目标考虑来对其进行选择。

三、整合营销的措施

（一）整合营销的操作思路

（1）建立核心价值观。核心价值观是企业一切行动、任务的最高依据和准则。任何个性的企业都有其独特的价值观。建立在企业、顾客、环境三方价值系统之上的企业个性在企业内部表现为这种核心价值观，必须与企业个性相对应，是确保企业个性延续和发展的内在推动力,它是公司基本的和长期的宗旨,不能为了经济利益或短期好处而放弃。

(2) 以整合为中心。整合营销重在整合,主要用于营销的手段就是整合,包括企业内部的整合,企业外部的整合以及企业内外部的整合等。整合营销的整合既包括企业营销过程、营销方案以及营销管理等方面的整合,也包括对企业内外的商流、物流及信息流的整合。

(3) 讲求系统化管理。整合营销时代的企业由于所面临的市场竞争的复杂激烈,只有从整体配置企业所有资源,企业中各层次、各部门和各岗位以及总公司、分公司,产品供应商,与经销商及相关合作伙伴协调行动,才能形成竞争优势。所以,整合营销所主张的营销管理,必然是整合的管理、系统化的管理。

(4) 强调协调性与统一性。整合营销就是要形成一致化营销,形成统一的行动。这就要强调企业营销活动的协调性,不仅仅是企业内部各环节、各部门的协调一致,而且也强调企业与外部环境的协调一致,共同努力以实现整合营销,这是整合营销与传统营销模式的一个重要区别。

(5) 注重规模与先进的管理手段。整合营销是以当代及未来社会经济为背景的企业营销新模式,因而,十分注重企业的规模化与现代化经营。规模化不仅能使企业获得规模经济效益,而且,也为企业有效地实施整合营销提供了客观基础。与此同时,整合营销依赖于现代科学技术、现代化的管理手段,现代化可为企业实施整合营销提供效益保障。

(二) 整合营销的对策

(1) 革新企业的营销观念。整合营销是以当今及未来的社会经济为背景的先进的营销模式,它的理论基础主要有大市场、大系统、现代化等理论。它不仅追求自身企业系统的最优化和高效率,而且,还扩展到供应商及消费者之间的整个大系统的优化和高效率。因而企业必须清除旧的营销思想,形成新营销思想,实现思想观念上的转变,逐步形成先进的、与时俱进的营销新观念。

(2) 加强企业自身的现代化建设。企业要开展整合营销,就应要建立现代经营体制和机制,包括企业的利益机制、决策机制、动力机制、约束机制等,还要具有现代化的经营管理人才,包括领导者、中层人员及基层人员,他们需具有现代营销观念、掌握现代技术,懂管理。

(3) 整合企业的营销。整合营销重在整合,首先要对企业内外部实行一体化的系统整合,其次,要对企业营销管理方面实施整合优化,再次要对企业的营销过程、营销方式及营销行为进行整合,使其实现一体化。

(三) 整合营销的执行

营销执行是实现将营销计划转化为行动和任务的关键步骤,它必须保证这种任务的完成,以实现营销计划所制订的目标。在整合营销执行中,涉及资源、人员、组织和管理4个方面的问题。

(1) 资源。资源包括企业运用于整合营销活动的人力、物力、财力等资源总和,这其中也包含信息和时间。整合营销执行中要实现资源的最佳配置,一方面要利用内部资源运用主体竞争,实现资源使用的最佳效益;另一方面要利用最高管理层和各职能部门,形成对稀缺资源的规划,组织资源共享,在最大限度上避免资源浪费。

(2)人员。整合营销执行需要企业全部人员参与和推动,人是实现整合营销的最能动的因素。整合营销常以非长期的团队小组来执行其目标,在这种团队中工作的人员,需要有较高的合作能力和综合素质,同时可以采取有效的激励机制,增加人员信心,发挥其主观能动性。

(3)组织。整合营销团队具有动态特点,而从组织角度来说又要求其相对具有稳定性。要解决两者之间的矛盾,达到局部目标和整体目标的统一、内核稳定性和外壳流动性的统一,必须运用学习型组织的理论。

(4)管理。整合营销的最高管理层注重的是如何使各种监管目标内在化,如通过激励、培养塑造企业文化,通过团队中的人员、职能设置强化团队自我监管功能,通过对各团队的评估和设置并做到对整合营销实施的间接监管。

例 12-2 DHC 的整合营销。DHC 是日本的一个化妆品品牌,它进入中国市场的时间比其他欧美品牌要晚很多,而对于化妆品营销而言,想在一个新市场当中抢得一席之地,即使大量的营销投入,也未必完全可以实现目标。应该说 DHC 很懂市场。采用了有效的整合营销策略。网络营销——DHC 采用广告联盟的方式,将广告遍布大大小小的网站,因为采用试用的策略,广告的点击率也是比较高,因为采用了大面积的网络营销,其综合营销成本也相对降低,并且营销效果和规模要远胜于传统媒体。体验营销——DHC 采用试用体验的策略,用户只需要填写真实信息和邮寄地址,就可以拿到 4 件套的试用装。当消费者试用过 DHC 产品后,那么就会对此有所评价,并且和其他潜在消费者交流,一般情况交流都是正面的。口碑营销——31% 的被采访对象肯定他们的朋友会购买自己推荐的产品。26% 的被采访对象会说服朋友不要买某品牌的产品。消费者对潜在的消费者的推荐或建议,往往能够促成潜在消费者的购买决策。铺天盖地的广告攻势,媒体逐渐有失公正的公关,已经让消费者对传统媒体广告信任度下降,口碑传播往往成为化妆品消费最有力的营销策略。会员制体系——只需通过电话或上网索取 DHC 免费试用装,以及订购 DHC 商品的同时自动就成为 DHC 会员,无须缴纳任何入会费与年会费。DHC 会员还可获赠 DM 杂志,成为 DHC 与会员之间传递信息、双向沟通的纽带。采用会员制大大提高了 DHC 消费者的归属感,拉近了 DHC 与消费者之间的距离。多渠道营销——网络营销是 DHC 营销体系的一部分,当然传统媒体依然会有 DHC 的广告,包括重金聘请代言人等行为,都是在提升品牌的形象,多渠道的营销推广,加深了消费者对 DHC 的品牌印记,当接触到试用的机会后,促成购买的可能也大大增加。

整体来看,DHC 近几年的发展和其营销策略是密不可分的,或者可以说 DHC 更了解市场,懂得利用新媒体为品牌传播。

第三节　关系营销

一、关系营销概述

关系营销是美国营销学者巴巴拉·杰克逊于 1985 年首先提出的,它是现代西方营销理论与实践在传统的"交易型营销"基础上的一个发展和进步。

(一)关系营销的概念

所谓关系营销是把营销活动看成一个企业与消费者、供应商、分销商、竞争者、政府机构及其他公众发生互动作用的过程,其核心是建立和发展与这些公众的良好关系。但是要注意,现在在西方管理理论界,对关系营销的分析集中在企业与客户关系层面,也就是常说的 CRM(Customer Relationship Management,客户关系管理)。这就是狭义上的关系营销。客户关系管理之所以称为狭义上的关系管理,主要是因为客户关系管理是各种关系管理的核心和基础。客户是关系营销的最终作用目标,是价值链的源头。因此从某种意义上讲,各种各样的关系建立的最根本的目的不外乎是润滑价值链条,从而能够更好地从客户身上得到价值。

(二)关系营销的特征

(1)信息沟通的双向性。社会学认为关系是信息和情感交流的有效渠道,良好的关系即渠道畅通,恶化的关系即渠道阻滞,中断的关系则是渠道堵塞。交流应该是双向的,既可以由企业开始,也可以由营销对象开始。广泛的信息交流和信息共享,可以使企业赢得支持与合作。

(2)战略过程的协同性。在竞争性的市场上,明智的营销管理者应强调与利益相关者建立长期的、彼此信任的、互利的关系。各具优势的关系双方,互相取长补短,联合行动,协同动作去实现对各方都有益的共同目标,可以说是协调关系的最高形态。

(3)营销活动的互利性。关系营销的基础,在于交易双方相互之间有利益上的互补。如果没有各自利益的实现和满足,双方就不会建立良好的关系。真正的关系营销是达到关系双方互利互惠的境界。

(4)信息反馈的及时性。关系营销要求建立专门的部门,用以追踪各利益相关者的态度。关系营销应具备一个反馈的循环,连接关系双方,企业由此了解到环境的动态变化,根据合作方提供的信息,以改进产品和技术。信息的及时反馈,使关系营销具有动态的应变性,有利于挖掘新的市场机会。

二、关系营销策略

(一)顾客关系营销策略

关系营销的中心是顾客忠诚,它是从顾客满意概念中引出的概念,是指顾客满意后而产生的对某种产品品牌或公司的信赖、维护和希望重复购买的一种心理倾向。顾客忠诚实际上是一种顾客行为的持续性,顾客忠诚度是指顾客忠诚于企业的程度。如何获得顾客忠诚呢?

(1)树立以消费者为中心的观念。通过营造"顾客至上"的环境,树立员工"顾客至上"的意识,在顾客满意的理念指导下制订建立顾客忠诚目标和计划,执行顾客忠诚目标和计划,营造一个良好的企业内部营销环境,以调动企业各部门和各成员的积极性,努力做到让顾客满意。

(2)了解顾客的需要,提高顾客的满意度。期望和欲望与感知绩效的差异程度是产生满意感的来源,所以,企业可通过了解顾客的需求,提供满意的产品和服务,提供附加利益以及提供信息通道等方式来提高顾客的满意。

(3) 建立顾客关系管理系统,培养顾客的忠诚度。通过引进客户关系管理系统,建立数据库,密切与消费者的关系。为老顾客提供更多的产品信息,定期举行联谊活动,加深情感信任,培养顾客的忠诚。

(二)供销商关系营销策略

供应商是指那些向生产企业提供各种生产要素,包括原材料、能源、机器设备、零部件、工具、技术和劳务服务的公司和部门。供应商良好的原料供应是企业生存的保证、质量的保证、利润的保证,更是发展的保证。对供应商进行争夺和实施有效的控制往往能为企业带来意想不到的竞争优势。伤害了供应商的利益就等于挖了自己的墙脚,使得企业的生产成本在将来面临大幅度升高的压力,这又进一步将企业拖入了亏损的深渊。因此,企业要通过一系列具体营销措施,努力推进与供应商的良好合作关系。

首先,企业制订购买计划时,应对供应商的利益加以考虑。其次,企业应详细确立与政策一致的供应商关系目标和计划方案,有步骤地予以推进。再次,企业从内部开始做出改善供应商关系的努力,如改进员工态度,训练谈话技巧,培训相关知识和技能等。

(三)竞争者关系营销策略

根据关系营销理念,杰克逊将企业同竞争者的关系归结为两种类型:敌对关系和合作关系。

(1) 敌对型关系。

① 打击竞争者。企业要想占领市场,占领分销网络的货架,就必须先研究竞争对手在顾客心目中的位置,在分销成员心目中的位置,为自己品牌找一个不同于竞争对手的战略,以占领顾客、分销商的心灵。

② 设置竞争壁垒。市场竞争是残酷无情的,企业既要自己活得好,又要阻止别人来抢饭碗。因此进入壁垒就成为"过河拆桥"的有效方式,是保护企业投资的一项有力措施。

③ 协同竞争。"协同竞争"是最近流行的一个新名词,源自英文的"协作"与"竞争"两个词,并将其合并而成,是新形势下出现的新情况。由于用户的需求日益复杂化,离散化,要想建立一个有利可图的"盈利行业",在竞争中生存与发展,并树立稳固的优势地位,就不得不与其他企业,甚至是过去的竞争对手合作,共同激发消费需求,共同开发市场,甚至共同防御替代品的威胁,从而实现各有侧重,各有特长的特色经营。

(2) 合作型关系。

① 避免战争。现实中,最好的竞争实际上恰恰是"不竞争"。实际经营过程中,很多企业都试图用打败或征服对手的方法来消除竞争。但是这种做法不仅不能打败对手,也不能使自己得到繁荣和发展。

② 合作。合作是处理竞争关系、达到化敌为友的目的的利器。企业与竞争者发展协调、合作的关系有利于化解彼此间的矛盾和对立,从而与竞争者协同合作,共同发展。在有的情况下,接受对手的存在并善待竞争对手,也同样能够促进自身的发展。比如可以增强危机感和紧迫感,防止自己出现疏漏等。合理有序的同行竞争可以开拓出更加广阔的

市场,从而让竞争双方共同受益。善待竞争对手,并不是要放弃竞争精神,而是要尽力使相互间的竞争变得更公平合理一些,从而更加有助于良好经济秩序的建立和维持,最终达到共同进步、共创繁荣的目的。

③ 建立联盟。经济领域内的合纵联盟是指两个或两个以上的企业为了一定的目的通过一定的方式组成的网络式的联合体。联盟超越了正常的市场交易但并非直接合并的长期协议。联盟的形式包括技术许可证、供应协定、营销协定和合资企业。联盟的一般做法是通过与一家独立的企业签订长期的协议来合作共同开展一些活动,而无须扩大企业的投资和规模。联盟是无须实际整合而获取优势的一种方式,它克服了完全独立企业之间协调的困难。

（3）处理好和竞争者的关系。在处理与竞争者关系时,既竞争又合作是一种理想的状态。企业与竞争者卓有成效的沟通,能增进企业间的了解和信任,消除企业竞争中的一些矛盾和误会,大大增强企业竞争中的合作氛围;还能使企业与竞争对手间及时传递经营信息,使企业间能做出更好的有利于彼此共同发展的决策;还有利于企业间及时发现彼此的弱点与不足,通过相互磋商加以改进。

（四）员工关系营销策略

明智的企业高层领导,心中装有两个"上帝",一个"上帝"是顾客,另一个"上帝"是员工。企业要进行有效的营销,首先要有具备营销观念的员工,能够正确理解和实施企业的战略目标和营销组合策略,并能自觉地以顾客导向的方式进行工作。企业要尽力满足员工的合理要求,为关系营销奠定良好的基础。

（五）政府关系营销策略

政府对企业生产经营的重要性是人尽皆知的。政府是国家行政的管理机构和国家权力的执行机关,是最具影响力和经济实力的关系营销的对象,对企业有非同一般的影响。

同政府确立良好关系首先要做的事情就是树立良好的企业形象。良好的企业形象,不仅能为企业在市场上赢得声誉,还有助于企业和政府、社区、公众等建立和谐的关系;而且也是企业进入目标市场的途径之一。其次,就是要迎合政府的价值观和价值取向。随着营销理论的发展,营销的重点已经从消费者的利益最大化逐步转移到了整个社会利益的最大化方面。而政府代表着社会公众的最大利益,这样一来,迎合政府的价值观和价值取向在很大程度上就代表了迎合社会公众的价值观和价值取向。

三、关系营销策略流程

（一）组织设计

关系营销的管理,必须设置相应的机构,对内协调部门之间、员工之间的关系,对外向公众发布消息、处理意见等。管理机构代表企业有计划、有准备、分步骤地开展各种关系营销活动,把企业领导者从烦琐事务中解脱出来,使各职能部门和机构各司其职,协调合作。

关系管理机构是企业营销部门与其他职能部门之间、企业与外部环境之间联系沟通和协调行动的专门机构。其主要作用是:收集信息资料,充当企业的耳目;综合评价各职能部门的决策活动,充当企业的决策参谋;协调内部关系,增强企业的凝聚力;向公众输送信息,通过沟通加强企业与公众之间的理解和信任。

(二)资源配置

面对剧烈的环境变化和外部竞争,企业的全体人员必须通过有效的资源配置和利用,同心协力地实现企业的经营目标。企业的资源配置主要包括以下两个方面。

(1)人力资源调配。一方面实行部门间人员轮换,以多种方式促进企业内部关系的建立;另一方面从内部提升经理,加强企业观念并使其具有长远眼光。

(2)信息资源共享。在采用新技术和新知识的过程中,以多种方式分享信息资源。如利用计算机网络协调企业内部各部门及企业外部拥有多种知识与技能的人才的关系;制订政策或提供帮助以削减信息超载,提高电子邮件和语言信箱系统的工作效率;组成临时"虚拟小组",以完成自己的或客户的交流项目。

(三)文化整合

关系各方环境差异会造成建立关系的困难,使工作关系难以沟通和维持。跨文化之间的人们要相互理解和沟通,必须克服不同文化规范带来的交流障碍。文化的整合是关系双方能否真正协调运作的关键。合作伙伴的文化敏感性非常强,它能使合作双方共同有效地工作,并相互学习彼此的文化差异。

文化整合是企业市场营销中处理各种关系的高级形式。不同企业有不同的企业文化。推动差别化战略的企业文化可能是鼓励创新、发挥个性及承担风险;而成本领先的企业文化,则可能是节俭、纪行及注重细节。如果关系双方的文化相适应,将能强有力地巩固企业与各子市场系统的关系并建立竞争优势。

(四)关系营销的效率提升

企业与外部企业建立合作关系,一方面必然会与之分享某些利益,增强对手的实力;另一方面,企业各部门之间也存在着不同利益,这两方面形成了关系协调的障碍。企业要想创建一种统一、和谐、协调、互助的经营环境,就必须将营销宗旨从追求每一笔交易的利润最大化转向追求各方利益关系的最优化,从单纯追求短期利益转向追求与相关者建立长期、稳定、良好的伙伴关系。否则,那些丰厚的利润就会成为无本之木、无源之水。例如,新加坡航空公司、瑞士航空公司、美国三角洲航空公司联手合作,制订共同的订票系统和价格维护系统、统筹安排运营时间表,建立统一的行李运输服务体系,使其资源共用、风险共担、利益共享,大大降低了运营成本,提高了运营效率和市场竞争力。

例 12-3 联想联手用友借道深耕中小企业。8 月 12 日,联想与用友在北京签署战略合作备忘录,宣布双方成为战略合作伙伴。联想在国内自身渠道有 6 600 家,还有 30 000 家大客户的资源。显然,因为联想自身渠道体系建设的完善和强大,并不看重用友能带来的渠道资源,而是瞄准了用友在中小企业市场的影响和优势。用友当然非常需要联想广布国内省市县镇的渠道,这也是用友难以复制的渠道资源。但是,合作的基础必须是双方的利益、资源共享,有了这样的基础,合作才能深入。即双方将充分整合联想的硬件优势和用友的软件技术,为中小企业用户提供整体化解决方案。对于联想来说,虽然 2009 年以 30%的市场占有率继续坐上国内 PC 市场的头把交椅,但中国已然演变成全球最为核心的 PC 市场,如何应对其他竞争对手的追赶,稳固国内市场的份额与利润是必须考虑的问题。继联想 4 月份在中国区推出扬天台式电脑新品,并且在 Idea 产品集团成立后,推出首批面向中国中小企业客户的 IdeaPad 笔记本后,已经针对中小企业开始发力。本次与用友的合作更是对 SMB 领域的再次渗透与推广。而对于用友来说,借助联想的渠道和平台可以将伟库网以及自身电子商务平台进行有效的推广。同时两个企业在渠道、产品、技术和销售及市场层面的资源共享,可以进行迅速而准确的营销,可谓双赢。

第四节　网络营销

一、网络营销概述

（一）网络营销概念

网络营销(On-line Marketing 或 Cybermarketing)全称是网络直复营销,属于直复营销的一种形式,是企业营销实践与现代信息通信技术、计算机网络技术相结合的产物,是指企业以电子信息技术为基础,以计算机网络为媒介和手段而进行的各种营销活动(包括网络调研、网络新产品开发、网络促销、网络分销、网络服务等)的总称。

（二）网络营销的特点

依托互联网而产生的网络营销,是人类经济、科技、文化发展的必然产物,它作为一种新的营销理念和营销方法,与传统营销相比,具有以下特点。

(1) 跨时空。营销的最终目的是占有市场份额,由于互联网能够超越时间约束和空间限制进行信息交换,使得营销脱离时空限制进行交易变成可能,企业有了更多时间和更大的空间进行营销,可每周 7 天,每天 24 小时随时随地地提供全球性营销服务。

(2) 多媒体。互联网被设计成可以传输多种媒体的信息,如文字、声音、图像等信息,使得为达成交易进行的信息交换能以多种形式存在和交换,可以充分发挥营销人员的创造性和能动性。

(3) 交互式。互联网通过展示商品图像,商品信息资料库提供有关的查询,来实现供需互动与双向沟通。还可以进行产品测试与消费者满意调查等活动。互联网为产品联合设计、商品信息发布,以及各项技术服务提供最佳工具。

(4) 个性化。互联网上的促销是一对一的、理性的、消费者主导的、非强迫性的、循序渐进式的,而且是一种低成本与人性化的促销,避免推销员强势推销的干扰,并通过信息提供与交互式交谈,与消费者建立长期良好的关系。

(5) 成长性。互联网使用者数量快速成长并遍及全球,使用者多属年轻、中产阶级、高教育水准,由于这部分群体购买力强而且具有很强市场影响力,因此是一项极具开发潜力的市场渠道。

(6) 经济性。通过互联网进行信息交换,代替以前的实物交换,一方面可以减少印刷与邮递成本,可以无店面销售,免交租金,节约水电与人工成本;另一方面可以减少由于迂回多次交换带来的损耗。

(7) 超前性。互联网是一种功能最强大的营销工具,它同时兼具渠道、促销、电子交易、互动顾客服务,以及市场信息分析与提供的多种功能。它所具备的一对一营销能力,正是符合定制营销与直复营销的未来趋势。

(8) 高效性。计算机可储存大量的信息,代消费者查询,可传送的信息数量与精确度,远超过其他媒体,并能应市场需求,及时更新产品或调整价格,因此能及时有效了解并满足顾客的需求。

(9) 整合性。互联网上的营销可由商品信息至收款、售后服务一气呵成,因此也是一种全程的营销渠道。另外,禹含网络建议企业可以借助互联网将不同的传播营销活动进行统一设计规划和协调实施,以统一向消费者传达信息,避免不同传播中不一致性产生的消极影响。

(10) 技术性。网络营销是建立在以高技术作为支撑的互联网络的基础上,企业实施网络营销必须有一定的技术投入和技术支持,改变传统的组织形态,提升信息管理部分的功能,引进懂营销与电脑技术的复合型人才,在未来能具备市场竞争优势。

二、网络营销策略

(一) 网络营销导向型企业网站的建设和推广

企业建设网络营销导向企业网站工作是一个长期的、连续的、系统的工作。一般而言,网络营销导向型的企业网站应具备以下功能:产品发布和管理功能、支持销售及在线服务的功能、相关网站的链接管理功能、网站访问统计功能及更新和管理企业信息的功能。

网站推广就是要让更多的网民知道网站的存在,以提高网站的知名度,争夺有限的注意力资源,尽可能提高网站的访问量,吸引和创造商业机会。网站建设的不同阶段企业可以采用不同的方法:在网站策划建设阶段,可以开始着手推广准备,在网站建设过程中从网站结构、内容等方面对 Google、百度等搜索引擎进行优化设计;在网站发布初期,企业可以登录主要搜索引擎和分类目录、购买多个网络实名/通用网址,与部分合作伙伴建立网站链接,并配合企业其他营销活动,在部分媒体和行业网站发布企业新闻;当网站有一定访问量之后,为继续保持网站访问量的增长和品牌提升,在相关行业网站投放网络广告,与部分合作伙伴进行资源互换;在网站的稳定期,可以结合公司新产品促销,不定期发送在线优惠券,参与行业内的排行评比活动,以期获得新闻价值。

(二) 搜索引擎营销策略

搜索引擎(Search Engines,SE)是一个对互联网上的信息资源进行搜集整理,然后供用户查询的系统,它包括信息搜集、信息整理和用户查询三部分。搜索引擎营销(Search Engines Marketing,SEM)是一种营销方法,它根据用户使用搜索引擎的习惯,采用付费形式或者技术手段,使网页在关键词搜索结果中排名靠前,引导用户单击,从而达到品牌展示和促进销售的目的。

实现搜索引擎营销过程包含 5 个基本要素:信息源(网页)、搜索引擎信息索引数据库、用户的检索行业和检索结果、用户对检索结果的分析判断和对选中检索结果的单击。对这些要素及搜索引擎营销信息传递过程的研究和有效实现,就构成了搜索引擎营销的基本任务和内容。

（1）构造合适信息源。信息源被搜索引擎收录是搜索引擎营销的基础，这也是网站建设之所以成为网络营销的基础的原因，企业网站中的各种信息是搜索引擎检索的基础。

（2）创造被收录的机会。让尽可能多的网页被搜索引擎收录是网络营销的基本任务之一，也是搜索引擎营销的基本步骤。

（3）占据搜索结果靠前位置。网站/网页仅仅被搜索引擎收录还不够，还需要让企业信息出现在搜索结果中靠前的位置，因为搜索引擎收录的信息通常都很多，当用户输入某个关键词进行检索时会反馈大量的结果，如果企业信息出现的位置靠后，被用户发现的机会就大为降低，搜索引擎的效果也就无法保证，这就是搜索引擎优化的任务。

（4）获取用户关注。用户通常并不能单击浏览检索结果中的所有信息，需要对搜索结果进行判断，从中筛选一些相关性最强，最能引起用户关注的信息。所以搜索引擎结果中的信息对用户要有足够的吸引力，做到这一点，需要针对每个搜索引擎收集信息的方式进行针对性的研究。

（5）为用户获取信息提供方便。用户通过单击搜索结果而进入网站/网页，用户可能为了了解某个产品的详细介绍，选择成为注册用户。在此阶段，搜索引擎营销将与网站信息发布、顾客服务、网站流量统计分析、在线销售等其他网络营销工作密切相关，在为用户获取信息提供方便的同时，与用户建立的联系，使其成为潜在顾客或者直接购买产品。

（三）许可 E-mail 营销策略

E-mail 营销在发达国家已经发展为一个成熟的网络营销行业。在国内，也已经为许多企业采用。E-mail 营销是指在用户事先许可的前提下，通过电子邮件的方式向目标用户传递有价值信息的一种网络营销手段。基于用户许可的 E-mail 营销比传统的推广方式或未经许可的 E-mail 营销具有明显的优势，比如，它可以减少广告对用户的滋扰、增加潜在客户定位准确度、增强与客户的关系、提高品牌忠诚度等。许可 E-mail 营销是网络营销方法体系中相对独立的一种，既可以与其他网络营销方法相结合，也可以独立应用。

E-mail 营销是一个广义概念，既包括企业自行建立邮件列表开展的 E-mail 营销活动，也包括通过专业服务商播放电子邮件广告。常用的许可 E-mail 营销方法是按照 E-mail 地址的所有权划分为内部 E-mail 营销和外部 E-mail 营销，或者叫内部列表和外部列表。内部列表也就是通常所说的邮件列表，是利用网站的注册用户资料开展 E-mail 营销方式，常见的形式如新闻邮件、会员通信等。外部列表 E-mail 营销则是利用专业服务商或者其他可以提供专业服务的机构提供的用户电子邮件地址来开展 E-mail 营销，也就是以电子邮件广告的形式向服务商的用户发送信息。

（四）网络广告策略

所谓的网络广告，就是确定的广告主以付费方式、运用互联网这样一种媒体来说服公众的一种信息传播活动。网络广告的表现形式丰富多彩，而且也在不断地发展。目前，在国内外的网站页面上常见的网络广告形式大致有以下几种。

（1）旗帜广告（Banner）。网络媒体在自己的网站的页面中分割出一定大小的画面发布广告，因其像一面旗帜，所以称为旗帜广告。它又称为横幅式广告或网幅广告，是目前最常见的广告形式。

（2）按钮广告（Button）。这种广告是出现在 Web 页面上任何一个地方的一个图标，这个图标可以是一个企业的标志，也可以是一个象形图标，其中有的就是一个按钮的形状，故称按钮广告。它们都采取与有关信息实现超链接的互动方式，单击它时，可链接到广告主的站点或相关信息页面上。

（3）文字广告（Text）。文字广告就是以文字的形式进行相关的宣传介绍，以此扩大企业或产品的知名度。一般是企业的名称，单击链接到广告主的主页上。

（4）弹出式广告。弹出式是当用户进入网页时，自动开启一个浏览器视窗，以吸引读者直接到相关网址浏览，从而达到宣传目的的网络广告形式。

（5）关键词广告。关键词广告与搜索引擎的使用紧密联系，通常在搜索引擎网站上的使用价值比较高。

（6）浮动广告。就是在页面沿一定轨迹浮动的广告形式。其特殊的表现形式与传统的形式相比，更能聚集网络访客的眼球，使广告的影响力更大。

（7）流媒体广告。指采用流式传输的方式在 Internet/Intranet 播放的媒体广告，如音频、视频或多媒体文件的形式播放广告。

例 12-4　真维斯网络营销之路。在网络新媒体的浪潮中，真维斯是国内最早应用网络营销的一个服装品牌。现在，更是通过与网易独家合作建立网上"休闲王国"，把休闲服装的领导品牌形象，成功地铺向了互联网。真维斯在与客户的沟通交流方面，也走了与众不同的道路。真维斯没有找明星代言品牌，也鲜有电视广告的投放，却通过组织一系列倡导自由、休闲的活动来影响更多年轻、时尚的消费者。早在 2002 年，网易就已经成为真维斯系列营销活动的独家网络合作媒体。作为国内最活跃的门户网站，网易连续多年帮助真维斯进行了成功的营销传播。近年来，真维斯连续举办了"真维斯杯校园服装设计大赛"，挖掘极具潜力的学生市场；举办了"真维斯休闲服装设计大赛"、"真维斯全国极限运动大师赛"、"真维斯中国模特大赛"以及正在紧锣密鼓进行中的"真维斯超级新秀评选"等一系列大型营销活动，来影响年轻消费人群。另外，真维斯也非常注重利用网络这一以"年轻人"为主力受众的媒体来开展广告营销活动。时下，以网络媒体为平台的真维斯"休闲王国"活动正开展得如火如荼。真维斯"休闲王国"，是一个大型消费者互动网络社区。在这个社区中，喜爱真维斯的消费者可以了解品牌的市场动态，参与一些饶有兴趣的互动活动和回馈客户的抽奖活动。真维斯"休闲王国"为品牌与最忠实的消费者建立了更活跃的沟通渠道。消费者只要注册、登录真维斯"休闲王国"，就可以发现当今流行的休闲时尚是什么，真维斯最近又有哪些新品促销推广活动。对于那些持有 VIP 卡的忠实消费者，真维斯在这里也为其提供了更多获取回报的机会。比如真维斯每年会举办"激赏之旅"会员活动，组成声势浩大的北京免费观光团，饱览北京名胜，参观一年一度的中国真维斯杯休闲装设计大赛总决赛等。这些活动的告知、参与都在社区中进行。真维斯目前拥有数十万的 VIP 会员，其中 18～25 岁的消费者占到了多数，这些年轻的消费者喜爱时尚且已经习惯了与网络为伴的生活，他们通过网络形成共同的"兴趣团体"，每天都在进行与真维斯品牌形象、应季新品有关的信息传播和互动交流。真维斯"休闲王国"创造了一个完全属于"休闲"的话语环境，成为无数喜爱休闲服装、休闲生活的消费者聚会的天堂。"休闲王国"的网络合作伙伴，真维斯选择了最受年轻人喜爱的门户网站网易，分别在网易体育频道、论坛首页、娱乐频道这些年轻用户集中、用户活跃度高的频道设置了"休闲王国"的入口。对于双方的合作,网易结合真维斯的消费者状况,提出了"真我阵营"的大论坛营销概念。真维斯认为借助论坛的形式与消费者沟通能够有效地达成营销目标,于是在此基础上,最终推出了"休闲王国"这样一个更具广度的消费者互动社区。

第五节 创新营销

一、创新营销概述

(一)创新营销的概念

所谓创新营销(Marketing Innovation)就是根据营销环境的变化情况,并结合企业自身的资源条件和经营实力,寻求营销要素在某一方面或某一系列的突破或变革的过程。在这个过程中,并非要求一定要有创造发明,只要能够适应环境,赢得消费者的心理且不触犯法律、法规和通行惯例,同时能被企业所接受,那么这种营销创新即是成功的。还需要说明的是,能否最终实现营销目标,不是衡量营销创新成功与否的唯一标准。

(二)创新营销的必要性

营销创新是我国企业与国际竞争环境接轨的必然结果,亦是企业在竞争中生存与发展的必要手段。国内市场与国际市场的对接直接导致我国企业竞争环境的改变和竞争对手的增强。而面对这一切,我国企业表现出诸多的劣势,尤其是营销观念落后这一致命弱点,使企业面对强大的竞争对手和高超的营销手段不知所措。还有一些企业体制的问题同样表现出企业竞争力的弱势。而要解决这些问题,则须从营销管理方面入手进行变革和创新。因为营销创新是提高企业市场竞争力最根本、最有效的途径。另外,通过营销创新,企业能科学合理地整合各种资源,并能提高产品的市场占有率。

二、创新营销的原则

(一)产品是创新的根本

可口可乐、宝洁等跨国企业的长盛不衰的一个秘诀就是始终把产品是否能够符合消费者的要求作为营销至高无上的法宝,当别的企业在炒作概念的时候,这些优秀的企业始终坚持把优秀的产品才是最好的营销当做自己的理念,只有在产品的基础上创新的营销,才是永远能够保持活力的营销,才能不断创新。

例 12-5 苹果创新的制胜法宝。目前大部分的 IT 厂商日常的创新工作主要都集中在产品创新中。产品创新的范畴里,有一个重要的分支——体验创新。这一类企业的创新,没有把焦点放在基础技术的使用和组合上,而是放在了用户的操作方式和体验上。这种创新通常没有开发新的产品,也没有特别强调产品的技术特性和指标,强调的是采取新的方式来使用产品。体验创新的典型代表,就是苹果。相比对手,苹果更关注用户的感受,所以更加广泛地被用户所接受和欢迎,甚至是感激。基于体验创新所形成的品牌号召力对用户的印象是最深刻的。用户终于不用再关心什么主频啊、像素啊、容量啊一类的专业词汇了。

回顾苹果的历史，发家产品 Apple Ⅱ 并不是一个真正的发明，组装机在那时候已经好多年了。苹果只是让它变成非专业工程师也能够使用的玩意。再看看近几年的产品。比如 iPad，仅仅是个 MP3 而已。那时，MP3 在东莞已经论斤卖了，但苹果却给 MP3 赋予了全新的用户体验，用户根本没有在意在技术上的容量、频率一类的鸟语花香。还有之前的 iMac，着实让 PC 大厂商们尴尬了好一阵子。那时候，各大厂商还都绷着面子不肯学习，只有几个二线厂商推出了与 iMac 类似的机型。还有 iPhone，当手机厂商们被山寨机打到满地找牙的时候，iPhone 凭借一款手机，一年就杀进手机厂商三甲。iPad 就更经典了。大抵是七八年前吧，或者更早，比尔·盖茨拿着他倡导的 TABLET，四处推广却无人问津。七八年后，iPad 一出场就万众膜拜。苹果给竞争对手们上了一堂严肃的课，这堂课的中心思想就是用户最终只在乎体验。用户其实并不关心主频、像素等参数，这些是厂商的事，用户需要的是好用、能用、喜欢用的产品。对于用户来说，体验是最根本的"用处"，是最值钱的部分。体验创新给苹果带来了利润的最大化。

（二）渠道是企业创新营销取之不竭的源泉

越来越多的企业发现，在产品、价格乃至广告同质化趋势加剧的今天，单凭产品的独立优势赢得竞争已非常困难。在产品同质化的背景下，唯有"渠道"和"传播"能产生差异化的竞争优势。销售渠道已成为当今企业关注的重心，并日渐成为它们克敌制胜的武器。在市场经济日益发达、企业的市场营销环境不断变化和竞争日益激烈的今天，重视分销渠道管理与创新是企业成功的重要条件。

（三）要把创新营销提升到战略的高度

不要把营销当作企业渡过难关的战术使用，一定要把营销创新提升到战略的高度。为什么很多外国专家都评价说中国的民族企业最终不能担当大任？除了企业整体战略，就是营销创新战略的缺失。如果企业能够把企业营销创新当做一种战略，企业也就不会因为换人也换思路了，从而能将营销活动继续运作下去了。

（四）服务是别人永远无法复制的制胜法宝

当海尔宣布自己的服务营销战略时，曾经有很多企业跟进，如家电行业的美菱，服务人员去用户家里服务时，必须随身带着红地毯，避免弄脏用户的地板，这就是轰动一时的红地毯服务，但由于各种原因，没多久就销声匿迹了；还有就是摩托车企业春兰，曾经用飞机空运一台发动机到安徽，但也没有了下文。而海尔始终把服务创新当做自己的营销战略贯彻于始终，不管别人说海尔产品质量怎样怎样，但就凭海尔的服务特色，海尔的营销战略就是成功的，至少在目前的国内企业，还没有一个企业能够把自己的营销创新贯彻到战略高度并且如此彻底，这就是海尔成功的基本因素之一。

三、创新营销的方法及步骤

（一）营销方法创新的种类

（1）事件营销（Event Marketing）是企业通过策划、组织和利用具有名人效应、新闻价值以及社会影响的人物或事件，引起媒体、社会团体和消费者的兴趣与关注，以求提高企业或产品的知名度、美誉度,树立良好品牌形象,并最终促成产品或服务的销售目的的手段和方式。

（2）柔性营销就是指企业适时灵活地整合企业营销资源以适应并满足客户个性化需求的一种营销思想和方法。它以顾客的需求为出发点,以系统的观念和权变的观念为营销的指导思想,并使得这种快速反应的营销模式成为组织的竞争优势。

（3）创造型主题营销是指企业在深入细致地调查研究的基础上,预测消费者心理需求的变化,创造一种情感表现的全新主题,一方面,把这个主题向消费者宣传,以引起他们的共鸣;另一方面,根据主题设计商品,通过情感诉求的方式让消费者接受的整个过程,可见,创造型主题营销中的情感表现主题的创造是占主导地位的,其他活动只能以它为中心。

（4）蜂鸣营销俗称"口头宣传营销",是传统的"口耳相传"方法在新经济下的创新营销方法。口头宣传营销的英文术语"Buzz Marketing"中的"Buzz",意即"叽叽喳喳的声音,或嗡嗡声",因此,也有人将 Buzz Marketing 译成"蜂鸣式营销"。是一种主要通过人们（可以是消费者,也可以是企业的营销人员）向目标受众传播企业产品（或服务）信息而进行的非常廉价的营销方法,蜂鸣营销主要基于人们对于企业产品和服务的直接体验。

（5）无缺陷营销,即在整个营销活动过程中不给顾客留下任何遗憾的方法。包括产品无缺陷——100％的质量保证,销售无缺陷——100％的挑选保证,服务无缺陷——100％的满意保证。

（二）创新营销应注意的问题

（1）要注意在营销创新中必须创造价值。这是营销创新是否有价值的最重要的评估标准,这里的价值不仅包括经济价值,还包括顾客价值。不创造经济价值对企业没有任何意义而不创造顾客价值的营销创新,就无法获得经济价值。因此创造顾客价值是营销创新的关键。

（2）要注意创新营销的切实可行性。创新要在分析宏观,微观环境的基础上创造出来的,而非凭主观想象创造出来,要切实可行、易操作,尤其是要注意文化的影响。最后,还要注意营销创新活动对社会的影响是否有负面影响。

（3）要注意创新营销组合。企业营销创新往往是一个营销环节的成功,这是令人欣慰的,但要注意营销组合。一方面或一个环节的创新要有其他营销组合要素的配合,否则这种营销成功就要大打折扣。2000 年农夫山泉进行了一系列诸如"小小科学家"、"农夫山泉,中国奥运代表团专用水"等宣传纯净水无益身体健康的营销创新企划,可谓是"天衣无缝",但却因为渠道的问题没有配合好整个策划的执行,缺乏创新营销组合结果既损坏了品牌形象又损失利润。

（4）要注意运用合力。在营销创新方面,团队的力量就显得更为重要了,因为团队的创新较个人创新多些完整性和可行性,而且在执行过程中,对于整体的沟通与理解要强于个体,效果也自然出人预料。另外,这种合力还需要有知识的整合。营销本身就与许多学科休戚相关,如经济学、哲学、数学、行为学和心理学等。没有这些学科的基础,营销创新就不能够尽善尽美。因此,营销创新不仅要有人员组合,还要求有知识的整合。

（三）企业五步创新营销

企业营销创新是一个系统工程，不是一朝一夕就可以创新成功的，甚至在创新的道路上还要付出一定的成本和时间，所以，企业营销创新就要遵循一定的步骤和方法。一般来讲，可以分为以下 5 个步骤。

（1）发现问题。企业营销创新的目的就是解决企业面临的问题，营销创新不能盲目地进行创新，必须是要有针对性的，针对企业营销中存在的核心问题进行创新，所以发现存在问题是营销创新工作的第一步，而且必须要找到根本问题，核心问题。

（2）提出解决办法。企业进行营销创新，不仅要能找到根本问题，还要找到根本解。这个解决办法，根据企业实际问题，可能是一个点的突破，也可能是一个面的提升，可以是一步到位，也可以是分步实现，依企业实际情况而定。而这个解决办法其实就是营销创新的雏形，是胚胎，是种子，能不能最终成为营销创新，还要看后期执行和能否进行理论总结的提升。

（3）切实执行。执行的过程就是改进、提升、完善方案创新的过程，执行是营销创新中至关重要的一个环节。解决方案对不对、效果如何、如何改进等，都要在执行的过程中得以全面体现，而这所有的一切，都有一个前提条件就是：切实执行，否则就会造成信息偏差，对决策者形成误导。计划—实施—总结—改进，这是一个完整的循环过程，并且要反复、重复运用，只有这样，才能确保执行到位，甚至在执行的过程中产生更好的想法、产生更好的效果。

（4）提升放大。任何一种创新，如果不能提升到理论，就不能称之为创新，充其量只不过是一种改进和提高。企业在营销创新过程中，不仅仅需要提出新的解决办法，而且要实践提升，把功能放大，效果放大，以使这种创新能产生更大的效益，继而提升为一种理论、一种模式，并全面推广，只有这样，才能使这种创新行为带来更大的价值和效果。企业的创新是具有一定风险，付出了一定代价的，所以这种付出理应产生更大的回报。

（5）理论总结。一次改进，不能称为创新；一个点子，不能称为创新；不能用于实践、不能产生效益的也不能称为创新。而营销创新就是要在现有基础上，以解决企业营销问题为目的，通过智慧付出、营销改进和提高，最终形成一套模式和方法，形成一种核心竞争力，提升为了一个理论，只有这样，才能称之为营销创新。

本 章 小 结

近几年，我国营销学界密切关注进入 21 世纪的市场营销新发展，对新经济时代市场营销的新领域与新概念努力进行探索与研究。本章选择了绿色营销、整合营销、关系营销、网络营销和创新营销 5 个方面，对其内容作简要的介绍。

技 能 训 练

一、名词解释

绿色营销　整合营销传播　关系营销　网络营销　创新营销　事件营销

二、单项选择题

1. 企业营销活动中体现的社会价值观、伦理道德观,充分考虑社会效益,既自觉维护自然生态平衡,更自觉抵制各种有害营销,被称为( )。

    A. 绿色营销　　　B. 关系营销　　　C. 整合营销　　　D. 社会营销

2. 整合营销传播的英文缩写是( )。

    A. MIC　　　　　B. CRM　　　　　C. IMC　　　　　D. IMF

3. 具有双赢和亲密本质特性的是( )。

    A. 绿色营销　　　B. 关系营销　　　C. 网络营销　　　D. 整合营销

4. 利用 Internet 技术最大限度地满足客户的需求,来达到开拓市场,增加盈利的营销过程,指的是( )。

    A. 关系营销　　　B. 网上销售　　　C. 网络营销　　　D. 电子商务

5. 关系营销更为注意的是( )。

    A. 摇摆不定的顾客　　　　　　B. 争取新顾客

    C. 维系现有顾客　　　　　　D. 以上全部是

三、多项选择题

1. 开展绿色营销策略包括( )。

    A. 绿色营销计划　　　B. 绿色广告　　　　　C. 绿色公关

    D. 绿色人员推销　　　E. 绿色营业推广

2. 下列关于整合营销的表述,正确的是( )。

    A. 整合营销传播是整合营销的有机组成部分

    B. 整合营销传播要求变单一传播手段为多种传播手段的综合

    C. 要坚持"一个观点,一个声音"的原则

    D. 要设法使企业价值链的各个环节、每位员工都参与传播

    E. 整合营销要以市场为调节方式,以价值为联系方式,以互动为行为方式进行

3. 在整合营销实施中,涉及( )等方面。

    A. 资源　　　　　B. 人员　　　　　C. 广告

    D. 组织　　　　　E. 管理

4. 关系营销的本质特征有( )。

    A. 信息沟通的双向性　　　　　B. 战略过程的协同性

    C. 营销活动的互利性　　　　　D. 信息反馈的及时性

    E. 营销手段的多样性

5. 网络营销的特点有( )。

    A. 个性化　　　　　B. 超前性　　　　　C. 成长性

    D. 跨时空　　　　　E. 交互性

四、判断题

1. 绿色消费是一种较高层次的消费观念。 ( )

2. 整合营销传播的概念与整合营销侧重有所不同,它注重的并非营销的所有环节,而是营销信息传播手段的整合以及对传播效率的评价。 ( )

3. 关系营销的基础,在于交易双方相互之间有较为稳定的友谊。　　　　　　　（　　）

4. 适合在互联网络上销售的产品,主要是一些鲜活商品。　　　　　　　　　　（　　）

5. 创新的点子其实就是创新营销。　　　　　　　　　　　　　　　　　　　　（　　）

五、简答题

1. 企业如何实施绿色营销?

2. 关系营销应处理好哪些关系?

3. 整合营销传播时要注意哪些特性?

4. 开展网络营销的策略有哪些?

5. 简述 3 种创新营销的方法。

六、案例分析

山水啤酒:事件营销,渠道下沉

没有哪个企业希望守着半壁江山"划地而治",中国啤酒行业经过多年发展和并购,逐渐形成几大啤酒品牌争霸的态势。针对竞争对手雪花啤酒、燕京啤酒等咄咄逼人的进攻姿态,青岛啤酒采取事件营销策略来完成对中低端子品牌的推广塑造,并达到吸引中低端消费受众的目的。

"第一品牌盈利,第二品牌竞争"——青岛啤酒的总体品牌战略为"1+3",即一个主品牌为青岛啤酒,3 个子品牌或副品牌则为汉斯、崂山和山水。在各地区品牌布局上,青岛啤酒采取了"1+1"战略,即一个中高端品牌青岛啤酒加一个中低端品牌,利用聚众效应获得品牌认知。在此过程中,青岛啤酒通过口碑传递信息取得了很好的传播效果。

2010 年 8 月,作为青岛啤酒第二品牌"线上+线下"传播的一种模式,青岛啤酒在北京、河北、江苏、安徽的近百个县城、乡镇举办青岛啤酒第二品牌电影节。在电影节期间,互动游戏、喝啤酒比赛、有奖问答、赠饮试饮、现场买赠、户外展台、视频广告等市场推广手法与精彩的影片融合到一起形成了强大的吸引力,在文化生活相对单调的县城、乡镇掀起了一次绝无仅有的狂欢大派对。

活动前期通过海报张贴、传单发放、户外展台展示、现场音响播放等聚集大量的人气,而喝啤酒比赛、有奖问答、赠饮试饮等活动则降低了现场消费者参与的门槛,让路过的人进场,让在场的人互动,通过重复告知,让消费者全面了解青岛啤酒的各个子品牌。在互动环节,配合青岛啤酒"1+1"品牌推广战略,互动游戏采用"一个主体游戏+一个品牌游戏"的模式。通过主题游戏,比如激情投篮等传递青岛啤酒"激情成就梦想"的品牌主张;辅以 3 个品牌游戏,比如快乐套圈、好友结对行、挑战脚斗王等,分别传递 3 个区域子品牌——山水啤酒"快乐就是很简单"、崂山啤酒"好啤酒敬好朋友"和汉斯啤酒"痛快到底"的品牌主张。

同时,利用影片放映前观众集中的时段,放映长达 15 分钟的视频广告,将青岛啤酒的品牌信息高频次地灌输给消费者。

参 考 文 献

[1] 郭国庆,韩冀东. 市场营销学教程及学习指导[M]. 北京:高等教育出版社,2007.

[2] 菲利普·科特勒. 市场营销[M]. 俞利军,译. 北京:华夏出版社,2003.

[3] 吴健安. 市场营销学[M]. 合肥:安徽人民出版社,2004.

[4] 菲利普·科特勒. 营销管理[M]. 十一版. 梅清豪,译. 上海:上海人民出版社,2003.

[5] 陈祝平. 国际营销理论与实务[M]. 上海:立信会计出版社,2003.

[6] 林光,尹启华. 营销案例分析[M]. 北京:科学出版社,2007.

[7] 吴泗宗. 市场营销学[M]. 北京:清华大学出版社,2005.

[8] 赵兴军. 现代市场营销学案例教程[M]. 北京:北京交通大学出版社,2007.

[9] 谢守忠. 市场营销实训教程[M]. 武汉:武汉大学出版社,2008.

[10] 吴勇,车慈慧. 市场营销[M]. 北京:高等教育出版社,2005.

[11] 沈玉良,凌学岭. 企业营销[M]. 上海:复旦大学出版社,2004.

[12] 杨勇. 市场营销:理论、案例与实训[M]. 北京:中国人民大学出版社,2006.

[13] 吴飞美. 市场营销[M]. 北京:对外经济贸易大学出版社,2007.

[14] 方光罗. 市场营销学[M]. 三版. 大连:东北财经大学出版社,2008.

[15] 林文杰. 市场营销学原理与实训[M]. 北京:北京理工大学出版社,2009.

[16] 郭奉元. 现代推销技术[M]. 北京:高等教育出版社,2001.

[17] 安贺新. 推销与谈判技巧[M]. 北京:中国人民大学出版社,2006.

[18] 陶广华,刘乐荣,徐嵘. 市场调查与预测[M]. 北京:北京理工大学出版社,2010.

[19] 潘金龙. 市场营销[M]. 大连:大连理工大学出版社,2009.

[20] 李光明. 市场营销学[M]. 北京:清华大学出版社,2007.

[21] 胡建绩. 企业经营战略管理[M]. 上海:复旦大学出版社,2004.

[22] 朱玉童. 渠道冲突[M]. 北京:企业管理出版社,2004.

[23] 王建军. 消费者行为学[M]. 成都:西南财经大学出版社,2009.

[24] 平怡. 推销理论与实务[M]. 北京:北京理工大学出版社,2010.

[25] 冯英健. 网络营销与实践[M]. 北京:清华大学出版社,2007.

[26] 张文贤. 市场营销创新[M]. 上海:复旦大学出版社,2002.

标准化的活动模式,标准化的执行,确保了活动的高品质;公益电影降低了活动成本,塑造了青岛啤酒及其子品牌良好的口碑;视频广告则帮助消费者了解青岛啤酒的生产工艺,赠饮试饮让消费者亲身体验青岛啤酒的产品魅力;最后,企业专场的设置,实现了青岛啤酒在半封闭环境中的品牌信息输出,最大限度地放大了事件营销的影响力,扩大了品牌信息的渗透范围。

【案例思考】

1. 山水啤酒是如何开展事件营销的?

2. 结合案例试分析,在开展事件营销过程中,需要注意哪些方面?

七、实训操作

实训内容：(1)登录到 http://www.sohu.com 网站首页上,找出该页面存在的网络广告类型。(2)登录到 http://www.iresearch.com.cn/html/Default.html 网站,了解其中关于网络广告的相关数据。

实训目标:通过学生亲自体验网络广告的表现,来了解网络营销中网络广告的现实运用,加深对网络广告的理解。

实训组织:采取课后操作,书面作业展示的方式来检验实训操作行为。

实训提示:注意全体学生的参与性。

实训成果:每个人以书面方式递交实训结果。